Die Lösung des Problems, das Du im Leben siehst, ist eine Art zu leben, die das Problemhafte zum Verschwinden bringt.

Daß das Leben problematisch ist, heißt, daß Dein Leben nicht in die Form des Lebens paßt. Du mußt dann Dein Leben verändern, und paßt es in die Form, dann verschwindet das Problematische.

Aber haben wir nicht das Gefühl, daß der, welcher nicht darin ein Problem sieht, für etwas Wichtiges, ja das Wichtigste blind ist? Möchte ich nicht sagen, der lebe so dahin – eben blind, gleichsam wie ein Maulwurf, und wenn er bloß sehen könnte, so sähe er das Problem?

Oder soll ich nicht sagen: daß, wer richtig lebt, das Problem nicht als Traurigkeit, also doch nicht problematisch, empfindet, sondern vielmehr als eine Freude; also gleichsam als einen lichten Äther um sein Leben, nicht als einen fraglichen Hintergrund.

Ludwig Wittgenstein

Ich heiße Skip Landau, meine Mutter stammt aus England, mein Vater aus Paris, seine Eltern sind aus Ungarn nach Frankreich ausgewandert, weil sie als Juden in Ungarn nicht Medizin studieren durften. Den Krieg haben sie, so wie mein Vater auch, knapp überlebt, in irgendeinem Dorf in Südfrankreich.
Warum meine Mutter 1946 nach Paris gegangen ist, hat sie nie erklärt, vermutlich wollte sie weg von zu Hause, weit weg und schnell, und sie behauptete, Französisch lernen zu wollen und Malerin zu werden. Sie hat wirklich gemalt, nicht schlechter als andere, denke ich, und warum sie es am Ende aufgegeben hat, weiß ich nicht, oder vielleicht hat sie es auch nicht aufgegeben, sondern nur noch in kleine Hefte gezeichnet, sie hatte kleine Hefte, vielleicht finde ich sie in ihrem Nachlass, wenn ich mich endlich aufraffe, die letzte Kiste zu öffnen und zu sichten, was ich brauche, was ich behalte, eine Vorstellung, die ich nicht gut ertrage. Die Kiste steht mittlerweile in meiner Wohnung in Berlin.
Von ihren Gemälden habe ich nichts behalten, ich dachte, ich würde sie nie los, an die hundert, um genau zu sein siebenundachtzig, doch es tauchten immer mehr Freunde und Bekannte meiner Eltern auf, die danach fragten, und plötzlich stand ich da, hatte nichts außer einem kleinen, quadratischen Bild. Es hing immer in meinem Büro, in dem Zim-

mer mit Blick auf den Hof in Newe Zedek, das heißt Oase des Friedens. Ich habe lange in Israel gelebt, jetzt wohne ich in Berlin.

In Paris lernte meine Mutter in der zweiten Nacht meinen Vater kennen. So erzählte mein Vater. Meine Mutter erzählte, sie habe ihn in einem Café gesehen und sich verliebt, bevor sie nur ein Wort mit ihm gewechselt habe. Mein Vater sagte, sie sei mit ihm ins Bett gegangen, in dieser zweiten Nacht, in ihrer zweiten Nacht in Frankreich, und in der Nacht ihrer Begegnung. Er hatte eine eigene Wohnung, eine winzige Wohnung im jüdischen Viertel.

Seine Eltern wohnten damals etwas außerhalb, in Neuilly. Meine Großeltern waren fromm, auf ihre Weise, meine Großmutter sogar vermutlich ganz und gar gläubig, und vielleicht hätte sie besser einen Orthodoxen geheiratet. Alles hat sich verflüchtigt wie sie selbst, ihr Glaube, ihre Gewohnheiten, und ich bin nicht einmal Jude nach dem strengen Gesetz, denn meine Mutter war keine Jüdin, obwohl eine ihrer Tanten irgendwann schnaubte, etwas derart Albernes habe sie noch nie gehört, bei einer Familie, die Blomfield heiße, das war der Mädchenname meiner Mutter.

Was ist, was nicht ist, ich habe einigermaßen so gelebt, als wäre das klar, mich hat das Sichtbare interessiert. Immer das Sichtbare und was man anfassen kann, wie Menschen sich bewegen zwischen Wänden, umgeben von Möbeln.

Also bin ich Architekt geworden.

Ich wollte Häuser bauen. Wohnungen. Höfe auch, Höfe, in denen Kinder spielen, ihre Mütter könnten sie dann aus großen Küchenfenstern sehen, in den Höfen stünden Bänke, unter Bäumen, blühenden Bäumen. Alles würde belebt und

klar sein, offen, jede Bewegung könnte einen Raum schaffen für das, was Menschen miteinander teilen. Und es würde abgelegene Zimmer geben, in die man sich zurückziehen könnte, um nachzudenken, zu lesen, Wände für Bücher, aber nicht so viele dunkle Bücher, wie ich es von meinen Großeltern kannte, die Regale bis zur Decke, die Einbände schwarz oder braun. Vielleicht haben sich mir nur die Bücher eingeprägt, die sie aus Budapest mitgebracht hatten.
Ein Mal habe ich ein Haus gebaut, mit einem Hof, ein Haus für drei Familien.
Es war eine der glücklichsten Zeiten in meinem Leben, ich arbeitete Tag und Nacht, nein, nachts war ich mit Shira zusammen, in ihrer kleinen Wohnung unweit des Meeres, man hörte die Wellen bis zu unserem Bett, und ich hielt sie in den Armen, wenn sie einschlief, hielt sie und hielt sie, mit der Zuversicht eines ganzen Lebens. Mit der Zuversicht unserer Kinder, die zwei und dreieinhalb Jahre später geboren wurden.
Lange Jahre war ich zu sehr mit mir, mit Shira, mit meiner Arbeit und mit den Söhnen, als sie endlich geboren waren, beschäftigt, als dass ich hätte darüber nachdenken können, was es heißt, wenn man plötzlich aus dem Leben gerissen wird, unvermutet und grausam, und was es heißt, wenn die Lebenszeit immer weniger wird, wenn man die Tage hinter sich bringt, schwerfällig, mühselig, manchmal sogar bitter, blind. Im Nachhinein habe ich einige der Tage noch einmal durchlebt. Stück für Stück. Verwundert, gerührt. Verängstigt.
Lange Zeit dachte ich, ich würde von Unglücken verfolgt. Ich wartete sehnsüchtig, dass Shira schwanger würde, aber

sie wurde nicht schwanger, nicht von mir. Ich wartete darauf, wieder ein Haus bauen zu können, aber man übertrug mir nur alte Häuser zum Ausbau. Ich hoffte, Shira würde gesund werden, aber sie starb. Der Tod rückte immer näher, und doch habe ich nie darauf geachtet, wie die Tage vergehen, die Tage, an denen nichts Sonderliches geschieht, die glücklichen Tage. Manchmal war mir, als hätte ich das Sterben schon hinter mir.
Kein besonderes Erlebnis, keine einschneidende Erfahrung, keine Tiefe, wenn man so sagen will, hat mich ausgezeichnet. Ob es das nun gibt oder nicht, Menschen, die besonders empfindsam sind, besonders tief, besonders geeignet, auserwählt. Ich bin Halbjude, allenfalls halb auserwählt. Das passt. Jahre habe ich darunter gelitten, vielleicht bin ich deswegen als junger Mann nach Israel ausgewandert. Vor allem bin ich nicht: doch nicht Vater, denn meine Söhne habe ich nicht gezeugt, doch nicht Architekt, denn ich baue nicht selber Häuser, nicht mehr Shiras Mann, denn sie ist gestorben. Nicht einsam, denn hier in Berlin habe ich Zipora.
Skip. Einen anderen Namen hatte ich nie, ich weiß nicht, was sich meine Mutter dabei gedacht hat. Skip Jonathan Landau.

*

In Israel ist der Frühling nicht so spektakulär wie in Europa, ich habe ihn immer vermisst. Dafür habe ich in Tel Aviv jede Blume, jedes Grün, jede Veränderung des Lichts gesehen, die Flughunde, wenn sie auffliegen, und die milde Luft nachts habe ich geliebt. Liege ich jetzt in Berlin wach und denke an

meine Söhne, bin ich glücklich, dass sie beide in England leben. Sie waren beim Militär, aber sie werden nicht eingezogen, sie müssen nicht zu Reserveübungen.
Ich habe in Israel auch meinen Wehrdienst gemacht, so wie jeder andere, kurz nach meiner Einwanderung. Nur wollte ich keinesfalls sterben, unter keinen Umständen. Ein Freund brachte mich auf die Idee – melden wir uns zur Leichenidentifizierung, dann passiert uns unter Garantie nichts. Entweder es ist nichts los, oder es ist der Teufel los und man braucht uns. Man hat uns gebraucht. Irgendwann dachte ich, man sollte die Erkennungsmarken in die Absätze der Schuhe tun, Schuhe tauscht man nicht so leicht wie eine Marke, die man sich um den Hals hängt, und immer wieder mussten wir feststellen, dass der Tote offenbar seine Marke mit jemandem aus der Etappe getauscht hatte.
Israel ist vielleicht nicht der beste Platz auf der Welt, aber es bleibt ein Zuhause. Avi und Naim werden nicht dahin zurückkehren, ebenso wenig, wie ich nach Paris zurückgekehrt bin. Das Haus in Newe Zedek habe ich behalten, noch gehört es mir und uns. Noch können wir zurückkehren, wenn wir wollen. Wer weiß.
Ich bin jetzt seit ein paar Jahren in Berlin. Seit sieben Jahren. Und ich spüre, dass ich bald wieder irgendwohin gerufen werde. Ich weiß, dass ich nichts Besonderes tun muss. Abwarten. Den Kopf offen halten, vielleicht, die Seele, wenn man so will, *nefesh*, wie es auf Hebräisch heißt. Auf Hebräisch ist es ein ganz normales Wort. Seele. Mich hat, als ich hierherkam, verwundert, dass ich so viel verstand, dass ich so rasch Deutsch sprechen konnte, obwohl ich nur das Jiddisch meiner Großeltern im Ohr hatte, und dann das bisschen

Deutsch, das sie uns in der Schule eher widerwillig beibrachten. Zunächst waren meine Sätze holperig und voller Fehler, aber sie waren auch voller Luft, voller Atem, Luft und Wasser, das ist es, was die toten Konsonanten, schrieb ein berühmter Mystiker im zwölften Jahrhundert, ich glaube, er hieß Jitzchak von Akko, zum Leben erwecke, so, dass aus den Buchstaben, tote Knöchelchen und nichts weiter, Wörter werden könnten, Sätze, Sprache. Lebendige Sätze. Ob richtig oder falsch tut nicht so viel zur Sache.
Aber man braucht Vertrauen.
Man braucht Vertrauen, dass sich nicht alles über einem Unglück ändert, dass die Wörter bleiben. Der Atem, die Luft. Die Knöchelchen.
Natürlich hängt viel davon ab, wie man es beschreibt, wie man sich die Seele, oder was immer es sein soll, vorstellt. Ein Faden. Viele Fädchen. Stimmen. Vielleicht auch Bewegungen. Ich warte, dass ich gerufen werde, zu wem auch immer.
Wie stellst du sie dir vor?, fragte Naim einmal.
Wen stelle ich mir wie vor?
Die Toten! Er stand mit dem Rücken zu mir. Ich wusste, er dachte an seinen Freund Joni, der bei einem Attentat umgekommen war.
Langsam antwortete ich: Ich stelle sie mir gar nicht vor.
Sie sind einfach da, wollte ich sagen. Ich sehe sie, aber ich könnte sie nicht beschreiben, wollte ich sagen, aber ich sagte nichts weiter.
Naim sah enttäuscht aus, sein Rücken sah enttäuscht aus, die Schulterblätter, die sich durch das kurzärmelige Hemd abzeichneten.
Und Mama?, fragte er.

*

Um Shira hat sich, als sie starb, jemand anderes gekümmert, ich jedenfalls war es nicht, und vielleicht brauchte sie auch keine Hilfe, keine Gesellschaft in diesen ersten Stunden und Tagen nach dem Tod, sie hatte ja lange genug Zeit gehabt, sich darauf vorzubereiten. Am dreißigsten Todestag trifft man sich bei uns Juden – oder Halbjuden, wenn es mich betrifft – am Grab. Betet. Unterhält sich miteinander. Weint.

Shiras Nähe empfand ich nach ihrem Tod anders. Ich kannte sie ja, ihre Berührung, ihre Zärtlichkeit, die letzten Spuren der Lust, als sie schon krank war, vielleicht nicht wirklich Lust, eher das Wissen, es ist das letzte Mal, es ist das letzte Mal. Sie nahm meine Hand und führte sie über ihren Körper, mit dieser erschreckenden Aufmerksamkeit, ich weiß nicht, wie ich es beschreiben soll, als gelte es eine Entfernung zu überbrücken, die zu groß ist, jede Minute größer wird.

Bei den anderen Toten ist es anders. Da bin ich nicht ich. Oder ich bin ich: Skip. Der, der einen Schritt auslässt, hüpft. Der für die anderen den Namen trägt: Lass fahren dahin. Der, den man auslassen kann, nicht wichtig. Denn das ist der Tod: alles, was wir auslassen.

Während Shira im Sterben lag, hatte ich eine Freundin, Nina. Wir sahen einander im Café, mehrfach, kehrten beide anderntags zur gleichen Stunde zurück, eine Woche lang. Dann standen wir gleichzeitig auf, nahmen uns an der Hand und gingen. Wir gingen in mein Büro, in dem ein hübscher Diwan stand, auf dem ich schlief, mit einer Überdecke aus der Buchara, einem alten Stoff mit Blumen und Ornamenten in Rot, Blau, Grün, in leuchtenden, klaren Farben. Nina bewunderte den Stoff, dann zog sie sich aus, ich sehe sie vor mir, schlank, undenkbar schön. Ich wünschte mir im selben Moment, sie würde wieder gehen, nicht, weil ich das Gefühl hatte, Shira, die im Krankenhaus lag, zu verraten, sondern weil ich nicht mehr zu dieser Welt gehörte, zu dieser Schönheit, oder weil ich nur noch mit meinen Augen dazugehörte. Vielleicht hätte sie eingewilligt, dass ich ihr nur zusehe, vielleicht hätte es sie erregt, mehr als meine Hände, mein Geschlecht. Wir waren einander nahe, zugetan, obwohl wir uns nicht kannten. Wir schauten uns an, und ich sagte: Skip me! Der alte dumme Scherz, wie oft habe ich ihn gehört, wie oft ihn selber gemacht. Aber so war es, so sollte es sein. Nina sagte nichts. Irgendwann reiste sie ab, ich riss den Zettel mit ihrer Nummer in kleine Fetzen und löschte sie aus meinem Handy, eine Woche später fiel sie mir ein, die Telefonnummer. Sie ist kein Talisman, ich beschwöre sie nicht, wahrscheinlich führt sie längst zu einem anderen Menschen. Aber ich habe die Nummer im Kopf, unauslöschlich, scheint es, während ich mich an Ninas Gesicht nicht mehr genau erinnern kann.

*

Von meiner anderen Arbeit, wenn man es so nennen kann, habe ich Shira nie erzählt, und wenn ich etwas bereue, ist es nicht, dass ich eine Affäre hatte, während meine Frau im Sterben lag, sondern dass ich nicht die Worte oder nicht den Mut fand zu sagen, was ich erlebt hatte.
Sie war misstrauisch gewesen, wenn ich verreiste. Warum

fährst du nach Paris, wohin fährst du? Ihr fiel kein Zusammenhang auf – ich reiste, und wo ich hinreiste, geschah ein Unglück. Ich musste nach Amsterdam. Wohin, nach Amsterdam? Was hast du in Amsterdam zu tun?

Das erste Mal war 1988. Um den 20. Juni herum erhielt ich die Nachricht, oder wie soll man es nennen? Es gab keine Botschaft, nichts Besonderes. Nachts hatte ich lebhaft geträumt, daran erinnere ich mich, ohne jedoch zu wissen, wovon ich geträumt hatte. Ein Gesicht war da gewesen, ein Gesicht, das ich nicht kannte, das eines jungen Mannes, Anfang zwanzig vielleicht, hübsch. Hübsch, wie ein junger Mensch mit dunklen Augen und langen Wimpern und roten Lippen eben aussieht, nichts Besonderes, noch zu jung vielleicht.

Und dann, am Mittag, ich war gerade im Café Tamar, um ein Beigel zu essen, schaute dabei der Besitzerin Sarah zu, die zwischen den Resopaltischen herumlief, mürrisch, weil morgens irgendein Schuft nicht bezahlt hatte, am Mittag dachte ich, dass ich nach Paris fliege.

An diesem Tag noch. Spätestens am nächsten. Der Gedanke war so stark, dass ich aufstand, um zum Reisebüro in der Allenby Street zu gehen.

He, willst du heute vielleicht auch abhauen, ohne zu zahlen?, schnarrte Sarah mich an.

Ich, das weiß ich noch genau, drehte mich zu ihr, verblüfft, verwirrt. Ich wolle zum Reisebüro, stammelte ich. Ich muss nach Paris.

Ihre blauen Haare standen nach oben, als wären sie elektrisch. Aber Sarah ist nicht der Mensch, in dessen Gegenwart man Gespenster sieht, jedes Gespenst würde einen Bogen um sie machen, sie hat gegen die Briten gekämpft, sie fürch-

tet nichts, allenfalls ihr Herz, an dem sie sterben wird. Damals war ich vierzig Jahre alt, und sie? Vielleicht sechzig? Irgendetwas muss in meinem Gesicht gewesen sein, während ich das Geld herauskramte und das Trinkgeld in das kleine Glas tat, das auf der Kasse steht. Was ist los?, fragte Sarah.
Ich muss nach Paris und weiß nicht warum, antwortete ich wahrheitsgemäß. Sie hielt meinen Blick.
Hat dir das jemand gesagt?
Ich zuckte die Achseln.
Sarah hat mir geholfen. Sie rief für mich im Reisebüro an. Sie sagte, ich werde das Flugticket abholen. Sie bürge für mich.
Als ich zurückkam, fragte sie nichts. Sie brachte mir einen frisch gepressten Orangensaft und ein Beigel mit Käse. Das war alles.
Shira und den Kindern erzählte ich von einer plötzlichen Schwäche meines Vaters. Sie glaubten mir kein Wort.

*

Als ich in Paris ankam, nach vier Jahren zum ersten Mal wieder, war ich müde und ratlos. Niemand erwartete mich, niemand rechnete mit meinem Besuch. Ich habe keine Geschwister. Meine Eltern lebten nicht mehr in Paris, sondern etwas außerhalb, in einem Haus in Jouy-en-Josas. Mein Vater hatte sich zur Ruhe gesetzt, das heißt, er arbeitete nicht mehr im Krankenhaus, behandelte aber noch zweimal in der Woche in einer Augenarztpraxis in der Nähe des Jardin du Luxembourg. Noch nie hatte ich mir in Paris ein Hotel gesucht.

Ich wollte erst eine Freundin, eine Schulfreundin anrufen, die einzige, mit der ich in Kontakt geblieben war. Ich malte mir aus, ihre Stimme zu hören, und dass es schön wäre, sie wiederzusehen, aber ich wusste, wir hatten uns wenig zu sagen, sie war Anwältin geworden, bei einem großen Stromkonzern, sie war verheiratet gewesen und wieder geschieden, sie hatte den schönsten Rücken und Po, und vermutlich hätte sie sich gefreut, mich bei sich aufzunehmen. Aber als ich ihre Nummer gewählt hatte, ihre Stimme hörte, legte ich wieder auf.
Ich nahm die Metro, fuhr zur Station Saint-Germain-des-Prés und lief zur Rue Jacob. Im Hotel Des Deux Continents nahm ich mir das kleinste Zimmer.
Es lag unterm Dach. Die Fenster standen offen, es waren zum Glück zwei, es gab ein Waschbecken, abgetrennt ein winziges Klo hinter einer braunen Lamellentür. Vom Dach gurrten Tauben.
Merkwürdigerweise fühlte ich mich nicht wie früher, nicht wie in meiner Kindheit, als mein Zimmer im vierten Stock lag, auf die Straße hinausging, im Marais, ich weiß nicht, warum mein Vater dort eine Wohnung nahm, vielleicht wollte er der Katastrophe – anders nannte er es nie – auf diese Weise nahe sein, denen, die aus den KZs zurückkamen. Wir wohnten in der Rue des Minimes, in einer großen Wohnung, vielleicht hatte meine Mutter sich geweigert, an den Stadtrand zu ziehen. In der Rue des Minimes hatte ich, als ich älter war, mein Zimmer unter dem Dach und meine Mutter ein Atelier im Hof.
Auf dem Bett im Hotel liegend, dachte ich daran, wie sie versucht hatte, das Atelier zu mieten, zwei Zimmer mit großen

Fenstern, einer der Räume etwa vierzig Quadratmeter groß, wie lange es dauerte, bis mein Vater endlich einwilligte, und wie sie dann für Stunden, eigentlich für Tage verschwand, hungrig, glücklich und aufgeregt zurückkam in unsere Wohnung, in der eine Haushälterin, die meinem Vater auch als Sekretärin half, für Ordnung und Gleichmaß sorgte. Ich sah sie vor mir, mit leuchtenden Wangen, doch dann wurde das Gesicht meiner Mutter – obwohl ich an diesem Nachmittag vielleicht etwas begriff, das ich vorher nicht gewusst hatte – von dem des Jungen verdrängt. Mir war, als würden unsere Blicke sich treffen, die Empfindung war so deutlich, dass ich mich auf dem Bett, allein in dem kleinen Hotelzimmer, aufrichtete. He, rief ich ihm zu, wohin gehst du? Wieso?, antwortete er. Ich will zu meiner Freundin, sie wohnt in Maisons-Alfort, der Junge guckte frech zu mir. Was geht Sie das denn an?

Ja, was ging es mich an?

Ich habe dich nicht geholt, sagte ich ärgerlich zu ihm, ich sagte es laut. Er zog den Kopf ein, nachdenklich, nun sah er schon aus wie ein Schüler, mit einer heftigen Seitwärtsbewegung wollte er verschwinden, so, als müsste er sich ins Gebüsch schlagen, und wirklich, am Rand eines großen, kahlen Hofs, von Platanen umstanden, wuchs Gebüsch, und ein paar Kinder in dunkelblauen Jacken kamen angerannt, riefen etwas, das ihm, dem Jungen, galt, meinem Jungen, der das Gesicht verzog, nicht zum Weinen, nicht mehr zum Weinen, dachte ich, eher in einer Art Widerwillen. Was sie riefen, konnte ich nicht hören, aber ich hatte einen Verdacht.

Ich muss mich beeilen, sagte er, wieder älter geworden. Genau so: Ich muss mich beeilen. Er sagte nicht, warum, bewegte sich nur energischer voran, mir gab es einen Stich, würde er gehen? Ich lag ja immer noch da, allein, in dem Hotel, in meiner Heimatstadt, die mir so fremd war, angekommen in der Fremdheit von zwei Jahrzehnten.

Shira war nie gern in Paris, ich komme mir hier vor wie eine Bäuerin, hatte sie geklagt, und einmal sogar: Als wäre ich eine Deutsche! Spinnst du? Mir war nichts eingefallen, als sie anzufahren, die Idee war so absurd, Shira, eine Sabre, dritte Generation, dieser israelische Adel, aus Safed, die sich herabgelassen hatte, einen Halbjuden, mich, zu heiraten, einen, der konvertieren musste, um in Israel unter die Chuppa zu treten. Shira war blond und hatte blau-grüne Augen. Doch nicht deswegen fühlte sie sich wie eine Bäuerin, wie eine Deutsche, sondern weil sie sich unkultiviert vorkam. Meine Eltern besorgten Karten fürs Theater, obwohl Shiras Französisch miserabel war, sie besorgten Karten fürs Konzert, obwohl Shira keine klassische Musik mochte. Sie wollten mit uns in Museen gehen, damit wir auftanken könnten, aus unserer Wüstenei kommend, auftanken, sagte Shira einmal erbittert, nachdem wir im Musée de Cluny gewesen waren, auftanken zwischen lauter Gekreuzigten! Von meiner Kindheit wollte sie nichts wissen, ich konnte ihr nichts erzählen, dass sie die Straßen mit meinen Augen sah, von meinem Roller aus, meinem blauen Tretroller, den ich so geliebt hatte, oder von den kühnen Ausritten mit meinem Steckenpferd, das ich erst mit acht Jahren widerwillig hergegeben hatte, nachdem die Jungs im Viertel kreischend hinter mir hergerannt waren. Ich hatte mich auf die falsche Weise von der Stadt entfernt, war ausgerutscht, ausgeglitten, hinausgeglitten aus meinem Viertel, aus meiner Stadt, wie kann einem eine Stadt so fremd werden, derart gleichgültig. Doch stimmt es nicht ganz, die ganze Wahrheit war das nicht, und Shira bemerkte es. Du bewegst dich ganz anders hier! Du siehst ganz anders aus! Wie von selbst fand sich in meinem Elternhaus irgendetwas, eine Jacke, ein Hemd, eine Sonnenbrille, eine Mütze, das zu mir und hierher gehörte, nach Paris. Du sprichst anders! Der Akzent. Du riechst anders! Ich nehme dasselbe Rasierwasser wie immer. Das ist es nicht, sagte sie, es sind die Autos, die Steine, die Tauben, alles! Komm mein Liebchen, wollte ich ihr sagen. Wie viel Zärtlichkeit wir vertan haben.

Ich lag auf dem Rücken und suchte nach dem Jungen, den ich nicht kannte und der mich nichts anging. Wo bist du? Er beeilte sich. Wohin? Ich wurde unruhig, gelähmt und unruhig, wie in den Zeiten der Depression, wie damals, als ich mich fragen musste, ob wir Kinder machen sollten, deren Vater ich nicht sein konnte. Ich war schuld, so viel war klar, und folglich musste ich eine Lösung finden, eine Lösung anbieten, und so groß das Problem war, eigentlich war es überall, es gab nichts, was davon nicht beschmutzt und beschädigt war, so unmöglich schien zu fassen, was eigentlich das Problem genau war, die Spermien, die Menge, ihre Beweglichkeit, denn impotent war ich nie, ich schlief mit Shira, sooft sie wollte, nur kam nichts dabei heraus. Und dann kam sie eines Tages nach Hause, verwirrt, verlegen, erzählte, sie habe im Café, in Sarahs Café, einen Mann kennengelernt, der mir ähnlich sah. Mehr sagte sie nicht, ich musste von allein darauf kommen. Sie bestellte mich am nächsten Tag hin, zeigte ihn mir und ging, ein Zahnarzt war es, ein Sabre, ich mochte ihn nicht besonders, auch wenn ich die Ähnlichkeit

nicht leugnen konnte, und er amüsierte sich, er amüsierte sich einfach über mich und über Shira und vielleicht auch über sich selbst, und zwei Tage später, als ich in einer kleinen Bar in der King George Street mit meiner Frage, meiner Bitte herausrückte, sagte er einfach: Warum nicht?
Das war's. Meine Depressionen wurden davon nicht besser.
Shira wurde also schwanger, bekam zwei Jungen, unsere Söhne, die nicht meine waren, und jetzt suchte ich, wie ein Idiot in mir gefangen, in meinem Gehirn, in meinen Eingeweiden nach diesem anderen Jungen, den ich nicht kannte, um den ich mich aber plötzlich so sehr ängstigte, dass ich es nicht aushielt und vom Bett aufsprang, um hinauszugehen.
Ruben, sagte er plötzlich. Ich heiße Ruben.
Er schaute sich um, ich sah, wie er eine Rolltreppe hinunterfuhr, Menschen, die sich an ihm vorbeidrängten. Es war längst später Nachmittag oder früher Abend, die Sonne neigte sich. Wo bist du?, murmelte ich, eine Passantin sah mich an, prüfend, dann lächelte sie, und ich lächelte zurück, sagte etwas über das schöne Wetter, dass ich gerade erst nach Hause gekommen sei, nach Hause, sagte ich tatsächlich, und sie blieb stehen bei mir. Ich wollte sie schon zu einem Kaffee einladen, da hörte ich plötzlich den Jungen, wie von fern, ein bisschen unruhig rief er nach mir, mit kleiner Stimme –.
He, was ist los?, sagte ich, als ich weitergegangen war.
Heiß hier, stickig, maulte er, wenn sie nicht gesagt hätte, ich dürfe über Nacht bei ihr bleiben, ginge ich lieber nach Hause.

Wo wohnst du denn?, fragte ich ihn und schaute auf die Häuser – ich war inzwischen in der Rue de Furstemberg, ging den Bogen, lief die Rue de l'Abbaye entlang, auf die Rue Saint-Benoît zu. Hier irgendwo?, sagte ich zu dem Jungengesicht, das blass geworden war, schwitzte, mir war auch heiß.
Ja, Scheiße, sagte der Junge. Dann hob er den Kopf irgendwie alarmiert. Was sagen die da? Was ist denn das für eine Ansage? Wie soll das denn jetzt gehen? Hier kommt doch keiner raus!

*

Ich stand in der Rue Saint-Benoît, vor der Nummer elf, und schaute hinauf zu den Dachgauben des hellgrauen Hauses. Ruben?, rief ich mit leiser Stimme. Im Restaurant gegenüber verschwanden ein paar Leute, ein Mann blieb stehen, guckte zu mir, fragend, als erinnerte er sich an mich, und als er seinen Begleitern etwas zurief, wusste ich, wir kannten uns wirklich, aus der Schule, aus dem Studium, wer weiß. Ich wandte mich ab und schaute an mir herunter, eine schäbige ausgeleierte Hose, ich hatte mich nicht fein gemacht für diese Reise.
Und allmählich bekam ich auch Hunger. Es war kurz nach sieben Uhr.
Etwas zu essen, dachte ich, oder ein Glas Wein.
Heute weiß ich mehr. Damals geriet ich bloß in einen komischen Zustand. In irgendeiner Brasserie trank ich ein Glas Wein, dann ging ich die Rue Bonaparte zur Seine hinunter. Trank ein weiteres Glas Weißwein. Es war die Stunde des Aperitifs, ein so friedlicher Sommerabend. In Berlin trinken

wir heute wenig, ein Glas Wein vielleicht, allenfalls zwei. Früher in Tel Aviv haben Shira und ich gekifft, selten. Alkohol hat damals jedenfalls sofort gewirkt, aber natürlich war ich nicht betrunken. Der ganze Abend, sinnlos wie er war, kam mir ungeheuer anstrengend vor. Um halb acht etwa hörte man die ersten Krankenwagen. Inzwischen war ich an der Seine angelangt, am Quai Malaquais, dann stand ich auf dem Pont des Arts und schaute zum Pont Neuf hinüber.
Die Sirenen waren unüberhörbar.
Leute auf der Straße wurden unruhig und schauten sich um und suchten etwas. Hinter der Seine-Insel musste etwas geschehen sein, was immer es war, vielleicht ein Terroranschlag, so etwas. Terroristen.
Irgendwann rief ich zu Hause an und erzählte, dass hier dauernd die Sirenen heulten. Shira war kühl. Was machst du?, fragte sie.
Ich weiß nicht, antwortete ich. Das war die Wahrheit. Dass ich todmüde war und doch immer weiter herumlief, ohne etwas zu essen, ohne mich hinzusetzen. Irgendwo kaufte ich mir eine Flasche Mineralwasser.
Ich leerte die Flasche, kaufte eine zweite. Schaute zur Seine hinunter, am liebsten hätte ich mein Gesicht auf die Kaimauer gelegt, um einzuschlafen.
Hubschrauber flogen vorbei, verschwanden, kehrten zurück. Die Sirenen wurden irgendwann weniger. Es blieb warm, ich wollte nicht zurück ins Hotel.
Als ich gegen zwei Uhr aufgab, war die Hoteltür verschlossen, ich musste den Nachtportier wecken. Er wollte wissen, ob ich Kaffee bestellt habe. Auf acht Uhr, sagte ich und fragte mich, warum. Acht Uhr.

Ich wachte vorher auf. Ich wachte um kurz nach sieben auf, genau zwölf Stunden nachdem ein Zug in der Gare de Lyon in einen anderen gerast war, aber das wusste ich nicht. Vielleicht wachte ich auf, als irgendein Junge, ein junger Mann, der in dem Vorortzug gesessen hatte, starb, nachdem er bewusstlos oder auch wach darauf gewartet hatte, gerettet zu werden. Das wusste ich nicht. Ich weiß es bis heute nicht. Wie von einem scharfen Messer getroffen, wachte ich um kurz nach sieben Uhr auf.

Es war hell. Ich erinnere mich, wie ich mich umschaute, nicht, weil ich nicht wusste, wo ich war, sondern weil ich jemanden suchte.

He, wo versteckst du dich?

Hier, sagte seine Stimme leise.

Wo ist hier?

Hier.

Irgendwann hörte ich es klopfen, das Tablett mit Kaffee und einem Croissant stand vor der Tür.

An dem Tag blieb es das Einzige, was ich zu mir nahm. Ich sagte, dass ich eine weitere Nacht bleiben müsse. Als ich mit dem Concierge sprach, fiel mein Blick auf die Zeitung: Zugunglück in der Gare de Lyon.

Das Foto zeigte zwei ineinander verkeilte Züge. Einen Sanitäter, der bei einem blutüberströmten Körper kniete. Im Hintergrund weitere Uniformen.

Der Concierge behielt mich im Auge, während ich die Zeitung anstarrte. Aber ich begriff nicht, noch nicht. Ich ging in mein Zimmer hinauf und schloss mich ein. Die beiden Fenster standen offen. Ich hatte mich nachts nicht ausgezogen, daran erinnere ich mich, und plötzlich merkte ich, dass

mein Hemd nach Schweiß roch, nach meinem Schweiß und doch anders, wie von einem anderen Körper. Ich war unruhig deswegen, lief im Zimmer auf und ab, dann legte ich mich wieder auf das Bett, mit offenen Augen, müde und wach zugleich, auf dem Dach scharrten die Tauben, von unten klangen Stimmen herauf, Frauenstimmen, so dass es eine Weile dauerte, bis ich das andere hörte, ein Wimmern oder ganz leises Klagen, woher es genau kam, konnte ich nicht herausfinden, obwohl ich wieder aufstand und herumlief, sogar in den Treppenaufgang vor meinem Zimmer schaute, und aufs Dach schaute ich, als könne dort, auf dem First, bei den Schornsteinen und Tauben ein Kind hocken oder ein Junge, ein junger Mann.
Seine Stimme, und doch wieder nicht, nicht die Stimme eines jungen Mannes jedenfalls, auch nicht die eines Kindes – man hätte ihr keinen Körper zuordnen können, dieser Stimme, und sie war doch die eines Mannes.
Ruben?, flüsterte ich schließlich. Ruben, bist du das?

*

Ich blieb noch zwei Tage. Verließ schließlich das Zimmer, lief durch die Straßen, durch die Rue Saint-Benoît, zur Seine, sogar zur Gare de Lyon lief ich, der Bahnhof war nicht mehr abgesperrt, die Züge fuhren längst, ich stellte mir vor, von hier abzufahren, mit dem Nachtzug, irgendwohin, nicht zurückzukehren nach Israel, auch nicht nach England zu reisen, wo ich ein paar Onkel und Tanten mütterlicherseits hatte, auch nicht nach Deutschland, ein verbotener Ort für mich damals – ich wollte einfach abreisen und durch die

Nacht fahren, ohne einen Grund zu haben. Ohne zu fragen, ohne gefragt zu werden.
So wie Ruben, denke ich jetzt, da ich das aufschreibe, so wie Ruben durch die Nacht reiste, wenn man so will. Irgendwohin. Ohne ein anderes Gepäck als Angst und Unsicherheit. Und vielleicht mit dem Gefühl, nicht anzukommen, aber doch etwas gefunden zu haben. Einen Modus. Etwas anderes. Ruben – oder genauer, seine Seele – musste sich daran gewöhnen, tot zu sein.
Bis dahin leistete ich ihm Gesellschaft.
Ich tat nichts. Ich blieb in einem Raum, der leer war. Stumm, voller Stimmen. Fremd.

*

Dies erste Mal wollte ich Beweise, wenigstens irgendeine Bestätigung, ich wollte etwas in der Hand haben, nicht, um es zu erzählen, um Shira zu erklären, was ich in Paris getan hatte, warum ich meine Eltern nicht besuchte, nicht einmal anrief. Ich brauchte es für mich. Ich musste herausfinden, was ich tat – oder nicht tat, schließlich war ich nur herumgelaufen, murmelnd, besorgt, tröstend, zornig, sprach einem Hirngespinst Mut zu oder einem Jungen, blieb ratlos mit ihm, einem Jungen, der meine Hilfe brauchte, weil er plötzlich aus dem Leben gerissen worden war, ohne Anzeichen, ohne Vorwarnung, ohne Schuld. Es war kein Schicksal, eines gewaltsamen, schrecklichen Todes zu sterben. Es war kein Schicksal, in einem zusammengestauchten, in sich verkeilten Zug zu verbluten, während die Helfer vergeblich versuchten, Metall wegzuschweißen, um zu den Sterbenden zu gelangen, und vermutlich schrie nach einer Stunde schon niemand mehr. Ich weiß nicht, ob Ruben bei Bewusstsein war, wie lange. Wie er leiden musste, wie er Angst leiden musste. Seine Seele litt und war voller Angst. Was soll ich jetzt tun, was muss ich jetzt tun? Ein hektisches, panisches Murmeln war das, dann stumpfes, mürrisches Schweigen. Nur ein Mal ein euphorischer Aufstieg, leuchtend, singend, die Wörter glitten hinauf, fingen sich in den Zweigen, tanzten weiter, er jubelte seiner Liebe zu, wie er bei ihr lag, sie umschlang, wie sie ihn aufnahm und sie einander mitrissen, verwirrt, schamhaft, zu ihr wollte er, war doch auf dem Weg zu ihr gewesen, die ganze Nacht sollte er bleiben, bei ihr, in ihrem Atem, der ihm noch einmal Sicherheit gab, bevor er anfing zu toben, zornig zu werden, und mir die Ungerechtigkeit vorhielt, warum bist du da, du, ausgerechnet, ich kenne dich gar nicht, du bist alt, hörst du, das spüre ich, alt, wärest du nicht gekommen, vielleicht würde ich noch leben, hörst du, vielleicht warst du es, der mir den Tod gebracht hat. Als wäre ich sein Todesengel gewesen, als trüge ich Schuld, nicht an dem Unglück, aber dass er dabei war. Warum musste er dabei sein, warum war er aus seinem Zug nicht ausgestiegen, er hätte seine Freundin anrufen können, hätte sie überreden können, zu ihm in die Stadt zu kommen, statt auf die Abfahrt zu warten, zu warten, eingezwängt, er hätte der Anweisung des Zugführers folgen können, den Zug sofort zu verlassen, hätte sich vorbeidrängen können, die anderen umrennen, vielleicht wäre er stark genug gewesen, er hörte die Stimme dieses Zugführers, dessen Angst, die letzten Sekunden, für ihn hatte es kein Entkommen gegeben. Und was hätte es bedeutet, wenn er die anderen zur Seite gestoßen

hätte, vielleicht wäre er ein Krüppel geblieben, armlos, beinlos.
Scheiße, schrie ich ihn schließlich an, woher soll ich das denn wissen?
Du lebst doch! Du lebst doch, dann finde es heraus! Du hast doch alle Zeit der Welt, verdammte Scheiße, warum du und nicht ich? Finde es heraus!
Das Einzige, was ich herausfand, war, dass es ihn gab.
Ruben F., zwanzig Jahre alt. Wohnhaft in Paris, Rue Saint-Benoît. Student an der Sorbonne. Ich weiß nicht, was er studiert hat. Im Zug in der Gare de Lyon auf die Abfahrt wartend, um seine Freundin zu besuchen, die in Maisons-Alfort lebte.
Nichts, was einfacher wäre. In der Rue Saint-Benoît fand ich kein Zeichen, keinen Hinweis. Aber seine Eltern wohnten nicht so weit von unserer alten Wohnung, ein bisschen weiter nördlich, in der Rue de Turenne, das fand ich heraus. Denn in einer Zeitung stand sein Name: Ruben Fridland. Mir war, als hätten meine Eltern irgendwelche Fridlands gekannt.
Es war leicht, das Haus, die Wohnung zu finden: Sie saßen Schiv'a.
Ich tat, als wäre ich einer von diesen übergriffigen, religiösen Israelis, die denken, jeder jüdische Tote gehörte auch ein bisschen ihnen, und stieß die Wohnungstür auf, die nur angelehnt war. Rubens Eltern sahen mich verwirrt und müde an, wie man im Schmerz einen Fremden ansieht, einen Fremden, der etwas mit sich tragen könnte, eine Nachricht, eine Geschichte, eine letzte Botschaft vielleicht, der das Geschehene anders erzählen könnte, womöglich ungeschehen machen. Die Mutter stand auf und umarmte mich. Fester,

als man je einen Unbekannten umarmen würde – sie war etwas älter als ich –, intimer, so, als würde sie den Jungen umarmen. Ihr Gesicht war fleckig und verstört, als sie sich endlich von mir löste, mied sie meinen Blick, alle schauten zu uns, und dann lief ich davon, als hätte ich Angst, sie würden mich verfolgen. Ich glaube auch, irgendjemand rief etwas, aber vielleicht war das Einbildung. Überall waren Geräusche, vorher hatte ich das nicht bemerkt, nicht die Stimmen von fern, vom Ende der Straße, oder aus einer Nachbarwohnung, Geräusche, die ich hörte, als spiele mein Gehör verrückt, und die Autos waren unerträglich laut und wie Leute husteten oder vor sich hinmurmelten, summten, wie die Tiere auch unablässig Geräusche machten, ich hörte es, ein paar Stunden lang, es war mehr, als ich hören wollte, aber ich hatte keine Wahl.

Es ist nicht so, dass ich den Glauben an irgendetwas gewonnen oder verloren hätte, an das Leben, an die Seele, an den Tod, irgendetwas dergleichen, es gibt keine Gedankengebäude, in denen ich mich geborgen fühle, auch keine Weisheit, die ich errungen hätte. Ich blieb, wer ich war. Und doch hatte sich etwas verändert, etwas, das in jeder Minute stattfindet, die ich über den Erdboden laufe, so, als wüssten meine Füße mehr als ich, als spürten sie die Haftung an der Erde. Und ich denke über den Tod nach, ich denke über den Tod nach, um über das Leben nachzudenken, weil es mir noch schwieriger scheint, über das Leben nachzudenken, über das wir doch angeblich viel leichter etwas in Erfahrung bringen können, aber ich grübele darüber, was es für ein Zusammenhang ist zwischen mir als Jungen in Paris und mir als Shiras Mann, zwischen dem, der das neugeborene Kind in

den Armen hielt, und dem, der nach Hause kommt, müde, ein bisschen gereizt. Und wie unbemerkt gibt es ein kleines Gemurmel, etwas, das uns begleitet, die Kindheit, die Zärtlichkeit, das hilflose Altwerden, diese so schwer zu fassende Zusammenfassung, die unbegreifliche Tatsache, dass all das zusammengehört. Für mich fing es damit an, mit den Stimmen, mit dem Gemurmel. Rubens Stimme war es zuerst, seine Stimme, aber unhörbar, wollte ich lauschen, wurde sie zu leise, als dass ich etwas hätte verstehen können, sie begleitete mich, hartnäckig, manchmal zornig und manchmal zärtlich, es war kein Gesang, doch klang es zuweilen wie ein Lied, wie Verse, so wie ein Gedicht die Worte aneinanderreiht, eine Bedeutung findet und doch gleich wieder lässt, und nur der Klang der Buchstaben, der Silben bleibt, dann bildet sich wieder ein Wort, ein Satz, eine Stimme sagt etwas, ein Stimmchen, Laute, Seufzen, Atmen, etwas, das die eine mit der anderen Seite verbindet.
Darum ging es, auf die andere Seite zu kommen. Ohne zu wissen, wohin, ohne zu wissen, wie. Und ich, der ich nichts und noch weniger wusste als Ruben, sollte helfen, oder vielleicht nicht helfen, aber Gesellschaft leisten, bei ihm bleiben. In diesem Raum, der keiner ist, in diesem Zwischenraum, der mir Angst machte, der mein Herz sich zusammenkrampfen ließ vor Angst, vor Angst um mich, um meine Kinder. Ich wollte den Tod nicht anfassen.
Das, wo nichts war als diese Laute, Luft, Atem, kein Mund mehr, aber Atem, der schwächer wurde, und schließlich nur die Stimme oder der Schatten einer Stimme.
Im Hebräischen sind die Buchstaben karg. Nur das Gerüst, nur die Knochen, denn die Vokale fehlen ja, das Geschrie-

bene ist nichts ohne den, der es ausspricht, ohne seine Spucke, seine Luft, ohne Lippen, Gaumen, Körper. Alles fehlt, ohne den Körper, und doch bleiben die Buchstaben, die Wörter, die Sprache.

*

Als ich wieder in Israel war, zu Hause, überfiel mich Shira mit einem Haufen Forderungen, sie wollte umziehen, sie wollte unser Leben ändern, sie wollte, dass ich mich änderte. Ein paarmal fragte sie, ob ich wirklich niemanden in Paris getroffen hätte, sie redete sogar mit meinen Eltern darüber, die natürlich gekränkt waren, dass ich sie nicht besucht hatte, aus lauter Ärger tat sie das, und dabei war ich gar nicht in der Lage, mit alldem zurechtzukommen, mit meiner Müdigkeit, einer Müdigkeit, wie ich sie vorher nicht gekannt hatte, mit Avi und Naim, die anfingen, aufmüpfig zu werden, obwohl sie erst knapp elf und neun Jahre alt waren, oder Shira hatte sie gegen mich aufgebracht, ich schleppte mich durch die Tage und ertrug ihre Frechheit, und am Wochenende ging ich mit ihnen ans Meer. Am Wochenende wollte Shira morgens ausschlafen. Wir gingen um acht, halb neun los, und manchmal dachte ich, dass sie den Vater der Jungs traf, dass er zu uns kam und mit ihr in unserem Bett schlief, ich fragte mich, ob ich es riechen würde, seinen Samen, ob er anders röche als mein Samen, der unfruchtbar war, ob es anders wäre, mit jemandem zu schlafen, der einen schwängern könnte. Dass Shira die Pille nahm, blieb mir nicht verborgen, sie behauptete, sonst zu sehr unter Stimmungsschwankungen zu leiden.

Wenn ich mich jetzt an diese Zeit zurückerinnere, als die Jungen klein waren, als Shira noch lebte und gesund war und wir uns liebten, es gab Nächte, die wir einer in den Armen des anderen verbrachten, wenn ich daran denke, wie ich mit Avi und Naim an den Strand hinunterlief und auf dem verlassenen Markt, in den schattigen Gassen ein Rudel wilder Hunde herumlief, wenn ich daran denke, wie wir ins Wasser rannten, uns nass spritzten und schrien, und ich schrie mit den Jungs mit, wenn die ersten kalten Spritzer meinen Bauch trafen, das Herz voller Fragen und Kummer, und während wir ins Wasser rannten und ich die Hände meiner Kinder spürte, rechts Avi, links Naim, meine Söhne, denen ich irgendwann sagen würde, dass sie nicht meine Söhne wären – wenn ich mich an all das erinnere, dann weiß ich, es stimmt: Der Messias verrückt alles nur um eine winzige Spur.

*

Irgendwann bekam ich einen Auftrag, der mich längere Zeit beschäftigen würde. Es war ein altes Haus hinter dem Hafen von Jaffo, in Ajami, damals, als Ajami noch vorwiegend von Palästinensern bewohnt wurde, als die Müllhalde gleich hinter dem Hafen begann, als Jaffo noch heruntergekommen und verschlafen war. Eine kleine Bäckerei gab es irgendwo auf dem Hügel, und es gab dieses alte Haus über dem Meer, das ich umbauen sollte, eigentlich standen nur noch die Mauern, eine Ruine war es, aber wir fanden die alten Kacheln, und in die Fenster sollten bunte Gläser eingesetzt werden, eine Bibliothek sollte es geben über zwei Stockwerke, es war ein großer Auftrag.

Morgens stand ich auf und schlüpfte ohne einen weiteren Gedanken an meinen Körper in eine Hose, ein T-Shirt, fuhr hinaus nach Ajami, ohne Angst, ohne Schmerzen, tauglich für das, was ich mir vorgenommen hatte, was mir aufgetragen war. Schlank war ich nie und auch nie hübsch, bestimmt nicht im Vergleich zu all den anderen jungen Männern, den Sabres, und Shiras Freunde aus der Kindheit waren größer als ich, athletisch, schön wie meine Söhne sind, das haben sie nicht von mir geerbt. Schaue ich jetzt Fotos an von damals, sehe ich, ich war gesund, und mein Gesicht, meine Gestalt gefallen mir. Im Spiegel habe ich mir damals nicht gefallen. Ich war nicht männlich, nicht kantig, ich konnte keine Kinder zeugen. War kein richtiger Mann, kein richtiger Jude, und nach Paris, nach Frankreich gehörte ich auch nicht mehr.

Dabei war ich unermüdlich, ich konnte vierzehn Stunden auf der Baustelle verbringen, die Arbeiter antreiben, planen, ihnen helfen, denn wir arbeiteten zusammen, das hatte ich geschafft, dass ich in Ajami Arbeiter gefunden hatte, Palästinenser, die das Jahr bei mir blieben, die mit mir lernten, was wir können mussten, um das Haus so umzubauen, wie ich es mir dachte, zu einem Ort, an dem die Menschen klar und leicht wurden, weil sie genug Platz hatten, weil sie in klaren, leichten Proportionen lebten. Die Bibliothek über zwei Stockwerke gelang, wir setzten die Galerie auf Stahlträger, verbanden den Boden des oberen Stocks mit der Wand durch einen Streifen Glas, so dass man hinunterschauen konnte in den unteren Teil des Zimmers, der Raum war voller Licht, ohne dass ich die alten Fenster vergrößern musste, die spitz zuliefen, wie in arabischen Häusern üblich, und

sie schauten aufs Meer. Ich blieb dort abends manchmal allein zurück, saß in einer Fensterhöhlung und schaute in die Dämmerung, zu der Stunde, die im Hebräischen *zwischen den Abenden* heißt. Die Wahrheit ist, dass ich an Ruben nicht mehr dachte, überhaupt dachte ich nicht an die Tage in Paris zurück.
Ich kaufte mir eine Vespa. Eine rote, leuchtend rot, der Sitz aus hellem Leder.
Als ich damit nach Hause kam, behauptete Shira, ich hätte das nur gemacht, um mich bei den Jungs einzuschmeicheln.
Ich hatte niemandem davon erzählt, ich kam einfach angefahren, mit zwei Kinderhelmen, die erste Rate des Vorschusses hatte ich dafür ausgegeben. Dass ich die Vespa brauche, dass ich nicht jeden Tag mehr als eine Stunde im Stau stehen könne, weil ich irgendwo eine Kleinigkeit zu erledigen hatte. Dass ich wie verrückt arbeite, damit sie, Shira, weiter zu Hause bleiben könne und in irgendwelchen Galerien jobben, in denen sie nichts verdiene. Dass ich die Jungs mit der Vespa zum Musikunterricht bringen könne und dass sie, Shira, endlich endlich aufhören solle –
Mit was aufhören?, schrie sie mich an. Zu atmen? Zu leben?
Ich erinnere mich genau an die Gesichter der Jungen. Ich sehe sie vor mir, merkwürdig still, als ich Shira eine Ohrfeige gab. Was danach passierte, weiß ich nicht mehr, Shira lief weg oder ich, die Jungs gingen später am Abend noch raus, das weiß ich noch, trafen sich mit ein paar Freunden zum Fußball, ich holte sie in der Dunkelheit ab, aus dem kleinen Park zwischen Shenkin Street und Ba'alei Melacha, in den

Bäumen hatten Flughunde ihre Schlafplätze, sie schossen durch die Dunkelheit, Naim träumte davon, einen zu zähmen, ich mochte sie nicht. Still war es, und ich hörte ihr Pfeifen, ich hörte oft die falschen Sachen seit Paris.

In dieser Nacht schliefen Shira und ich miteinander, ohne uns versöhnt zu haben.

Wir waren immer gut im Bett, sogar in miesen Zeiten blieb uns das, Shira sagte einmal, es wäre das Geschenk, das uns die Dibbukim zur Hochzeit gemacht hätten. Welche Dibbukim?, fragte ich. Sie zuckte die Achseln und sagte, dass ich deinen Körper mag, immer, dass ich deinen Schwanz mag, auch immer, dafür muss ein Dibbuk zuständig sein.

Daran dachte ich in dieser Nacht, als wir miteinander schliefen wie ein Liebespaar, obwohl wir nichts waren als alternde, müde Eheleute, die sich gestritten hatten und nicht wussten, ob sie sich versöhnen wollten. Shira hielt mich fest, so fest, dass es schmerzte, dann stieß sie mich weg und sagte: Wenn wenigstens du wüsstest, wo du steckst!

Wo soll ich schon stecken?, murrte ich und wandte mich ab, ich wollte nicht einschlafen, ich wollte aufstehen und gehen, am liebsten die Vespa nehmen und durch die Straßen fahren, bis es wieder hell wurde, bis ich zu meiner Baustelle konnte, wo mir Iunis etwas von seinem Frühstück abgeben würde, das tat er immer, ohne je darauf anzuspielen, dass meine Frau mir nichts mitgab, keine gekochten Eier, keinen Humus, keine Tomaten, nicht einmal das.

Wirklich stand ich etwas später auf, als ich dachte, Shira schlafe, schlich mich ins Bad und zur Wohnungstür. Da sah ich Naim im Flur stehen, im Schlafanzug, so ein hellblauer Jungs-Schlafanzug, und er stand gerade aufgerichtet wie eine

Schildwache, träumend, er war gar nicht wach, er verzog nicht einmal das Gesicht, als er mich sah, falls er mich sah. Er stand da und bewegte sich nicht von der Tür weg. Und ich ging ins Wohnzimmer, legte mich aufs Sofa, versuchte gar nicht erst, ihn ins Bett zurückzubringen, wollte nicht wieder in unser Bett. Nach Avi schaute ich nicht. Ich schlief ein, schlief, bis die anderen weg waren, die Jungs in der Schule, und Shira war auch weg. Dann fuhr ich zur Arbeit.
Iunis stand vor der Mauer und wartete auf mich. Er strahlte, als er mich auf der Vespa kommen sah, und statt zu arbeiten, fuhr ich mit einem nach dem anderen eine Runde durch Ajami, über die Sandwege, bis zu den Klippen und wieder zurück, schlingernd, holpernd, die Möwen kreisten über der Müllhalde, die Männer schrien auf, wenn wir in ein Schlagloch fuhren, sie klammerten sich an mir fest, und auf den Hügeln tauchten Kinder auf, rannten auf uns zu, fuchtelten mit den Armen. Iunis' Frau kam mittags und brachte uns allen Essen, sie hatte Salat gemacht und Labane, es gab frisches Brot mit Sa'ata, Humus, Zwiebeln, gekochte Eier, Borrekas mit Spinat. Die Vespa stand unweit unseres Sitzplatzes, alle wollten sie sehen beim Essen. Najib, der Jüngste von uns, wischte ihr den Staub ab, bevor er sich neben mich setzte, er strahlte mich an und sagte, jetzt werde er auch endlich den Führerschein machen, damit er einmal mit meiner Vespa durch Tel Aviv fahren könnte, von Jaffo bis zum Hafen im Norden, bis nach Reading, zu dem Kraftwerk, er werde über die Dünen reiten, und zum Dank werde er mich einmal mitnehmen, in den Gazastreifen, wo seine Familie lebe und Pferde habe, die schnellsten und kühnsten Araber, und dort werde er mit mir den Strand entlanggaloppieren.

Und ich war mit ihm im Gazastreifen, ich habe seine Familie besucht, und wir sind den Strand entlanggaloppiert.

Dass ich Shira geschlagen hatte, lastete auf mir, nicht so sehr die Ohrfeige selbst, sondern etwas anderes. Ich hatte sie schlagen wollen.

Es war nicht der blinde Moment irgendeines Zorns oder irgendeiner Enttäuschung gewesen, sondern Groll, ein tiefer Groll, auch Kummer meinetwegen, aber Kummer ist etwas anderes, Kummer ist immer der Anfang eines Satzes, Groll dagegen das Ende, nachdem man den Satz vergessen hat und nur die bittere Empfindung bleibt. Nicht, was sie war, brachte mich auf gegen Shira, sondern was ich nicht war, was wir gemeinsam waren. Dieses Paar. In diesem Land, in dieser Stadt, wer wir waren, auf eine so ausweglose Weise, wer wir waren, Shira, Skip. Vielleicht würden wir eine Wohnung kaufen wie die anderen, vielleicht würde ich Segeln lernen, wie andere Männer in meinem Alter, vielleicht würden wir Arabisch lernen, und die Kinder würden größer sein, bald schon, so dass wir abends wieder würden ausgehen können, vielleicht sogar tanzen. Vielleicht würden wir unser Leben ändern oder uns. Shiras Eltern waren im vergangenen Jahr gestorben, ihr Vater war alt gewesen, und ihre Mutter war kurze Zeit nach ihm an einer Entzündung gestorben, Shira und die Jungs vermissten sie manchmal, aber wir mussten wenigstens nicht mehr zu ihnen am Freitagabend, um ein langweiliges Shabbat-Essen mit ihnen und Shiras Bruder, dessen Frau und zwei Töchtern über uns ergehen zu lassen, ein Essen, das uns nicht schmeckte, wir waren frei. Vielleicht würden wir eines Morgens aufwachen, und alles würde von uns abgefallen sein, alles, was an uns klebte, und wir könnten noch einmal aufbrechen. Denn wo ich jetzt auch hinsah, sah ich eine Grenze. Und war es nicht so? Wir waren vom Meer, von den arabischen Ländern umgeben, die uns feindlich waren. Was mir fehlte, waren nicht Reisen, die wir uns nicht leisten konnten, nicht die Unbekümmertheit anderer Länder, wie wir sie uns, in Israel, vorstellten. Shira behauptete, mir fehle das echte Interesse am Leben, an unserem Leben, so wie es war, mir fehle das Bewusstsein, wie kostbar unser Alltag war, wie gefährdet. Wir müssten, sagte sie, dankbar sein, dankbar, dass wir überhaupt lebten. Und dass ich nichts begriff, weil ich kein Israeli war, kein echter Israeli, weil ich kein Vater war, kein echter Vater. Das sagte sie nicht, aber es war, was ich spürte, was ich argwöhnte. Ich war nicht einmal ein echter Architekt, ich baute ein Haus um und aus, und ich verdiente kaum genug Geld, uns alle zu ernähren, obwohl ich nach Paris flog, nur, weil ich einer inneren Stimme folgte. Und ich kaufte mir eine Vespa, nicht irgendetwas Japanisches für das halbe Geld.

So starrten wir uns an, Shira und ich, fragten einander voller Ressentiment, wo steckst du? In welchen elenden Winkel deines Lebens hast du dich eigentlich verkrochen? Denn Shira, die schön und begabt gewesen war, jobbte in Galerien, die auch Schmuck verkauften, weil die ausgestellten Künstler nicht gut genug waren. Angeblich war sie auf der Suche nach den wirklich guten jungen Künstlern, die es dann aber nicht gab, oder es gab sie, aber sie wechselten zu einer anderen Galerie, und Shira verschwendete ihre Zeit meistens mit irgendwelchen Idioten und stopfte ihren Kleiderschrank mit immer mehr Kleidern voll.

Über all das hätte ich vielleicht mit meiner Mutter sprechen können, sie, die nie ganz in Paris zu Hause war, die nie als Künstlerin ihren Platz fand, hätte mir vielleicht einen Hinweis geben können, der mir fehlte, um wieder Fuß zu fassen, auf einem Bein wenigstens, vielleicht auch mir zeigen können, dass ich ja doch stand, auf zwei Beinen sogar, mitten im Leben, wo auch sonst?

Bring das deiner Frau, sagte abends, als ich von der Baustelle aufbrach, Iunis und gab mir, in ein Tuch eingeschlagen, einige Borrekas mit, er sah zu, wie ich den Sitz hochklappte, die Borrekas darunter verstaute. Sie braucht auch einen Helm, sagte er.

Vielleicht hat uns das gerettet.

Man verschließt sich gegen einen Menschen in einem Streit, vielleicht öffnet man sich ihm einige Tage lang nicht, weil man grollt, weil man sich schämt, weil man müde ist – und plötzlich lässt sich das Herz nicht mehr öffnen, es scheint verklebt, der Blick ist träge, er sieht nicht mehr, was gefallen könnte, sondern nur Enttäuschung, Argwohn, der Groll dauert an, und dann ist es zu spät, der Weg scheint voller Barrieren oder einfach verschwunden, als hätte es nie einen Weg gegeben, als wäre jedes Lächeln, jeder gemeinsame Gedanke eine Illusion. So viel Zufall regiert uns, Zufall, der uns weismachen will, wir könnten nichts mehr entscheiden. Doch wir sind es, die entscheiden.

Eigentlich, so denke ich jetzt, da ich dies aufschreibe, eigentlich wollte ich damals nicht glauben, dass auch Shira eine Seele hatte. Wenn sie seelenlos war, so war ich frei.

Iunis stellte sich mir in den Weg, da war es ein Weg. Also kaufte ich Shira einen Helm.

Und ich sagte ihr: Komm.

Wir ließen die Jungs allein zu Hause. Sie taten, als würden sie uns nicht kennen. Sie schauten nicht auf, als wir ihnen sagten, in einer Stunde sind wir wieder da.

Ich fuhr langsam, sie hielt sich an meiner Taille, irgendwann schlang sie ihre Arme um mich, einmal legte sie ihren Kopf auf meine Schulter. Es wurde Abend, der Abend war still, im Westen zogen Wolken auf, doch war es warm, vom Meer wehte der Wind durch die Straßen, noch versperrte kein Hochhaus den südlichen Strand. So habe ich immer Tel Aviv geliebt, wenn die Hitze nachließ, der Lärm, wenn der Tag ohne Unglück vergangen war, wenn die Aufmerksamkeit nachließ und alles sanfter wurde, die Gesichtszüge der Menschen, das Antlitz der Stadt.

Ich fuhr Shira an der Baustelle vorbei, an meinem Haus – ich hätte es gerne für uns besessen. Wir fuhren weiter, Shira fragte, ob ich umkehren und bei Abulafia, dem Bäcker, etwas holen wolle, ich sagte, ich habe etwas zu essen dabei. An einem Kiosk hielt ich und kaufte zwei Flaschen Bier. Was willst du?, fragte Shira. Ich fuhr sie den Hügel hinauf, dahin, wo niemand mehr war, nur die Reste der Handwerker, Schreiner, Schuster und Schneider, die ihren Müll auskippten, es war schon verboten, die Müllhalde war geschlossen, aber wir fanden ein ausgestopftes Reh, wir fanden die hölzernen Schusterleisten, auf die früher Schuhe genäht worden waren, zerschlissene Kleider, eine Kommode ohne Beine, einen alten Sessel. In den Sessel setzte sich Shira. Sie schaute still übers Meer, man sah ein paar Schiffe weit draußen. Als Kind habe sie immer darauf gewartet, einen Walfisch zu sehen, denn wo sollten Walfische sein, wenn nicht bei Jaffo? Und in ihren Träumen tauche noch immer der Wal auf, sagte

Shira, und manchmal denke sie, er sei ein Bote, ein Bote für irgendetwas, das sie nicht verstehe und das mit mir zu tun habe, sie warte, dass endlich geschehe, worauf sie warte, ohne zu wissen, was es sei.

Ich weiß nicht mehr, ob ich sie fragte, nach dem Traum, was er mit mir zu tun habe, und ob ich sie küsste, ich weiß auch nicht, ob wir miteinander schliefen, in der Dämmerung oder Dunkelheit, im Stehen oder auf dem alten Sessel. Ich frage mich, warum nichts geblieben ist, anders, als von unserer zweiten und letzten Fahrt, ein paar Jahre später, warum sich an diesen Abend keine Erinnerung einstellen will, keine Empfindung sich zurückrufen lässt. Damals muss ich doch bewegt oder sogar aufgewühlt gewesen sein, denn ich kehrte am nächsten Abend zur Misbele zurück, dem alten Müllplatz überm Meer, ich wollte einen der Schusterleisten holen, um ihn aufzubewahren, ich weiß nicht, warum. Zuerst fand ich nur den Sessel wieder, suchte weiter zwischen den kleinen gelben Blumen, zwischen dem harten Seegras, und da, in einer Mulde, sah ich ihn, einen Esel.

In einer Mulde fand ich ihn, grau, nicht sehr groß, nicht sehr dünn, er atmete, das sah ich sofort, auch, dass er starb. Einen Moment schaute ich gedankenlos, nichts dachte ich, nichts empfand ich, Unbehagen, Schrecken, Leere, nichts dachte ich, ich hatte Menschen sterben sehen, meine Großmutter, meinen Großvater, einen Freund sogar, der im Sechs-Tage-Krieg verwundet worden war, aber nie ein Tier, nie hatte ich ein Tier sterben sehen. Der Esel hob den Kopf, vielleicht fünf Zentimeter, er wollte wohl sehen, wer ich war, was ich tat. Ob ich eine Gefahr war. Warum stirbst du?, fragte ich ihn.

Ich schaute mich um, ob nicht jemand in der Nähe wäre, jemand, den ich herbeiwinken könnte, jemand, dem der Esel gehörte, der bei ihm bleiben müsste, damit ich gehen könnte.

Der Esel hatte den Kopf wieder sinken lassen, er atmete mühsam, es sah aus, als würde er schwitzen, das Fell war feucht, ich hockte mich neben ihn.

Und jetzt?, fragte ich. Er seufzte, öffnete die Augen. Seine Augen fanden mich und meine Augen, sonst war niemand da, so streckte ich die Hand aus und streichelte seinen Kopf, die Nüstern zitterten, ich fing an zu sprechen, erzählte von meinen Söhnen, die morgens den zweiten Tag stumm das Haus verlassen hatten, als wüssten sie nicht, was sie mit mir sprechen sollten, als gäbe es keine Wörter zwischen uns, meine Angst war das, meine größte Angst, ihr Verstummen. Schweigen. Schweigen um mich herum.

Manchmal dachte ich, wegen dieser Angst, wegen dieses Schweigens, vor dem ich mich fürchtete, sei ich nach Israel gegangen, in ein redseligeres Land, als es Frankreich gewesen war, nach Tel Aviv, in eine laute, unbekümmerte Stadt, und manchmal dachte ich, das sei beinahe eine Strafe, die Hiobs Strafen gleichkomme, hier auch ein Schweigen zu finden, es deutlich zu hören, hilflos zu bleiben, während etwas sich entfernte, zusehen zu müssen, ohne etwas beeinflussen zu können. Ich grollte Shira, aber ich hatte auch um sie Angst. Wenn sie sterben würde? Wenn sie mich allein ließe mit den Jungs, die ich so gerne gezeugt hätte, ich, mit meinem Samen, mit meinem Schwanz?

Dabei ahnte ich nicht, dass Shira krank werden würde. Ich hockte mich neben den Esel, streichelte ihn, sogar seine Nüs-

tern, seine vielleicht todkranken, ansteckenden Nüstern, ich streichelte alles, Backen, Hals, mit dem Finger das Jochbein, und er entspannte sich allmählich, wurde ruhiger, er dachte ans Sterben. Daran, dass es sein musste, dass jetzt Zeit war.
Armer Kerl.
Dann starb er.
Die Wahrheit ist, er öffnete noch einmal das Auge, ich sah ja nur das eine, das rechte Auge. Er öffnete es und schaute mich an. Wie ein Mensch. Vielleicht nur trauriger, es war so ein großes Auge. Dann schloss er es wieder. Und ich blieb bei ihm, blieb, bis er längst aufgehört hatte zu atmen, bis ich spürte, dass mit der hereinbrechenden Nacht und Kühle auch sein Körper kühl wurde.
Ich blieb, als müsste ich jedes Grad Wärme, das seinen Körper verließ, bezeugen.

*

Sobald das Dach meines Hauses in Ajami fertig war, fuhren wir nach Paris, zu meinen Eltern, die längst ungeduldig geworden waren und schließlich jede Woche angerufen hatten, um zu fragen, wann wir kämen, seit sie von meiner Reise erfahren hatten, wollten sie wissen, ob wir sie nicht mehr besuchen mochten, sie waren doch gekränkt, und vielleicht hatten sie auch Sehnsucht, mich zu sehen.
Sie wollten auch, dass ich mit Shira und den Jungs käme, mit ihren Enkeln, wie sie dachten, und es waren ja auch ihre Enkel, sie wollten sicher sein, dass ich nicht fremdging, mit einer fremden Frau, ausgerechnet in Paris, unter ihren Augen gewissermaßen. Ob sie Shira mochten? Vielleicht. Es spielte

keine große Rolle, und es hätte doch eine Rolle spielen sollen. Die Ehe musste respektiert werden, jede Ehe, die Familie, jede Familie, das Einzige, wie mein Vater sagte, wo wir heilig sind und auserwählt. Ich habe mich nie auserwählt gefühlt, auch nicht von Shira. Und meine Söhne? Meine Söhne, meine Söhne –
In diesen Tagen alterte meine Mutter, als hätte sie darauf gewartet, dass ich käme, als wollte sie mich zum Zeugen.
Wir mussten natürlich bei ihnen wohnen, draußen in Jouy-en-Josas, ein Hotel, das hätten sie nicht verstanden, außerdem hatte ich nicht genug Geld für ein Hotel in Paris. Immerhin konnte ich das Auto haben. Shira blieb mit den Jungs in Jouy, sie machten allenfalls einen Ausflug in die Umgebung, nach Versailles, gingen im Park spazieren. Einmal nahm ich die Jungs mit, zeigte ihnen den Eiffelturm und die Champs-Elysées und den Louvre von außen. Sonst fuhr ich allein in die Stadt, eine mühsame Fahrerei, über die ich schimpfte, aber eigentlich vertrieb sie mir die Zeit.
Paris war wie immer. Das Unglück in der Gare de Lyon schien vergessen, nur klopfte mein Herz, als ich durch die Straßen lief, durch die ich im Juni zuvor gelaufen war, und ich war versucht, zu Rubens Eltern zu gehen, zu fragen, wie es ihnen gehe, fragen, ob sie etwas von Ruben gehört hätten. Aber wir hören nichts von den Toten, natürlich suchte ich sie nicht auf, und ich ersparte es mir, zum Friedhof zu gehen. Die ganzen Tage hatte ich nichts zu tun, mit den Jungs hätte ich viel mehr unternehmen können, aber ich hatte keine Lust. Stattdessen half ich meiner Mutter, in ihrem Atelier aufzuräumen.
Da fiel mir der andere Ruben ein, der Sohn des Friseurs, unser Nachbar, als ich ein Kind gewesen war, im Marais, ein

Junge, den meine Mutter gemalt hatte, öfter, als sie mich gemalt hatte. Er war so alt wie ich, ein stämmiger Junge mit einem runden Schädel, stets kurzgeschnittenen Haaren, er ging so selbstverständlich ein und aus im Friseurladen seines Vaters, wie er allein die Straßen entlanglief, unbeaufsichtigt, freier als ich, er kaufte für seinen Vater ein, zur Schule ging er auch, aber er durfte früher gehen als wir anderen, und später erzählte mir mein Vater, dass Ruben manchmal zu meiner Mutter kam, dass sie ihm Kochen beibrachte oder etwas zu essen gab. Seine Mutter war nie zu Hause. Sie lebte aber, und ich erinnere mich, wie ich einmal bei Tisch fragte, ob sie davongelaufen sei, Rubens Vater davongelaufen, an das Schweigen meiner Eltern erinnere ich mich, und wie sie Blicke wechselten, bis schließlich mein Vater, der Arzt, sagte, es gebe Dinge und Krankheiten, die man nicht begreifen könne, und dass Rubens Mutter an einer solchen Krankheit leide. Ob sie im Krankenhaus sei, beharrte ich, ob Ruben sie besuchen dürfe, und mein Vater antwortete, sie sei in der Salpêtrière, man könne sie nicht besuchen.
Ruben war nicht mein Freund. Wir taten unser Möglichstes, einander zu verachten ... Ich sah ihn in den Friseurladen eintreten, wie einen Besitzer, der in der Welt seinen Platz hat, und ich beneidete ihn, obwohl ich darauf beharrte, dass ein Friseur weniger war als ein Schneider, viel weniger als ein Arzt. Doch Ruben scherzte mit den Kunden und mit den Mädchen, während ich meine Mutter liebte und sonst niemanden, und er gehörte zum Leben, so unzweifelhaft zum Leben, zur Straße, zu den Gerüchen, den Scherenschleifern und Glasern, den einfachen Leuten, zu denen, die ich täglich auf der Straße sah. Viele grüßten mich, weil ich der Sohn

des Doktors war, aber deswegen gehörte ich trotzdem nicht dazu.

Meine Mutter hatte nie eine feste Galerie, die sie ausstellte, überhaupt nur ein Mal eine sogenannte Einzelausstellung, in der Rue des Francs-Bourgeois, es war allerdings ein Raum für jüdische Künstlerinnen, und sie war es nicht, sie war nicht jüdisch. Genauso wenig wie ich vermochte sie, jüdische Kinder in die Welt zu setzen.

Ich sah die Ausstellung, ich kam, aus Israel, half ihr sogar, denn war sie auch keine Jüdin, so hatte sie doch einen Sohn, der Israeli war, sie hatte dem Land Israel einen Sohn gegeben.

Ruben war auf zwei Bildern.

Spielst du mit?, hatte er immer gefragt, seinen Ball in der Hand. Ich hatte keinen Ball. Ich ging nirgendwo ein und aus. Komm doch, später macht Papa uns eine heiße Schokolade! Oder wir gucken zu, wie er Monsieur Claude die Haare schwarz färbt.

Sein Vater freute sich, wenn ich einmal mitkam. Dann war sein Sohn in guter Gesellschaft – denn Ruben trieb sich herum, streifte durch die Straßen, bis zu den Markthallen, da und dort half er, verdiente ein paar Francs. Immer hatte er Geld in der Tasche. Er lud mich ein, um mich zu ärgern, zu Brausetabletten oder einer Limonade, aber zu den Marktleuten nahm er mich nicht mit, auf seine Streifzüge nahm er mich nicht mit, wenn ich jetzt daran denke, tat er es auf eine feine Weise, machte taktvoll einen Bogen um alles, was mir verboten war, wenn ich dabei war, prahlte nie, so wie er auch nie erwähnte, dass er mittags, während ich noch in der Schule war, meine Mutter besuchte.

Die beiden Bilder waren gut. Das sah ich auch, sie wurden als erste verkauft in jener einzigen Ausstellung meiner Mutter.

Manchmal liebt man ein Kunstwerk, weil es einem zeigt, was zum eigenen Leben gehört, aus keinem anderen Grund. Man fühlt sich erhoben und gesichert, über die eigene Zeit hinaus in der Welt befestigt, während man sonst immer schlingert und von der gleichmäßigen Drehbewegung der Erde an den Rand geschoben wird.

Man betrachtet etwas, findet das eigene Leben dargestellt und glaubt, größeren Anteil am Leben zu haben, darum geht es, um nichts anderes, man findet sich selbst in einer Lebendigkeit, die man versäumt hat wahrzunehmen, und da man nie wirklich lebt, nie so intensiv lebt, wie man sich das wünscht, wie man es erwartet, umhüllt man sich dankbar mit diesem zusätzlichen Fetzen Lebendigkeit, von außen, denn irgendwie argwöhnt man, dass das Leben nicht einfach von innen kommt, dass es nicht einfach aus unserem Inneren hervorquillt wie Blut, wenn wir uns schneiden.

Wahrscheinlich kommt viel Unglück daher, dass man anderen das größere, das echte, das intensivere Leben neidet, sogar den Armen neidet man, dass sie mit ihren Händen in der Erde oder im Müll wühlen und so immerhin spüren, wie Stoff und Scherben und Konservendosen und Lehmklumpen sich anfühlen, und so verachtet und quält man sie, um ihnen zu nehmen, was sie scheinbar besitzen: das Leben, das echte Leben. Über die Reichen fällt man her, weil man glaubt, sie könnten sich kaufen, was einem selber fehlt, eine Reise in die Hölle, eine Liebe im Wüstensand, ein Abenteuer, als könnten sie sich verschaffen, was auch uns zu Men-

schen machte, zu Wesen, die so verwoben und verknüpft sind mit dem Leben, dass ihnen nichts zustoßen kann. Während wir nur wissen, dass wir sterben. Wir glauben, dass wir nicht wirklich leben.
So dachte ich damals, und vielleicht ist das alles nicht einmal falsch.
Ich war ein bisschen bitter. Ich trug die Bilder meiner Mutter in die Garage hinüber, die angeblich trocken war. Viele waren eingepackt, wir machten uns nicht die Mühe, sie auszupacken. Meine Mutter setzte sich auf einen Stuhl und lächelte mir zu, während ich vorsichtig die aufgezogenen Leinwände in ihren alten Bettlaken, wie Schlafende oder Tote, in meinen Armen durch den Garten hinübertrug.
Warum hast du so viele gemalt?, scherzte ich schließlich.
Damit du dich nicht langweilst bei deinem Besuch.
Ich könnte auch den Rasen mähen!
Das wäre nett, dein Vater bekommt davon Rückenschmerzen.
Ihr werdet alt.
Ja, wir werden alt.
Stirbst du bald?
Bald.
Wie soll ich dann leben?
Du lebst doch ohne mich.
Ich fühle mich allein.
Man fühlt sich immer allein.
Ich bin alleine.
Nein, du hast Shira und deine Söhne.
Nicht einmal in diesem Zwiegespräch, das wir so nie geführt haben, sagte ich ihr die Wahrheit, dass Avi und Naim nicht

ihre leiblichen Enkel seien. Und nur in diesem Schweigen, während sie dasaß und mir zuschaute, wie ich ihre Bilder aus ihrem Atelier – es war eigentlich nur ein großes Zimmer mit drei Fenstern – hinaustrug, während ich zusehen konnte, wie sie alterte, vor meinen Augen, Stunde um Stunde, als wäre irgendeine innere Uhr von ihr ins Rennen geraten, während all dies geschah und immer weiter geschah, waren wir einander so nahe, dass ich mich vor sie hinhockte, ihre Hände in meine nahm und fragte: Was soll ich nur tun?
Heute denke ich, es ist etwas, das viel zu selten geschieht. Warum nur fragen wir nicht die anderen, was wir tun sollen?

*

Die Erinnerung ist unzuverlässig, Hirnforscher und Juristen, Historiker und Ärzte werden ja nicht müde, das zu wiederholen, und je öfter wir es hören, je öfter wir Anlass haben zuzustimmen, desto unruhiger wird unser Gedächtnis, desto unzuverlässiger scheint uns, was wir zu erinnern glauben.
Für was können wir uns verbürgen?
Habe ich gewusst, dass meine Mutter bald sterben würde, dass es die letzte Gelegenheit war, sie zu fragen, irgendetwas zu fragen?
Und hat sie, wie ich es erinnere, mein Gesicht zwischen ihre Hände genommen, Hände, die kräftiger waren, als ich vermutet hätte? Mit einem Blick, der voller Zweifel und voller Gelächter war?
Habe ich gewusst, dass meine Mutter sterben würde, kaum dass wir in Israel zurück waren, dass es die allerletzte Gele-

genheit war, sie etwas zu fragen? Oder erinnere ich mich daran, fälschlich, weil es so hätte sein sollen und weil ich ein Experte für den Tod bin?

Ich mache mir Vorwürfe, als hätte ich sie halten können, als hätte ich wissen müssen, was ich zu tun hatte, damit sie nicht starb. Sie war vierundsiebzig Jahre alt, als wir sie beerdigten.

Es war der Frühsommer 1989, überall in Europa schienen die Menschen aufzubrechen, die Grenzen zu überqueren, und die Reisen waren nicht bloße Reisen, sie führten in ein neues Land, in ein anderes Leben, sogar in Deutschland begannen die Leute unruhig zu werden, sie opponierten gegen ihre eigene Feigheit. Ich saß vor dem Fernseher und begriff zum ersten Mal, wie die Grenzen unserer Länder uns bestimmen und gefangen halten, wie wir uns, den Pass in der Hand als eine große Erlaubnis zur Trägheit, beschränken auf das, was für uns vorgesehen ist von anderen.

Lass uns auswandern, sagte ich zu Shira. Lass uns das Land verlassen.

Vielleicht hat sie einfach nicht geglaubt, dass ich es ernst meinte, dass ich nicht heimlich daran dachte, sie zu verlassen. Sie tat, als wäre ich verrückt geworden, als wäre es nur eine verrückte, dumme Idee, ihre Augen wurden dunkler, bitter, und ungeachtet ihrer Traurigkeit zeterte sie, wer ich nur sei, wie ich so sein könne, dass ich die Familie zerstören wolle, nie hätte ich begriffen, was das bedeute, Zusammengehörigkeit, Treue, Treue auch da, wo es keinen Gewinn gebe. Ich war ein Verräter für sie, und all mein Reden, ich träume von einem besseren Leben mit ihr und den Jungen, blieb ungehört.

Zum Glück hatte ich meine Arbeit, das Haus, das lebendig wurde unter Iunis' und meinen Händen, das Haus, an dem wir bauten, als wäre es unser eigenes. Der Besitzer dankte es uns nicht, vielleicht empfand er wie wir, dass uns gehörte, was wir schufen, große Räume, die miteinander verbunden waren, so dass jeder – unser Auftraggeber hatte drei Kinder – für sich sein konnte, ohne sich von den anderen abzuwenden, dass jeder genug hatte für sich, nicht um mehr kämpfen musste, und man konnte hinaus und herein, es gab die große Terrasse und zwei Balkons und rechts einen kleinen ummauerten Garten. Den Garten machten wir auch, ich hatte darauf bestanden. Iunis fand jemanden, der einen Brunnen baute, und seine Frau suchte die Pflanzen, es sollten Pflanzen sein, die wir in Jaffo und Ajami gefunden hatten, Stadtpflanzen, sagte ich zu ihm, am besten nur Stadtpflanzen, schließlich ist es ja ein Stadtgarten.

Als wir fertig waren, feierten wir ein Fest, nur wir. Nur wir, ich und Iunis und die anderen Arbeiter, und seine Frau. Wir nahmen Abschied von dem Haus, das unser Haus geworden war, es war ein wehmütiges Fest, im Frühjahr 1990. Überall war Hoffnung. Die Menschen strömten über die Grenzen, die Länder schienen sich zu schütteln, aufzuwachen, überall war von Möglichkeiten die Rede, nur bei uns träumte keiner, und dass die Grenzen sich öffnen sollten, schien undenkbar. Aber auch der Frieden mit Ägypten war einmal undenkbar gewesen, und Schamir, Jitzchak Schamir, an den sich kaum noch jemand erinnert, wurde immer älter, stemmte sich wie eine Schildkröte gegen unser Land. Wenn ich an das Jahr zurückdenke, weiß ich, dass wir noch Leute waren, die hoffen konnten, ein Volk, das hoffen konnte, und seither haben wir das verloren, den Willen, die Hoffnung, wie man es auch immer nennen will.

Als, Jahre später, ein paar Leute anfingen, in Sderoth einen Kibbuz zu machen, einen städtischen Kibbuz, einen, der sein Geld nicht mit Fisch oder Avocados verdient, sondern mit Sozialarbeit, mit Kindergärten, mit Altenpflege, da dachte ich, ich schließe mich ihnen an, diesem Kibbuz Migwan, um zu suchen, was ich 1995 verloren hatte, diesem Jahr, das solch ein Unglücksjahr war und mich nackt zurückließ, als im Mai Shira starb, als Avi das Haus verließ, um zum Militär zu gehen, und im November Jitzchak Rabin ermordet wurde, im Frühjahr 1996 ein Anschlag nach dem anderen Menschen, die nichts weiter getan hatten, als mit dem Bus zu fahren, in den Tod riss, und ein Schulfreund von Naim darunter war, Joni, der Cellist hatte werden wollen, und Naim erzählte, er habe von Jonis Vater gehört, die Hände seien ihm abgetrennt worden, und dass er, als er das sah, geweint habe, weil es besser war, dass Joni tot war. Es war ein schlimmes Jahr, aber ich wollte von Ajami erzählen und unserem traurigen, fröhlichen Fest ein paar Jahre zuvor, als alle Geschichten erzählten, Iunis machte den Anfang, und schließlich saßen wir nebeneinander auf der Brüstung des Balkons hoch über dem Garten und hoch über dem Meer, wie Schwalben auf einer Stromleitung, sagte Iunis' Frau, und bereit zum Abflug. Wir versprachen einander, dass wir uns nicht aus den Augen verlieren würden, und Najib, der inzwischen im Gazastreifen lebte und jeden Morgen um vier Uhr aufbrechen musste, um die Grenzen zu passieren, bat mich, ich solle rasch einen neuen Auftrag finden oder ihm eine Arbeitserlaubnis in Israel besorgen, denn er würde es nicht aushalten bei seiner

Familie. Die Familie fand er schlimmer als das Militär oder die Hamas-Leute, die zunehmend an Einfluss gewannen, und er fragte mich, wie er es schaffen könne, nach Europa zu gehen, um zu studieren. Er sagte, nach Deutschland, und dabei grinste er mich an wie jemand, der glaubt, einen vulgären Witz gemacht zu haben.

Am nächsten Tag übergab ich das Haus dem Auftraggeber, zeigte der Familie das Wohnzimmer, in dem die Fensterbänke zu großzügigen Nischen verbreitert waren, zeigte ihnen die Bibliothek, das Schlafzimmer, das eine Fenstertür auf einen kleinen Austritt über dem Meer hatte, den Hof mit dem frisch gepflanzten Olivenbaum, die Terrasse, den Balkon im oberen Stock, den kleinen Garten, zeigte es ihnen und Shira, denn auch Shira zeigte ich erst bei dieser Gelegenheit das Haus, und vielleicht war das das stärkste Zeichen für unsere Entfremdung. Was man teilen, was man für sich behalten, wo man den nächsten Menschen ausschließen will. Sie wurde bevorzugt behandelt, wie meine Kundschaft.

Wie viele Gedanken wir darauf verschwenden, uns voneinander fernzuhalten, einander etwas vorzuenthalten, als würde uns das zum Guten ausschlagen. Die Angst, es könne uns einer zu nahe kommen.

Und dann beklagen wir seinen Tod, so wie ich den Tod meiner Mutter, den Tod Shiras beklage und den Tod Jonis auch, der einmal Naim gefragt hatte, ob er nicht zu uns ziehen könne, weil er sich mit seinen Eltern zerstritten hatte, und ich nur dachte, dass ich nicht noch einen Menschen um mich ertrage, einen Fremden, einen bildschönen Jungen mit seinem Cello, dessen einziger Fehler war, dass er zu lange und so leise sprach, dass man ständig fragen musste, was er denn gesagt habe.

Und Shira, Shira, die schließlich, als ich dabei war, den Mut zu verlieren, weil kein neuer Auftrag kam, das Haus in Newe Zedek fand, eine Bruchbude, die wir uns leisten konnten, genauer gesagt zwei aneinandergrenzende Bruchbuden, und der Verkauf der einen, als ich sie schließlich ausgebaut und renoviert hatte, finanzierte uns unser Haus, mit seinem Hof, das Haus, in dem wir ein paar Jahre gelebt haben und das ich immer noch besitze.
Mit Mühe habe ich mich von Shira ferngehalten, und ich vermisse sie. Es gäbe so viel, was ich ihr erzählen wollte.

*

Najib stand am folgenden Morgen vor der Tür.
Bei mir zu Hause, gerade als ich aufbrechen wollte in mein kleines Bürozimmer, das ich monatelang kaum benutzt hatte, weil ich alles Schriftliche lieber in dem neuen Haus erledigt hatte, das andere sowieso. Die Kinder und Shira waren schon aufgebrochen, ich trat vor die Tür, leer und ratlos, wie man nach großen Aufträgen ist, und ich schaute zur Vespa, die ich jetzt eigentlich nicht mehr brauchte. Da stand Najib.
Sein Gesicht war zerschunden und unbewegt.
Was ist passiert? Ich ging langsam zu ihm, wie um ihn nicht zu erschrecken. Er hielt eine Tüte in der Hand und streckte sie mir hin: Von meiner Mutter, sagte er. Avocados, von unserem Baum.
Und das andere?, fragte ich ihn.
Mein Cousin, sagte er mit einem Achselzucken. Er zeigte auf die Vespa.
Alle drei oder vier Tage kam er nun, und wir fuhren los, ir-

gendwohin, erst in Tel Aviv, dann weiter, Richtung Norden, nach Herzlia und Arsuf und Pardisi.

In Pardisi, einem arabischen Dorf unterhalb von Sichron Ja'akow, hatte er Verwandte, die uns bewirteten, überschwänglich das erste, verwirrt und kühler das zweite Mal, wahrscheinlich bekamen sie Weisung, nicht zu vertraulich mit Najib zu sein, der in Ungnade war bei seiner Familie. Dass ich ihn trotzdem im Gazastreifen besuchte, kommt mir im Nachhinein wahnsinnig vor: Wie sollte Najib für meine Sicherheit garantieren?

Ich nahm sogar Shira mit, bis zur Grenze. Dort stritten wir uns, denn auf einmal weigerte sie sich mitzukommen, sie beschimpfte mich, wie ich das Leben zweier Eltern so leichtfertig aufs Spiel setzen könne, am besten, wir nähmen unsere Söhne ebenfalls mit, damit wir alle zusammen als leichtes Schlachtopfer der Hamas in die Hände fallen könnten, und ob ich glaube, damit etwas für den Frieden zu tun –. Sie fand zwei Soldaten, die nach Tel Aviv fuhren und sie mitnahmen. Ich fuhr mit meinem Auto, mit meinem gelben Nummernschild, die schmalen Straßen entlang, rechts und links kleine Pflanzungen, alle paar Meter eine neue Abzweigung, die Schilder konnte ich nur teilweise lesen, einige waren nur arabisch beschriftet. Nur nicht nach Gaza, hatte Najib mir eingeschärft, nur um Gottes willen nicht nach Gaza hinein ... Das arabische Schriftbild hatte ich mir zu Hause heimlich eingeprägt. Einmal sah ich am Straßenrand vier Soldaten, die einen Palästinenser durchsuchten, sie tasteten ihn lachend zwischen den Beinen ab, mich beachteten sie nicht.

Einige Wegkreuzungen weiter sprangen plötzlich aus einem

Gebüsch ein paar Jungs auf die Straße, ich konnte in letzter Minute bremsen, bremste aus Gewohnheit, aus Dummheit, weil ich nicht auf sie zufahren konnte, diese Halbwüchsigen, die plötzlich grinsend um mich herumtanzten, und ich sah in ihren Augen den Tod, meinen Tod, einige unvorsichtige Israelis waren schon gesteinigt worden, sah in Augen, die spitzbübisch lachten, sah, dass sie nach Steinen greifen würden, und wirklich bückte sich einer, hob einen Stein auf, ein anderer fiel ihm in den Arm, und während ich zu den beiden schaute, öffnete ein Dritter die Beifahrertür. Doch er sagte freundlich auf Englisch: Fahr los, ich bringe dich zu Najib.
An sein Profil erinnere ich mich, ein hübscher Junge, der ein Lächeln unterdrückte, er merkte wohl, dass ich Angst hatte, und er war stolz auf seine Aufgabe. Er schaute geradeaus, erklärte wortreich, wie die Mouassin gebaut waren, die Palmen und die Büsche dazwischen, die den Sand befestigen sollten, dadurch entstanden, geschirmt vor dem Wind, winzige Felder, kaum größer als zwei Zimmer, es wuchsen dort Gurken, Tomaten, Wassermelonen, was wuchs, war wenig, aber es schmeckte ausgezeichnet, nirgendwo habe ich so gute Gurken gegessen, dazu Fladenbrot, Olivenöl und Oliven, die aus Hebron kamen.
Hebron ist gesegnet, sagte Najibs Onkel ernst, und er gab mir ein Tütchen mit, kleine bittere Oliven, die in einer einfachen Steinmühle mit einem kurzen Schlag zermalmt werden, in Wasser eingelegt, mit Zitronen, Salz, Peperoni. Das Essen spielt eine große Rolle in Israel und zwischen Palästinensern und Israelis, wer nämlich den besten Humus, die besten Felafel, das beste Schawarma macht, immer die gleiche Frage, wer eigentlich hierhergehört, wem die Erde sich

als wohlgesinnt erweist, diese Erde oder dieser Sand, dem Früchte abzutrotzen in den meisten Teilen des Landes List und unendliche Geduld und Geld braucht.

Ich verstehe nichts von Landwirtschaft, angeblich ist alles nur eine Frage des Wassers. In Gaza haben die Leute eigene kleine Brunnen. Sinkt der Grundwasserspiegel zu tief oder ist das Grundwasser verschmutzt, sind sie verloren. Ein paar Sachen sind immer klar. Die meisten sind es trotzdem nicht, und letztlich geht es darum, ob man anderen einen Schaden zufügt oder darauf verzichtet, aus keinem anderen Grund, als dass man niemandem einen Schaden zufügen möchte. Wir müssen uns eingestehen, dass wir anderen Schaden zufügen, dass wir dazu bereit sind. Dass es uns nichts ausmacht.

Shira hatte recht gehabt. Ich wollte etwas aufs Spiel setzen.

Und sie hatte unrecht, denn keiner dachte daran, mir etwas anzutun, nicht einmal der Cousin von Najib, der mit seinem Bart und seinem finsteren Gesicht sich weigerte, mir die Hand zu geben, er hockte sich aber später zu mir in den Sand und fragte, ob er auch ein Motorrad kaufen könne und warum ich nicht in Frankreich lebe und ob es stimme, dass nur mein Vater Jude sei.

Vielleicht hätten wir lernen müssen, dass wir nicht begreifen, wer diese Menschen sind, nicht begreifen, wer wir selber sind, in dieser Hitze, in dieser Öde, in diesem Land, das gleichzeitig leer und voller Menschen ist, die man nicht sieht.

Es gab keine Verbrüderung an diesem Nachmittag.

Nichts geschah, was von Bedeutung gewesen wäre, wenn man von den Gurken absieht, diesen kleinen, so schmackhaften Gurken, die wir gemeinsam aßen, von der Wassermelone, der ersten des Jahres, von dem süßen Kaffee, der nach Kardamom duftete, und wider besseres Wissen war mir, als würde mir die fehlende Hälfte Israels vertraut, als begriffe ich endlich, was dieses Land sein müsste, um zu sich selbst zu kommen.

In den Jahren bis heute hat sich das Land verändert, vor allem habe ich mich verändert. Früher wollte ich wissen, was ein Stück von mir selbst werden könnte. Jetzt interessiert mich, wovon ich Teil werde, wenn die Grenzen und Definitionen, die ich früher so wichtig fand, schwächer und schwächer werden.

Najib führte mich durch kleine Felder zum Meer. Er ging voran, pfeifend oder singend, er ging voran, um nicht mit mir zu sprechen, dachte ich, und auch daran, wie leicht wir überfallen werden könnten. Wir begegneten niemandem, und doch wusste ich, dass überall hinter den Hecken und Büschen Hütten waren, kleine Hütten, in denen die lebten, die nichts Besseres hatten, manchmal auch Städter, die ihre Häuser in Gaza im Sommer sich selbst überließen, auch Beduinen, die nicht gern, wenn es nicht winterlich war, in festen Häusern lebten. Es war still, noch immer war es heiß, dann kam ein leichter Wind, ein Salzwind. Da lag vor uns der Strand, der Strand von Gaza, dessen weißer Sand sich bis nach Ägypten hinunter erstreckt, dessen Uferlinie mir so weit und schön schien, dass ich später mit den Söhnen wiederkommen wollte, ungeachtet der Gefahr, denn ich dachte, wenn sie dies nicht sehen, begreifen sie nicht, wie das Land gemeint war, und es wäre bloß eine Frage der Zeit, bis sie ihm den Rücken kehrten. Nun, ich habe sie nicht mitgenommen in den Gazastreifen, und so ist es gekommen.

Inzwischen ist alles längst abgeriegelt, die Anzahl der Toten steigt mit jeder Woche. Damals waren wir vor der Hoffnung, ohne es zu wissen, jetzt sind wir in der Hoffnungslosigkeit.

Wir zogen uns aus, um zu schwimmen. Najib und ich.

Die Wellen waren hoch, mir war, als sähe ich zum ersten Mal das Meer, dies erste Mal, an das ich mich nicht erinnere. Im Abendlicht, die Schatten wurden gerade lang, wirkte der endlose Strand unwirklich, es näherte sich ein Wagen, ein Wägelchen, vergittert wie ein Käfig, gezogen von einem Esel, der mit eifrigen Schritten aufs Wasser zulief, kurz davor angehalten wurde von einem Jungen, der heraussprang, die Türen lachend aufriss, gleich einen kleinen Jungen an den Händen nahm, mit ihm ans Wasser lief, dicht gefolgt vom Esel und dem Wägelchen, aus dem jetzt fünf, sieben, elf Kinder heraussprangen, um in der Brandung zu spielen.

Die Wellen waren hoch, hoch wie in den Ferien, als ich ein Kind war, hoch wie am Atlantik, als mir mein Vater schwimmen beibringen wollte und anfing zu weinen, weil er daran dachte, wie sehr er sich als Kind gewünscht hatte, ans Meer zu fahren, und wie sein Vater, mein Großvater, ihm erzählte, dass er nicht schwimmen lernen konnte, weil Juden nicht schwimmen lernten.

Ich bin Halbjude, aber bis heute hat sich etwas davon gehalten, von der Überzeugung, dass Juden nicht schwimmen können, dass ich auch nicht schwimmen kann, und obwohl ich jedes Mal am Tel Aviver Strand Hunderte von Juden schwimmen sehe, glaube ich, das ist nur der Tel Aviver Stadtstrand, das ist nicht das Meer, nicht das Meer, in das die Palästinenser uns hineindrängen wollten, dass wir alle ertrin-

ken wie die Ägypter im Roten Meer, das ist nur das Tel Aviver Meer.
Ich tauchte durch die erste Welle, anders ging es nicht.
Tauchen.
Ich kam wieder hoch. Neben mir sah ich Najibs Gesicht.
Er strahlte mich an. Ich dachte, wie hübsch und kräftig er aussah, und ich sah etwas in seinen Augen aufblitzen, bevor er wieder untertauchte, einen Moment hatte ich es gesehen, und wie ich nach ihm schaute, erwischte mich die nächste Welle, riss mich ein Stück zurück, drückte mich nach unten, ich verlor die Orientierung.
Wenn du unter Wasser die Augen aufhalten kannst, ist das, als würdest du alle Tränen der Welt vergießen, hat mir ein Freund gesagt, Nachum, der aus seinen Modellen nie richtige Häuser machen wollte, stattdessen immer etwas dazubaute, eine winzige Eisenbahn, merkwürdige Tiere, weitere Häuser und Tunnel und Mauern, und um alles herum weitere Mauern, Möbel in den falschen Größen, riesige Tische, winzige Stühle, immer sah alles erst richtig aus, dann wurde es falsch und verdreht, seine Bauwerke breiteten sich aus, erst standen sie auf einer Holzplatte, schließlich musste er sie auf den Fußboden stellen, es wurden immer größere Flächen, und eines Tages, als ein Erdbeben, ein schwaches, Tel Aviv erzittern ließ, fiel alles zusammen, was er mühsam aufgebaut hatte, eine Welt, die drei auf fünf Meter maß und ihn zwei Jahre seines Lebens gekostet hatte.
Ich war zu ihm gegangen, und er weinte.
Jetzt dachte ich an ihn, als ich versuchte, die Augen unter Wasser zu öffnen, es brannte, die Wucht der Wellen riss an mir, und weil schon die nächste Welle über mir war, verlor

ich die Orientierung, wusste nicht länger, wo unten und oben, der Himmel, wo der Horizont, wo der Strand waren, ich schluckte Wasser, strampelte, öffnete mit Gewalt die Augen, da sah ich wieder Nachum vor mir, und dann wurde es ganz ruhig, nichts Besonderes geschah, nur ruhig war es, das Wasser toste auch nicht mehr, alles stand still. Ruhig war es, ich sah kein helles Licht und auch nichts Dunkles, meine Augen brannten noch immer. Dem Tod kam ich nicht näher, und vom Leben habe ich nichts gelernt in der kurzen Zeit – wie lang war es, eine Minute, waren es drei Minuten? –, die unendlich schien, wie Leute sagen, die behaupten, etwas gesehen zu haben von einem Leben nach dem Tod.

Nur der Unterschied schien mir nicht mehr so wichtig, die Entfernung nicht so groß, der Tod vom Leben aus nicht so unerreichbar, als wäre der Weg viel kürzer oder kaum ein Weg, eher wie man sich umdreht, nur eine kleine Bewegung, aber alles sieht anders aus mit einem Mal. Und so drehte ich mich um, vielleicht, weil ich an Shira und die Jungs dachte. Hätte ich in diesem Moment die Augen nicht geöffnet gehabt, ich hätte Najib nicht gesehen.

Er kam auf mich zugeschwommen, in Wahrheit vielleicht sehr schnell, für mein Auge jedoch langsam, als müssten wir im Traum erst einig werden, wohin wir wollten, in welche Richtung. Vielleicht war er schnell, wahrscheinlich war er es, packte mich bei den Schultern, trug mich nach oben, hielt mich, ließ mich ausruhen, indem er, selbst auf dem Rücken in der Dünung treibend, mich auf seinen Oberkörper zog, wir waren inzwischen weit vom Strand, die Wellen waren lang, sie brachen nicht, sie wiegten uns, ich kam zu Atem, hustete, über uns flogen ein paar Seeschwalben.

Mit einem Lachen ließ mich Najib zurück ins Wasser gleiten, schwamm los, schaute sich lachend nach mir um. Einen Moment fragte ich mich angstvoll, wie ich zurück sollte, zum Ufer, durch die Wellen, mit den Wellen, was ich tun müsste, dass sie mich nicht an den Strand schlügen, und wie mich Najib ein zweites Mal retten sollte. Ich folgte ihm zum Ufer, er wandte sich zu mir, bedeutete mir, was ich ihm nachtun sollte, er tauchte unter, ich folgte ihm, diesmal verlor ich die Richtung nicht, nahm über mir die Welle wahr und tauchte wieder auf, sah Najib, folgte ihm, tauchte ein weiteres, ein drittes Mal, dann waren wir wieder in der langen Dünung, ruhten uns aus für den Rückweg.

Nie gegen die Kraft, die dich besiegen würde, entweder unten drunter wegtauchen oder mitschwimmen! Najib grinste mich an. Wir lagen nebeneinander im Sand. Die Kinder aus dem Wägelchen spielten etwas weiter weg in den auslaufenden Wellen, der Esel war den Strand ein Stück hinaufgelaufen, man hatte ihm einen Strohhut aufgesetzt, er döste in der Sonne, die Kinder schrien und lachten, ein paar größere Jungen waren darunter und ein Mädchen in einem langen Kleid, sie holte aus dem Wägelchen eine Kühltasche, breitete eine Decke aus, suchte Steine, um sie zu beschweren, dann nahm sie Schüsseln aus der Tasche, bereitete ein Picknick vor.

Morgen reiten wir, sagte Najib.

Morgen?, fragte ich. Ich muss nach Tel Aviv zurück, es ist schon spät.

Zu spät, erwiderte Najib, bis du bei deinem Auto bist, wird es dunkel, das ist zu gefährlich.

Bestimmt gab es damals einen Wortwechsel, ich erinnere mich an das Gefühl von Angst und Empörung, als wäre ich in eine Falle geraten, und ich beruhigte mich erst, als Najib versicherte, ich könne Shira anrufen, um ihr zu sagen, ich bliebe über Nacht, und als er anbot, mich zu dem nächsten israelischen Stützpunkt zu bringen – nicht weiter schwirig, im Gazastreifen sind ja überall Flüchtlingslager –, damit ein paar Soldaten mich zur Grenze begleiteten. Da beruhigte ich mich, die Kinder kletterten zurück in den Wagen, ein Junge nahm den Esel am Halfter und führte ihn den Strand hinauf. Ein paar Männer waren noch am Wasser, und ein kleines Fischerboot näherte sich, die Männer zogen es in den Sand. Najib lief hin, er kam mit einem großen Fisch zurück, er strahlte, sagte den Namen des Fisches auf Arabisch und winkte mir, ihm zu folgen. Wir schuppten den Fisch zusammen, die Schuppen flogen im Wind, auf dem nackten Oberkörper von Najibs kleinem Bruder blieben sie kleben, glitzernd, im schon dämmerigen Licht sah er geheimnisvoll aus. Salim hieß er, er lebt nicht mehr.

Und wer weiß, was Avi und Naim zugestoßen wäre, wären sie in Israel geblieben.

In der Nacht lag ich draußen, denn es war heiß, sie hatten mir ein Lager gemacht aus Teppichen und Decken, die Nacht war mondhell, Najib war rasch eingeschlafen. Am liebsten wäre ich aufgestanden und zum Meer hinuntergegangen, aber ich fürchtete mich, überall waren Schatten und Geräusche, Rascheln und Fiepen, Nachtvögel sicherlich, Flughunde, mir war, als wüsste ich nicht, wo ich bin, wie man es als Kind nicht weiß, weil etwas um einen herumschleicht, Verdacht und Furchtsamkeit, es war, als wären die Kindheitsgespenster plötzlich eine reale Gefahr, als hätte man begriffen, was einem droht, als wäre alles Vorige nur Einbildung gewesen, jetzt aber, da ich klug war, wusste ich, was mir zustoßen konnte. So lag ich, ängstlich, bezaubert von dem Licht, schlaflos.

Shira hatte am Telefon gesagt, ich solle anderntags erst mittags kommen, das hieß, nach dem Mittagessen. Es war oft, dass sie mich tagsüber nicht gern zu Hause haben wollte, am liebsten erst abends, wenn sie den ganzen Tag Zeit gehabt hatte, sich zu sammeln, wenn sie keine Angst mehr vor dem Tag haben musste, wenn sie ein Bier trinken konnte und wusste, bald kam die Nacht und der Schlaf.

Und ich schlief ein, irgendwann, wachte morgens auf, als Najib dastand, mit zwei Pferden. Die Sonne stand schon ziemlich hoch, neben mir sah ich ein Tablett mit Kaffee, einem Schälchen Humus, Pita, einem Ei. Salim hüpfte aufgeregt herum wie ein kleiner Junge und redete auf Najib ein, ich verstand nicht, was er sagte. Najib lachte, er klopfte dem einen Pferd auf die Kruppe, Salim zuckte mit den Achseln, dann sprang er, ohne Anlauf zu nehmen, auf das Pferd, das sich im Kreis drehte, immer schneller, um ihn abzuwerfen, sich aufbäumte, ich unterdrückte einen Aufschrei, seine Mutter stand hinter einer Hecke und sah zu, in ihrem Gesicht Angst und Stolz und Resignation, und ich frage mich, wenn ich an diesen Morgen, an jenen Besuch bei Najib zurückdenke, woher plötzlich die Leute kamen, sie tauchten auf wie aus dem Nichts, kamen auf Fahrrädern oder Eseln oder mit dem Auto von irgendwoher, wo man keine Behausung sah, schon gar keine Ansiedlung, während wir Juden immer weithin sichtbar in allzu kenntlichen Mauern wohnten, umzäunt, bewacht, unsere Wege von Kontrollen und Schranken markiert.

Das Pferd schoss davon, ein paar Kinder rannten ihnen nach. Najib sprang auf das zweite Pferd, reichte mir die Hand, zog mich zu sich hinauf, und ich klammerte mich an ihn, wie er sich auf der Vespa an mich geklammert hatte, als wir in Ajami durch Schlaglöcher fuhren. Die Pferde jagten hintereinander her, den Strand entlang, Salim feuerte seines an, ein alter Mann, der fischen gewesen war, sprang erschrocken zur Seite. In einiger Entfernung sah ich ein paar Betonbaracken, dahinter einen Wachturm, einen Zaun: eine Siedlung.

Da sind Soldaten, schrie ich Najib ins Ohr. Er wandte den Kopf zu mir: Deine Brüder! Meinst du, sie erschießen uns?

Ich wusste nicht, zu wem ich Vertrauen haben sollte. Ich wusste nicht, ob ich Najib vertraute, meist fragt man wohl nicht, vielleicht ist die Antwort nicht die, die man erwartet. Meiner Mutter hatte ich vertraut, meinem Vater, aber hatte ich zu Shira Vertrauen? Und woran würde ich es messen? Und was war mit Iunis, der ein Freund war? Vielleicht war es ein Privileg, sich darüber nicht allzu viele Gedanken machen zu müssen. Vielleicht war es nicht sinnvoll, zu überlegen, zu wem wir Vertrauen hatten, ob wir überhaupt Vertrauen brauchten? Ich ritt mit Najib den Strand entlang, ich wusste nicht, ob es klug war, wenn ich ihm vertraute.

Und Ruben, den ich in Paris – wie soll man es nennen – bei seinem Übergang in ein anderes Leben, nein, in den Tod begleitet hatte oder dem ich in irgendeiner Weise Gesellschaft geleistet hatte, er hatte kein Vertrauen zu mir, er kannte mich ja nicht, er wusste nicht, wer ich war. Ich half ihm ja nicht. Ich tat gar nichts. Als ich dazukam, war alles gelaufen. Wenn man stirbt, hilft Vertrauen auch nicht weiter, dachte ich, es sei denn, zu mir kommen nur die, denen es fehlt oder die es verloren haben, weil alles so schnell und gewaltsam war, weil ihre Ansicht, die grundlegende Ansicht, dass sie schon nicht von der Erde fallen würden, plötzlich widerlegt war.

Wir galoppierten nur noch ein paar Meter, Salim zügelte plötzlich sein Pferd, das gehorchte, sie standen beide da, zitternd, das Pferd, der Junge, zitternd, lachend, so schien es mir, als wäre etwas gelöst zwischen ihnen beiden, kein Streit, aber doch eine Meinungsverschiedenheit, und Najib schien ebenfalls zufrieden, während ich einfach froh war, nicht hinuntergefallen zu sein. Dann sah ich, er winkte jemandem, der aus der Baracke kam, ein großgewachsener Mann mit Bart, und hinter ihm kamen zwei sehr kleine Mädchen.

Wer ist das?, fragte ich.

Ein paar verrückte Israelis, die hier wohnen wollen, erwiderte Najib und trieb sein Pferd, unser Pferd, an. Ein Wunder, dass ich nicht stürzte. Als Kind war ich auf dem Land bei Freunden meiner Mutter geritten, und später noch einmal, als Junge, so alt wie Salim, ich hatte es immer geliebt, ich hatte mich mit den Pferden immer gut verstanden, zur Verwunderung meines Vaters, der mich anschaute und vermutlich heimlich dachte: Ein echter Goj ist das, mein Sohn, reitet auf Pferden.

Als hätte Najib meine Gedanken gelesen, sprang er über die Mähne ab, ließ mir die Zügel: Jetzt du allein!

Er ging auf den Mann zu, sie begrüßten sich mit Handschlag, verschwanden im Haus, die Mädchen rannten zu einer Schaukel, stritten sich, setzten sich schließlich zu zweit, Rücken an Rücken, darauf und schrien nach ihrer Mutter, sie solle ihnen beim Anschwung helfen.

Komm, rief mir Salim zu, eine Runde! Wir galoppierten auf das Wasser zu. Weiter!, rief Salim und lenkte sein Pferd gerade in die Wellen, die flach und zahm waren, ganz anders als am Vortag, ein Morgenmeer war es wie manchmal auch in Tel Aviv, klar und still, und die Pferde bahnten sich ihren Weg, bis sie schwimmen konnten, und wir schwammen mit ihnen.

Mit nassen Kleidern kehrten wir zu den Baracken zurück, inzwischen war draußen ein Tisch gedeckt, eine Karaffe Orangensaft stand darauf, eine Schüssel mit feingeschnittenem Salat, und aus dem Haus trat hinter Najib und dem Mann eine Frau, es hätte Shira sein können, die Mädchen kamen ebenfalls, das eine begrüßte mich auf Arabisch, da lachten alle, und die Frau sagte ihr: Du kannst Hebräisch mit ihm sprechen, er ist Jude.

Nora hieß sie, sie wies uns unsere Plätze zu, kam mit Rosinenbrot und einer Kaffeekanne, mit Avocados und Melonen und Käse, und Nir, ihr Mann, erzählte mir, wie sie die Baracken entdeckt hätten, eines Tages, Baracken der britischen Armee, die später von den Ägyptern genutzt worden seien, jetzt hatten sie sie pachten können. Von wem? Von der Militärverwaltung, die sich ausgerechnet habe, es würde für die Sicherheit der nahe gelegenen Siedlung günstig sein, wenn ein paar Verrückte am Strand lebten, in den Mouassin Gewächshäuser aufbauten, auch Arbeit hätten für ein paar Palästinenser, und so züchteten sie hier Blumen und Tomaten und zogen ihre Kinder in dieser Abgeschiedenheit groß, mit oder ohne Angst, wagte ich nicht zu fragen, es hätte Najib und Salim unangenehm sein können.

Die Mädchen rannten über den Sand, liefen unbekümmert,

sie wussten ja nicht einmal, dass von dem Wachturm der Siedlung, Newe Dekalim hieß sie, vermutlich ein Soldat sie beobachtete, mit dem Fernglas oder durch das Zielfernrohr seines Gewehrs.

Ich habe es nie herausgefunden, aber ich glaube, Nir war in einer der Elite-Einheiten, ich glaube, er war mit in Mogadischu. Er hatte die Sicherheit von jemandem, der weiß, dass er seine Familie verteidigen kann. Etwas später kam ein weiterer Mann dazu, ebenfalls um die vierzig Jahre alt, Shaya, der in der Nachbarbaracke lebte, wie Nir sprach er gut Arabisch, scherzte mit Najib. Es war etwas in seinem Gehabe, das mich anzog, wie es Shira angezogen hätte, und ich ärgerte mich. Als alle drei mich einluden wiederzukommen, sagte ich ja; ich habe mich später gefragt, ob das ein Bruch war, dass ich sagte, ich werde wiederkommen, zu den Juden. Jedenfalls begann Najib bald darauf, sich von mir zurückzuziehen, er stand nicht mehr vor dem Haus in Tel Aviv, bat nicht mehr um eine Runde auf der Vespa, fragte nicht, ob ich wieder Arbeit für ihn habe. Erst war ich erleichtert, dann begann er mir zu fehlen.

An jenem Morgen ritten wir irgendwann davon, wir beide. Salim war gelaufen, in den Mouassin behält man die Leute nicht leicht im Auge, wir ritten langsam, im Schritt, es war schon ziemlich heiß, dann nahm ich bald das Auto und fuhr – Salim begleitete mich bis zur Grenze, stieg ein paar hundert Meter vorher aus – nach Hause, nach Tel Aviv.

Es war Samstagabend, als ich ankam, Tel Aviv kam mir stickig, eng, vulgär vor, ich ignorierte Shiras schlechte Laune und nahm die beiden Jungen mit zum Meer, ich hätte gehen sollen an diesem Abend, weggehen aus diesem Land, das sich selbst verrät und kaputtmacht, weil es vergessen hat, was es sein wollte, vielleicht auch nur, weil es begründen muss, warum es existiert, und keine Lust mehr dazu hat, weil alle es müde sind, gute Menschen zu sein, zu beweisen, dass die Neuen Hebräer schöner und klüger sind als andere Menschen, und immer müssen die Juden besser sein als ihre Nachbarn, um leben zu dürfen in den Augen der anderen.

Ich lud die Jungs zu einer Limonade ein, wir saßen in dem kleinen Café am Jerusalem-Strand und sahen zu, wie die Flugzeuge näher kamen, mit ihren riesigen Scheinwerferaugen. Naim nahm meine Hand, es ist eines der wenigen Male, an die ich mich so deutlich erinnere, dass ich es sehen kann, seine kleine, bräunliche Hand in meiner, denn wirklich vergisst man, wie man Hand in Hand ging, ein paar Jahre lang, und man wundert sich nicht, dass die Zärtlichkeit weniger und weniger wird, man begehrt nicht dagegen auf. Heute sind beide junge Männer, ihre Gesichter sind schön, sie rufen mich an und fragen, wie geht es dir, Vater, was machst du in Berlin, kommst du zurecht? Manchmal kommen sie auch im Traum zu mir und fragen, wo bist du, wie geht es dir, Vater? Und im Traum umarmen wir uns, wie wir es getan haben, als sie klein waren; begegnen wir uns im Wachen, klopfen wir einander manchmal nur auf die Schulter.

Vielleicht werden wir gar nicht einsamer, wenn wir alt werden, vielleicht fehlen uns nur die zärtlichen Berührungen, die uns miteinander verbinden, solange wir jünger sind.

Ja, in dieser Zeit hätte ich, wie Nir und Nora, wegziehen können, Israel verlassen oder aufs Land gehen, wenn es das denn hier gäbe, Land, das nicht vollgestopft ist mit Ideologie, wenn es Orte gäbe, wo die Menschen leben, weil es so ist, nichts weiter, weil ihre Eltern und Großeltern dort gelebt haben oder weil sie Bäume und Hühner mögen und große Hunde. Orte, wo die Zeit nicht nur von den Menschen gemessen wird, von dem, was wir aus dem Boden holen müssen, von dem, was wir fordern, immer in gieriger Suche nach was auch immer, nach uns selbst.

*

Am übernächsten Tag, es war ein Montag, in Israel der zweite Tag der Woche, kam Shira aufgeregt zu mir, so aufgeregt, dass sie die Missstimmung und Fremdheit zwischen uns vergaß. Sie nahm mich an der Hand und zog mich zur Vespa. Ich habe es gefunden!, sagte sie lachend. Was gefunden?, fragte ich.
Unser Haus gefunden!
Es war ein alter Mann, der auf einem Stuhl saß, vor einer Mauer, von der der Putz abgefallen war, dahinter sah man, aus einem Hof wachsend, einen Avocado-Baum. Das Gebäude, es verdiente kaum den Namen Haus, war halb eingefallen, hübsch waren nur die schmalen, schön proportionierten Fenster. Daneben gab es noch einmal das Gleiche: einen Hof, ein verfallenes Gebäude, nur ein Stockwerk hoch.
Shira umklammerte meine Schultern. Das ist es, sagte sie, das ist es.
Hinter uns ragte der Migdal Shalom, das erste Tel Aviver Hochhaus, unweit des ehemaligen Mädchengymnasiums.
Der alte Mann betrachtete uns. Er war nicht sehr groß, ein wenig korpulent, das Gesicht zerknittert wie Papier auf der

Straße, seine Haare waren weiß, sie standen ein bisschen in die Höhe, mein Herz schnürte sich bei seinem Anblick zusammen, vielleicht sah man ihm an, wie viel er erlitten und verloren hatte, oder ich denke rückblickend, dass er so mitleiderregend aussah, weil ich weiß, was er später erzählte. Die beiden Häuser waren seinen Söhnen zugedacht gewesen, aber beide waren gestorben, der eine an Krebs, der andere im 1973er Krieg gefallen. Es hat niemals gegolten, und doch glaubten Matijahu und seine Frau wie viele andere, das Leid ihrer Familie in Thessaloniki, wo die Deutschen 1942 zwei Schwestern und den Vater seiner Frau erschlagen hatten – wie die Ratten, sagte er mit einem Akzent, als gehöre zu dem Satz die Stimme seiner Frau –, und die Deportation seiner Familie aus Polen, die nur er überlebt hatte, er war mit fünfzehn aus Auschwitz nach Palästina gekommen, all dies Leid würde sie doch vor weiterem Leid bewahren. Aber das Leid häufte sich an, ohne Rücksicht darauf, dass Menschen glaubten, irgendwann müsse es genug sein.

Mit seiner Frau hatte er, ohne es vor dem Verfall zu bewahren, in dem linken Haus gewohnt, das heute uns gehört, das rechte überließ er sich selber, die Fensterscheiben zerbrachen, Katzen hausten darin, Regen drang durch das Dach. Seine Frau wurde krank, schlimmer noch, sie konnte nicht mehr sprechen und den rechten Arm nicht bewegen, ohne dass je ein Neurologe herausfand, was die Lähmungen verursachte. Vielleicht war sie einfach in ihrer Traurigkeit verlorengegangen, sagte Matijahu, während ich mich über die Traurigkeiten hinwegtäusche bis in den Tod – hätten wir aber den Mut, in der Traurigkeit zu wohnen wie in einer Wohnung Gottes, wären wir in Frieden.

Er ging, er verkaufte uns die beiden Häuser, um zu gehen. Er verschwand aus dem einen Haus und bezog kein anderes, nahm nichts mit als eine Tasche. Angeblich zog er in ein Altersheim. In Wahrheit nahm er das Geld und suchte sich einen Unterschlupf in einem der verlassenen Häuser am Shuk Ha'Carmel. Warum er das Geld wollte? Er hatte nichts gebraucht, er hatte sich vom Markt das Essen geholt, jeder hatte ihm etwas gegeben, jeder wusste, seine beiden Söhne hatte er verloren, seine Frau hatte er verloren, die ganze Familie drüben in Auschwitz vernichtet, und jeder dachte, er sei verrückt geworden über dem Kummer, vor Kummer und Alter verrückt geworden, ein Bettler seit je, während er mit dem Geld in der Hosentasche ging. Er versteckte in den Mauerritzen Geld, für die Vögel, sagte er mir einmal, falls es nicht mehr reicht, dass sie nur Vögel sind und Geschöpfe des Herrn. Immer sagte er Sachen, die halb fromm oder ketzerisch, halb verrückt waren, und Naim fand einmal etwas von seinem Geld, ich bin auch ein Vogel des Herrn, sagte er, und der alte Matijahu hatte gelacht und gesagt, es ist das Geld deiner Eltern, nimm es lieber nicht!

Er kam manchmal zur Baustelle, manchmal machten wir dort ein Picknick, und er aß mit uns.

Aber warum nicht das Geld von meinen Eltern?, fragte ihn Naim.

Weil Geld von den Eltern immer ins Gefängnis oder in die Ferne führt, antwortete ihm Matijahu.

Ich will bei meinen Eltern bleiben, sagte Naim, aber wenig später verschwand er, für zwei Tage, deswegen erinnere ich mich an all das genau, denn zwei Tage wartete ich jede Stunde des Tages, dass er von sich hören lasse, immer in der

Angst, es werde einer von der Polizei kommen mit einer Nachricht, die ich nicht wissen wollte. Alle suchten, Matijahu fand ihn, und mit Avi zusammen überredete er meinen jüngeren Sohn, wieder nach Hause zu kommen. Meine Söhne, sagte ich, da ich Angst hatte, sie zu verlieren, es war mir gleich, wer sie gezeugt hatte. Was Naim damals gemacht hatte, bis sie ihn in einem Schuppen am westlichen Ende des Marktes fanden, was er mit dem Geld gemacht hatte, es waren wohl tausend Schekel, weiß ich bis heute nicht.

Matijahu verschwand, dann glaubten wir, er sei tot, dann sah ihn einer, dann sagte ein anderer, das sei er nicht gewesen, vielleicht sein Geist. Vielleicht bleibt das alles ein Geheimnis. Naim und Avi haben mir nie etwas erzählt, und wenn mir das auch nicht recht ist, so kann ich doch nicht drängen. Shira war damals mit einer Freundin in Prag, sie wollte Prag sehen, Budapest, sie wollte sehen, wie die Menschen dort jetzt aussahen, nachdem sie frei waren, so, als könne sie dann selber begreifen, was Freiheit sei, und dann wollte sie sich auch die Ateliers junger Künstler ansehen, sie dachte daran, eine Galerie für osteuropäische Künstler zu eröffnen. Ich hielt nichts von dieser Reise, aber dann kam sie zurück, mit einem beweglichen Gesicht und einem frohen Mund, als wenn jemand sie froh geküsst habe; soll mir recht sein, dachte ich und schloss sie in meine Arme.

Über Naims Verschwinden und seine Rückkehr sagten wir alle drei nichts, auch nichts über die Sorge, auch nichts über das Geld.

Shira hatte Angst, Matijahu werde bei uns einziehen, sie hatte Angst, er werde zu dem Vater, den wir beide nicht hatten, einem Überlebenden, wunderlich und stumm, eine Last fürs Leben, gegen das Leben, als könnten wir uns noch verspätet infizieren mit der israelischen Maladie, mit den stummen unglücklichen Alten, mit den Geschichten, die keiner erzählte, mit den Wiederholungen, mit den Albträumen nachts, wenn man dalag und sich fragte, ob man verdammt sei, in diesem Land zu leben, Jude zu sein, oder in jeder Wohnung, in die man kommt, als Erstes nach Fluchtwegen und Verstecken zu suchen.

Shira hat daran festgehalten, dass wir mit Europa gebrochen haben. Sie haben uns vergessen, warum sollen wir an sie denken?

Niemand hat uns vergessen, das ist doch nur eine Ausrede! Sie bauen Museen und Mahnmale, sie schreiben Bücher!

Aber sie haben vergessen, dass wir dort leben sollten! Sich an Tote erinnern ist leicht! Vor allem, wenn man etwas beiseitelässt, nämlich dass sie ermordet worden sind …

Und damit hatte Shira recht. Wenn ich in Paris bin, denke ich manchmal, die Leute wundern sich ein bisschen, dass ein paar von uns noch leben – von uns, sage ich, aber mir sagen die Leute: Ah, Ihre Mutter stammt ja aus England! Das sagen sie in Paris, und in Berlin sagen sie es auch, als würde es dann leichter sein, mit mir zu reden.

Als Shiras Eltern starben, begrub Shira sie rasch, ohne Schiv'a zu sitzen, und ihr Bruder erhob keinen Einspruch, ich habe ihn nicht wiedergesehen. Als meine Mutter starb, weigerte sich Shira, mit nach Paris zu kommen oder mir die Jungs mitzugeben. Wir waren gerade da, sagte sie. Ich will nicht, dass die Jungs sich auf einem Friedhof von allen anstarren lassen müssen!

Warum soll jemand die Kinder anstarren?

Schau sie dir doch an!
Und ich wusste, was Shira meinte, Avi und Naim sahen aus, als wären wir, Shira und ich, die wir hellere Haare haben, zumindest Shira, und Gesichtszüge, die man auch in Amerika oder in der Schweiz oder in einem beliebigen Land finden könnte, nur eine merkwürdige Zwischensache gewesen. Sie dagegen sind zu den guten alten jüdischen Wurzeln zurückgekehrt und sehen aus wie Gelehrte, mit dunklen Locken, schmalen Gesichtern, dunklen Augen und großen Nasen, sie sehen aus wie ihre Großeltern, ihre jüdischen Großeltern, in jedem Film, der sich nicht zu schade ist, die alten Klischees zu benutzen, könnten sie leicht mitspielen. Vor allem sehen sie ein bisschen traurig aus, so, als wüssten sie, was ihnen keiner erzählen wollte, Shira schon gar nicht, sie hatte die beiden am Jom haScho'a immer aus dem Kindergarten genommen und später sogar noch aus der Schule, jedes Mal ein riesiger Zirkus, und hätte ich sie nicht daran gehindert, sie wäre mit ihnen in die Wüste gefahren, damit sie die Sirenen nicht hörten.
Ich wartete nur darauf, dass sie sagte: Schließlich ist deine Mutter nicht ihre Großmutter, was sollen sie bei der Beerdigung einer fremden Frau?

*

Meine Mutter war gestorben, mein Vater rief mich an, höflich, leichthin fragend, ob es gerade passe. Er verlangte nicht, mit seinen Enkeln zu sprechen, wohl wissend, dass sie nicht gern telefonierten. Aber Naim kam dann manchmal oder fragte sogar von sich aus, und nahm ich danach den Hörer, hörte ich in der Stimme meines Vaters die Freude. Er klagte nie, dass er einsam sei, und nur ein einziges Mal sprachen wir beide lange über meine Mutter. An das Gespräch erinnere ich mich, als hätte ich sie damals zum letzten Mal gesehen. Er beschrieb, wie sie ausgegangen war, mit Geld aus der Haushaltskasse, um Farben zu kaufen, heimlich, wie er sich anschließend amüsiert habe, so getan, als wolle er neugierig in die Tüten gucken, wie sie manchmal verkündet habe, sie brauche ein neues Kleid, stattdessen aber mit Bleistiften und Papier zurückgekommen sei.

Ich wusste, dass sie sich gut verstanden hatten, besser als Shira und ich, es gab kaum je Streit, ich erinnere mich nicht, laute Stimmen gehört, unzufriedene Gesichter gesehen zu haben. Wie innig nahe sie einander gewesen waren, begriff ich, als er sagte, er vermisse ihre Berührung, ihre Nähe, wenn er schlafen gehe, keiner, hatte er gesagt, der mich küsst. Er sagte es mit einem Lachen, sprach sofort von etwas anderem, er überlegte, das Haus zu verkaufen, damit ich damit keine Mühe haben sollte, es ist so weit, sagte er immer wieder, um mich und sich darüber zu beruhigen, dass ich ihn nicht besuchte, dass ich ihn nicht einlud nach Tel Aviv.

Einmal kam er. Die Maschine landete früh am Morgen, ich holte ihn ab, und wir gingen frühstücken, nicht im Café Tamar, sondern in einem kleinen Café in Shenkin, Café Kazze. Er war an einem kühlen Regentag aufgebrochen, in Tel Aviv war es sonnig und warm, wir saßen, obwohl es spät im Jahr war, draußen, und er war dankbar und glücklich. Ich sah, wie er die Hand ausstreckte, die rechte, so, als könne er neben sich die meiner Mutter finden. Er hatte nicht alt ausgesehen oder hinfällig, er war einfach damit beschäftigt, bei

meiner Mutter zu sein, wo immer sie auch war, und ich glaube, er wusste, wo sie war, er wusste es, deshalb streckte er die Hand aus, überhaupt nicht irritiert, dass da nichts war, dass Körper, Finger, ein Händedruck fehlten, und wahrscheinlich war da nicht nichts, sondern eben die Hand meiner Mutter.
Als ich ihn ansah, begriff ich, dass die Dinge etwas anderes sind, weil sie Namen, Bezeichnungen haben und in Beziehungen zueinander stehen, in Beziehungen, die so unsichtbar sind wie die abwesenden Dinge oder die toten Menschen.
Zu einem Teil nehmen wir selbstverständlich an, dass wir und die um uns und die Dinge und die Tiere in Beziehungen stehen, so leben wir und leben miteinander und mit ihnen, es irritiert uns nicht, etwas Unstoffliches, Unsichtbares für bare Münze zu nehmen, und auf der anderen Seite befehlen wir, dass mit dem Tod alles vorbei sei.

*

Als mein Vater starb, blieb ich nicht lange in Paris, und natürlich saßen wir auch nicht Schiv'a. Warum nicht?, frage ich mich jetzt und ärgere mich. Auch wenn er mit einer Nichtjüdin verheiratet gewesen war, er hatte gläubige Eltern gehabt und hatte eine israelische Familie, warum konnten wir nicht alle für ihn Schiv'a sitzen?
Ich fuhr gehetzt nach Paris, kam gehetzt zurück. Arbeitete weiter, mit Bedacht und Sorgfalt, die mir dann noch zwei Aufträge einbrachten, aber während ich die beiden Häuser instand setzte, dachte ich nur, der Verkauf des zweiten Hauses müsse uns die ganze Kaufsumme einbringen und die Re-

novierung. Iunis half mir wieder. Najib aber kam nicht, obwohl ich anrief und sagte, es gebe wieder Arbeit. Ein Mal kam Salim. Was willst du?, fragte ich ihn. Arbeiten, sagte er und sah mich trotzig an, er war dreizehn. Wäre ich ein besserer Mensch gewesen, ich hätte gesagt, wohn bei uns, geh mit meinen Söhnen zur Schule! Stattdessen schickte ich ihn nach Hause. Die Leute, die unsere Freiheit leugnen und behaupten, alles bislang Geschehene und was in uns stecke, bestimme, wie wir entscheiden, sie wollen nicht sehen, dass das Leben aus winzigen Gelegenheiten besteht, von denen man die meisten verstreichen lässt, weil man nicht daran glaubt, nicht an das Glück, nicht daran, dass man ein guter Mensch sein könnte, weil man vergessen will, dass man, und sei es gegen die eigene Überzeugung oder den ersten Impuls, nur den richtigen Satz aussprechen müsste und sich dann danach richten.
Die Arbeit in Newe Zedek war gut, aber sie machte uns nicht so froh wie die in Ajami. Wir arbeiteten zwischen den anderen flachen Häusern, von denen einige schon von jungen Leuten, die ein bisschen Geld hatten, gekauft und renoviert wurden, wir waren auf der Seite der Zukunft, einer bestimmten Zukunft, doch sahen wir das Meer nicht, den Sonnenuntergang, wir sahen nicht, während wir ein altes Haus zum Leben erweckten, das Leben, das es im Land lange gegeben hatte, das Land, das für sich war und nicht nur für uns, die Israelis, und auch nicht für die Palästinenser, die Vertriebenen, die Geflohenen oder die, die von anderswo kommen wollten.
Iunis und ich fingen an, alte Baumaterialien zu suchen, Steine, um den Hof zu pflastern, alte Fensterbänke, auch alte

Kacheln für die Böden. Das war das Beste, unsere Ausflüge mit der Vespa, zur Misbele, darauf bestand Iunis, dass wir auch dorthin führen, oder nach Ajami, wo noch ein paar alte Häuser waren, und manchmal kauften wir den Leuten dort etwas ab, Fenstergriffe, einen alten Tisch, an dem ich, sagte ich zu Shira, essen wollte, bis ich sterbe, mit dir, sagte ich zu Shira, ich wagte nicht zu sagen, mit unseren Söhnen. Jetzt überlege ich manchmal, ob ich den Tisch hierherkommen lassen soll, nach Berlin, aber das scheint mir nicht recht, Shira gegenüber.

*

Mitten in dieser Zeit musste ich zum zweiten Mal reisen, die Baustelle lassen, Shira lassen, die sich mit einer Freundin zerstritten hatte wegen eines Galeristen, unser Auto lassen, das gerade kaputt war, und Shira versuchte in Tel Aviv mit dem Fahrrad zu fahren, damals, 1992, war das eine Verrücktheit, es gab keine Fahrradwege, nur ein paar Halbwüchsige setzten sich aufs Rad. Sie wurde angefahren, es passierte ihr nichts, von blauen Flecken und Schürfwunden abgesehen, aber sie war unglücklich. Avi und Naim stritten sich wegen jeder Kleinigkeit, und ich verbrachte die Tage mit Iunis, ich lernte sogar mauern, es kam mir vor, als würde ich selbst zu einem Teil der Häuser, die ich wieder aufbaute. Ich hielt gerne die Steine in der Hand, hielt sie sogar an mein Ohr, um ihre Stille zu hören, denn seit Paris quälten mich die Geräusche, all das, was ich hörte, Straßenkatzen, Kakerlaken sogar, und aus den Wohnungen nicht nur die Fernseher, sondern auch Stimmen, Streitereien, das unterdrückte Weinen, das Gelächter auch, aber vor allem die heimlichen Geräusche, was die Leute verbergen, so viel, als könnten sie etwas retten, wenn sie sich im Verborgenen halten, dabei müssten sie doch wissen, man verbirgt nichts, was geschieht. Hinter dem Schweigen hörte ich oft das andere, eine Krankheit, nein, keine Krankheit, ein Missbehagen, ja, das ist es, etwas Murrendes, Zorniges, und wiederum einen Kummer, ich hörte, wie Leute mit den Zähnen knirschten, wenn ich im Bus neben ihnen saß, hörte, wie sie unruhig ihre Finger aneinanderrieben, wie ihr Atem hastig wurde und dünn, wie es aus ihnen herauspfiff, hörte ich, die Luft, die ihnen im Hals steckengeblieben war.

Vielleicht hörte ich, ohne bestimmen zu können, was es war und woher es kam, ein Geräusch, eine Stimme, die mich rief, man muss sagen – mir befahl.

Als ich nach Amsterdam flog, war ich zornig. Ich war zornig, aber ich leistete keinen Widerstand, ich wusste ja nicht, gegen wen, gegen was. Ich gehöre nicht zu den zwanghaften Menschen, und ich habe keine Halluzinationen. Mein Leben besteht aus Zimmern, aus Mauern, Wänden, Fußböden, Türen, aus Sachen, die ich anfasse und die ich genau kenne.

Rufe, Befehle, das sind alles Hilfskonstruktionen. Ohne zu wissen, wie, woher, warum, rief ich ein Reisebüro an, buchte einen Flug.

Ich brach frühmorgens zum Flughafen auf, ich nahm die Vespa und fuhr los, mit nichts weiter als einem Rucksack, Rasierzeug, Zahnbürste, Wäsche zum Wechseln. Ich fuhr viel zu schnell, in der langen Kurve, die zum Flughafen Ben Gurion führt, geriet ich fast ins Schleudern.

Den Kindern hatte ich gesagt, wo ich hinfahre.
Shira hatte ich nichts gesagt, ich konnte nicht. Ich konnte nichts erklären.
Ich flog mit zugeschnürter Kehle und dem Gefühl, nackt zu sein.
Von Schiphol nahm ich den Bus in die Stadt.
An einer der Grachten ging ich in ein kleines, billig aussehendes Hotel, ich habe sogar den Namen vergessen. Dort wartete ich. Saß an einem winzigen Tisch, den großen, schwarzen Bildschirm des Fernsehers vor der Nase, wartete. Auf was?
Wie absurd, auf ein Unglück zu warten. Darauf, dass einer stirbt. Und während man wartet, sterben die anderen wie die Fliegen, und man könnte selber sterben. Ich lag auf dem Bett, atmete schwer und bekam schließlich Angst, Angst zu sterben, ich stand auf, setzte mich wieder, legte mich wieder hin, voller Angst. Wenn Shira mich verließ? Wenn die Wohnung leer war bei meiner Rückkehr? Wenn sie Avi und Naim mitnahm?
Und keiner wusste, wo ich war. In Amsterdam, das hatten Avi und Naim ihrer Mutter bestimmt gesagt. Aber Amsterdam ist groß, und ich war alleine.
Als Junge war ich einmal in Den Haag gewesen, mit meiner Mutter, und ich erinnere mich an das kleine Hotel und das winzige Zimmer, das wir uns teilten, an die Straßenbahn, die eingleisig zum Meer fuhr, von der Endhaltestelle liefen wir zum Strand, wir liefen Hand in Hand, obwohl ich schon dreizehn Jahre alt war, und ich sagte niemandem, was mich bedrückte. Ich umklammerte nur die Hand meiner Mutter und versuchte dabei, erwachsen auszusehen.

Sie besuchte in Den Haag eine Tante, jene, die sagte, Blomfield, das ist doch ein jüdischer Name. Vielleicht ahnte sie, was auf mir lastete.

Am Strand blieb ich im Schatten des Sonnenschirms, obwohl ich fror, und sah zu, wie meine Mutter ins Meer lief, um zu schwimmen, ich saß da und wagte nicht aufzustehen, weil ich pummelig war, und die anderen, die hochgewachsenen blonden Jungen, schienen mir unendlich viel schöner als ich, schön und blond, sie gehörten an die Sonne und ins Licht, während ich mit meinem braunen, struppigen Haar und meinem plumpen Körper beides zugleich war: Jude, vielleicht begabt, Mathematiker oder ein berühmter Arzt zu werden, aber lächerlich hier, am Wasser, am Strand, wo die anderen sich in ihren Körpern vergnügten, und dabei war ich kein Jude, denn ich, obwohl dreizehn Jahre alt, war kein Bar Mizwa, ich hatte nicht einen Abschnitt aus der Tora vorgelesen und gelernt, ich war nicht aufgerufen worden, und dass ich beschnitten war, verdankte ich den Kollegen meines Vaters, keinem Mohel.

Shira hatte ich es einmal erzählt, in der kleinen Bar in der King George Street, eine Zeitlang, als die Jungen groß genug waren, um eine Stunde oder zwei alleine zu Hause zu bleiben, gingen wir aus, tranken Gin Tonic, manchmal küssten wir uns, und irgendwann waren wir betrunken, dann erzählten wir uns Geheimnisse, sie mir und ich ihr, aber am nächsten Morgen hatten wir sie vergessen, diese Geständnisse, und wir waren einander wieder fremd. Wir wussten mit jedem Tag weniger voneinander, als würde das Wissen auf irgendeine geheimnisvolle Weise weniger, Tag um Tag, die Währung, in der wir für unser gemeinsames Leben bezahlten, so lange, bis wir einander mit gänzlicher Verwunderung betrachten würden, dachte ich, mit vollendeter Unschuld und Hingabe, und dann würden wir glücklich sein. Doch Shira starb, als sie krank war, schauten wir einander unsicher an, über den Abgrund des drohenden Todes hinweg oder über den des Lebens, wer will das entscheiden und wer bestimmen, ob die Entfernung von beiden Seiten gleich weit ist?

*

In Amsterdam konnte ich nicht ans Meer, nur an den Kanälen lief ich entlang, das Laub fiel von den Platanen, manchmal segelte ein Blatt auf dem Wasser, Herbst war es, wie ich ihn aus Paris kannte, und Anfang Oktober, die Wahrheit ist, ich müsste das Datum nachschauen, ich weiß es nicht mehr. Oktober war es, die Dämmerung sank früh auf die Stadt, ich hatte erwartet, es würde länger hell sein als in Tel Aviv.
Vielleicht hätte ich in mir nach den ersten Zeichen des Unglücks suchen müssen. Denn was konnte ich schon erwarten?
Aber ich war zu beschäftigt mit dem Haus in Tel Aviv, mit all den Entscheidungen, die vielleicht klein sind, Lichtschalter, Steckdosen, Fenster – was für Fenster: Holz oder doch Kunststoff? –, und dann wollte ich auf jeden Fall Holz, während es Shira egal war, als müsste es in allem einen Unterschied zwischen uns geben. Gerade so, als bestehe unsere Ehe darin, uns nicht zu einigen, keine gemeinsamen Kinder zu haben und uneins zu bleiben, nicht zerstritten, das nicht, aber eben uneins und folglich einsam.
Sie wäre gern in Amsterdam gewesen. Später nahm sie mir

übel, dass ich sie nicht mitgenommen hatte – als stünde es mir zu, jemanden mitzunehmen irgendwohin.
Shira war nie in Amsterdam gewesen.
Alle Israelis mögen Amsterdam, ich mochte es nicht.
Außer der Erinnerung, dass ich kein Bar Mizwa war, verband mich nichts mit dem Land, und obwohl ich sah, die Häuser sind schön, die Menschen sind gute, freundliche Menschen, die Häuser spiegeln sich in den Kanälen, obwohl ich sah, wie gut die Menschen lebten, berührte es mich nicht, und ich konnte nichts sehen als Behaglichkeit, die mich befremdete. Die Cafés sahen aus wie Wohnzimmer, man sah in die Wohnungen hinein, die Familien zeigten sich freimütig, Männer und Frauen nahmen die Kinder auf ihren Fahrrädern mit, sicher geborgen in den Holzkästchen, die vor die Lenker montiert waren, ich hatte so etwas nie vorher gesehen. Manche der Kästen waren bemalt mit Blumen, mit Tieren, oder es war nur dieses eine Fahrrad, in dem ein kleiner Junge mit Schläfenlocken saß, in der Hand ein Feuerwehrauto, er fuhr damit die Holzwand der Fahrradkiste entlang, zwischen Löwen und Bäumen, er beachtete mich nicht, doch ich hörte, dass er auf Hebräisch etwas vor sich hin summte, so trat ich näher. Da schaute er mit dunkelblauen Augen auf, dann spielte er weiter, ich wusste aber, dass er für mich spielte, das Feuerwehrauto kreischte, die Sirenen heulten auf, es hatte einen schrecklichen Unfall gegeben, so laut, dass seine Mutter aus dem Café, in dem sie Kuchen kaufte, herausschaute, sie schüttelte den Kopf, dann ging sie wieder in den Laden, sie trank dort noch einen Kaffee, unbekümmert um ihren Sohn. Sie fallen ins Feuer!, schrie er, da sah ich, er hatte zwei kleine Plastiktiere in der

anderen Hand, Schafe waren es, glaube ich, jedenfalls etwas Weißes, und er ließ sie fallen.

Als die Mutter zurückkam, ging sie zu ihrem Jungen, sie nahm ihn beim Kopf, zog an seinen blonden Haaren, als wolle sie ihn aufrichten, sanft, und er lachte, streckte sich zu ihr und umfing mit seinen Händen das Gesicht seiner Mutter.

Zum ersten Mal fragte ich mich, warum ich so sicher war in meinem Leben als Mann, der Frauen begehrenswert findet und Schluss, nie mit Sehnsucht nach einem Mann schaut.

Der Junge warf mir noch einen Blick zu, und da ich schmerzlich empfand, wie er sich abwandte, den Kopf zu seiner Mutter drehte, die aufs Fahrrad stieg, durchfuhr mich Angst, es könne ihm etwas zustoßen, und ich wollte seine Mutter warnen, dass sie sofort ihren Sohn nehmen und Amsterdam verlassen solle, am besten noch heute, am besten sofort.

Aber ich hatte nichts, was ich sagen konnte, keine Warnung, ich brachte nichts, kein Unglück, wusste ja nicht einmal, ob es diesmal sein würde, wie es in Paris gewesen war, bloß die Dringlichkeit, der Befehl, das war ähnlich gewesen, aber vielleicht hatte ich mich getäuscht?

Ich lief durch die Straßen und dachte, dass etwas passieren würde, aber nichts geschah, ich war ein Abgesandter ohne Botschaft. Trotzdem folgte ich, so gut es eben ging, dem Fahrrad, das sich sehr langsam entfernte, langsam radelte die Frau, anscheinend unterhielten sich die beiden, ich hörte die helle Stimme des Jungen, Fetzen, nicht einmal einzelne Wörter, bloß die Stimme, und sah den Kopf der Frau, sie hatte lockige, rötliche Haare, wandte sich halb nach hinten zu ihrem Sohn, denn es war doch ihr Sohn.

Auch ein Mensch, der Kinder hat, ein Mann, der Kinder

hat, kann sich plötzlich kinderlos fühlen, so, als wäre nie etwas seinen Lenden – denn wie anders soll man es nennen? – entsprungen, ich fühlte mich, als wäre ich nichts als eine Leere.

Manche Lebensalter sind tückisch, sie wollen einen, wie ein bockiges Pferd, abschütteln. Zwischen meinem vierzigsten und meinem fünfzigsten Geburtstag waren die Jahre mir feindlich. Warum, dachte ich, war ich in Paris nicht an Rubens Stelle gestorben? Warum konnte ich nicht anstelle desjenigen sterben, um dessentwillen ich jetzt nach Amsterdam gereist war, der doch in meiner Nähe sein musste? Dabei war ich mir sicher, dass ich unversehrt bleiben würde. Bote war ich doch oder Mittler, einer von denen, denen nichts zustößt.

Was mit mir geschehen würde, darüber brauchte ich nicht nachzudenken, solange ich einem Zwang folgte, wie unpraktisch das auch war, die Reise, das Geld, die Lügen, ich reise, also log ich, also zahlte ich, wie ein reicher Esel, der sich zugehörig zu etwas kaufen will. Nur, dass ich nicht wusste, wo ich dazugehören sollte, wenn ich dem folgte, was ja nicht einmal meine innere Stimme war, eher eine schiere Präsenz, ein Wissen, dass ich reisen musste, etwas, das alles andere verdrängte. Ja, deswegen reiste ich, log ich, zahlte ich, fragwürdig wurde es nur in den Pausen, und es gab diese Pausen, und aus Wartezeiten und Unterbrechungen bestand das vor allem, aus den Wegen vom Flughafen in die Stadt, aus Stunden wie denen, die ich jetzt in Amsterdam vertrödelte, weil nichts zu tun war, als den Blumenmarkt zu suchen, zu überlegen, ob ich etwa ins Rijksmuseum gehen solle, die kräftigen Frauen zu betrachten, die mir gut gefielen, und mir zu ihren freundlichen Gesichtern hinzuzudenken, wie sie ihre Männer umarmten.

Und obwohl ich sah, hier wie überall gab es solche, die mit müden Schritten die Grachten entlanggingen, obwohl ich sah, hier wie überall gab es solche, die verloren waren, die Armseligkeit oder Härte in den Augen eines zufälligen Passanten sah, die Traurigkeit, obwohl ich all das ja sah, schien mir das Land, das mich so wenig berührte, gesegneter als Israel. Deswegen bin ich wohl doch Jude, dass ich an Segen denke, ich denke an den Eintrag ins Buch des Lebens oder des Todes, der zwischen Rosch ha-Schana und Jom Kippur erfolgt – irgendjemand hält doch mit zitternden Händen einen Stift.

Den Nachmittag verbrachte ich mit solchen Grübeleien, gereizt, weil in Amsterdam nicht wie in Israel in jedem Kiosk ein Fernseher zur Straße hing, in dem ich die Nachrichten hätte verfolgen können. War schon etwas passiert wie damals in Paris? Alles schien still und friedlich. Ich rief zu Hause an, die Jungs waren Fußball spielen, Shira schäumte vor Wut. Was glaubst du, wer du bist? Sollen wir dir Girlanden an die Tür hängen, wenn du zurückkommst?

Ich büße hier für unsere Sünden, entfuhr es mir.

Einen Moment war Shira sprachlos. Dann machte sie ein Geräusch, wütend, hilflos, und legte auf. Als ich noch einmal die Nummer wählte, hob sie nicht ab.

Vielleicht kam mir mein Leben gerade dunkel vor, es konnte noch dunkler werden, als ich mir ein Leben hatte vorstellen können. Ich wählte die Nummer ein drittes Mal.

Die Telefonzelle, in der ich stand, roch nach Urin, und als ich nach einem der Telefonbücher griff, die dort befestigt waren, klebte ein Kaugummi daran. Rieche ich den künstlichen, süßen Geruch von Kaugummi, finde ich mich wieder in dieser Telefonzelle, in Amsterdam, in dieser Stadt, an die ich mich so wenig erinnere, von der auf eine schreckliche Weise vor allem das Hotelzimmer geblieben ist, ein in Grüntönen eingerichtetes kleines Zimmer, kaum genug Platz, um sich darin umzudrehen, und als ich am frühen Abend eine junge Frau mitnahm, vielleicht eine Prostituierte, vielleicht keine Prostituierte, hatten wir nicht genug Platz, uns auszuziehen, ohne aneinanderzustoßen.

Sie wich bis ans Fenster zurück, als mein Arm sie an der Brust traf. Ich dachte, man würde sie von der Straße aus sehen, und obwohl ich wusste, dass Shira mir nicht nachgereist war, mir nie nachspionieren würde, musste ich den Impuls unterdrücken, die Frau vom Fenster wegzuziehen. Hinter ihr, ich hatte den Vorhang nicht zugezogen, war der Himmel dunkel, und dort, in der Dunkelheit, sah ich etwas, für diesen einen Augenblick, weder Shira noch Avi oder Naim, und Ruben war es auch nicht, es war überhaupt kein Mensch, kein lebender, kein toter, irgendetwas sah ich dort, und ich wünschte mir plötzlich, ich würde wissen, was ich tun müsse, um meiner Zukunft willen, um Shiras und der Kinder willen, aber zugleich dachte ich auch, dass es so etwas nicht gab und nicht geben würde, ein Wissen darum, was man tun müsse, um glücklich zu sein. Es ist nicht wahr. Man kann wissen, man kann tun, man kann so vieles – auch wenn ich bis heute nicht weiß, was ich dort an dem dunklen Himmel sah.

Du riechst nach Kaugummi, sagte sie plötzlich, das ist es! Du riechst nach Kaugummi! Sie kam zu mir, lachend, umarmte mich, übermütig, unschuldig, so verlor ich die Gestalt aus den Augen, die draußen gewesen war, nur mein Herz klopfte noch heftig, vielleicht aber auch, weil sie mich streichelte, ich wich zurück, landete dadurch aber nur auf dem Bett, und sie ließ sich auf mich fallen, während ich wieder zum Fenster schaute, von der Gestalt war nichts zu sehen, aber Licht war da, in einiger Entfernung, ein Licht, das sich viel zu schnell bewegte.

Wir schliefen miteinander, sie nahm mich, es war angenehm, aber ich war nicht bei der Sache, als ich die Augen schloss, damit ich ihre Hände auf meiner Haut besser spüren konnte, sah ich wieder den Lichtschein im Fenster, das Licht breitete sich aus, es war ein helles, dröhnendes Licht, und während ich versuchte, in ihren Körper, in den Körper der jungen Frau, hineinzukriechen, nicht nur mit meinem Geschlecht, sondern auch mit meinen Gedanken, wurde das Licht immer noch stärker, noch lauter, ich stöhnte auf, und als ich kam und sie mich in ihren Armen wiegte, liefen mir die Tränen übers Gesicht, ich konnte nicht aufhören zu weinen. Ich streichelte ihre Brüste und weinte, vielleicht dachte sie, ich weinte, weil ich meine Frau betrog oder weil unsere Liebe vorbei war, während ich selber nicht einmal wusste, warum ich weinte, um wen, um wen, doch als ich dann aufwachte, mitten in der Nacht, sah ich ihr Gesicht, in einem Frieden, den ich nicht begreifen konnte, so still, dass ich mich über sie beugte, um auf ihre Atemzüge zu lauschen. Darum hatte ich geweint. Um dieses Gesicht, um dieses Leben, das vorbei, ausgelöscht sein würde.

An keine andere Nacht erinnere ich mich, die so lang gewesen wäre, lang nicht wie Minuten oder Stunden, die man wach liegt, sondern anders lang, so wie man schwimmt oder nicht mehr schwimmt, im Wasser treibt, halb bewusstlos, immer wieder aufschreckend in Fetzen des wachen, bewussten Lebens, ohne sich jedoch darin halten zu können. Solche Nächte kann es in einem Leben nicht viele geben, sie würden den Tagen das Fundament abgraben, die eh wie auf Stelzen in irgendetwas gebaut sind, das ich nicht Nacht nennen würde, aber einen Namen muss man dafür finden, wenn man einmal gesehen oder getastet hat, wie schmal die Stege sind, auf denen wir gehen, im Glauben, wir gingen auf Wegen oder sogar auf der breiten Erde, während wir doch in Wahrheit balancieren.

War es überhaupt eine ganze Nacht?

Meine Söhne betrachte ich manchmal heimlich, versuche herauszufinden, wie sie sich wohl halten, diese kräftigen jungen Männer, die sie geworden sind, und dann sehe ich, wie sie im Laufen zuweilen innehalten, für eine Sekunde, länger nicht, gleichsam die Füße in der Luft haben, im Nichts, bevor sie einen Fuß nach dem anderen wieder aufsetzen, vorsichtig, skeptisch, ob es möglich ist, ob hält, was Halt verspricht, ob es nicht nur eine Täuschung ist. Sie überzeugen sich dann, dass sie recht haben zu glauben, die Erde ist da, und wir Menschen fallen nicht herunter, gewinnen rasch Sicherheit wieder, treten fest auf, richten ihre Rücken gerade und tragen ihren Kopf frei, als wäre das eben unsere Bestimmung. Wie man so laufen kann, ohne an Gott zu glauben, weiß ich nicht, und wie man an Gott glauben kann, weiß ich auch nicht.

Kam ich in dieser Nacht zu mir, tastete ich nach der jungen Frau neben mir, vorsichtig, vorsichtig, damit sie sich nicht auflöste und ohne sie zu wecken, ließ ich meine Hand zwischen ihre Beine gleiten, nicht aus Begierde, sondern um den Ort zu finden, an dem ein Mensch zur Welt kommt.

Aber es tröstete nicht, versöhnte mich mit nichts, und nicht einmal Zärtlichkeit für diese Frau, deren Namen ich nicht genau verstanden hatte, Sally, Melly, weckte die Berührung ihrer Scham, die warm und lebendig pochte, sondern nur Mitleid. Etwas ließ mich zurückzucken, etwas, das mir unangenehm war und mich beschämte, als wäre sie nicht eine Prostituierte, der ich zweihundertfünfzig Gulden gegeben hatte, damit sie mit mir mitkam, sondern ein Mädchen, unschuldig, unberührt, noch wie körperlos oder wie eines meiner Kinder.

Ich richtete mich auf, hellwach, so war mir, auch wenn ich im Nachhinein nicht weiß, was ich von allem halten soll, richtete mich auf und betrachtete sie im schwachen Licht, das von der Straße herauf ins Zimmer drang, ihr schlafendes Gesicht, und was mich wie ein Schock durchzuckte, war die Tatsache, dass sie bräunlich war, sogar braun, schwarzhaarig, denn es war doch undenkbar, auch in meinem wie dämmerigen Zustand, dass ich es nicht früher bemerkt hatte oder dass es vielleicht sogar eine andere war, viel jünger, ein Mädchen eben, ein arabisches oder afrikanisches Mädchen, das ich nie zuvor gesehen hatte, nicht gestreichelt, nicht geküsst, in das ich nie eingedrungen wäre, sie war ja ein halbes Kind, nicht älter als fünfzehn vielleicht. Verstört wandte ich mich ab, wollte nicht aufwachen, sondern in den Schlaf zurück, der nichts ändern würde, wie kein Schlaf an einem Entsetzen etwas ändert oder ein Entsetzen lindert. Ich dachte, ich könnte es nicht ertragen – was für ein lächerlicher Gedanke, als würde man gefragt, ob man ertragen kann, was einem zustößt.

Ich war nach Amsterdam geflogen, mehr Mut hatte ich nicht. Ich wollte weiterschlafen und erst aufwachen, wenn die Sache – was auch immer es sein mochte – vorbei wäre.

*

Ich kenne Nächte, in denen der Kopf im Schlaf still wird, oder nicht einmal still, sondern schwarz, leer, er verliert sich mit dem Körper und wird fühllos. Dann bewege ich mich im Schlaf nicht, sondern wache morgens auf, wie ich mich hingelegt habe, so, als hätte ich schon in der Erde gelegen, und der vorgezogene Tod tröstet mich, er wirft keinen Schatten, sondern gibt mir, wessen ich bedarf, die Stille eines Steins oder eine Art Wahrnehmung, die nicht in die Zeit gehört.
In anderen Nächten kann ich nicht schlafen, die Bilder lassen mich nicht los, keine Traumbilder, eher Bruchstücke von etwas, Stücke meines Lebens, eines ungelebten Lebens, Bilder nenne ich es, weil ich kein anderes Wort für das habe, was uns nicht gehört, nicht einmal in unserer Erinnerung, und doch so hell, so aufdringlich, so nahe ist, dass man es am ganzen Körper spürt, dass unser Hirn uns sagen will, dies sei die Wirklichkeit, obwohl es doch nur ein Hirngespinst ist, Traum, nur Phantasie, etwas, das aus der Nacht zu uns gekommen ist.
Und Nacht war es, ich weiß nicht, warum.
Denn das Unglück geschah nicht nachts. Das Unglück geschah um halb sieben Uhr abends.
Es belastet mich, dass sich die Tage in meiner Erinnerung verwischen. Ich weiß nicht einmal mehr, ob sie, diese Frau, bei mir war am Tag des Flugzeugabsturzes oder am Tag da-

vor, ob ich im Traum das junge Mädchen sah, Hayet, als sie noch lebte, als ich noch zu ihr hätte gehen können. Denn plötzlich wusste ich, das hätte ich für Ruben tun sollen, ich hätte zu ihm gehen sollen, und da ich mich plötzlich mit Lebhaftigkeit an die Tage in Paris erinnerte, merkte ich, ich hatte alles weggeschoben, ich hatte damit nichts anfangen können, was sollte man auch damit anfangen, dass ein Toter Hilfe suchte, dass einer nicht wusste, wie es ging, sterben, wie man wegkam von der Welt, die man vielleicht noch nicht einmal geliebt hatte, jedenfalls nicht bewusst, oder anders, mit der man vielleicht gehadert hatte, dazu gab es ja genug Grund, und die doch alles ist, was wir haben, alle Hoffnung, alle Liebe. Wie sollte man weg? Und ich konnte nichts tun.

Ich spürte nur, wie in meinem eigenen Körper, die Verzweiflung, ihre Verzweiflung, die Angst erst, dieses Entsetzen, so viel stärker als alles, was ich selber kannte, nackt, aufgerissen, nicht in Fetzen, obwohl es so gewesen sein könnte, sondern aufgerissen in einer Weise, die sich mit dem Leben eben nicht vereinbaren ließ, die noch eine Möglichkeit des Lebens war, aber eine tödliche. Denn das gibt es wohl, Möglichkeiten des Lebens, die das Leben auslöschen müssen.

Das Mädchen starrte auf den Fernseher, als müsste sie dort sehen, dass es nur ein Film, ein *fake* war, oder etwas, das in Wirklichkeit geschah, aber anderswo, nicht ihr, nicht jetzt, während das Haus längst brannte, lichterloh, sie war ja nur ein paar Meter von der Stelle entfernt, wo das Flugzeug das Gebäude eingerissen hatte. Es waren zu viele, zu viele und zu arme Tote, man konnte oder wollte sie nicht obduzieren, was ändert es auch, ob jemand erstickt, verbrennt, erschlagen wird, mochten sich die Behörden denken, vielleicht die Eltern auch, ich weiß es nicht.

Was hätte sie dann gesagt, wäre ich zu ihnen gegangen, um ihnen zu erzählen, wie die letzten Sekunden ihrer Tochter waren? Ausgerechnet ich, ein Israeli, ein Jude, einer jedenfalls, der zu denen gehörte, deren Flugzeug ihre Tochter umgebracht hatte. Denn es war eine El-Al-Maschine, die bei Bijlmermeer in den Wohnblock gestürzt war. Und was hätte ich überhaupt gesagt?

Ich glaube nicht daran, dass einem die Worte fehlen. Aber was hätte ich gesagt? Ihr Blick zum Fernseher hin, denn als Erstes kam das Geräusch. Und das blieb bis zum Schluss, der Lärm, ihre Ohren funktionierten bis zum Schluss, als sie nicht einmal mehr daran denken konnte, sich die Ohren zuzuhalten, als ihre Arme zerschmettert waren und sie nicht mehr schreien konnte gegen den Lärm, sondern flüsterte, leise leise flüsterte und nach ihrer Mutter rief.

Dann verschwand ihr Gesicht, ich sah sie nicht mehr.

Stattdessen sah ich etwas anderes.

Für einen Augenblick sah ich, was sie sah. Kein helles Licht.

Auch keine Schwärze.

Sie sah ihren Bruder, Osman.

Ihr Bruder stand am Fenster und schaute hinaus. Sie sah, dass seine Haare kürzer waren, anscheinend hatte er sie sich selber geschnitten.

Er drehte sich zu ihr, in seinem Gesicht nichts als Stille, dann Verwunderung, als er auf seine Arme schaute, die lichterloh brannten, der ganze Oberkörper, aber er machte nichts, er bewegte sich nicht und schrie nicht und versuchte nicht, das Feuer zu löschen, er schaute einfach zu, wie sein Hemd

brannte, ein grellblaues Hemd, auf das er stolz gewesen war, dazu seine Lieblingshose, eine Cargo-Hose, die er nur auszog, wenn ihre Mutter ihm den Weg versperrte, wie siehst du aus!, und dann lachten sie, weil man ihn an den Taschen zu fassen bekam, igitt!, da ist ja eine tote Maus drin, und er zog sich aus unter dem Gelächter seiner Mutter und seiner kleinen Schwester, und dann waren sie durch die Zimmer getobt, die eigentlich dafür zu eng waren, einmal hatte Hayet eine Vase von der Fensterbank gerissen, und sie waren alle vier – ihr Vater war gerade nach Hause gekommen – erstarrt, aber dann hatte Osman angefangen zu kichern, wie er als kleiner Junge gekichert hatte, wenn Hayet ihn kitzelte, ein bisschen zu tief und heiser, und er konnte nicht mehr aufhören, und er konnte nicht mehr aufhören, als er sich jetzt zu seiner Schwester umdrehte, kicherte er auch, fing an zu lachen, lauthals, sie konnte nur nicht sehen, ob sein Gesicht froh war dabei.
Und dann sah sie, dass er nur für sie lachte.
Was für ein komisches Geräusch, kicherte er. Hörst du es auch?
Es war noch dämmerig.
Sie standen im Flur, die Frau hatte eine Wolljacke angezogen und schaute in den Spiegel. Aus ihrer Handtasche hatte sie einen Lippenstift gekramt, sie trug ihn auf, ein helles, leuchtendes Rot, und dann zog sie fröstelnd die Schultern hoch.
Bist du ...
Gehen wir?, sagte er, ein hochgewachsener Mann von etwa fünfzig Jahren, zu ihr und beugte sich vor, um ins Wohnzimmer zu schauen; seine Tochter hatte sich über ein Heft gebeugt, er konnte nicht erkennen, was es war. Osman schaute

mürrisch zum Fenster, er stand breitbeinig, die Hände in die Hosentaschen gebohrt. Ich passe auf ihn auf, sagte Hayet, auf meinen großen Bruder!
Du musst es versprechen, sagte ihre Mutter zärtlich. Es sind noch ein paar Prüfungen. Sie strich ihrem Sohn durch die Locken, er drehte sich halb zu ihr, so dass sie um seinen Mund das kleine Grinsen sehen konnte.
Du kommst nicht mit runter, fuhr sein Vater ihn an, du bleibst zu Hause und lernst für die Prüfung!
Ich komme mit, sagte Osman, ich komm mit runter, Henk und ein paar andere wollten sich noch treffen.
Es ist ja nicht weit, sagte ihr Vater.
Sie standen dicht beieinander, Hayet sah, dass ihr Vater ihre Mutter streichelte, den Arm hinauf und hinunter, vorsichtig, bedachtsam, dann legte er seinen Arm um ihre Schultern und zog sie an sich, sein Gesicht sah müde aus, aber er lächelte froh.
Lass uns gehen, nur eine Stunde. Die Kinder können sich selber etwas zu essen machen, komm schon.
Warum laden sie uns nur mitten in der Woche ein?, sagte die Frau, ein Lächeln in der Stimme und mit klagendem Ton.
Mitten in der Woche. Mitten in der Woche.
Hayets Bruder stand am Fenster. Als er sich umdrehte, schloss die Hitze seine Augen.

*

Es war noch nicht da, nicht einmal das Entsetzen, und erst als sie hinschaute, für einen Moment zweifelnd, unsicher, ob sie den Kopf noch einmal drehen sollte, jede Bewegung spürend, fremd, fremd der Hals oder die Sehnen oder die Muskeln, es gehörte nicht zu ihr, aber dann doch die Bewegung, willentlich, gegen ihren Willen, es war beides zugleich – erst da entstand das Entsetzen, vor ihren Augen, wie ein Strudel, zuerst nur eine kleine Bewegung, dann immer größer, keine Angst, wie sie Angst vor der Schule oder der Dunkelheit gehabt hatte oder dass die Jungs sie auslachten, nicht Angst, etwas anderes war das, Entsetzen oder Liebe, ihre Sehnsucht ließ sie würgen, und es war plötzlich nicht mehr die Sehnsucht nach ihrer Mutter, obwohl sie wieder nach ihr wimmerte, es war noch eine andere Sehnsucht, als ihr Körper begriff, dass er nicht erwachsen werden, nicht heranreifen würde, sie wollte, ihr Körper wollte Zärtlichkeit, wollte greifen, was ihm verwehrt bleiben sollte, alles verschob sich und wurde wach, gierig, während sie in Wahrheit schon halb betäubt war, und sie griff nach mir, sie streckte nicht die Hand aus, sie hielt mich, zog mich zu sich heran, so fest, dass ich den Halt verlor, taumelte, aber gleichzeitig spürte ich, wie ich sie fest umarmte, für einen Moment noch zuckte ich zurück, weil ich spürte, wie jung sie war, ich spürte es, als ich meine Hand um ihre Brust wölbte und genoss, wie sie sich an mich drängte, zügellos: Beeil dich, mach!, flüsterte, mach schon! Dabei lachte sie, als wollte sie sagen, ich habe keine Zeit zu verlieren, oder nein, kein Lachen, dieses Geräusch, während ich in sie eindrang, wach und erregt und auf eine Weise pflichtbewusst, gehorsam. Dann stöhnte sie, so wirr und fremd, und neben mir, auf einen Arm gestützt, prüfend, voller Anteilnahme, lag Sally oder Melly, ich hatte ihr Geld gegeben, sie tupfte mir die Stirn ab, und ich dachte, dass ich ihre Fürsorge nicht verdiente.

Ich schaute sie stumpf an, auf dem kleinen Sessel, der in der Ecke am Fenster stand, von einem grünen Vorhang fast verborgen, sah ich das Mädchen, die Knie hochgezogen, den Kopf darauf gestützt, sie beobachtete uns, die ganze Zeit schon, dachte ich, sie hat uns hereinkommen sehen und alles, ich spürte, wie mir das Blut ins Gesicht stieg, deswegen sprang ich auf, irgendwann klappte alles zurück, wie eine Tür, wie etwas, das eine Feder hat oder ins Schloss gezogen wird, aber ich hatte nicht das Gefühl zu stürzen, obwohl ich am nächsten Tag blaue Flecken hatte, an den Hüften, am rechten Oberschenkel, überhaupt tat die Hüfte weh, und ich erinnere mich, dass die junge Frau mich packte, mit erstaunlicher Kraft, sie sah nicht unfreundlich aus dabei.

Und dann war ich allein. Ich lauschte der Stille, kein Atemzug, ich strich über die Tagesdecke, die zusammengeknüllt am Rand des Bettes lag, schwerer, grüner Samt, der aus einer früheren Zeit dieses Hotels stammen mochte. Ich ging ins Bad und trank aus einem Plastikbecher Wasser, hielt das allzu leichte Gewicht in der Hand und fühlte mich unwohl, bis ich mich zwischen den Rostflecken des Spiegels verlor, auf einer Reise der Augen, die nicht mein Gesicht betraf, sondern eben diese Flecken, in einer Anordnung verteilt wie die Sterne eines minderen Sternbildes, und es würde nie jemand erraten, warum es zu diesen Formen gekommen war und ob sie etwas bedeuteten.

Von draußen wollte ich etwas hören, ein Auto, das vorbeifuhr, eine Menschenstimme, vielleicht einen ersten Vogel, denn es dämmerte ja. Irgendetwas wollte ich hören, um meine Ohren zu beschwichtigen, die auf das leise Gluckern des Wassers in den Rohren lauschten und auch auf etwas an-

deres, das ich nicht deuten konnte, nicht deuten wollte, und doch ahnte ich, was es war, da für mein Gehör Entfernungen offenbar keine Rolle mehr spielten oder es auch einfach verrückt geworden war, ich hörte, wie Avi und Naim in ihren Betten in Tel Aviv flüsterten, leise, leise, damit Shira sie nicht hörte.
Dann tönte von sehr fern eine Sirene.
Ich bin nicht hingefahren. Ich wollte nicht hinfahren. Frühstücken wollte ich, lange und ausführlich frühstücken, beim Hereinkommen hatte ich gesehen, der kleine Frühstücksraum lag nach hinten, in einer Art Wintergarten, ein paar alte, dunkle Tische standen da, und als ich geduscht hatte und hinunterkam, saß eine weißhaarige Dame alleine am Fenster, grüßte mich freundlich, als würde sie mich lange kennen, sie hatte Locken, und die beige Strickjacke, fiel mir auf, hatte sie bis zum Hals zugeknöpft, darüber ein Goldkettchen mit einem runden kleinen Anhänger, sie schaute zu mir, während ich mir einen Platz suchte, nicht zu nahe, nicht in der entgegengesetzten Ecke, dann rief sie etwas, das ich nicht verstand, vermutlich Richtung Küche, denn eine Schwingtür öffnete sich, heraus kam eine winzige Person, die ein Tablett trug, auf dem zwei Kännchen und ein Brotkorb standen, sie richtete alles an meinem Platz, als wäre ich ein Kind, obwohl ich mir vorkam wie ein Riese neben ihr, ungeschlacht, unbehaglich, bis sie anfing, etwas zu murmeln, zu leise, als dass ich einzelne Wörter hätte unterscheiden können, es war wohl nur eine Art Lied ohne Melodie, und aus dem Kännchen stieg mir der Geruch heißer Schokolade in die Nase. Dann saß ich still.
Es war nun heller Tag, wer wollte sich da täuschen, über was

sollte ich mich auch täuschen, über meine Wahrnehmungen? Da lag eine Tischdecke, da war ein Brotkorb, da strich an den geschlossenen Fenstern eine Katze vorbei, wandte den Kopf, dass ich ihre Augen sah, und sie setzte sich, die Katze, ihre Farbe unbestimmt, mal hellgrau, dann schwarz-grau getigert. Die kleine Bedienerin, sie trug eine Schürze, eine Kinderschürze mit einem Bären, der einen Kochlöffel in der Pfote hielt, brachte mir Waffeln, frisch gebackene Waffeln, mit Puderzucker bestäubt, und aus irgendeinem Grund befiel mich Angst, Angst um mich selber, als wäre ich in einem dunklen, beängstigenden Film, Angst um mich, als müsste jetzt mir etwas zustoßen, in einem Halbdunkel, das sich um mich schloss wie eine erstickende Decke. Es fielen mir Bilder ein, Bilder aus Filmen, die mich in Schrecken versetzt hatten wie *Wenn die Gondeln Trauer tragen*, und ich spürte, wie man sich um seine Kinder ängstigt und wie von ihnen das Licht abhängt, von ihren Atemzügen, von ihrem Gesicht, von ihren Körpern, diesen glatten Körpern, auf denen jeder kleine Leberfleck sich beobachten lässt, jeder kleine Makel, und jede Unsicherheit ihrer Bewegungen, jedes Schlingern lässt einem das Herz stocken, und Helligkeit oder Dunkelheit hängen von ihnen ab, bis etwas kommt, das stärker ist.

Die Frau, sie war wirklich fast eine Zwergin, lief eifrig hin und her, ich hatte nicht einmal bemerkt, wie zwei weitere Gäste den Frühstücksraum betreten hatten, eine Mutter mit ihrer Tochter, eine Tochter mit ihrer Mutter, die schon alt war und gebrechlich, sie sprachen Deutsch miteinander, für einen Moment meinte ich sie zu verstehen, die Stimme, sie klang harsch und unfreundlich, doch als ich mich umdrehte, sah ich das Gesicht der jüngeren Frau, jung war sie nicht mehr, vielleicht so alt wie ich, es war ein angenehmes Gesicht, bloß jetzt erschrocken, von etwas schockiert, das sie ihrer Mutter zeigte, die Zeitung war es, und sie las ihr die Überschrift und dann den Artikel vor, auf Deutsch, und ich verstand jedes Wort.

*

Das Schlimmste war, dass ich mit niemandem reden durfte. Was hätte ich sagen sollen? Dass gestern in den Flammen ein Mädchen umgekommen war, das ich nicht kannte, das aber nichtsdestotrotz bei mir war, hier, physisch bei mir war, so physisch wie ein Gedanke nur sein konnte? Natürlich hätte man sich achselzuckend abgewandt, physisch, Gedanke, das geht nicht zusammen, und ich konnte nichts vorweisen, das war es, was mich ebenso quälte wie die Sache selbst, an jenem Morgen, bis ich mich zusammenriss und zur Ordnung rief, zu welcher Ordnung auch immer, denn nicht um mich ging es, sondern um Hayet, die wie zusammengekauert dasaß, ja, noch immer, sie saß und lag nicht, hatte die Knie hochgezogen, die Arme darumgeschlungen, den Kopf auf die Knie gelegt, und jeder hätte mir gesagt, wovon redest du, sie ist tot, da ist nicht einmal ein Körper übrig, kein richtiger Körper, zusammengekrümmt von der Hitze vielleicht, meinst du das? Aber das meinte ich nicht, und ich war müde, entsetzlich müde, als kostete es alle Kraft, diese physischen Gedanken, diese Verwirrung, etwas, das sich auflöst und doch weiterbesteht, Gedanke, Atom, und ich konnte nicht sagen, komm, komm nur, ich helfe dir, dieses Gemurmel, wie später, als Shira krank war, wenn ich zu Hause war und sie im

Krankenhaus, als könnte man doch trösten, aber darum ging es hier nicht, sondern um das, was zwischen den Welten geschieht, in dem Moment, in dem die Seele aus dem Körper gerissen wird, sich schon vom Körper löst, aber noch körperliche Erinnerungen und Empfindungen hat – Empfindungen des Körpers, die keinen Körper mehr haben –, auch wenn die Wissenschaftler sagen, es gibt nur das Gehirn und was darin geschieht, die Bilder, die wir uns machen, und das ist alles.

Als ich die Rechnung bezahlt, das Hotel verlassen hatte, mit meiner Tasche über der Schulter, mit ein paar Gulden nur noch, das meiste hatte ich ja der Frau gegeben, war ich losgegangen, als könnte ich nach Hause laufen, weil ich es so wollte, als könnte ich nach Hause laufen, wenn ich lange genug liefe, weil ich hartnäckig war, weil es keinen anderen Ort für mich gab und weil sich niemand außer mir um die richtigen Fenster und Türen kümmern konnte, ein Haus bauen, ein Haus wieder aufbauen oder herrichten. Ich versuchte daran zu denken, dass ich das konnte, aber sie ließ es nicht zu, Hayet ließ nicht zu, dass ich mich von ihr abwandte, an Shira wollte ich denken, aber ich lief an den Grachten entlang, und wo ich ins Wasser schaute, sah ich Hayet.

Ihr Gesicht war starr jetzt. Es verschwamm nicht, wie eingefroren im Wasser kam es mir vor und flach, schwamm gleich einer Scheibe, einem Deckel, mit einem Bild darauf, löste sich nicht im Wasser auf. Immer wenn ich den Blick abwandte, fühlte ich das nervöse Zucken der Muskeln, an den Armen, am Hals, versuchte, die Stelle zu fangen mit der Hand, es gelang nicht, und wollte ich rennen, stolperte ich, und meine Augen waren mir keine Hilfe.

Rubens Eltern fielen mir ein, wie lange hatte ich nicht an sie gedacht, die Erinnerung war auch verblasst. Wo hier die Toten aufgebahrt waren, wusste ich nicht, die Toten, falls man sie überhaupt noch aufbahren konnte. Wo die Eltern waren, die ihre Kinder verloren hatten und keinen Ort zu trauern.

Immer wieder dachte ich, ich müsse nach Bijlmermeer, in das Stadtviertel, wo die El-Al-Maschine abgestürzt war. Bijlmermeer, überall hörte ich den Namen, und in einem Café sah ich schließlich die Bilder, Bilder wie man sie immer sieht nach Katastrophen, und wer in Israel lebt, hat zu viele von diesen Bildern gesehen, sie wollen zerrütten, aber es ist schon alles zerrüttet, wir leben nicht in einer Sicherheit, wir sind Leute, die mit Recht Angst haben, wir warten auf die nächste Katastrophe, ob wir verschont werden oder nicht, und da wir nur wissen, es wird wieder zu nahe an unseren Geliebten und unserem eigenen Fleisch sein, hoffen wir nicht einmal von Herzen, dass wir verschont bleiben mögen, denn wer verzweifelt, wird uns ebenfalls nahe sein. Was geschehen ist, was die Bilder demonstrieren, wissen wir, bevor es geschieht, als hätte sich der ganze alte Schmerz hundertfach in uns eingegraben oder sagen wir lieber millionenfach, denn so ist es.

Es gibt ein Entsetzen, das nicht mehr weicht. Wie sollte es anders sein?

Bijlmermeer, und während ich ziellos durch die Straßen lief, irgendwann den Blumenmarkt entlang, die Prinsengracht entlang, sagte ich das Wort, das für mich so angenehm im Mund war, vor mich hin. Bijlmermeer. Sie war noch da. Hayet war noch da.

Es war etwas Ruckhaftes, Panisches in ihren Bewegungen. Als versuchte sie, sich von etwas loszureißen. Als raffte sie Kräfte zusammen, hin- und hergerissen, wohin sie sich wenden sollte, und ich begann, vor mich hin zu murmeln, Tröstliches, Beschwichtigendes, Sinnloses, Silben bloß.

*

Nachher fallen mir Sachen ein, wenn es zu spät ist. Und so werde ich nie erfahren, ob es funktioniert hätte, was es bewirkt hätte, etwas auf einen Zettel zu schreiben, als würden mir diese Toten, die Seelen dieser Toten, etwas mitteilen können, mir oder ihren Angehörigen, ihrer Mutter. Ich weiß es nicht. Vielleicht habe ich meine Aufgabe nicht gut verstanden. Vielleicht gibt es keine Aufgabe, oder es gibt nichts zu verstehen.
Für einen Moment – wenn man ein Zeitmaß gelten lassen soll, und sei es so unbestimmt wie ein Moment –, für einen Augenblick also sah ich sie in Bijlmermeer, in einiger Entfernung zur Absperrung der Sicherheitskräfte, an einer Stelle, von der man den Häuserblock sehen konnte und die Lücke, die das Flugzeug hineingerissen hatte. Ihre Mutter.
Sie stand da. Der Schmerz ist keine Währung. Nichts bezahlt man damit, nichts kann man damit bezahlen, kein vergangenes Lächeln und kein zukünftiges, keine zukünftige Sicherheit und nicht, dass man verschont geblieben wäre. Ich sah sie, in einer weißen, dicken Strickjacke, in die sie sich fest eingewickelt hatte, und ich wünschte, sie hätte geschrien. Aber es raste nur etwas in meinem Kopf, wie eine Kugel, wie ein Splitter, blieb stecken in meinem Gehirn, und ich stürzte.

Soweit ich mich erinnere, stürzte ich nicht auf die Straße, denn ich saß auf einer Bank, auf einer der Bänke, die an den Grachten aufgestellt sind, damit man das Wasser betrachten kann und die Häuser auf der anderen Seite, Bänke für alte Leute oder Touristen oder Mütter mit ihren Kindern oder Liebespaare, die sich küssen wollen. Ich saß da oder stürzte von der Bank, ohne mich zu bewegen, und keiner hätte etwas Auffälliges an mir bemerkt. Nachher aber war meine Hose zerrissen.

Dann war sie auf einmal verschwunden, das Mädchen.

Ich erinnerte mich an den Namen und wie sie ausgesehen hatte, doch ich konnte sie nicht mehr finden, sosehr ich rief oder in mich hineinhorchte, es war so abrupt geschehen, so schnell, dass ich verstört stehen blieb, mitten auf der Straße, und eine Straßenbahn klingelte, und eine Radfahrerin rief mir warnend etwas zu.

Hayet, sagte ich, noch einmal, die Buchstaben, die gelebt hatten wie Atem, seine Feuchtigkeit, seine Leichtigkeit, das, dachte ich, meinen die Mystiker mit den Buchstaben, dass sie wie Gefäße sind für das Leben, *dli*, Eimer, nennen sie die Buchstaben, unsere Konsonanten, doch jetzt waren die Buchstaben ihres Namens leer und abgestorben, man konnte mit dem Fuß dagegentreten wie gegen leere Blechbüchsen, und es klapperte nur, hohl, scheppernd, und dann hörte auch das Klappern auf.

Jetzt können wir die Namen schreiben, die Buchstaben, wir können sie ablesen, wie im Radio in Israel die Namen abgelesen werden nach einem Anschlag, aber sogar dann, wenn wir jemanden kannten, bleibt der Name leer, ob wir weinen oder nicht. Vom Sichtbaren wissen wir so wenig, noch weniger vom Unsichtbaren; ich ließ nicht leicht ab, ich nahm den Namen langsam in den Mund, Buchstabe für Buchstabe, Laut für Laut, spürte den Tönen nach, jedem einzelnen, wieder und wieder sagte ich den Namen, lockte sie, schmeichelte ihr, dann fiel mir ein, dass ich sie nicht halten sollte, nicht einmal erinnern sollte ich mich an sie.

Ich sollte nur da sein, für sie da sein.

Schließlich ging ich in ein Kaufhaus und suchte nach einer Strickjacke, nach einer weißen Strickjacke mit Zopfmuster, die ich Shira mitbringen könnte, aber ich fand nichts.

Der Tag verging, bis es Abend wurde, da brach ich zum Flughafen auf, mitten in der Nacht sollte der Rückflug gehen, es wurde später, vielleicht, weil die Maschine der El Al noch einmal geprüft wurde, vielleicht, weil die Piloten aufgeregt waren, vielleicht, weil wir die israelischen Toten des Unglücks mitnahmen in dieser Maschine, den Piloten und den Copiloten, die Stewardess und einen Mann, von dem man nicht erfuhr, wer er gewesen war, diese Toten, die im Land Israel begraben werden sollten.

Ja, vermutlich nahmen wir die Toten mit.

Denn auch als wir landeten, mussten wir Passagiere länger als üblich in der Maschine warten.

*

Mit einem unangenehmen Druck im Magen verließ ich den Flughafen, ich musste zum Bus, dem 222er, rennen, um ihn noch zu erreichen, der Busfahrer musterte mich, unschlüssig, ob ich wohl unrasiert wäre wegen eines Trauerfalls oder einfach abgerissen, ein abgerissener kleiner Europäer, der am

Flughafen mit einer Tasche und nichts weiter ankam, warum auch immer. Es war heiß, die Klimaanlage lief auf Hochtouren, ich fröstelte und zog mich auf meinem Sitz in mich selbst zusammen, so gut ich es vermochte. An einer der ersten Haltestellen stieg ich aus, im Norden, und nahm die Linie 5; normalerweise ziehe ich die Minibusse vor, aber als ich aus dem Flughafenbus ausstieg, kam gerade der Linienbus, es war womöglich noch kälter darin, die Leute schienen mir wie festgefroren, oder ich sah sie nicht richtig, hörte nur die Nachrichten, es war schon die Zeit von Rabin, jetzt fällt es mir wieder ein, wie etwas aus einer versunkenen Zeit: Rabin war Ministerpräsident, es war doch eine Zeit der Hoffnung, vielleicht hätte es die schönste Zeit sein müssen, und ich habe sie versäumt.

Wir fuhren die Dizengoff entlang, stockend, wegen des dichten Verkehrs, ich versuchte, im Kopf mit Shira zu sprechen, als könnte ich die Auseinandersetzung vorwegnehmen oder vermeiden, sie erwartete mich nicht oder heute nicht mehr als gestern oder morgen, und ich wusste, sie würde überrascht und aufgebracht und verletzt sein. Du hast sie verletzt, ermahnte ich mich, du musst dich entschuldigen. Aber wie sollte ich mich entschuldigen?

Keinen Moment kam es mir in den Sinn, ihr die Wahrheit zu sagen. Die Wahrheit, nun, was passiert war, so, wie ich es erzählen konnte. Die Wahrheit: was ich sagen konnte, für Shira würde das aber keine Wahrheit sein, dachte ich bitter, und vielleicht war es ungerecht. Wir probieren so viel nicht aus und lasten es dem anderen an oder unserem Leben, weil wir nicht wissen, wie wir es besser machen können, weil es nichts gibt, was uns darüber hinwegtrösten würde, dass wir von Versäumnissen umgeben sind, und vielleicht müssten wir sagen, von Ungelebtem.

Irgendwo, in der Hitze dieses Oktobertages, standen wir im Stau, und ich haderte und haderte, die Augen wohl halbgeschlossen, sah nichts, hörte bloß das Hupen, das Geschrei, wie in der Vorhölle, dachte ich. Vorn im Bus begann ein aufgeregter Disput, ob der Busfahrer nicht abbiegen, ausweichen könne, dem Stau, der Warterei, dem Gehupe. Ruckartig fuhr der Bus an, hielt wieder, dann mach doch den Motor aus!, forderte eine jüngere Frau, ich legte die Arme auf den Sitz vor mir, den Kopf darauf und schloss die Augen.

Es ist schwer vorstellbar, dass man nach Hause kommt und nicht willkommen ist, es ist schwer vorstellbar, aber in so vielen Häusern passiert es jeden Nachmittag und Abend, einer kommt zurück, und als Erstes wird er zurechtgewiesen. Und mit Shira, wusste ich, würde es noch schlimmer sein, jenseits der Frage, ob sie mich noch, ob ich sie noch liebte, sie war nicht einverstanden, sie wusste nicht, was ich tat, ich wusste es ebenso wenig, und jenseits der Erklärungen, jenseits der Rechtfertigungen gab es für uns keinen Ort, selbst die Jungs waren Teil davon, die Jungs waren auch der Ort, an den ich nicht gehörte.

Es gab keine Explosion, keinen Unfall, kein Attentat, nur dauerte alles so lange, zu lange, denn der Bus öffnete noch einmal die Türen, ein paar stiegen aus, andere stiegen ein, ich schaute nicht auf.

Ich schaute nicht auf.

Wie lange wir so gesessen haben? Fünf Minuten, zehn Minuten. Ohne dass ich seine Anwesenheit gespürt hätte, als wäre ich besser darin, die Anwesenheit irgendwelcher fremder Toten zu spüren als die des Jungen, der atmete und lebendig war und wartete, wartete, nichts sagte, bis ich ihn schließlich doch hörte, hörte, was er flüsterte: Hier bin ich doch.

Naim spricht ohne Intonation, monierte Shira damals, und sogar Iunis hatte einmal gesagt, er gibt seine Stimme nicht gern her, *kol*, die Stimme, *col*, das Ganze, er gibt nicht das Ganze, auch das nicht.

Hinter mir saß er. Seine Hand einen Zentimeter von meinem Hals entfernt. Ohne sie auszustrecken.

Wir schauten uns an. Ich habe es lang nicht begriffen, dass man sich durch den leeren Raum anschauen kann, so begriffsstutzig und einsam, ich wusste nicht, dass ich sie so sehe, Shira, die Jungs, alle, die mir nahe sein sollten, dass ich eigentlich nur Iunis und Matijahu sah und die anderen, mit denen ich arbeitete.

Was machst du hier?, fragte ich, als hätte ich das Recht, ihm Vorwürfe zu machen. Er zuckte mit den Achseln. Mama hat gesagt, ich soll zu Frau Wolkow gehen zum Klavierunterricht.

Warum bringt sie dich nicht hin?

Er schaute mich ratlos an: Weil du nicht da bist.

Was hat das damit zu tun?

Wenn du weg bist, müssen wir immer alles alleine machen, sagt sie.

Ich war nicht einmal drei Tage weg!

Im Bus wurden die Leute aufmerksam auf uns, eine junge Frau starrte mich an.

Mist, sagte ich laut und stand auf, um auszusteigen. Ich wäre ohne ihn gegangen. Vielleicht wäre ich wieder abgereist, wenn ich das Geld gehabt hätte, den Mut, wenn nicht

Naim gesagt hätte: Und Avi? Er ist bestimmt zu Hause und wartet.
Auf mich?
Naim lächelte mich schüchtern an: Ich glaube schon.
Er ging ein bisschen hinter mir. Es war so heiß, ich war viel zu früh aus dem Bus ausgestiegen, wir hatten noch ein ganzes Stück zu laufen. Naim trug ein T-Shirt, der dünne Riemen der Tasche, in der vermutlich die Noten waren, hinterließ an seinem Hals einen kleinen Abdruck, er hatte noch den Nacken eines Kindes, eines Kindes, das aufrecht geht.
Wie war es in der Schule?, fragte ich schließlich, um irgendetwas zu sagen.
Französisch ist gut, sagte er.
Und die anderen?
Die anderen Fächer?
Nein, die anderen Schüler, die Lehrer, sagte ich ungeduldig.
Die sind o. k. Bei Avi auch. Avi und ich bleiben zusammen in der Pause.
Warum?
Naim zuckte mit den Schultern. Die rauchen und wir nicht. Die gehen auch aus, und Ben hat eine Freundin.
Was rauchen sie? Ich war wütend. All das, Rauchen, Ausgehen, Kinkerlitzchen, aber ich wusste, für heute hatte ich meinen Ausweg gefunden aus dem Zwist mit Shira, so erinnere ich es jetzt, so fing ich es an, als wir nach Hause kamen, und Shira kam eine halbe Stunde später. An Naims Gesicht erinnere ich mich genau, und wie ich hoffte, dass er nichts sagen würde zu Avi – dass er Shira gegenüber schweigen würde, wusste ich. Shira war so überrascht, dass es funktio-

nierte. Ich weiß nicht einmal mehr, woran ich den Streit aufhängte, ob sie nicht rauchten, nicht rauchen durften, ob ich so tat, als würde Shira sie isolieren mit ihren Verboten, dabei wollte ich nicht, dass sie rauchten, vor allem kein Hasch. Es war in den neunziger Jahren noch Marihuana, kein Alkohol, nichts Stärkeres, bei den meisten jedenfalls, sie kifften, Jugendliche, Erwachsene, ein paar von unseren Bekannten, von Shiras Freunden sowieso, kifften immer noch, Künstler und Galeristen, wir dachten, wir gehören zu den Künstlern, zur Boheme, die sich am Freitag im Café Tamar traf, ein paar auch weiter im Norden, in einem der neueren Cafés unweit der Gordon Gallery, Leute, die arbeiteten, aber viel freie Zeit hatten, und die fast alle Linke waren, damals waren wir die Sieger. Aber ich hatte Angst vor der Kifferei, ich hatte Leute gesehen, denen es nicht gutgetan hatte.

An jenem Tag war mir das gleich, ich wollte mich nur aus der Enge befreien, in die mich Shira fast schon getrieben hatte, nein, diesmal war ich ihr voraus.

Normalerweise ließ Shira die Jungs allein nicht weiter weg als bis zum nächsten Park, Gan Meir, oder zum Hof Jeruschalajim, dem Strand, den der Tel Aviver Bürgermeister seinem Jerusalemer Kollegen Teddy Kollek geschenkt hatte, irgendwann in den achtziger Jahren, weil Kollek in Jerusalem vielleicht die Heiligkeit hatte, aber nicht das Meer. Der Jerusalem-Strand war nicht weit, und an guten Tagen holten wir sie manchmal gemeinsam dort ab. Wir hatten gedacht, sie seien immer in der gleichen Clique unterwegs, jetzt erfuhren wir, sie waren meist allein, das heißt, zu zweit, saßen irgendwo auf den Wellenbrechern, langweilten sich, manchmal lasen sie sogar, und ein paar Tage später kaufte ich ihnen zwei Angeln.

Es dauerte ein bisschen, bis Shira – da ich so einen Aufstand um die Jungs veranstaltete – noch einmal nach meiner Reise fragte.

Sie war zur Baustelle gekommen, mittags, um mich zum Essen abzuholen, sie schlug vor, wir sollten auf dem Shuk etwas essen, doch Iunis war da und hatte etwas von zu Hause mitgebracht, Matijahu war auch da, so setzten wir uns alle zusammen in die Sonne, es war herbstlich, und Shira sagte leise, sie wolle wissen, was ich gemacht habe, ich zuckte mit den Achseln und erzählte irgendetwas von Fenstern und Ratschlägen für das Dach, es klang lächerlich, ich sagte, ich hätte nichts gesehen von Amsterdam, und Iunis sah verlegen aus.

Was hätte ich sagen sollen?

Alles war irgendwie schief und ungut, und Matijahu rettete mich an diesem Mittag.

Er ist zwischen den Welten gewandert, sagte er zu Shira, siehst du nicht? Seine Augen haben zwei Seiten, er sieht mit beiden Seiten nichts, aber seine Augen haben zwei Seiten.

Ich sehe nur, dass er nichts sieht und nichts begreift!, rief Shira aus tiefster Seele, für einmal ohne Tadel, ohne etwas anderes als ihren eigenen Schmerz, und ich nahm ihre Hand, dass sie zu mir schaute, nahm ihr Gesicht in beide Hände.

Sei mir nicht böse, bat ich. Es ist nicht für mich, was ich tue.

Ihr, die nie weinte, liefen ein paar Tränen über die Wangen, liefen langsam, suchten nach den Falten in ihrem Gesicht und fanden sie, die Augen waren müde, die Nasenflügel bebten wie bei einem Kind, da sah sie noch älter aus, und so war es, sie sah älter aus, als sie war, die Krankheit schon in ihr, aber das wussten wir nicht.

Führt es von uns weg oder zu uns hin?, fragte sie, darauf konnte ich nichts sagen. Führt es weg von mir?, beharrte sie, da hob Matijahu die Hand und sagte, nicht zu einem hin, nicht vom anderen weg, wenn wir uns dem Ende nähern, hat es ein Ende mit den Richtungen!

Wir aßen schweigend. Dann verschwand Matijahu, und Iunis nahm die Kelle, mauerte für uns eine breite Fensterbank, auf der Shira sitzen und in den Hof schauen konnte. Schweigend lauschten wir dem Schaben seines Spachtels, für uns wurde da etwas gebaut, und wir saßen dabei, wussten für uns selber nichts, kein Brot und keine Süßigkeit, das war es, was Matijahu manchmal sagte.

Dass sie abließ von mir, bedeutete nichts Gutes und nichts Schlechtes, begriff ich, oder vielleicht auch dies, dass sie sich mir zuwandte, dass sie von ihrer Ungeduld abließ, ihrer Tadelsucht. Die Tage vergingen, das Haus füllte sich mit Wänden und Türen, etwas wollte doch geschehen, es wurde Winter und Frühling, aber unsere Hoffnung, wir würden zusammen in dem Haus alt werden, hat sich nicht erfüllt, sie war wohl zu gering.

Es reichte gerade, den Jungs etwas zu geben, das so wenig hielt wie der Frieden, und doch – zwei Jahre blickten wir, wenn wir durchs Land fuhren, zu den Bergen im Osten, zu den Bergen im Norden und stellten uns vor, wie wir reisen würden, wenn die Länder rechts und links nicht länger feindselig, sondern Nachbarn sein würden, die man besuchte.

Das Haus wuchs, und indem unser Land sich anschickte,

kleiner zu werden, wuchs es auch. Es reichte, um sich eine Freiheit auszumalen, von der auch ich inzwischen gelernt hatte abzusehen wie von etwas, das in anderen Ländern stattfindet; um in Israel zu leben, musste ich vergessen, dass ich Europäer war, und war ich es denn? Wollte ich, dass Polen zu mir gehörte, wo man einen Großonkel erschossen, oder gar Deutschland, das sich wiedervereinigt hatte, die alten KZs pflegte, Sachsenhausen, Ravensbrück, da hatte man eine Großtante sich zu Tode arbeiten lassen – wollte ich zu alldem dazugehören?

Shira suchte, und was sie fand, war nicht genug, um ihr gegen die Krankheit zu helfen, sie schien etwas zu spüren, sie wurde sanfter und auf eine neue Weise ungeduldig, sie suchte sogar meine Nähe, und das Haus war fertig, wir konnten uns einrichten, die Jungs nahmen es, wie es kam, ihnen war gleich, ob sie in einem Haus oder in einer Wohnung lebten, noch immer verbrachten sie die meiste Zeit miteinander, andere kamen jetzt dazu, ein Mädchen, ein dicker Junge mit einem Lockenkopf und ein Brüderpaar, ziemlich im Alter von Avi und Naim. Was machten sie zusammen? Sie angelten. Sie liefen zur Promenade, die zwischen Tel Aviv und Jaffo noch nicht ganz fertig war, der Park auch nicht, sie liefen am alten Dolfinarium vorbei, wo heute die Surfschulen sind, es war damals ein schäbiger Ort fast ohne Leben. Sie setzten sich auf die Felsen und angelten. Sie kifften nicht. Sie rauchten nicht einmal.

Manchmal baten sie Shira um etwas zu essen oder mich um Geld, damit sie sich Felafel oder Beigel kaufen konnten, sie liefen dann bis Jaffo und gingen zu Abulafia, der Bäckerei am Fuße des Hafens. Auf eine merkwürdige Weise fanden sie ihr

eigenes Leben. Und weil es ihr eigenes Leben war, weil sie, vielleicht aus Einsamkeit, sich eine Freiheit oder Unabhängigkeit geschaffen hatten, fanden andere sie attraktiv. Es kam vor, dass einer aus der Klasse fragte, ob er mitdürfe. Mädchen wollten mitkommen.
Ich hatte mein Büro eingerichtet, in einem Zimmer, das wie ein Anbau war und zum Hof ging, das Zimmer hatte zwei Teile, weil ich eine Art Podest gebaut hatte, mit einer kleinen Brüstung aus Steinen, so dass man im hinteren Teil die Fenster zur Straße immerhin in Kopfhöhe hatte, man konnte nicht hinausschauen oder nur, wenn man sich auf die Zehenspitzen stellte, aber das Licht war nahe genug. In einer Ecke war eine gemauerte Sitzbank, die ich mit einem Kelim bedeckte. Shira hatte im Wohnzimmer eine Wand freigelassen, drei größere Bilder konnte man dort aufhängen, das war eine Art kleine Galerie für sie. Wir waren beide zufrieden. Manchmal bildeten wir uns ein, das Meer zu hören.

*

Eigentlich weiß ich nicht, was Shira in diesen Monaten machte. Oder: Ich wusste es auch sonst nicht, aber wenn ich an diese Zeit denke, fällt es mir besonders auf. Über was dachte sie nach? Musste sie sich oft ausruhen, oder kam das erst später? Kam Avi manchmal zu ihr, so wie Naim manchmal zu mir kam?
Seit wir uns im Bus getroffen hatten oder seit er mich dort gefunden hatte, wie man einen Streunenden findet, suchte er mich alle zwei oder drei Tage, suchte mich auf, wie man

einen Kranken aufsucht, aus Erbarmen und Pflichtgefühl, aber auch, weil man vielleicht hofft, der Kranke könne einem noch einen Rat geben oder sogar noch ein Geschenk machen, etwas, das er selber nicht mehr benötigt, da er ja krank ist –.

Wenn ich jetzt daran denke, staune ich, aus wie wenig sich Nähe zusammensetzt. Ein paar Minuten, ein paar Sätze. Keine besondere Zärtlichkeit, vielleicht eine Umarmung. Ein Geldschein oder ein paar Münzen. Gerade, dass er zu mir kam, er allein, ohne besonderen Anlass. Dass er, wenn er die Tür geöffnet hatte, in der Tür stehen blieb, meinen Blick suchte, mehr noch sich mir zeigte, er stellte sich wie in Pose, als wollte er sagen, schau mich nur an, das bin ich, das sind meine Arme, das ist mein Oberkörper, das ist mein Hals, das sind meine Schenkel, meine Füße.

Kräftig waren sie alle beide. Schön waren sie. Sie sprangen ins Meer, wenn ihnen das Angeln langweilig wurde. Sie fingen an zu tauchen. Schließlich wünschten sie sich beide einen Tauchkurs, Taucherausrüstung.

Shira plante mit ihnen eine Reise ans Rote Meer, damit sie schnorcheln und tauchen konnten. Ohne Zweifel war ich nicht willkommen. Man lud mich nicht ein, obwohl ich es doch gewesen war, der das Meer ihnen nahegebracht hatte, unsere Gänge zum Strand, immer hatte ich sie ermutigt zu schwimmen, später die Angeln, die ich ihnen geschenkt hatte, all das hatte dazu geführt, dass sie tauchten.

Aber jetzt war ich nicht mit von der Partie. Shira buchte ein Hotelzimmer für drei. Es stimmte, wir hatten wenig Geld, ich wartete auf einen Auftrag, dann mussten wir den Rest des Kredits zurückzahlen, den wir aufgenommen hatten, um das

Haus zu kaufen und zu sanieren, Shira verdiente nichts oder fast nichts. Aber sie traf mich mit etwas anderem, sie sagte, ich hätte genug Geld ausgegeben für die Reise nach Amsterdam. Und die Jungs widersprachen nicht, auch Naim widersprach ihr nicht.

Manchmal versuche ich, zu begreifen, was die Nähe war, die ich empfand, nicht immer empfand, nicht einmal oft, aber von Zeit zu Zeit eben doch und so stark, als wären die drei ein Teil von mir, und Naim war mein Arm, mein Atem, mir war sogar, als spürte ich, wenn er sich dem Haus näherte, und war er zu Hause, glaubte ich zu wissen, wann er zu mir ins Büro kommen würde, und oft war es so. Freitags gingen wir einkaufen, auf den Markt, wir trafen uns oben am Shuk und schlenderten durchs Gewühl, als hätten wir es nicht eilig, überlegten, was wir kochen wollten, Naim kochte gut, in der Küche bewegte er sich leicht und geschickt, es war meine größte Freude, ihm zuzusehen, mit jedem Handgriff ordnete er um sich die Sachen etwas besser, lächelnd, unbewusst, ich dachte, wenn ich ihn sah, ihm müsse man die Räume auf den Leib schneidern, um zu begreifen, was gute Proportionen sind, Maß und Schönheit. Plump kam ich mir nicht vor neben ihm, aber so wie ein anderer Mensch, eine andere Art Mensch, ein Geschöpf geringerer Begabung. Wir gerieten nie in Streit, auch nicht, als er anfing, sich von uns abzukehren, selbst dann, wenn ich sah, er war nicht einverstanden mit dem, was ich tat. Aber wir stritten nicht, und zweifelte er mich auch als Vater oder Familienoberhaupt an, so war doch klar, dass sein Blick mich lenkte, mehr als der von Shira, der von Avi.

Ich war ihm nahe, weil ich ihm näher sein wollte; vielleicht ist das das Geheimnis von Nähe. Gefragt habe ich nie, bis heute nicht, was er umgekehrt empfand.

Ob ich denjenigen nahe bin, die ich in den ersten Stunden ihres Todes begleitet habe, wenn man überhaupt davon reden will, dass ich sie begleitet habe? Es war nicht mehr als ein kleiner, rätselhafter Faden, eine Begegnung da, wo keine möglich war, das letzte Wissen, wo alles Wissen aufgehört hatte.

Nein, Nähe war das nicht. Weder Zuneigung noch Nähe. Vielleicht verwirren uns die Worte mehr, als sie klären. Naim und ich gingen einkaufen, und wir kochten für die beiden anderen, für uns vier. War das Nähe? Wir kauften neue Unterhosen für Naim, die Wäsche kaufte immer ich mit den Jungs, seit sie einmal darum gebeten hatten. Ist das Nähe?

Sie kauften Harpunen. Sie packten ihre Flossen und Taucherbrillen ein. Sie waren aufgeregt.

Sie packten das Auto. Sie scherzten mit Shira.

Sie würden mich allein lassen. Ich stand im Hof und schaute zu. Sie sahen schön aus, alle drei. Shira kaum älter als die beiden, sie wirkte frisch und kraftvoll, eine viel ältere Schwester, eine sehr junge Tante, eine wunderbare Begleiterin jedenfalls. Aber nicht für mich. In der gewölbten Scheibe des Autos sah ich mich, verzerrt, grotesk.

Sie fuhren ab, mir blieb das Bild von mir, wie es die Autoscheibe wiedergab, dahinter, schemenhaft, Avis Gesicht. Ob sie gewinkt hatten oder nicht, ich versuchte, mich daran zu erinnern, als würde es etwas ändern, der Reise eine andere Bedeutung geben, die sie doch nicht haben konnte, eine Vergnügung sollte es sein, mehr nicht, nur fiel mir jedes Mal, wenn ich mich so weit gebracht hatte zu denken, dass es eine

Vergnügung war, die Harpune ein, mit der sie fischen wollten, eine Harpune mit Widerhaken, wie man sie in jedem Anglergeschäft kaufen kann, natürlich mit Leine, damit der Fisch nicht entkommen konnte. Dann musste man ihn erschlagen, denn vom Haken allein starb kein Fisch. Ich hatte fragen wollen, wie sie sich das dachten, mit einem Stein?, wie sonst, mit einem Buch wohl kaum, und dann musste er ausgenommen werden, aufgeschnitten und ausgenommen.

Ich habe nie daran gedacht, Vegetarier zu werden. Die Tiere begreifen nicht, warum sie sterben, gleich, ob ein anderes Tier sie reißt oder ob wir sie schlachten, weder warum noch wie begreifen sie, ihre Angst wird nicht größer, weil sie von uns getötet werden. Dass meine Söhne ein Tier töten sollten, verursachte mir aber Übelkeit, dass ihre Hände zufrieden sein sollten, den toten Leib zu halten, festzuhalten, zu drehen und zu betrachten, das Blut achtlos wegzuwischen, im Meer ließ es sich ja leicht abwaschen, und was würden sie dann tun? Den Fisch in der Hotelküche abgeben? Einen Grill basteln? Oder einfach wegwerfen, irgendwo in den Müll?

Vielleicht wollte ich nur an ihnen herummäkeln, weil sie ohne mich wegfuhren und mich nicht brauchten, nicht einmal anriefen, um zu sagen, sie seien gut angekommen.

Nicht erzählten, dass Shira schwindelig geworden war, dass sie sich nicht gut gefühlt hatte. Sie kamen zurück, eines schönen Tages waren sie wieder da, aus dem Nichts, einen Tag früher als angekündigt, hupten, als sie vor den Hof fuhren, stiegen aus, braungebrannt und lärmend und fremd. Abends wollten sie nicht, dass ich für sie koche, sie wollten essen gehen.

*

Im Architekturbüro Heller, unweit des Platzes, der heute Jitzchak-Rabin-Platz heißt, bekam ich einen Job, es war ein gutes Büro, das gut bezahlte, und es war allemal besser, als zu Hause zu sitzen und auf einen Auftrag zu warten. Als ich anfing, dorthin zu gehen, waren Shira und die Jungs gerade unterwegs. In der zweiten Woche waren sie wieder da, alles fand eine Regelmäßigkeit, es irritierte mich, als gäbe es ein Zeichen, das ich nicht begriff. Nachts wachte ich auf, es schien mir wichtig, ich wollte jedem sagen: Nachts wache ich auf.
Gott, du spinnst!, fuhr Shira mich an, als ich es ihr zum zweiten Mal beim Frühstück erzählte.
Die Jungs waren noch immer braungebrannt, sie waren still.
Sie hoben die Köpfe und betrachteten uns. Es gab Situationen, da erinnerten sie mich an Tiere, Tiere, die aus der Ferne zu uns her äugten. Vielleicht gerade deshalb, weil sie so schön und vollständig schienen, uns fehlte immer etwas, und sie, die doch alles erst finden mussten, waren ganz und gar vollkommen auf ihre Weise, und es interessierte sie, was wir waren, wie man sich für etwas Absonderliches interessiert.
Es war, als hätte sich das Leben versteckt – ich kann es nicht anders beschreiben. Die Tage waren ruhig und angenehm, mein Büro gefiel mir sogar, es war modern und elegant, die Sekretärin verliebte sich in mich, Shira war meist ruhig, sie ordnete den Nachlass eines alten Fotografen, dadurch bekam sie Kontakt zum Israel-Museum, plötzlich sahen wir Türen, die uns bislang unsichtbar gewesen waren, und sie öffneten sich sogar, wir wurden eingeladen von Leuten, von

denen wir gewusst, die wir aber nicht gekannt hatten. Wir zogen uns um zum Ausgehen, Shira kaufte ein paar Hosen und Hemden für mich, sie hatte getroffen, was mir gefiel und mir gut stand, und sie sah, schmaler geworden, hübsch aus, mit einem Gesicht, das sich zu mir drehte, so kam es mir einmal vor, als sie sich bei einem größeren Essen, wir saßen an langen Tischen, und man hatte sie neben dem Hausherrn, mit dem Rücken zu mir, platziert, umdrehte, zu mir hinwandte, immer wieder. Die Jungs fingen plötzlich an, für die Schule zu lernen, wie von allein, sie kamen nach Hause, aßen etwas, verschwanden in ihren Zimmern, sie schlossen nicht einmal die Tür, man konnte sie an ihren Tischen sitzen sehen, über Bücher und Hefte gebeugt.

Iunis, für den ich keine Arbeit mehr hatte, war zufrieden mit mir. Ging ich am Freitag auf dem Markt einkaufen, vergaß ich die Blumen für Shira nicht. Um den Jungs eine Freude zu machen, lernte ich, alle möglichen Fischgerichte zuzubereiten.

Das Leben hatte sich versteckt, sage ich, denn auf irgendeine Weise, die nicht unheilvoll war, kein Vorbote des Kommenden, auf eine Weise, die leicht und unwichtig war, blieben wir alle unberührt von den Wochen und Monaten, die folgten, und wenn ich Naim und Avi heute nach dieser Zeit frage, wundern sie sich, weil sie nicht wissen, wovon ich rede.

Vielleicht ist es aber auch so, dass wir nur rückblickend etwas wie Stille empfinden und dass sogar die Luft stillzustehen scheint, weil die mittleren Monate von Shiras Krankheit dramatisch waren, voller Bewegungen und Lärmerei.

Im Gegensatz dazu verging die Zeit kurz vorher in einem Gleichmaß, das ungewohnt war und einem Land wie Israel fremd, in einem Gleichmaß, das vielleicht besser nach Europa passte.

Nach Stille habe ich mich manches Mal gesehnt, anfangen konnte ich wenig damit, und jetzt erst beginne ich, etwas daran zu lieben. Es ist, als würde man die Zeit selbst empfinden, wie sie vergeht, die eigene Zeit, die Lebenszeit, und was abstrakt zu sein scheint und kühl, ist plötzlich spürbar, tröstlich.

*

Eines Tages sagte Shira, als ich gerade aus dem Haus ging – ich hatte noch die rote Vespa –, dass sie einen Termin beim Internisten habe; ich fragte, um etwas Freundliches zu sagen, ob ich sie abholen solle, sie sah mich merkwürdig an und schüttelte den Kopf. Eine Woche später hatte sie wieder einen Termin, wieder fragte ich, diesmal war ihre Antwort: das nächste Mal. Im nächsten Jahr also, dachte ich bei mir, einmal die Untersuchung, dann die Ergebnisse, fertig, einmal im Jahr gehen wir, weil wir das Alter erreicht haben und verantwortungsbewusst sind, zum Arzt. Nach den Ergebnissen fragte ich nicht einmal, als ich am frühen Nachmittag nach Hause kam; eine Dachrinne hatte sich gelockert, ich wollte mir den Schaden ansehen und reparieren oder Iunis zu Hilfe holen. Tatsächlich war die Verankerung an einer Stelle lose, außerdem fand ich ein kleines Loch, was mich ärgerte, das Wasser würde dann unten an die Hausmauer laufen, so konnte es nicht bleiben, also entschied ich mich, Iunis zu holen. Gerade als ich die Vespa aus dem Hof schieben wollte, rief Shira, nicht sehr laut, bestimmt nicht dringlich, sie rief meinen Namen, glaube ich, und dann nur, was mich verblüffte: Hallo! Hallo!

Aus dem Schlaf wachte ich danach manchmal auf, weil sie so rief im Traum, kein Mensch ruft so in Israel, Hallo! Nicht laut, nicht fordernd, ein bisschen fragend, mit einem kleinen Zaudern.

Sie rief mich und doch wieder nicht, es ist schwer zu beschreiben, auch, wie ich sie hörte, mit dem Helm auf dem Kopf, nein, ich konnte sie gar nicht hören, undenkbar, und doch klang mir ihre Stimme in den Ohren, während ich losfuhr, immer schneller und schneller, um rasch wieder nach Hause zu kommen, unbegreiflich, dass ich darauf beharrte, Iunis abzuholen, den ich gebeten hatte, in Jaffo beim Uhrtürmchen auf mich zu warten. Ich trieb ihn dann an, ohne Entschuldigung, fuhr anschließend rücksichtslos rechts oder links an den Autos vorbei, schneller und immer schneller, Hallo?, hörte ich noch immer ihre Stimme.

Ein Polizeiauto stoppte mich. Was hätte ich sagen können? Die Polizisten, zwei unangenehme Kerle, machten sich einen Spaß daraus, mich aufzuhalten, als sie merkten, dass mir ein Strafgeld gleichgültig war, dass ich nur rasch weiterwollte, und sie wollten mich zwingen, zur Strafe, die Vespa zu schieben, wir waren in der Jaffe Street. Dass ich einem Palästinenser meine Vespa überlassen würde, damit hatten sie nicht gerechnet, so schickte ich Iunis los, ich dachte, ich würde ein Taxi finden, aber die beiden ließen mich nicht gehen, sie grinsten bloß, telefonierten mit ihrer Zentrale, taten, als müssten sie mich mitnehmen, und nachdem ich getan hatte, was das Falscheste war, nachdem ich diskutiert hatte und mich aufgeregt, wurde ich plötzlich still.

Man kann schweigen aus Not, man kann schweigen, weil es klüger ist, und dann gibt es die Stille in einem Menschen, die ihn schweigen lässt. Ich schwieg nicht, weil ich plötzlich diese merkwürdige Stille berührt hätte, die es vielleicht in jedem Menschen gibt, ich konnte einfach nicht sprechen. Ich hatte das Gefühl, ich begleitete Iunis auf dem Weg zu unserem Haus, ich erreichte mit ihm das Hoftor, und als er öffnen wollte, nein, er hatte ja keinen Schlüssel, und das Tor war verschlossen, ich weiß nicht, warum; als er klingelte, öffnete ihm niemand die Tür.
He, hast du jetzt Visionen oder was?, fuhr der eine Polizist mich an, aber er war weniger dreist als zuvor.
Ich schaute ihm in die Augen, an mehr erinnere ich mich nicht. Ich schaute ihn an, und das Nächste, an was ich mich erinnere, ist, dass ich neben Shira kniete. Das erste Stück bin ich gelaufen, dann kam Iunis mir mit der Vespa entgegen, ich setzte mich hinter ihn, und er brachte mich nach Hause. Wir fanden sie im Wohnzimmer, sie lag friedlich auf dem Sofa, die Augen geöffnet, aber nicht bei Bewusstsein, in einem Zustand, der irgendwie anders ist, etwas anderes, als was wir uns vorstellen unter Bewusstsein, denn obwohl sie weder sprechen noch richtig hören konnte, war sie anwesend, das konnten wir sehen, anwesend auch für uns, aber auf eine Weise, die mit unserer Welt und unseren Wünschen nichts zu tun hatte.
Oft habe ich mich gefragt, was geworden wäre, wenn ich bei ihr gewesen wäre in diesem Moment, der vermutlich entscheidend war, in dem sie vielleicht das Gefühl hatte, aufbrechen zu müssen und uns zu lassen, zurückzulassen in unseren Leben, an denen sie fortan nicht mehr wirklich teilnahm,

und erst viel später lernte ich zu bewundern, was sie getan hatte, dass sie den Jungs den Abschied ermöglichte, solange sie noch am Leben war. Irgendwie schaffte sie es.

*

Es gibt Orte in Tel Aviv, die wie verborgen bleiben, man sitzt vor aller Augen, aber keiner sieht einen. Solch ein Ort ist Gan Meir, der kleine staubige Park nördlich der King George Street. Nicht nur, dass ich dort saß, Shira saß mit mir dort. Nicht am Meer, das näher lag, nicht vor einer das Herz erheiternden oder beschwichtigenden Aussicht, wir saßen auf einer Parkbank, und erst jetzt, im Nachhinein, weiß ich, wir saßen dort wie ein altes Ehepaar, das alte Paar, das wir nicht sein würden, redeten kaum, wir hielten uns nicht einmal bei der Hand. Doch wenn sie ohne mich losging, wenn ich alleine spazieren wollte, trafen wir uns im Gan Meir, und immer war der Platz auf der Bank frei. Niemand wollte neben ihr, niemand neben mir sitzen.
Von dieser neuen Angewohnheit abgesehen, änderte sich wenig. Shira verschwand zuweilen bis in den Abend, kam sie zurück, war sie abgeschlagen, einmal brachte ein Krankenwagen sie, ein riesiger russischer Pfleger geleitete sie zum Haus, wo Avi und Naim sie in Empfang nahmen, blass und ernst nickten sie dem Pfleger zu, als wüssten sie alles. Was gab es zu wissen?, frage ich mich jetzt, nachdem ich mich lange gequält habe, weil ich danach nicht mitgegangen bin, nicht darauf gedrungen habe, gegen ihren Willen, zu erfahren, was los ist.
Als später meine Anwesenheit unvermeidlich wurde, hatte

Shira ihre Ärzte so gut im Griff, dass keiner sich die Mühe machte, mir etwas mitzuteilen. Alles kann man als Strafe empfinden, jede Geste als Beschwerde, im Misstrauen findet man sich leichter zurecht als im Vertrauen. Sie machte längst die zweite Chemotherapie. Eine Operation kam nicht in Frage, vielleicht kam sie auch nur für Shira nicht in Frage. Ob die Jungs mehr wussten als ich? Anders wussten sie, anderes wussten sie, höflich und ernst wurden sie, und während ihre Freunde in der Pubertät waren, warteten sie auf den Tod ihrer Mutter, brachten niemanden nach Hause.

Hätten Shira und ich darüber gesprochen, vielleicht wären wir dahin gekommen, zu sehen, was uns verband – nicht das Leben in irgendeinem abstrakten Sinn, gleichsam ausgebeint und von allen Lächerlichkeiten befreit, sondern schier das Leben, das wir geteilt hatten, Mahlzeiten, Sorgen, Nächte, die Liebe zu unseren Kindern. Es war gleich, ob sie Söhne mit einem anderen gezeugt hatte, ob sie einen anderen geliebt hatte, denn zu mir war sie zurückgekehrt, abends, nachts, um einzuschlafen, um aufzuwachen, wir hatten am selben Tisch gefrühstückt und uns, wie aus Versehen vielleicht, erzählt, was wir anderen nicht erzählten, das Wichtigste vielleicht nicht, aber das andere, das sich summierte, mehr und mehr wurde und dabei auch reich und mannigfaltig, ein Leben, in dem ich bei ihr gewesen war, als sie aufbrach, um einen Sohn und noch einen zu gebären.

Manchmal gingen wir ein paar Schritte zusammen die King George Street entlang und zu dem kleinen Markt, der dort war, Kleider gab es zu kaufen, Backwaren, auch Chamuzim, eingelegtes Gemüse, und Oliven. Die einfachen Leute haben dort eingekauft, manchmal frage ich mich, wo sie geblieben sind, es gibt zwar immer noch Arme in Tel Aviv, aber diese Leute sind nicht mehr da – die älteren Frauen mit ihren geblümten Kleidern und die Männer, die einen Anzug trugen, sie kauften für ein paar Schekel eine Kleinigkeit, das dauerte den halben Vormittag, und so verging die Zeit, mit ein paar Zimtschnecken oder einem Säckchen Oliven, mit einem Kaffee vielleicht, und die Zeit wurde angenehm, war nicht länger etwas, das man bloß hinter sich bringen musste in einem ärmlichen und einsamen Zimmer. Diese Leute, kommt mir jetzt vor, waren die Zeit, sie gaben uns ein Gefühl dafür, wer wir waren, wie unsere Körper waren, wenn wir sie als das nahmen, was sie sind, Atem, Wasser, Vergänglichkeit und Lust.

*

Dann blühte Shira auf.
Plötzlich, nach der zweiten Chemotherapie, blühte sie auf.
Sie war dünn geworden, für ein paar Wochen sah das hübsch aus.
Zu arbeiten hatte ich wenig, ein Fischhändler vom Shuk, Chajim, der mich kannte, kam zu mir und sagte, zur Not könne ich immer seinen Stand umbauen, wenn ich Arbeit suche, er sagte auch: Du bist dick geworden, und: Kümmere dich um deine Frau. Einmal gab er mir ein Schälchen mit ein paar bitteren Oliven. Weißt du, woher sie kommen?
Bestimmt aus Hebron, antwortete ich.
Er nickte. Und weißt du auch, warum es die besten Oliven sind?
Ich schüttelte den Kopf.

Weil sie mager sind, sie haben nicht dickes Fleisch, das wässerig ist. Sie sind genau, wo sie sein sollen, wo Gott ihren Platz geschaffen hat. Du und ich dagegen, wir beide sind nach links und rechts zu viel geworden, nur nach oben und unten haben wir nicht dazugewonnen, vor allem nicht nach oben.
Er gab mir zu den Oliven ein Stückchen Brot.
Dich sehe ich, sagte er, und ich frage mich, wie kann er trübe sein mit zwei schönen Söhnen und einer Frau, die von Tag zu Tag hübscher wird?
Sie stirbt, sagte ich trocken.
Er hantierte mit ein paar Plastikgefäßen, in denen eingelegte Baby-Auberginen schwammen, die mich an konservierte Embryos erinnerten. Mit einer Gabel, die nur noch zwei Zinken hatte, versuchte er, sie herauszufischen, dabei nickte er.
Ich weiß, sagte er. Er zog an der Gabel, als hinge ein prächtiger Petersfisch daran.
Wir gingen wieder aus, diesmal brauchte Shira neue Kleider, die alten passten nicht mehr, und sie wählte sich etwas, allein, Kleider, die teurer waren als das, was sie sonst kaufte, teurer, als es vernünftig war, da unser Geld zusammenschmolz, und als sie mich dabei antraf, wie ich die Kontoauszüge durchsah, kniff sie die Augen zusammen, als sie meinem Blick begegnete. Was ihr auf den Lippen lag, was ich zu sagen nicht wagte, wir wussten es, und für einmal schwiegen wir.
Wie soll ich unser Begehren beschreiben? Es war nicht neu, es flammte nicht auf, ich sah sie, ihren Körper, der verändert war, nicht nur schmal, sondern anders, die Haut anders, härter; ich wollte hindurch. Größer wirkte Shira, und die

Männer drehten sich nach ihr um, ihre Beine, die immer ein bisschen zu kräftig gewesen waren, wirkten jetzt, mager geworden, länger als vorher, sie trug hohe Schuhe. Als sie das erste Mal in ihren neuen Schuhen nach Hause kam, standen die beiden Jungen, die in der Küche gesessen und Cornflakes gelöffelt hatten, auf und blieben stehen, eine Mischung aus Missfallen und Anerkennung in den Augen, dann gingen sie rasch hinaus, und ich bilde mir ein, ab da änderte sich ihr Verhältnis zu ihrer Mutter. In dieser Zeit trennten wir unsere Schlafzimmer, Shira sagte, sie schlafe unruhig, sie wolle mich nicht stören, wenn sie Licht anschalte, lese, es würde ihr leichter sein, allein, und natürlich stimmte ich zu, ohne weiteres, in meinem Büro stand ein Bettsofa, um die Ecke gelegen, in dem Teil des Hauses, der die eine Seite des Hofes begrenzte, entfernt von unserem Schlafzimmer und von den Zimmern der Jungs, die hinter dem Wohnzimmer und der Küche lagen, die das Zentrum unseres Hauses bildeten.

Ein paarmal fand ich einen der Jungs vor der Schlafzimmertür, lauschend, oder sie standen da zufällig, versunken in was auch immer, wartend auf was auch immer, sie bemerkten mich nicht, als wären sie, als wäre ich unsichtbar. Aus Shiras Zimmer, es war jetzt ihr Zimmer, konnte man manchmal ihr Stöhnen hören; trat sie heraus, lächelte sie. Wir sahen nicht, wie das Lächeln sich veränderte, vielleicht Tag für Tag, vielleicht Woche um Woche. Verließ sie das Haus, räumte ich ein paar weitere Sachen aus dem Zimmer, trug sie hinüber in mein Büro, ich war froh, dass dort das Sofa stand, es wäre falsch gewesen, eigens ein Bett zu kaufen, für wie lange auch, dachte ich, und doch richtete ich mich darauf ein, dass es auf Dauer gedacht war.

An ein Kleid erinnere ich mich vor allem. Es war türkis, mit kleinen dunkelblauen Blumen bestickt. Meine Mutter hatte solche Kleider in Paris getragen. Mit Ärmeln, die gerade über die Schulter reichten. Shiras Arme waren mager geworden. Das ganze Kleid war zu weit, sie legte ein weißes Jäckchen über ihre Schultern.

An eine Einladung erinnere ich mich vor allen anderen, es war der Architekt Katzenstein, wir kannten uns aus dem Studium, er war erfolgreich gewesen von Anfang an, wir hatten uns aus den Augen verloren, nun hatte er zum zweiten Mal geheiratet und lud uns, nachdem er Shira in einer Galerie getroffen hatte, zu seiner House-Warming-Party ein oder um seine junge Frau alten Bekannten vorzuführen. Die Wohnung war im siebten Stock eines neugebauten Hauses in Nord-Tel Aviv, man schaute zur Börse, nicht zum Meer. Ich stand am Fenster, während die anderen sich unterhielten, und dachte, wie merkwürdig es ist, so nahe an dem zu sein, was man haben wollte, aber ein paar tausend Dollar verhindern, dass man es bekommt, ein paar tausend Dollar oder auch fehlendes Glück, vielleicht waren ja die anderen Wohnungen schon verkauft gewesen. Ich fand das Haus abscheulich, es war undenkbar, dass Katzenstein es nicht ebenso scheußlich fand. Die junge Frau aber war schön, zart, mit blonden Locken, sie hatte den harten Gesichtsausdruck, den die Frauen in Israel manchmal haben, wir waren zu alt. Wir waren zu alt, um dabei zu sein.

Doch Shira, sie war die Schönste.

Katzenstein stellte sich neben mich, nach einer Weile sagte er: Um die Ecke ist das Meer. Er lachte: Und deine Frau ist die schönste von allen!

Sie stirbt, dachte ich, ich dachte es unablässig. Es waren die Stunden zwischen den Dämmerungen oder wie man sagt: zwischen den Sonnen. Shira trank keinen Alkohol, aber ich, ich trank Martini, den Geschmack habe ich behalten, bis heute gehört Martini zu diesem Abend, an dem ich zu Shira schaute und sah, wie sie sich verwandelte, vor meinen Augen, im schwächer werdenden Licht, und dann hatten wir den Platz gewechselt, sie stand am Fenster, fast durchsichtig.

*

Einen Streit gab es mit Avi, meinem ältesten Sohn, einige Monate nach Shiras Tod, er hatte meine Vespa genommen, ohne zu fragen, erst gegen Morgen kam er zurück, ich hatte auf ihn gewartet, nicht wütend, nur besorgt, doch kam er zu Fuß, sagte, er habe die Vespa verloren. Verloren, sagte er, den Helm ebenfalls verloren, und ich schickte ihn zurück in die Nacht, sagte, er brauche ohne Vespa und Helm nicht wiederzukommen, da ging er los, ein paar Meter, dann drehte er sich um und schrie, du hast aufgehört, sie zu lieben!
Er war aufgebracht, es ging alles zu schnell, ein paar seiner Freunde waren schon zur Armee eingezogen worden, kamen am Wochenende mit ihren Gewehren, sie dienten in den Besetzten Gebieten, Naim war still geworden, seit Shiras Tod las er die meiste Zeit, oder er streunte alleine durch die Stadt.
Und Avi hatte recht. Ich hatte sie nicht mehr geliebt seit jenem Abend bei Katzensteins, als ich sie im Gegenlicht stehen sah, in dem türkisblauen Kleid, schmal, auf irgendeine

schreckliche Weise diszipliniert, mir war zum Weinen zumute gewesen, und gleichzeitig war ich befremdet, zurückgestoßen.
Sie stand da und lächelte, so, wie sie vielleicht im Gedächtnis bleiben wollte. All ihre Entscheidungen, all ihre Gedanken würde ich nicht mehr erfahren, wusste ich, und mein Herz sträubte sich dagegen und zog sich zusammen. Es wurde immer kleiner, mein Herz. So gut ich konnte, verbarg ich es, auch mein Misstrauen darüber, ob Shira wirklich immer zum Arzt ging oder zum Vater von Avi und Naim, ich war sicher, sie hatte Kontakt zu ihm, ich war mir sicher, dass sie mit ihm schlief. Wir hatten unsere Zeit der Innigkeit gehabt, im Gan Meir auf der Bank, manchmal Hand in Hand die King George Street entlanggehend, jetzt war anscheinend nicht mehr ich an der Reihe. Und mir schien kleinlich, ihr etwas zu missgönnen, irgendetwas, auch wenn es sich gegen mich richtete, das letzte Mal Sex, falls sie dazu noch imstande war.
Woran die Jungen es gemerkt haben, woran Avi es gemerkt hat, weiß ich nicht, ich hatte mir eingebildet, allein damit zurechtzukommen – mit der Kälte. Denn mir war kalt, ich fror, so sehr, dass eines Tage Shira in der Tür meines Büros stand, das sie eigentlich nie betrat, und mir eine Decke hereinreichte, eine Bettdecke. Das wird dann warm genug sein, lächelte sie.
Monate habe ich über dieses Lächeln nachgedacht und gerätselt. Die Bettdecke leistete mir gute Dienste, eine dünne Daunendecke. Shira hatte dagestanden, ohne sich zu rühren.
Die Jungen zogen sich in sich zusammen, ich arbeitete weiter

bei Heller, der mich machen ließ, was ich wollte, er bewarb sich um ein großes Projekt in Berlin, ich glaube, damals habe ich zum ersten Mal einen Stadtplan von Berlin in den Händen gehalten. Statt selber zu entwerfen, zeichnete ich Hellers Entwürfe ins Reine, versuchte, sie an ein mögliches Leben anzupassen, es ging um die Bebauung eines Platzes im ehemaligen Osten der Stadt, nicht weit von dem Fluss, der Spree, die ich mir ein bisschen vorstellte wie die Seine, und als ich alles zum ersten Mal in Wirklichkeit sah, musste ich lachen. Von Israel aus kam mir alles groß vor. Von meinem damaligen Leben aus kam mir alles weit und großartig vor.

Dabei taten wir wahrscheinlich, was richtig war, wir zogen uns in uns zurück, alle vier, wurden kleiner, suchten den Ort, von dem aus wir in den entscheidenden letzten Wochen Kraft finden würden.

*

Eines Nachts wachte ich auf und dachte, ich hätte ein Geräusch aus dem Hof gehört oder aus der Richtung, in der die Schlafzimmer von Shira und den Kindern lagen, aber als ich hinausging, sah ich nur eine Katze, sie schaute zu mir und sprang nicht von der Mauer, als ich die Hand hob, wie um einen Stein zu werfen.

Mittags, ich war ausnahmsweise zu Hause geblieben, kam sie näher, als ich mich auf die Türschwelle setzte und ein Schälchen Humus aß, sie bettelte aber nicht.

Näherte sich ein anderer, verschwand sie, ich konnte nicht herausfinden, wohin.

Nach ein paar Tagen geschah etwas, das mich aufstörte. Wieder saß die Katze in meiner Nähe, ich hatte einen Stuhl an die Tür gerückt, saß über den Plänen von Heller, als Shira kam, die Katze unweit, wir hatten uns schon aneinander gewöhnt, Shira hielt einen Zettel in der Hand, sie wollte, dass ich zum Markt ging oder nach Jaffo fuhr, Fisch kaufte. Fleisch aß sie nicht mehr, aber Fisch, wir waren die besten Kunden von Chajim, dem Fischhändler im Shuk, es war meine Aufgabe einzukaufen, den Gestank ertrug sie nicht, das Gedränge, und ich habe es immer geliebt, auf dem Markt einkaufen zu gehen.

So lächelte ich ihr entgegen, wies mit einer Handbewegung auf die Katze, die da kauerte, sich zu meinem Erstaunen nicht vom Fleck rührte, als Shira ihr fast auf die Pfoten trat, und Shira schien sie gar nicht zu sehen.

Pass auf, die Katze!, sagte ich, doch sie schaute mich irritiert an, gab mir den Zettel. Ob ich noch Labane kaufen könnte und Obst.

Was ist da?, fragte sie mich dann, drehte sich dahin, worauf mein Blick geheftet blieb, weil die Katze direkt neben Shiras Bein sich aufsetzte und mit einem merkwürdigen Ausdruck einen Buckel machte.

Siehst du sie nicht?, fragte ich, aber die Antwort wollte ich nicht hören, ich stand abrupt auf, die Katze fauchte mich an und verschwand.

Was?, fragte Shira nur, vermutlich hatte sie die Frage nicht verstanden, und ich sagte: Nichts. Ich gehe gleich los, irgend so etwas sagte ich, und die Katze blieb verschwunden für den Rest des Tages, obwohl ich die Gräten und Köpfe der Fische für sie aufhob.

Anderntags kehrte sie zurück. Sie kehrte zurück, als ich gerade das Radio laut gestellt hatte und den Nachrichten über einen Anschlag in Jerusalem lauschte, es war ein Autobus, der in die Luft geflogen war, im Hintergrund hörte man Sirenengeheul, und eine Frauenstimme, die mir bekannt vorkam, wimmerte: meinkindmeinkindmeinkindmeinkind o himmelsherzchen, bleib mir, stirb jetzt nicht, das Kind hörte ich auch, es war ein Junge, und mir wurde fast schlecht. Er fing an zu weinen, weinte wie ein Kind, das sich das Knie aufgeschlagen hat. Der Reporter sprach zu laut und aufgeregt und kündigte ein Interview mit dem Verteidigungsminister oder wem auch immer an, irgendjemand versuchte, die Frau zu beruhigen, und ich war jetzt sicher, der Junge war tot. Lass ihn liegen, hörte ich einen Mann sagen, anscheinend wollte er nicht, dass die Frau das Kind aufhob, ich konnte es ja nicht sehen, wusste nicht, wer das Kind war, seinen Namen oder wie alt es war. Neben mir saß die Katze, und ich begriff nicht, warum sie das alles im Radio brachten.
Warum bringen sie das?, rief ich Avi entgegen, der zum Tor hereinkam, seinem Gesicht sah ich an, dass er von dem Anschlag schon wusste.
Bringen was?, fragte er, und ich wies auf das Radio, aber da waren plötzlich die üblichen Stimmen der Reporter und Nachrichtensprecher, die Erklärungen und vertrauten Geräusche, und dann traurige Musik.
Hast du gehört, murmelte ich, sie haben die ganze Zeit die Stimme einer Frau aufgenommen, deren Sohn stirbt, eben, und ich wunderte mich nicht, als Avi sagte, das musst du dir eingebildet haben, und später hinzufügte, ich habe doch

auch Galej Zahal gehört, den Armeesender, und auch er konnte die Katze nicht sehen.

Weder diese noch die folgende Nacht träumte ich von dem Jungen, obwohl ich es wollte. Es war nur ein Kind unter den Toten gewesen, deswegen erfuhr ich seinen Namen aus den Nachrichten, Oren, und in den Zeitungen waren Fotos von ihm und seiner Mutter, die alleinerziehend gewesen war und die ein schmales verstörtes Gesicht hatte, schon bevor ihr Sohn ermordet wurde. Sie war aus Russland und konnte kaum Hebräisch, so stand es in der Zeitung, aber ich hatte verstanden, was sie gerufen hatte, als ich sie im Radio hörte, auch wenn ich kein Wort Russisch verstehe, und *Himmelsherzchen* hatte ich noch nie gehört, in keiner Sprache. Es war schlimmer, als wenn ich dabei gewesen wäre wie die Male zuvor. Das einzig Gute war, dass ich den Kummer mit den anderen teilte und nicht Shira gegen mich hatte, wenn sie auch in ihrem eigenen Sterben eingeigelt war und, anders als früher, gleichgültig blieb, sie bat bloß die Kinder, den Fernseher auszuschalten und in der Küche das Radio, und ging in ihr Zimmer, wenn wir anderen stündlich die Nachrichten einschalteten.

Ich kämpfte mit dem Impuls, die Mutter von Oren aufzusuchen, zur Beerdigung wollte ich, kehrte aber am Eingang von Har HaMenuchot um, eine schier riesige Menge russischer Einwanderer drängte sich dort, und wo die Shiv'ah stattfinden sollte, fand ich nicht heraus, vielleicht saßen sie auch gar nicht Shiv'ah, sie waren ja bestimmt nicht fromm.

Eines Nachts träumte ich von der Mutter, ich versprach ihr, sobald Shira gestorben sei, würde ich sie heiraten. Aus dem Traum erwachte ich mit den widersprüchlichsten Empfindungen, mit einem Gefühl hilfloser Übelkeit, aber auch voller Tatkraft. Anders als sonst in diesen Monaten war ich als Erster auf den Beinen, ging in die Küche, um das Frühstück zu bereiten, die Jungs streckten ihre Köpfe herein, bevor sie im Bad verschwanden, dann kam Shira, sie trug ein dünnes Nachthemd, unter dem ihre Brüste deutlich zu sehen waren, klein geworden und irgendwie elend und rührend zugleich.

Manche Bilder prägen sich ein, als sollten sie für die Ewigkeit halten, gültig bleiben, weil sie klar und lebendig leuchten, in allen Einzelheiten erkennbar und dadurch schön, auch wenn ihr Anlass bedrückend war.

Denn Shira kam herein, in diesem hellen, dünnen Nachthemd, anscheinend hatte sie ihre Haare schon gebürstet, ihre Augen groß, wie aufgerissen von der Anstrengung, sie überhaupt zu öffnen, wie nach der Auferstehung der Toten, fuhr es mir durch den Kopf. Und die Auferstehung gelingt nicht, wusste ich plötzlich, sie findet statt, aber sie missrät, weil die Güte Gottes nicht ausreicht dafür, dieses letzte Projekt übersteigt seine Kräfte, und was aufersteht, ist nur ein trauriges Spiegelbild, als hätten die Würmer den inneren Zusammenhang, das lebendige Miteinander der Gliedmaßen aufgefressen.

*

Ohne Vorwarnung fühlte ich mich plötzlich wie eingegossen in weiches Wachs oder eine andere Masse, die mich umschloss, ohne meine Bewegungen zu hindern, ohne aber auch ein Empfinden von Hitze, Kälte oder eine Berührung der Haut zu erlauben. Wie eingegossen in die immer gleichen Gedanken, kümmerte ich mich um die Einkäufe, fand eine Putzfrau, kochte, eilte ins Büro und wieder nach Hause.

Ich rebellierte nicht, nur manchmal schrak ich auf, wenn ich wieder Shira sah wie an jenem Morgen, als ich noch aufgewühlt war von meinem Traum, und sie erschien, als gehörte sie schon nicht mehr zu uns, und sie gehörte ja wirklich nicht mehr zu uns.

Wir hatten nicht die Kraft, uns aus unserem Leben herauszuwünschen, es saß uns auf der Haut. Und mit wenig Kraft versuchte ich, den Jungen, Oren, wiederzufinden, ich hatte die Zeitungsausschnitte mit den Fotos aufgehoben, sie lagen auf meinem Schreibtisch zwischen den Zeichnungen für den Wettbewerb, es schien absurd, für Menschen, die ich nie kennen würde, Wohnungen und Grünanlagen und Gewohnheiten zu planen und diesen Jungen verloren zu geben, verloren für seine Mutter, aber auch anders verloren.

Eines Nachts, als ich im Hof saß, begriff ich, jemand anderes hatte Oren bei sich gehabt, wenn man es so nennen will, war bei ihm geblieben, während er herausgerissen wurde aus allem, sich losreißen musste. Die Katze blieb ein paar Tage verschwunden, dann saß sie am Küchenfenster. Shira hatte zum ersten Mal nicht aufstehen wollen, und ich richtete für sie auf einem Tablett etwas zu essen und zu trinken.

Nachmittags fuhr ich noch einmal nach Jerusalem.

Vom Busbahnhof lief ich zu Fuß, ohne eigentlichen Plan, bis ich zum Kreuzkloster gelangte, das lag, abseits des Autoverkehrs, still da, nur zwei Mönche spazierten langsam, im Gespräch, einen der Pfade entlang, auf denen man immer

Ziegen zu sehen erwartete, aber schon lange kamen keine arabischen Hirten mehr mit ihren Herden, nur einem Esel begegnete ich, ein Halbwüchsiger trieb ihn mit seinen nackten Fersen zum Trab; als er mich sah, wandte er das Gesicht ab, wie um mich nicht zu sehen.

Die Mutter von Oren wohne in Rechaviah, hatte ich gelesen, dem Viertel der Jecken, sie wollte, dass ihr Sohn aufwachse wie die wohlhabenden, alteingesessenen Familien aus Deutschland, kultiviert, behütet; jetzt war sie allein dort, in einer kleinen Straße, die so still war, dass man nichts hörte außer den Vögeln und dem Wind in den Palmen und Eukalyptusbäumen.

Ich ging die verlassenen Straßen entlang, vielleicht war für die Jecken hier noch Schlafstunde, ganz leise tönte irgendwo aus einem entfernteren Fenster Klaviermusik, und über die Steinmauern guckte das Bleikraut. Mir war traurig zumute, als hätte ich etwas Entscheidendes versäumt, etwas, das allem noch eine Wendung zum Guten hätte geben können, meinem Leben und Shira, und an die Jungs dachte ich dabei nicht, oder ich dachte, dass sie ihr eigenes Schicksal hatten, erleichtert, zum ersten Mal, dass sie nicht meine leiblichen Söhne waren, so, als wären sie dadurch besser geschützt. Wovor nur?

Dass die schwarzgekleidete Frau, die mir entgegenkam, nicht Orens Mutter sein konnte, wusste ich, wer sie aber war, warum sie mir nicht bekannt, aber vertraut schien, begriff ich nicht.

Unsere Blicke kreuzten sich, mit mehr Scheu, als nötig ist zwischen einem Mann und einer Frau, so, als begegneten wir uns zum zweiten Mal, als teilten wir, was man verbergen muss, eine heimliche Nacht, nur einen Kuss. Aber es gibt kein Geheimnis in meinem Leben, die kurzen Tage meiner Affäre mit Nina waren vorüber, und wenn ich mich schämte, dann, weil ich keine Söhne zeugen konnte, weil ich kein richtiger Jude war oder weil mein Leben ohne Geheimnisse verlief, als wäre es dann ein banales Leben. Denn was man nicht versteht, ist darum noch lange kein Geheimnis, dachte ich, aber was verstehe ich schon von Geheimnissen. Meine Arbeit ist das Sichtbare, und lieber, als ich zeichne, sehe ich ein Haus, wie es gebaut wird, inzwischen noch lieber ein altes Haus, wie es erneuert oder am Leben erhalten wird. Häuser leben auf ihre Weise, sie werden krank, sie bedürfen der Gesellschaft, steht ein Haus leer, verändert es sich zum Schlechten, man sieht und riecht das, berührt man Mauern und Wände, man spürt, wie es dem Haus geht, daran ist nichts geheimnisvoll.

So mag diese Fremde nicht geheimnisvoller gewesen sein als jeder andere Mensch, wohin auch immer sie gerade ging, vielleicht bis zum alten Friedhof, vielleicht war sie auch aus anderen Gründen schwarz gekleidet, und was ich mir vorgestellt haben mochte, eine Tat oder eine Geste, löste sich auf, zwischen den hellen Steinen der Häuser, die nun, da es am Abend kühl wurde, die Wärme des Tages abstrahlten.

Mit den Jungs würde ich bald einmal nach Jerusalem fahren, nahm ich mir vor.

*

Nichts hatte ich ausgerichtet mit meiner Fahrt, und doch war sie ein Wendepunkt, denn als ich nach Hause kam, war

Shira kurzatmig geworden. Im Nachhinein ist es zuweilen schwer, die Ereignisse in der richtigen Reihenfolge zu erzählen, mit Matijahu, der uns das Haus verkauft hat, geht es mir so. Ich denke an ihn, weiß nicht, ob er zu einem bestimmten Zeitpunkt noch lebte, schon tot war, vielleicht weiß ich es bei ihm eh nicht, denn er erschien auch später noch, wie ein Schutzgeist, und vielleicht versucht man mit jedem Erzählen überhaupt herauszufinden, was der innere Zusammenhang von Dingen ist.

Shira saß auf einem Stuhl am Küchentisch, still war es hier auch. Vor sich hatte sie Erbsen, die sie hin- und herschob, so konzentriert, dass sie kaum aufschaute, als ich hereinkam, und erst, als sie aufstand, um sich ein Glas zu holen, und ich mich zu ihr setzte, bemerkte sie mich, und ich merkte, wie schwer sie atmete.

In ihren Händen, in beiden, trug sie das Glas, vorsichtig, zitterig. Sie hob ein wenig den Kopf, dann ging sie auf mich zu, aber irgendwie schien sie sich nicht neben mich, sondern genau auf meinen Platz setzen zu wollen, so merkwürdig blind und sicher und unheimlich, dass ich mich erhob, unauffällig zur Seite schlüpfte. Und da saß sie schon, wo ich eben gesessen hatte.

Alles war zielgerichtet.

Wie oft habe ich in meinem Leben beklagt, dass es kein Ziel gebe, dass ich nicht klar und deutlich auf etwas hinstrebe, rasch, kräftig, ohne die Distanz, die alles zweifelhaft oder unwichtig erscheinen lässt.

Zitterig, aber mit äußerster Sicherheit streckte Shira die Hände nach dem aus, wonach sie verlangte. Mit unsicheren Schritten, aber größter Gewissheit ging sie von Zimmer zu

Zimmer, in den Hof, zu den Jungs. Auf die Straße wollte sie nicht mehr hinaus, eines Tages aber bat sie, ich solle sie mit der Vespa ein Stück spazieren fahren.
Wir fuhren. Wohin?, fragte ich, nach hinten gewandt. Weiter, sagte sie irgendwann, seltsam leicht und heiter, sie lehnte sich an mich, mit dem so kleinen Gewicht ihres Oberkörpers, wie ein Schatten war sie an meinem Rücken, ein wärmender Schatten. Weiter, sagte sie, oder ich hörte es nur, und ich fuhr, weiter und weiter, aus der Stadt hinaus, Sträßchen und Wege, immer möglichst nahe am Meer und Richtung Süden. Irgendwann vergaßen wir, was hinter uns lag, die Stadt, die Jungs, vergaßen, was vor uns lag, der Tod, die Grenze, fuhren holperig durch das schwächer werdende Licht, langsam auch, sehr langsam, wir umfuhren die Städte, fuhren und fuhren, es müssen Stunden gewesen sein, wenn ich jetzt die Entfernung bedenke.
Wir hielten, weil eine Schildkröte den Weg querte. Ich weiß nicht, ob es immer noch Schildkröten gibt, damals gab es Landschildkröten südlich von Tel Aviv und in Gaza, und sogar an den Strand von Tel Aviv wurde einmal eine Meeresschildkröte geschwemmt, schwarz und weiß, tot. Die Landschildkröten waren groß wie zwei Hände, ich war müde, und als ich hungrig wurde, zog Shira aus ihrer Tasche Brot und Oliven und harten Ziegenkäse und noch mehr Brot und Oliven und harten Ziegenkäse, und dann klappte sie den Sitz hoch, holte eine Flasche Wasser heraus, Wasser, das kühl war und unseren Durst, nach all dem salzigen Käse und den Oliven, löschte.
Noch einmal, dachte ich, an einem Bein ziehen, an einem Arm, die Teile auseinanderziehen, sachte, um etwas zu öff-

nen, an das ich nicht mehr glaubte, eine Tür, eine Öffnung zum Glück, eine Lücke, irgendwohin, in eine unbekannte Welt. Nein, keine unbekannte Welt –. Von der Sehnsucht kehrte etwas zurück, ich erinnerte mich, wie stark sie gewesen war, früher, vor undenkbaren Zeiten, so kam es mir vor, und doch wollte ich, um keinen Preis, meine Gegenwart verraten, das Leben wie es geworden war, plötzlich hielt ich etwas in den Händen, kostbar wie eine Leidenschaft, stark genug, um alles, Beruf, Familie hinzuwerfen, nicht enttäuscht oder voller Jubel, sondern mit einem fast idiotischen Staunen, mit der Sicherheit meines begrenzten Lebens. Ich hatte Angst, und doch – mein Leben, das aus nichts bestand als aus Häusern, Computern, Stiften, kleinen Gesten, es war mit einem Mal leuchtend, ich fühlte mich, obwohl ich Angst hatte, sicher wie nie zuvor.

*

Eine der Schildkröten nahm ich mit. Ich steckte sie in den Kasten unter den Sitz, wo Shira das Essen und die Flasche hingepackt hatte, das Tier tat mir leid, es würde eine lange Fahrt werden, tatsächlich war sie noch länger als gedacht, schien vielleicht so lange, weil wir die Nacht durchfahren mussten, mit der Morgendämmerung erst die Außenbezirke von Tel Aviv erreichten, da war der Tank fast leer, Shira schlief an meinem Rücken, ich hatte Angst, sie würde vom Sitz rutschen, aber das geschah nicht, sie hielt sich gut.
Ich musste die Schildkröte mitnehmen. Sie zog sich in ihren Panzer zurück, ich hatte nichts als eine Tüte gehabt, um es ihr bequemer zu machen; sie überlebte. Vielleicht bekom-

men Schildkröten, gleich, wie viele Schlaglöcher es gibt, keine blauen Flecken.

Als wir ankamen, trug ich Shira ins Bett, legte sie sacht auf die Bettdecke, aus dem Schrank nahm ich ein Laken und deckte sie zu, denn obwohl es heiß war, waren wir durchgefroren von der Nacht, ich wollte mich zu ihr legen. Aber Avi kam herein, er murmelte etwas und setzte sich auf ein großes Kissen auf dem Fußboden, so selbstverständlich, als sitze er dort jede Nacht. Da ging ich hinaus, holte aus ihrem Verlies die Schildkröte, setzte sie in meinem Zimmer ab, sie streckte nach einer Weile, die mir sehr lang schien, doch Kopf und Beine aus dem Panzer, und schließlich krabbelte sie los. Jetzt hatte ich zwei Tiere. Eine Katze, eine Schildkröte. Denn die Katze saß, als ich am nächsten Morgen aufwachte, am Fenster.

Ich kann nicht sagen, dass die Tiere mich begleitet hätten, dass sie eine Bedeutung gehabt hätten, nichts dergleichen, weder habe ich früher ein Tier besessen, noch mir eines gewünscht, auch nicht in den Monaten und Jahren allein, ich habe mir keinen Hund gewünscht, der mir im leer gewordenen Haus Gesellschaft leistete, keine Katze. Tiere passen nicht zu mir, Tiere passen zu Menschen, die Wurzeln schlagen oder sich danach sehnen, vielleicht mag ich deshalb Pferde, Tiere, die sich bewegen und zur Fortbewegung genutzt werden.

Die Katze fütterte ich nicht, ein Schälchen Wasser nur stellte ich ihr hin oder vielmehr der Schildkröte, die noch ein paar Salatblätter bekam, die Reste, wenn ich Gemüse putzte, und vom Fisch fiel manchmal etwas für die Katze ab. Saßen die Tiere vor meinem Büro, war mir, als wären sie die eigentlichen Eigentümer, sie rückten kaum, wenn ich hereinwollte, von der Stelle, über die Schildkröte stieg ich hinweg, an der Katze musste ich vorbeigehen, keine Gäste waren die beiden, auch keine Eindringlinge, willkommen waren sie mir aber auch nicht, und ich begriff irgendwann, gerade darum ging es. Es ging darum, wogegen man sich zur Wehr setzte. Es ging darum, ob das Leben an Würde gewann, wenn man sich wehrte, gegen Krankheit oder nur gegen Zudringlichkeit, gegen eine Katze und eine Schildkröte, gegen die Erinnerungen oder auch dagegen, dass sich die Erinnerungen verloren. Und wiederum diese beiden, die immer zu fragen schienen: Und ist es denn schlimm, wenn wir nicht willkommen sind? Hier sind wir trotzdem.

*

Ich ging jetzt manchmal zu Chajim, unserem Fischhändler. Nie hatte ich ihn gefragt, woher er von Shiras Krankheit wusste. Ich dachte, sie besuche ihn auch. Das Treiben auf dem Markt störte sie nicht, der Lärm, die Rufe der Händler, für mich war es immer der Inbegriff von Leben gewesen, bis auf die letzten Wochen mochte sie es auch, das Geschrei und die Farben der Kaki-Früchte, der Avocados, der Orangen und Erdbeeren, die es inzwischen zu jeder Jahreszeit gab.
Zu Chajim ging ich, weil ich nicht wusste, wie ich die Tage herumbringen sollte. Heller hatte mich freigestellt, er sagte, ich solle zu Hause bleiben, bei Shira. Es kam mir selber komisch vor, dass ich mich langweilte, aber so war es. Warten auf den Tod ist auch Warterei, und wenn es lange dauert, wird man unruhig, nichts geht weiter, nichts fängt an oder

erneuert sich, und insgeheim taten mir die Jungen leid, nicht nur, weil ihre Mutter starb, sondern weil sie mit ihr und mir gefangen waren in dieser leeren und erbarmungslosen Zeit, die so schleppend verging, zuweilen stillzustehen schien. Wem sollte ich so etwas sagen, dass ich hoffte, sie werde sich ein bisschen beeilen mit dem Sterben?

Chajim brauchte ich nichts zu erklären, ich musste nichts aussprechen. Er zuckte mit den Schultern und sagte: Man fühlt sich immer unwohl, wenn man zu lange warten muss, ob auf Gutes, ob auf Schlechtes.

Manchmal schob er mir einen Stuhl hin, einen alten Bürostuhl auf Rollen. Die Rollen drehten sich nicht mehr, das Sitzpolster war zerschlissen und dreckig. Froh war ich, wenn ich mich zu ihm setzen durfte, die Käufer konnten mich, hinter der Theke mit den Styroporkisten voller Fische, kaum sehen, und die mich kannten, grüßten nicht, als wäre ich ein anderer.

Chajim war beschäftigt, manchmal redete er viel, manchmal wenig. Manchmal sagte er einen Satz mehr an die Auberginen gerichtet als an mich, nie zu den Oliven, so, als inspirierten ihn die großen Gläser mit den eingelegten, blass violetten Embryos dazu, Sachen auszuplaudern, die ihm einer zugetragen hatte.

Es war nicht einmal klar, ob es ihm ernst war oder nicht, außer mir hörte keiner zu, und ich wollte ja nur dasitzen, mit halbem Blick, halb nach innen, halb nach außen, so sah ich, dass er manchmal hinlauschte ins Leere, da, wo ich Leere sah. Ich wunderte mich überhaupt nicht, als eines Tages Matijahu, der alte Matijahu, der uns das Haus verkauft hatte und inzwischen gestorben war oder vielleicht doch nicht ge-

storben war, bei Chajim auftauchte, er saß auf einem Schemel, den ich schon öfter bemerkt hatte mit Verwunderung, denn er stand im Weg, war Chajim im Weg, jedoch augenscheinlich so wichtig, dass er stehen blieb. Darauf also saß Matijahu, kleiner als jedes Kind.
Fische haben kein Fell, sagte er zu mir mit einem Schulterzucken, als antwortete er auf eine Frage. Komischerweise wurde ich wütend. Ich verstand nicht, was er da redete, aber es war, so viel war sicher, eine Beleidigung, und ich wurde wütend, obwohl ich wusste, dass sie nicht mir galt. Vielleicht galt sie allen Lebenden, anmaßend war sie, diese Bemerkung, als wären wir, die ins Buch des Lebens eingetragen blieben, weniger wert. Und ihn, Matijahu, schien es auch nicht zu scheren, ob er nun zu den Toten, zu den Lebenden oder aber zu beiden gehörte. Einmal sagte er, auf dem kleinen Schemel sitzend, mit einem frechen Grinsen: Deinem Sohn habe ich von dem Geld ein Drittel gegeben, schade, dass er vergessen hat, wo es versteckt ist. Sie ging mir nach, seine Bemerkung, denn plötzlich trugen Avi und Naim Kleidung, die ich ihnen nicht gekauft hatte, überhaupt fiel mir da erst auf, dass ich nun derjenige sein würde, der sie mit Kleidung, mit Geld für den Friseur, mit all dem versorgen müsste, was über das Tägliche hinausging. Noch hatte ich nichts unternommen, und ihre Mutter lebte noch, da trugen sie schon neue Sachen, die oberflächlich elegante Kleidung von jungen Männern, die Wert darauf legen, mit der typisch israelischen Nonchalance nichts zu tun zu haben. Mir kamen sie vor wie verkleidet, als würden sie vorgeben, Europäer zu sein, Pariser, die eben Jacketts trugen, obwohl sonst keiner in ihrem Alter etwas anderes überstreifte als ein Sweatshirt oder eine

Kapuzenjacke. Weil sie nichts davon verstanden, kauften sie ihre Sachen auf dem Markt oder in irgendwelchen Läden auf der Allenby Street, die damals noch heruntergekommen war und den alten Einwanderern aus Osteuropa und den orientalischen Juden gehörte, Clubs gab es noch nicht, Restaurants gab es noch nicht, nur Juweliere, Kioske und eben Kleiderläden, deren Schaufenster billige Abendgarderobe schmückte, lange, paillettenbestickte Kleider und eben Anzüge, aus schlechten Stoffen und mit zu breiten Schultern. Wie sie es wagten, damit in die Schule zu gehen? Denke ich jetzt daran zurück, bewundere ich sie für ihren Mut. Damals war ich wütend.

Wütend war ich, und es gab niemanden, mit dem ich meinen Zorn teilen konnte, oder besser, die Enttäuschung darüber, dass meine Söhne sich lächerlich machten, dass sie sich ihrer Herkunft unwürdig erwiesen, plötzlich war mir das wichtig, woher wir kamen, woher ich kam. Und dann fiel es mir ein, als ich Shira sah, wie sie ein paar alte Fotos anschaute, Schwarzweißfotos, sie hatte sich halb aufgerichtet, und als ich näher trat, schob sie die Fotos unter das Kissen, mit einer Bewegung, die mich ärgerte, weil sie so kindisch war, und als ich mich rasch abwandte, um wieder hinauszugehen, damit sie ihre Geheimnisse behalten konnte, da fiel mir ein, was ich zwischendurch immer wieder vergaß: Es waren ihre Söhne, es war ihr Leben gewesen.

Ich wollte auffahren: Deine Söhne, so sehen sie auch aus, schau sie dir nur an, deine Söhne, wie Vogelscheuchen, nur dass sie nicht mal ein Feld haben, auf dem sie mit Anstand stehen könnten, weswegen sie mit dem Bus herumfahren und durch die Straßen gehen, als würden sie flanieren, dei-

netwegen sind sie hier, gut, was geht mich das an, sollen sie bleiben und sich lächerlich machen.
Überwältigt von der Empfindung, dass nichts mir gehörte, zog ich mich zurück. Weniger als ein Bettler, empfand ich, weniger als Matijahu, der wenigstens lachte, und Chajim, der immerhin Fische und eingelegtes Gemüse auf dem Markt verkaufte.
Das Haus, das wir auf die Namen der Jungs eingetragen hatten, verließ ich, um mich zu Chajim oder ins Café zu setzen. Shira hatte gewollt, es sollte ihr Haus sein – als müsste sie sicher sein, dass ich nicht enterbte, wer nicht mein Fleisch und Blut war, schoss es mir durch den Kopf.
Ich zog mich zurück, die Jungs aber fanden sich etwas, das sie aus der Starre unseres Lebens nahm, sie fanden ihre eigene Sache, ihre eigene unmögliche Liebe, als wäre das Unmögliche das Einzige, was einen von einer ausweglosen Situation ablenkt.

*

Das Mädchen war so alt wie Naim, siebzehn. Man kann nicht sagen, dass sie hübsch war, für mich war sie es, weil sie so jung war, und für die Jungs? Ich weiß es nicht. Ihr Haar war weder lang noch kurz, in gewisser Weise verzerrte es die Proportionen ihres Gesichts, das ein bisschen zu breit wirkte, und ihre Augenbrauen waren zu dick, die eine dazu merkwürdig spitz nach oben gezogen. Aber beweglich war ihr Gesicht, lustig, ein Teufelchen, hätte meine Mutter gesagt, das fiel mir sofort ein, als ich Adila zum ersten Mal sah. Was für ein Name, und das in Jaffo, denn sie wohnte in der Altstadt von Jaffo, sie war eine Palästinenserin. Durch Iunis hatten Avi und Naim sie kennengelernt, irgendwie war sie eine entfernte Verwandte, allerdings von einem erfolgreicheren Zweig der Familie, denn Adilas Eltern waren wohlhabend, und ihr Vater hatte in England Medizin studiert.

Sie verliebten sich beide, Naim und Avi, Avi und Naim, sie standen vor ihr, und vor lauter Entzücken merkten sie nicht, dass sie zu zweit vor ihr standen, und ihr, Adila, war es egal, als hätte sie vergessen, sich vorzustellen, dass beide denselben Platz einnehmen wollten. Sie gefielen ihr, Naim wie Avi, und da ihr Elternhaus nicht freizügig war, was den Umgang mit jungen Männern anging, musste sie sich keine Gedanken darum machen, wen sie etwa erhören würde. Alles war unmöglich, das war das Glück, fingernah, hautnah, denn sie berührten sich, ich habe sie einmal gesehen in Ajami, über dem Meer, Adila saß neben Avi, an ihn geschmiegt, auf ihren Unterschenkeln ruhte Naims Kopf, sie sahen ernsthaft aus und glücklich. Und Adila erzählte, als wir einmal in Jaffo einen Saft tranken, zu fünft, denn ihr Vater hatte sie zu dem Treffen begleitet, erzählte, wie sie zu dritt den Sonnenuntergang betrachten wollten, später, und auch, dass sie zusammen in Paris studieren wollten oder in London.

Ihr Vater und ich wechselten einen Blick, als könnten wir so leichter unsere Erschütterung verbergen, wir suchten eine Ausrede, um uns von den drei jungen Leuten zu entfernen, ein paar Schritte zu gehen, zu zweit ein Bier zu trinken, und ich wusste, er war froh, dass ich seine Tochter sah wie er, mit seinen Augen.

Er hieß Chalil, Chalil Abbas, Adila war seine einzige Tochter, ihre Mutter, seine Frau, war bei der Geburt gestorben. Und er wollte weg, er wollte weg aus Israel, weg aus dem Nahen Osten, er wollte nicht nach Beirut, habe eine Weile, erzählte er mir, überlegt, nach Kairo zu gehen, aber eigentlich wolle er nach Europa, um seiner Tochter die Zumutungen zu ersparen, denen sie in Israel, aber auch anderswo als Palästinenserin ausgesetzt sein würde –. Es war das Jahr 1994, und wirklich sagte ich ihm, es werde doch besser werden, wahrscheinlich glaubte ich daran, ich sagte, der Frieden werde kommen und die Wertschätzung der Palästinenser in Israel, und ich glaubte, was ich sagte, auch wenn ich wünschte, er würde seine Adila nehmen und verschwinden, bevor es Schwierigkeiten gab, und über sein Gesicht sah ich Hoffnungen und Zweifel huschen, Müdigkeit auch, als er lächelte, mich freundlich anlächelte. Ich versuchte, mir vorzustellen, wann er fröhlich war, ob er, wenn er eines Tages am Flughafen stehen würde, erleichtert wäre, aber von Iunis wusste ich, dass seine Familie seit Generationen in Jaffo lebte, und wahrscheinlicher war, dass es ihm das Herz brechen würde. Ich sah Adila und die Jungs, sie hatten uns halb den Rücken zugekehrt und redeten leise, fast gleichzeitig, ohne sich ins Wort zu fallen, und Naim hatte seinen Arm um Avi gelegt. Dann sagte Chalil, er müsse zurück in die Praxis, und gab mir seine Karte, wenn ich Rat brauche, vermutlich wusste er von Shiras Krankheit, er sagte es wie jemand, der weiß, dass er helfen kann. Adila forderte er auf, bald nach Hause zu kommen, auf Hebräisch sagte er es, damit wir es auch verstanden. Und ich verabschiedete mich auf Hebräisch und dann halb auf Französisch, weil ich mich schämte, kein Arabisch zu können.

Nur oberflächlich tauchten nun Avi und Naim zu Hause auf,

schliefen, aßen, sahen kurz nach ihrer Mutter, verschwanden, mit einem Stapel Bücher im Arm, mit einem kleinen Heft in der Hand, das sich mit arabischen Schriftzeichen füllte. Ich liebe dich – ob es auch dabeistand? Ich will dich küssen, bleib bei mir?
Tatsächlich rief ich Chalil an. Als er begriffen hatte, dass es nichts mit seiner Tochter zu tun hatte, dass ich ihn wirklich anrief, um ihn um Rat zu bitten, hörte ich Freude in seiner Stimme. Wir verabredeten uns zum Spazierengehen, oberhalb des Hauses, das ich ausgebaut hatte, damals in Ajami. Alles Wichtige geschah damals in Ajami.

*

An dem Vormittag hatte Shira ein Bad nehmen wollen. Zwar kam täglich eine Krankenschwester, aber nur, um sie zu waschen, anzuziehen, das Bett neu zu beziehen. Und der Arzt kam, gab ihr eine Morphiumspritze. Fürs Baden war ich zuständig, unsere Putzfrau hatte Angst vor Shiras Krankheit, sie war nicht bereit, mir zu helfen. Eigentlich war es gar nicht so schwierig: Auf mich gestützt, konnte Shira die paar Schritte gehen, sie konnte sich sogar, wenn sie sich auf die Toilette setzte, allein ausziehen, nur die Unterhose musste ich ihr abstreifen, und es ist schwer zu begreifen, wie man so etwas tut, bei der Frau, die man begehrt hat. Knochig war sie, ich musste vor ihr knien, damit sie mit den Füßen aus der Unterhose heraussteigen konnte, während sie sich am Waschbecken festhielt, und als ich, an jenem Tag, zu ihr aufschaute, sah ich in das starrsinnige Gesicht einer alten Frau.

Sie musterte mich, regungslos, ohne Erinnerung und Anteilnahme, nur ganz fern blitzte etwas in ihren Augen auf, etwas, das mir kalt und boshaft schien, mir war, als hätte ich einmal sagen hören, dass die Sterbenden die Lebenden verachten und hassen, und ich zog mit verschlossenem Gesicht die Unterhose von ihren Füßen und richtete mich auf, um mich sogleich abzuwenden.

Sobald sie gewaschen war und wieder in ihrem Bett lag, ließ ich sie alleine, um Chalil zu treffen, ich freute mich darauf wie auf etwas, das mich aus meinem trüben Alltag befreien sollte. Die Vespa sprang nicht gleich an, aber mit einem heftigen Tritt gelang es mir doch, den Motor zu starten, und ich fuhr los, den Helm tief ins Gesicht gezogen, aber nicht so tief, dass ich nicht die Jungs gesehen hätte, sie hockten nebeneinander an einer Hausmauer.

An jenem Abend wartete Chalil auf mich, um mir zu helfen, mir und Shira. Als ich hinter dem Hafen hochfuhr, sah ich ihn schon, er stand auf der Straße, im Anzug, obwohl es heiß war, eine Sonnenbrille trug er. Die zwei Frauen, die aus einem Haus traten, schienen ihn mit Misstrauen zu beäugen, sie machten einen kleinen Bogen, wechselten die Straßenseite. Chalil senkte den Kopf, als er ihn wieder hob, war ich nahe genug, um sein Gesicht zu sehen, die Müdigkeit in seinem Gesicht, die Resignation, vielleicht schlimmer noch als Verachtung oder Zorn, und vielleicht schlagen deswegen Leute aufeinander ein, weil sie fürchten, die Müdigkeit werde sie sicherer besiegen als jeder äußere Gegner.

Chalil ging mir entgegen, seine Schritte waren ein bisschen schwer, er legte die Hand auf die Vespa, streichelte den roten Lack, er wollte etwas sagen, dann ließ er es bleiben, und als er mich anschaute, lächelte er wie ein Arzt oder ein alter Mann, für mich lächelte er. Er sah seiner Tochter ähnlich, und einen Moment wünschte ich, ich könnte weggehen, die Jungs dalassen und gehen, als würde es dann endlich für alle eine Möglichkeit geben. Wie viele von uns die Phantasie haben, sie müssten ja nur verzichten, auf etwas, das ihnen kostbar ist, verzichten, um mit den anderen auch sich selbst zu retten. Dabei ist Verzicht nichts, eine Chimäre, ebenso wie die Idee, man dürfe von seinen Forderungen nicht ablassen, den gerechten Forderungen, falls es so etwas überhaupt gibt.

Bevor ich etwas sagen konnte, fing Chalil an zu reden, er hatte sich vorbereitet, in einer Tasche hatte er ein paar Zettel und Zeitschriften, Avi und Naim hatten ihm den Namen der Krankheit und ihre Komplikationen genannt, und Chalil holte ein Bild heraus, ein Röntgenbild, er hielt es, während wir weiter den Berg, zur Misbele, der früheren Müllhalde, hinaufstiegen, in der Hand.

Es war windstill, und keine Möwen waren da, erinnere ich, mir fiel das auf, weil ich an den sterbenden Esel dachte, den ich hier gesehen hatte, und weil eine Bachstelze lange in unserer Nähe blieb, mit ihrem merkwürdigen Flug; wie auf einer Schaukel flog sie ein paar Meter vor uns her, wippend, trippelnd, nahe genug, dass wir ihre Augen sehen konnten.

Dann steckte Chalil das Bild ein, er steckte es in die Aktentasche, achtlos, und er sagte: Wenn du willst, spritze ich ihr das Morphium.

Warum?, fragte ich, erschrocken, dass er meine Bitte erraten hatte, und unsicher, ob ich mich vor den Spritzen fürchtete, den Schmerzen, die stärker werden würden, oder davor, Chalil täglich im Haus zu haben.

Nachdem er versucht hatte, mir beizubringen, wie ich Shira selbst die Spritze geben könne, hörte ich noch einmal meine Frage, meine Stimme, empört, fast schrill, und sicherlich nicht freundlich, ihm gegenüber, der so viel für uns tat. Und welche Schmerzen hätte Shira ohne ihn leiden müssen. Aber sie war mir fast gleichgültig – so dachte ich. Irgendetwas von dem Nebel, in dem sie war, ging auf mich über, ich konnte nichts mehr deutlich erkennen, nur gerade genug, um ein bisschen Arbeit zu erledigen, den Haushalt zu machen. Avi und Naim waren immer hilfsbereite Kinder gewesen, aber in jenen Wochen zogen sie sich aus allem zurück. Sie waren auch im Nebel, in einem anderen –.

Adila kam jetzt öfter zu uns. Sie kam mit ihrem Vater, sie kam allein, es schien selbstverständlich, dass sie die Jungs besuchte, zu dritt saßen sie im Hof, denn das Haus mied sie, sie betrat ungern die Küche und niemals die Zimmer der beiden. Alle paar Tage kam sie, und keiner wollte bemerken, dass die Routine, die sich einstellte, eine des Abschieds war. Zuweilen brachte ich etwas vom Markt mit, das wir an dem kleinen Tisch im Hof essen konnten, Käse und Pita, manchmal Felafel, dick eingepackt in Silberfolie, damit sie warm blieben. Ich schnitt Gemüse auf, aus ihrer Ecke kam die Schildkröte hervor, fraß die Enden der kleinen Gurken, das Innere der Paprikas, auch die harten Schalen der Wassermelonen mochte sie. Auf der Mauer saß die Katze, sie kam nur herunter, wenn ich allein war, den Kindern wich sie aus, und vor Chalil hatte sie Angst. Chajim, der von ihr wusste, gab mir für sie Fischköpfe mit oder Eingeweide, er packte mir die Sachen in eine Tüte, ernsthaft, als wäre das von größter Wichtigkeit, und einmal sagte er, rätselhaft und mit einem

Achselzucken, Matijahu habe ihm Anweisung gegeben, die Katze gut zu füttern.

Adila mochte kein gekochtes Essen oder mochte nicht, was ich kochte. Chalil bewegte sich im Haus mit der Selbstverständlichkeit des Arztes, der Nähe oder Distanz anders beurteilt als die anderen. Immer dachte ich daran, dass er genug Morphium bei sich hatte, um sie zu töten, um Shira zu töten. Er war der Herr über Leben und Tod, er war der Herr in unserem Haus, so schien es mir damals, eine schreckliche und verblendete Phantasie, die ich mir nicht erklären kann.

Denn dann blieb er weg. Die Situation war inzwischen so, dass Shira, bekam sie keine Spritze, anfing zu schreien. Sie war nicht bei sich, sie schrie einfach, vor Schmerzen, vor Angst, aus Verwirrtheit, und ich hatte nichts, nur genug für die eine Spritze, die ich ihr morgens gab, ich hatte nichts mehr – in meiner idiotischen Verzweiflung gab ich ihr Paracetamol, vier oder fünf Stück.

Vielleicht hätte ich sie umgebracht, wenn ich ihr noch mehr Paracetamol gegeben hätte, ihre Leber war kurz davor, zu versagen, und schließlich wimmerte sie, aber laut, kein leises Gewimmer, es klang fordernd und zornig. Wieder und wieder wählte ich Chalils Nummer, doch er antwortete nicht. Aber wie hätte ich damals ahnen können, dass Chalil verhaftet würde? Ich hatte mich ja nie gefragt, woher er das Morphium nahm, ob er es anmelden musste, den Verbrauch nachweisen. Es war mir gleich, nur sollte Chalil kommen, wenn ich ihn brauchte. Shira schrie. Shira und meine Mutter. Dass um unseretwegen sich Chalil in Gefahr begab? Ich hörte nichts oder hörte nur halb, und was ich halb hörte, begriff ich nicht. Es war, als wäre die Katze, die nur ich sah, meine Verbindung zur Außenwelt. Aber sie sprang von der Mauer und verschwand, und den Notarzt hatten Avi und Naim gerufen.

Eine Geschichte hört niemals auf, wo man es will, und so starb Shira auch nicht, wie ich es mir heimlich erhofft hatte, mitten in irgendeiner Aufregung, so, als wäre an ihrem Sterben noch irgendetwas unerwartet und dramatisch, damit wir anderen danach Kraft hätten, uns in die Arme zu fallen und zu weinen.

Vielleicht habe ich mir auch vorgestellt, sie würde mir ihre Söhne übergeben, so dass es endlich meine Söhne wären, einen rührenden, pompösen Abschied habe ich mir vorgestellt, nicht diese nervöse Quälerei in einem engen Krankenzimmer, in dem zwei alte Frauen gefüttert und gewaschen wurden, durch einen dünnen Vorhang von Shira getrennt und von mir. Eng war es, so kamen die Jungs nicht mit herein, vielleicht waren sie überfordert, es waren ihre letzten Schuljahre, Avi machte Abitur, dann gab es noch Adila, und an Shiras Bett stand nur ein Stuhl. Seine Lehne berührte den blauen Vorhang, der uns von den anderen Patientinnen separierte, eine akustische Trennung gab es nicht, zu dritt konnten wir dort nicht sitzen, es sei denn, zwei saßen auf dem Bettrand, aber die Schwestern klappten das Bettgitter hoch, damit Shira sich nicht aus dem Bett wälzte, zwei Mal war es passiert, die Infusionsschläuche waren herausgerissen, und Shira versuchte sowieso, sich die Schläuche aus ihren Armen zu ziehen, sie war nicht mehr klar im Kopf oder doch klar.

Chalil war verschwunden. Shira starb.

*

Als hätte ich nicht seit Monaten den Haushalt allein gemacht, mit einer Todkranken im Haus dazu, fand ich mich plötzlich, kaum war Shira beerdigt, überlastet.
Die Wäsche türmte sich im Bad. Der Geschirrspüler ging kaputt, und der Kühlschrank war immer leer. Die Jungs aßen nicht, was ich kochte, sie saßen höflich am Tisch und stocherten im Essen, danach hatten sie Hunger.
Irgendwo trafen sie Adila, sie beide wussten Bescheid, wie sie auch von Shiras Krankheit gewusst hatten, doch sie sagten mir nicht, dass Chalil im Gefängnis war.
Es hätte dich nur nervös gemacht, versuchte Avi später zu beschwichtigen, und Naim ergänzte, nicht einmal mit Vorwurf: Du hättest ihm eh nicht geholfen.
Noch später stellte sich heraus, dass für den Geheimdienst die Morphiumspritzen ein willkommener Vorwand gewesen waren, da sie Chalil eine Komplizenschaft mit der Hamas nicht nachweisen konnten. Es war so viel komplizierter, als ich angenommen hatte. Und anders, als wir glaubten, war nicht einmal ich, der seine Hilfe angenommen hatte, eine Hilfe, die nur durch Verstöße gegen das Betäubungsmittelgesetz möglich war – nicht einmal ich war der Anlass gewesen, sondern Adila. Adila hatte bei einem Besuch im Gazastreifen eine Frau kennengelernt, die mit einer Frau lebte, und sie hatte sich verliebt, zum ersten Mal. Chalil hatte allen Grund, die Hamas zu fürchten, die froh war, ihn erpressen zu können. Er musste mit Adila aus Israel weg.
Ich versorgte die Jungs, wo sie es brauchten, sie brauchten wenig. Ich versorgte das Haus, aus dem wir uns alle drei zu-

rückzogen, die Jungs an den Strand, zu Freunden, ins Café, ich in mein Bürozimmer bei Heller oder in mein Zimmer zu Hause, einen Wasserkocher hatte ich inzwischen dort stehen, Besteck auch und Teller, auf dem Hof hatte ich mir unter einer Überdachung eine provisorische Kochstelle eingerichtet, als mache es mir Vergnügen, draußen zu kochen. Ich wollte die Küche nicht betreten.

Wir camouflierten alles, irgendwann schien sogar Adila nichts als eine Maskierung. Sie war noch da. Chalil war noch da. Er wurde aus dem Gefängnis entlassen. Ich hatte dafür nichts getan. *Ärzte ohne Grenzen* hatte dafür gesorgt.

Doch bevor er entlassen wurde, kam Adila manchmal vorbei, wenn Avi und Naim nicht zu Hause waren. Sie schwebte. Selbst mir fiel auf, als ich sie einige Zeit nach Shiras Beerdigung wiedersah, dass sie sehr dünn geworden war.

Sie wurde noch dünner, es war, als versuchte sie zu verschwinden. Eigentlich passten wir zueinander. Sie kam, fiel mir irgendwann auf, immer mit der Katze gemeinsam in den Hof.

Manchmal war es, als wäre Shira wieder da, denn ebenso leise, wie sie gewesen war, stand auf einmal Adila in der Tür. Nur, dass sie die Katze sah, und die Katze sah sie, hielt sich dicht bei ihr, als dürfte sie den Kontakt zu den mageren Beinen nicht verlieren.

Ich machte ihr Tee. Jeder andere hätte wenigstens Zucker hineingetan, ich kam nicht darauf. Jetzt ist das unbegreiflich. Dünner und dünner wurde sie. Ich hörte sie, obwohl Adila nicht wirklich etwas erzählte, vielleicht sprach sie nicht einmal, aber ich hörte sie doch. Wir sahen uns an, vielleicht wie zwei Leute, die nicht einverstanden sind mit dem Weg, den sie zurücklegen.

Irgendwann einmal sagte mir Heller, ein spindeldürres Geschöpf habe nach mir gefragt. Ich kam nicht darauf, dass es Adila war. Weil ich nicht wusste, wie dünn sie inzwischen war, und weil sie nach Jaffo gehörte, allenfalls in unseren Hof in Newe Zedek, aber nicht an den Malchei Israel. Denn so hieß der Platz noch, einige Monate noch, denn es war inzwischen 1995.

Avi war, die großen Ferien sollten bald enden, eines Tages in der Uniform des Infanteristen nach Hause gekommen. Mit Mühe hatte ich ihn während der Abiturprüfungen versorgt, halbherzig hatte ich ihn ermutigt, eine Reise zu machen, bevor er zum Militär ging, insgeheim erleichtert, dass er kein Interesse an Reisen zeigte. Vermutlich wollte er Naim nicht allein lassen, nicht mit mir und nicht mit Adila. Sie hatten noch immer nicht aufgegeben, beide nicht.

Wäre ich ein israelischer Vater gewesen, vielleicht hätte ich mich gewundert, dass Avi, der ausgezeichnete Noten hatte, der immer als begabt und vielversprechend galt, keinen Ehrgeiz hatte. Er hätte sich bei einer angesehenen Einheit bewerben können. Stattdessen verschwand er, als es so weit war, in der Negev, in einer Militärbasis, um die Grundausbildung zu machen, später in einem Flüchtlingslager eingesetzt zu werden. Was tust du dort?, fragte ich ihn, und er antwortete: Ich schieße in den Himmel. Ich weiß es nicht. Ich schlafe nicht. Ich kann es dir nicht sagen.

Aber das war später.

In jenem Spätsommer war er in der Grundausbildung, ich brachte ihn zum Busbahnhof und holte ihn vom Busbahnhof ab. Seine Wäsche wusch ich. Chajim gab mir manchmal etwas für ihn mit, Süßigkeiten, er fragte, ob ich zurechtkomme, ich zuckte mit den Schultern, es gab ja kein Problem oder eben eines, das im Grau eines schwerfälligen Alltags verborgen war, dazu gab es nichts zu sagen. Naim bereitete sich auf seine Prüfungen vor. Ich zeichnete Entwürfe für Privatvillen, die später in Ajami gebaut werden sollten, und fragte mich erst viel später, ob es sich um eine Bosheit Hellers handelte, der vielleicht von der Liebe meiner Söhne erfahren hatte.

Das Land war guter Stimmung? Es gab Friedensdemonstrationen und die Hoffnung auf Frieden. Die russischen Neueinwanderer gründeten in Tel Aviv Zeitungen und Theatergruppen, man konnte alles sehen und hören. Einige Male ging ich morgens ans Meer, es lag ruhig, ich schwamm hinaus bis zu den kleinen Steinmauern knapp fünfzig Meter vor dem Strand und hockte mich auf die Felsen.

Manchmal wünsche ich mir, es gäbe ein Foto, ein Foto, das mich dort auf den Felsen zeigt, am frühen Morgen, wenn ein paar erste Jogger den Strand entlangliefen und der immer gleiche Alte ein paar Stühle zurechtschob, um den Platz für seine Freunde zu sichern. Das Foto würde nichts zeigen als einen Mann von hinten, in Badehose, die Arme um die Knie geschlungen, ein bisschen dicklich, vielleicht würde man das auch aus der Entfernung sehen.

Gäbe es solch ein Foto, wäre es mir vielleicht leichter, mich selbst zur Erinnerung werden zu lassen, zu einem Bild in mir, mit dem ich verhandeln, das ich meinetwegen vergessen könnte. Oft taste ich und finde nicht – wen soll ich fragen? Im Traum nähere ich mich manchmal meiner Mutter, sie ist alt, sieht aber kräftig und heiter aus, und ich bitte sie: Male mich. Mache ein Bild von mir, ich schaffe es alleine nicht.

Ein Bild. Vielleicht ist es deshalb leichter, solange man Eltern hat oder andere, die einen von Anfang an und durch die Zeit gekannt haben. Du gehst dir verloren? Macht nichts, wir erinnern uns an dich. Nicht einmal Shira konnte ich noch fragen. Ich hatte den Dreißigsten nach ihrem Tod verstreichen lassen. Avi und Naim hatten mich nicht mahnen wollen, sagten sie später. Sie waren allein zum Grab ihrer Mutter gegangen.

Iunis war es, der mich wachrüttelte. Und wer rief Iunis? Chajim, der Fischhändler.

Es kann eine Kette von Ereignissen zu einem Unglück führen, eine Kette von anderen zu einem Glück. Chajim traf Avi, dann machte er sich ernstlich Sorgen. Solche Sorgen machte er sich, dass er – obwohl er, wie die meisten Händler auf dem Shuk, den Palästinensern misstraute – nach Jaffo ging und herumfragte, wo Iunis sei. Er scherte sich nicht, dass der Name Iunis ungefähr so häufig war wie der Name Chajim. Er fand, es genüge, dass er, ein Israeli und Jude, sich herabließ, irgendeinen Palästinenser zu suchen und beim Namen zu kennen. Er ging, weil das der Einzige war, den er in Jaffo gut kannte, zu dem Besitzer eines kleinen, bekannten Fischrestaurants, zu Schabtai dem Schönen, wie er genannt wurde, einem großen, ungeschlachten Kerl, der gut kochte und eine hübsche junge Frau hatte, die ihn liebte – deswegen wurde er Schabtai der Schöne genannt. Zu ihm also kam Chajim, schlecht gelaunt, ängstlich auch, er fürchtete, jeden Augenblick könne einer über ihn herfallen. Schabtai lachte sich halbtot. Wo Iunis sei, fragte Chajim, und Schabtai schickte den mürrischen Mann in den Hof. Dort war Iunis. Der richtige Iunis, hinten im Hof mauerte er eine kleine

Feuerstelle, einen Grill, so dass die Gäste in Zukunft dort sitzen könnten und zusehen, wie ihre Fische zubereitet würden. Iunis war ein guter Maurer, ich habe die Feuerstelle später gesehen.

Als Iunis zu mir kam, hatte er in einer großen Tüte Humus, Labane, Brot und Oliven dabei, mit einem feingeschnittenen arabischen Salat, und er sagte, dass es Zeit sei, zu essen und aufzustehen und das Leben wieder anzufangen.

*

Das Leben wieder anfangen, sagte er, nicht neu anfangen.
Chalil kam frei. Unvorstellbar, dass ich mich nicht um ihn gekümmert habe. Naim hatte ihn vom Gefängnis abgeholt. Und wo war Adila?
Manchmal stellte ich mir vor, dass sie sich heimlich mit Avi traf. Wie ich darauf kam, dass sie ihn doch vorzog? Ich weiß es nicht. Es ist, als wäre ich nichts gewesen, als wäre nicht Shira, sondern ich im Schattenreich verschwunden, auf das Blut der Lebenden wartend, um selber für einige Stunden wieder lebendig zu werden. War es nicht so? Genau erinnere ich mich nicht an die Geschichte aus der Odyssee, oder war es die Ilias, aber die Schatten gab es, die einander sahen, jedoch nicht mehr die Sonne spürten, von niemandem gesehen wurden als von Toten. Hätte ich versucht, mit Shira den Platz zu tauschen, ihren Platz einzunehmen, damit sie leben könne? Sie war mir fern, wie ich es mir selber war.
In jener Zeit schätzte Heller meine Arbeit mehr als sonst, ich zeichnete rasch, präzise, als könne zwischen mir und einer

gedachten Linie nichts stehen. Entwürfe fielen mir leicht, nicht die Fassaden, aber die Aufteilung des Innenraums; es war, als wüsste ich, wie Menschen leben sollten, damit sie glücklich würden. Danach erst dachte ich darüber nach, ob ich denn überhaupt wollte, dass diese Leute im Land Israel, in dem, was sie für das Land Israel hielten, glücklich würden. Öde, fand ich, sollte das Land für sie sein, streng, wie der strenge Gott, den es sich ausgesucht hatte.
Ich selbst lebte nur dort auf, wo die Jungs mich dazu brachten, durch das, was sie erlebten, durch ihren Leichtsinn, durch meine Sorge.
Iunis kam, er kam alle paar Tage wieder. Er reparierte im Haus, was längst repariert gehört hätte, Steckdosen, eine tropfende Wasserleitung, ein undichtes Fenster. Mit Naim hatte er Shiras Zimmer, das davor unser Schlafzimmer gewesen war, aufgeräumt, jetzt diente es auch als Lager für Bilder, die sie gekauft und in der Galerie nicht weiterverkauft hatte, ein paar Ölbilder, ein paar Aquarelle. Auf irgendeine Weise sorgte Iunis dafür, dass es bei uns unwirtlich aussah, provisorisch. In Avis Zimmer baute er ein Regal, das bis zur Decke reichte und leer blieb. Avi kam am Wochenende, sein Bett schleppte er in den Hof, er wollte auf der Matratze schlafen; das Bettgestell blieb draußen, im folgenden Winter verrostete es. Naim fing ebenfalls an, sein Zimmer leer zu räumen, und Iunis half ihm dabei.
Nicht einmal die Küche verschonten sie. Bei dem schwachen Erdbeben zwei Jahre zuvor hatten sich die Dübel wohl gelockert, so Naim, jedenfalls brach das Regal eines Tages herunter, mit den kleinen Gläsern für Gewürze, mit einem Teil des Geschirrs, mit den meisten unserer Gläser. Iunis ver-

spachtelte die Wand und beschloss, ein einziges, breites Brett würde schöner aussehen und auch ausreichen, da so viel zerbrochen war.
Wir fingen an, uns leichter zu fühlen.
Und dann kam Chalil. Es kam mir vor, als habe er einen Koffer in der Hand gehabt, so, als wäre er direkt aus dem Gefängnis gekommen oder schon auf dem Weg zum Flughafen gewesen, mit einem altmodischen Koffer, das war es, was die nächsten Jahre bestimmte: Die Leute trugen einen Koffer in der Hand, wie die Jecken, als sie von den Schiffen an Land gingen.
Chalil wartete nicht ab, bis er die Praxis verkauft hatte, seine Angelegenheiten geordnet, er konnte nicht warten. Sein Bruder und ein Kollege würden alles für ihn abwickeln, und an persönlicher Habe mochte er nichts mitnehmen, sagte er. Er setzte sich nicht. Er stand. Iunis hatte ihn mitgebracht. Er fragte nicht nach Shira. Wozu auch? Hätte er fragen sollen, wie sie gestorben war? Er erwartete nicht, dass ich ihn nach seiner Zeit im Gefängnis fragte.
Aber er sagte, dass er sich befleckt fühlte, besudelt. Wenigstens ein Glas Tee konnte ich ihm aufdrängen, er ging unablässig in der Küche auf und ab, während ich wartete, dass das Wasser kochte, und ich sah in den Hof, sah Iunis draußen stehen. Ich sah ihn von hinten, und ich sah, dass er redete, er beschrieb mit der Hand einen Kreis, beugte sich vor, schüttelte den Kopf; ich dachte, Adila sei gekommen, und wollte schon nach Naim rufen, doch dann sah ich ihn, draußen, draußen bei Iunis, wieder ein Kind, ein Junge von etwa acht Jahren, mit schwarzen Locken, schmal, wie er gewesen war, als er sich auf meinem Schoß noch zu einem Kringel zusam-

menrollen konnte und Avi über ihn lachte, wie ein Beigele, ein Brotkringel. Auch Avi war da. Er hockte auf dem Boden und streckte lockend die Hand aus, nach der Katze, nehme ich an, er hatte sich immer ein Tier gewünscht, jetzt, da er in London lebt, erzählt er manchmal von dem weißen Fuchs, den er auf der Mauer des Nachbargartens balancieren sieht. Ich wagte nicht, den Blick abzuwenden. Träumen tat ich, glücklich war ich, es musste sich ja gleich alles auflösen, so wie Matijahu, der auch da war, auf einem Stuhl saß und anscheinend etwas zu Iunis sagte, und dann wandte sich Iunis um, direkt zu mir, und schaute mich an.
Das Wasser kochte.
Die Tiere spüren, wenn noch jemand da ist, sagte Iunis, als er die Katze vorsichtig hochhob, sie schnurrte, ich hatte Chalil in der Küche gelassen und war zu ihnen in den Hof gegangen, Naim schmiegte sich an mich, zutraulich, und er erzählte mir, dass Matijahu ihm versprochen habe, später einmal seinen größten Wunsch zu erfüllen. Was ist dein größter Wunsch?, fragte ich ihn, doch Naim sah mich erstaunt an und sagte, das könne er ja jetzt noch nicht wissen.
Da kicherte Matijahu aus einer schattigen Ecke des Hofs, und Chalil, der mir nun doch gefolgt war, sagte ernst, vielleicht sei es das Schwierigste zu begreifen, wann der richtige Zeitpunkt für den größten Wunsch gekommen sei.
Bring mich zum Flughafen, wandte er sich an mich, nächste Woche. Bring mich und Adila zum Flughafen. Er zeigte auf Iunis: Er und seine Frau würden nur heulen.

*

Vor seiner Abreise wollte ich ihn treffen, um mit ihm über mein Versäumnis, meine Schuld zu sprechen. Er hatte keine Zeit, hunderterlei Dinge waren zu packen, zu verkaufen oder an die Verwandtschaft zu verteilen. Er machte Abschiedsbesuche, als wollte er nie wiederkommen, der eine endete beinahe im Desaster, denn Adila schlich sich aus dem Haus von Verwandten in Gaza, um ihre Freundin zu sehen. War es Liebe oder Freundschaft, den Leuten der Hamas war das gleichgültig, sie waren zufrieden, Chalil einschüchtern und ängstigen zu können, ihn, der die Grenzen der Angst und Feindschaft nicht ohne weiteres hinnahm, der auf beiden Seiten gegen Missgunst und Machtstreben aufstand. Für ein paar Stunden hielten sie Adila fest. Dann brachten sie das Mädchen, gefesselt und mit verbundenen Augen, zum Haus ihrer Verwandten.

Chalil hatte anderes zu tun, als mich zu treffen; für mein Unglück hatte er Zeit gefunden, für meine Zerknirschtheit hatte er keine Zeit.

Einmal war er noch zu uns nach Hause gekommen, eine Woche später holte ich ihn ab, um die beiden, ihn und Adila, zum Flughafen zu bringen.

Er saß mit Adila auf dem Rücksitz, ich konnte sein Gesicht im Spiegel sehen. Es war, als würden wir durch die Zeit fahren, durch Jahre, in denen Chalil alterte, und Naim auch. Als wir am Flughafen ankamen, sah ich, dass Chalil graue Haare hatte. Er bemerkte meinen Blick und sagte ruhig: in den Stunden, die ich gewartet habe, ob Adila wiederkommt.

Wir verabschiedeten uns an den Sicherheitskontrollen. Ob sie ihn piesacken würden? Wir konnten nicht helfen, so gingen wir, um uns nicht vorstellen zu müssen, wie die beiden

schon bei der Passkontrolle schikaniert wurden, wir stiegen ins Auto, schweigend, und als ich den Motor anließ, sagte Naim, er wolle nicht nach Hause. Dann fügte er hinzu: Adila hat gesagt, wenn sie Frauen liebe, müssten doch weder Avi noch ich traurig sein, weil sie dann keinen von uns bevorzuge. Er sah müde aus, auch er schien verändert, älter, als wäre der Abschied eine Sache von Jahren, und er wüsste, dass er unendlich viel Kraft brauchen würde, um im eigenen Leben wieder Fuß zu fassen.
Wir fahren zu Avi, schlug ich vor, und ohne seine Antwort abzuwarten, fuhr ich los, Richtung Negev. Er schwieg weiter, bis wir Aschkelon passiert hatten, da entspannte er sich und lächelte mich an.
Meinst du, wir dürfen ihn einfach so besuchen?
Ich zuckte mit den Schultern. Vermutlich nicht, aber wir versuchen es! Und freuen wird er sich jedenfalls.
Lange dauerte die Fahrt, irgendwo stockte der Verkehr, weil ein Esel auf die Straße gelaufen war, immerhin lebte er noch, wir sahen ihn am Straßenrand stehen, alleine, merkwürdigerweise, noch immer hielt ihn niemand am Strick, und für einen Moment war mir, als wartete er auf mich. Ich stoppte aber nicht, es war schon Nachmittag. Um drei hatte ich an Avis Basis sein wollen, um fünf Uhr erreichten wir erst das Tor. Alles war öde. Die Bäume sahen grau aus. Ein staubiger Hund kauerte im Sand. Die Wachen hockten links und rechts des Tores, ihre Gewehre auf den Knien, sie kauten Kaugummi, betrachteten uns, ohne sich zu rühren, auf unseren Gruß reagierten sie mit einem abschätzigen *Alaan*. Hinten sah man Baracken und ein paar Zelte, Stimmen hörte man, ein Mann brüllte etwas, anscheinend aßen sie

schon. Der eine Wachposten stand wortlos auf und verschwand.

Ob wir Glück hatten, ob sie Mitleid hatten, weil Avis Mutter unlängst gestorben war, falls sie das überhaupt wussten – wer weiß? Der Posten hatte vielleicht geahnt, aber Avi nicht gesagt, wer ihn am Tor erwartete, hatte ihn sogar belogen, um einen Spaß zu haben oder einfach aus Gemeinheit, zur Abwechslung – er konnte nicht ahnen, wie ernst es war, oder er wollte gerade das wissen: ob es ernst war, ebenso tödlich ernst wie bei irgendwelchen Einsätzen in den Flüchtlingslagern. Eine Freundin, das muss er Avi gesagt haben, eine Freundin wartet auf dich, und Avi näherte sich, wie ich ihn nie gesehen hatte, leicht und voller Kraft und Sicherheit.

Dann sah er uns. Und Adila war nicht gekommen, und sicher begriff er, dass sie abgereist war, ohne dass er sie wiedergesehen hatte. Er weinte nicht, wie er bei Shiras Beerdigung geweint hatte, aber etwas war ihm geschehen, auch ihm, es war der Tag, an dem ich sah, wie das Gesicht eines Menschen sein bisheriges Leben hinter sich lassen konnte, um in irgendeine Art von Exil zu gehen. Und als wir in einem Imbiss unweit des Militärlagers saßen, schwiegen wir, wir tranken Bier und schwiegen, und dachten alle drei an Adila, die vielleicht schon in London angekommen war, und obwohl wir nicht miteinander redeten, wollten wir uns nicht trennen, bis es acht Uhr war und Avis Ausgang zu Ende, bis acht Uhr blieben wir, und dann standen wir am Tor und sahen, wie er sich entfernte.

Er hatte vielleicht etwas aufgegeben, dachte ich an jenem Abend, mit der Vorstellung des einzigen Besitzes, der ihm wertvoll gewesen wäre. Darüber nachzudenken, wie er sich mit seinem Bruder eine Frau teilen würde, das hatte er wohl vermieden. Adila hätte er für sich haben wollen, sie allein. Seit damals wandte er sich den Dingen und den Menschen sogar freundlicher zu, zuweilen mit Begeisterung. Aber lange Jahre nahm er nichts, ihn hielt nichts, er lebte, weil es so war, er war irgendwo, weil man irgendwo sein musste, und fast hatte ich die Zuversicht verloren, dass er, der beruflich so viel Erfolg hatte, noch finden würde, was ihn im Leben glücklich machte.

*

Als Avi in den Baracken verschwunden war, gingen Naim und ich zum Auto zurück, im Schritttempo fuhr ich los, fuhr und fuhr. Der Mond war aufgegangen, am Straßenrand sahen wir Schatten sich bewegen, zwischen den Steinen huschten Schakale oder wilde Hunde, kein Mensch war unterwegs, nur ein paar Militärfahrzeuge begegneten uns, blendeten auf, verschwanden in der Nacht, die hell war.
Naim schlief ein, und ich war allein, verloren und bedrängt und eingebettet in etwas, das unbekannt war und unheimlich, schaute in die Landschaft, mondbeschienen, karg wie der Mond, ich wäre, hätte ich es gewagt, am liebsten ausgestiegen, hätte Naim nicht geweckt, wäre losgegangen, um zu suchen nach etwas, das mir Halt und Gewicht gab, ich musste etwas finden, eine Verbindung, damit ich wieder zur Erde gehörte, irgendwohin, zu dem Jungen, der neben mir schlief. Ich hielt das Auto an, stoppte den Motor, aber die Tür öffnete ich nicht, Schatten sah ich wieder durch das Fenster, die um das Auto strichen, ob ich sie bellen hörte,

fragte ich mich, oder ihren Atem? Naim atmete, aber so leise, dass ich es bloß ahnen konnte, und doch, der Atem übertönte alles, mein Atmen, das Hecheln draußen, den Wind. Von irgendwoher streifte Scheinwerferlicht den Himmel, suchte, tastete, fand nichts. Eine Sternschnuppe hätte ich gerne gesehen, aber da war nichts. Der Mond schien hell, mit Mühe konnte ich ein paar Sterne unterscheiden.

Shira wollte ich rufen, aber ich wusste, dass ich sie nicht erreichen würde – nicht, wie man eine Tote nicht erreicht, sondern wie man einen Menschen, der sich entfernen wollte, nicht mehr erreichen kann.

Ob Matijahu wirklich mal ein Toter, mal ein Lebender sei, fragte ich mich, ob ich denn Gespenster sah und was ich mir sonst noch alles einbildete, fragte ich mich, und da ich an sie dachte, fühlte ich Ruben und das junge Mädchen, Hayet, sich nähern, anders als damals, ohne Hast oder Angst oder Forderung. Und ich verstand plötzlich, warum manche die Toten mit Tieren vergleichen in ihrer stummen, verschlossenen Neugierde, in ihrem schieren Bestreben nach irgendeiner Nähe, wie ich es auch empfand.

Ich ließ den Motor wieder an, schnell fuhr ich jetzt, schneller und ohne Angst, mich zu verfahren, obwohl ich doch vom Weg abgekommen war, auf einer kleinen Straße ins Landesinnere fuhr, es gab wenige Schilder, vielleicht war ich schon in den Besetzten Gebieten.

Niemand kam uns mehr entgegen, niemand fuhr hinter uns oder überholte. Vielleicht träumte ich. In Anspannung und Erschöpfung tauchten vielleicht die Bilder des Pariser Zugunglücks wieder auf, des Absturzes in Amsterdam, Bilder, die ich in der Zeitung gesehen hatte, im Fernsehen – aber ich sah sie. Wieder spürte ich Hayets Entsetzen, und ich dachte, dass ich, wenn ich sie immer sehen müsste, wenn ich die Angst noch einmal spüren müsste, nicht weiterleben wollte. Auf halber Strecke nach Jerusalem hielt ich an, ließ den Motor laufen, um rasch wegfahren zu können, damit Naim nicht aufwachte, stieg aus, ging ein paar Schritte in die Nacht, die noch immer mondhell war, mein Schatten war da, lief mit mir.

Auf meinem Platz saß er, als ich zurückkam, hinter dem Lenkrad, auf das er seine Hände gelegt hatte, lange, schmale Hände, ich konnte meinen Blick nicht davon wenden, sie waren schön. Ein junger Mann war es, vielleicht dreißig Jahre alt, er lächelte mich beruhigend an, legte den Finger auf die Lippen. Er sah mich an, als wüsste er, dass ich nicht anfangen würde zu schreien, dass ich mich nicht auf ihn stürzen würde, er saß ja neben meinem Sohn, Naim, auf den er deutete, und obwohl ich nichts sah, kein Messer, keine Pistole, zitterte ich. Da machte er eine Kopfbewegung zum Rücksitz hin, und ich stieg gehorsam ein, zog mich in mich zusammen, als müsste ich für andere noch Platz schaffen. Naim schlief weiter. Ich schloss die Augen, betete, dass er wirklich schliefe. Der Mann wandte sich zu mir und lächelte mich an. Nach Jerusalem?, fragte er, als sei er ein Taxifahrer. Ich sah, dass er auf dem Schoß eine große Tasche hatte. Dann fuhr er los.

*

Wir wachten auf, als die Sonne schon am Himmel stand. Das Auto parkte unweit des Schechem-Tors. Neugierig musterten uns Palästinenser auf dem Weg zur Arbeit. Naim streckte sich, gähnte und schaute konsterniert aus dem Fenster: Wo sind wir denn gelandet? Er drehte sich zu mir, sein Gesicht gerötet vom langen Schlaf, etwas verschwollen die Augenlider, er sah so viel menschlicher aus als sonst, wenn er schmal und präzise und schön war.

Einige Kinder in Schuluniform rannten herbei und guckten durch die Fenster, dann drängte sie ein Junge beiseite, er trug ein Tablett mit Tee. Naim stieg aus, unsicher plötzlich, er streckte dem Jungen einen Zehn-Schekel-Schein hin und nahm zwei Gläser, reichte mir eines durchs Fenster und hockte sich auf ein Mäuerchen.

Ich öffnete die Autotür, blieb sitzen, wie auf dem Mond, so war es, an einem so fernen Ort, still kam es mir auch vor, die Sonne wärmte angenehm, eine alte Frau näherte sich, sie blieb vor mir stehen und betrachtete mich, nicht feindselig, nicht besonders freundlich, dann wandte sie sich zum Gehen und sagte etwas auf Französisch, und es dauerte einen Moment, bis ich begriff. Französisch hatte sie gesprochen, nicht Arabisch, nicht Hebräisch, kein Fluch war es gewesen. Sie ging, dicht an Naim vorbei, ich schaute ihr nach und sah, wie sie ihn streifte mit ihrer Dschellaba. Er drehte sich erschrocken um.

Von der anderen Seite rief ein Mann, ich erschrak, es war der Mann, der uns gefahren hatte, immer noch trug er die Tasche bei sich. Bei seinem Anblick veränderte sich das Gesicht der Frau, es begann zu leuchten, hoch und schnell rief sie ihr Glück in schrillen Trillern zu ihm, er hob erschreckt, lachend die Hand und wies zum Tor, wo Soldaten sich postiert hatten, er schwenkte die schwarze Tasche, mit einem

merkwürdigen Gesichtsausdruck, die Tasche schien schwer zu sein.
Ich habe keinen Beweis, dass er es war, der sich einen Tag später in Jerusalem in einem Autobus in die Luft sprengte. Wenn ich sage, dass ich mir sicher bin, so heißt das nichts. Aber sein Gesicht habe ich anschaulich vor mir, sein Strahlen, als er der alten Frau, vielleicht seine Großmutter, zuwinkte. Seine Unruhe, als er plötzlich mich entdeckte, die schwarze Tasche, die mir nachts schon aufgefallen war, griff er mit beiden Händen, er lächelte dabei, beugte den Kopf wie grüßend. Nichts dachte ich mir dabei, und doch war mir, als ich tags darauf von dem Anschlag hörte, sofort klar, dass es sich um ihn handeln musste. Zum Glück gab es keine Toten, außer ihm selbst. Ob wir einfach die ideale Möglichkeit geboten hatten, mit unserem gelben, dem israelischen Nummernschild, aus den Besetzten Gebieten in die Stadt hineinzukommen ohne Kontrolle? Ob wir für ihn ein Geschenk des Himmels gewesen waren?
Und dann wollte ich denken, er hätte es doch nicht übers Herz gebracht, die Menschen in dem Bus umzubringen, Kinder und Alte und Frauen, vielleicht auch ein paar Soldaten, jedenfalls wunderten sich die Sicherheitsdienste, dass der Attentäter sich anscheinend im letzten Augenblick selbst auf die Bombe geworfen hatte, von ihm war nichts geblieben, dünne Fetzen Fleisch, vielleicht war er gestolpert, vielleicht aber auch nicht, und immer, wenn ich daran denke, habe ich das Gefühl, selber zu stolpern.
An jenem Morgen jedenfalls stand Naim, den Blick auf die Frau gerichtet, auf und lief ihr nach, als wäre sie jemand, den er vor langem gekannt hätte und vermisst, er lief ihr nach wie

in einer zweiten, parallelen Welt, und ich erschrak, weil ich dachte, die anderen wissen es nicht, dass es in einer anderen Welt ist, vielleicht denken sie, er bedroht sie, dann stürzen sie sich auf ihn, mit Messern und Äxten, wir hatten alle immer Grund, Angst voreinander zu haben. Und später, als aus dem Getümmel wieder Naim aufgetaucht war, als der dumme Soldat, der sich was auch immer ausgemalt hatte, endlich wieder weg war, sein Geschrei verstummt, und die Palästinenser uns fast mit Mitleid ansahen, später fragte ich Naim, was er gedacht, ob er die Frau verwechselt habe, aber er konnte mir nur sagen, dass er ihr Gesicht noch einmal habe sehen wollen, und dann wiederholte er: Es fehlt etwas, es fehlt! Verzweifelt klang er.

Der Soldat aber hatte uns von der Stadtmauer die ganze Zeit beobachtet, ein junger Kerl, so alt wie Avi, und er hatte geargwöhnt, Naim würde die Frau bedrohen, bedrängen, die Soldaten verbringen so viel Zeit damit, die Palästinenser vor durchgeknallten Siedlern zu beschützen –. So hatte er in die Luft geschossen, um seine Kameraden zu alarmieren, und weil in dem Moment Naim gestolpert war, zufällig oder vor Schreck, hatten sich die Palästinenser auf ihn gestürzt, um ihn zu schützen. Was für eine Konfusion. Und nachdem ich den Soldaten energisch weggeschickt hatte – ein Wunder, dass es gelang, ein Wunder, dass ich plötzlich die Autorität hatte –, klopften Naim und die alte Frau sich den Staub von den Kleidern und die anderen gegenseitig, wir wurden zum Tee eingeladen, und irgendjemand brachte frische Beigel mit Sa'ata.

Es war längst heiß geworden, wir aßen so hungrig, als müssten wir auf Vorrat essen, ich hatte im Büro angerufen, dass ich nicht kommen würde, nicht heute, nicht morgen, in der Schule hatte ich angerufen, um zu sagen, Naim werde morgen wiederkommen. Wir aßen, tranken Kaffee mit Kardamom, dann gingen wir noch durch das Tor und ein Stück weit die vollen Straßen entlang, ich wollte Oliven kaufen, Naim war noch nie in diesem Teil der Altstadt gewesen, denn mit der Schule waren sie zwar zur Klagemauer gefahren, sie hatten jedoch den kürzeren Weg vom Jaffa-Tor genommen. Das Schechem-Tor war immer das gefährlichere gewesen, oder anders: Es gehört den Palästinensern.

Während wir dicht nebeneinander durch die Straßen gingen, dass sich unsere Schultern berührten, wir guckten stumm die kunstvollen Berge von Gewürzen an, die Haufen von Bonbons, die großen Stücke Fleisch, es war alles prächtiger als auf dem Shuk Ha'Carmel in Tel Aviv, prächtiger, weil die Geschäfte sich weit nach hinten in Gemäuern und Gewölben erstreckten, weil man hinten die Vorräte ahnte, Stoffballen, Teppiche, große Säcke, und die Armut sah man trotzdem, den Trotz in den Augen, wenn die Händler uns anschauten.

Ich habe mich nicht oft gefragt, warum ich mit den Jungs nicht Französisch spreche; Shira war dagegen, sie sollten Französisch lernen, aber nicht als Mutter-, als Vatersprache, nicht zu nahe sollte es sein, nichts sollte es wirklich geben neben Iwrith. In der Altstadt wäre es mir lieber gewesen, ich hätte mit Naim Französisch gesprochen, um nicht gefangen zu sein in dem Bild, das die Händler von uns hatten, die Leute, die uns entgegenkamen, Israelis sahen sie in uns, und in Israel waren wir gefangen und sind es immer mehr, erst waren wir es nur, wenn wir an die Grenzen unseres Landes stießen, dann in den Besetzten Gebieten, jetzt sind wir uns selber eng.

Unser Auto war noch da, offen, sogar ein Fenster heruntergekurbelt, so hatte ich es stehen gelassen. Weil es mittags war, kamen wir ohne große Probleme aus der Stadt heraus. Es war heiß, aber wir ließen die Fenster unten, und als wir uns der Ebene und Tel Aviv näherten, bildete ich mir ein, das Meer zu riechen.

Abends ging ich zum Strand. Die Badehose hatte ich vergessen, so krempelte ich die Hosenbeine hoch, watete durch das flache Wasser.

*

Mit guter Absicht schickte mich Heller aus dem Büro, um mir wieder eine Bauleitung zu übertragen, den Aus- und Umbau eines dreistöckigen Hauses in Jaffo, unweit des Uhrtürmchens. Er fuhr mich hin, ohne viel Worte zu machen, auch dann blieb er wortkarg, sah zu, wie ich anfing, mir Notizen zu machen, zu zeichnen, in das Heft, das ich bei mir trug, aber lange nicht benutzt hatte –, ich notierte, wie man das Haus, das verfallen war und wie erstarrt, zu einem Ort machen könnte, an dem man leben wollte. Ein paar alte Fliesen waren erhalten, Fenstersimse und alte Türklinken, man konnte versuchen, sie auf dem Flohmarkt oder in anderen verfallenen Häusern zu finden. Heller verschwand für zwei Stunden, er kam zurück, setzte sich auf eine Fensterbank und wartete, zum ersten Mal sah ich ihn geduldig.

Erst als wir auf dem Dach waren, in die Straßen hinunter-

schauten und zum Meer – vom Dach sah man das Meer –, fragte ich: Für wen ist das Haus?
Heller zuckte mit den Achseln, schaute hinunter. Für mich oder einen anderen Idioten, sagte er. Für einen, der noch einmal sein Leben anfängt, obwohl er zu alt dafür ist. Wie alt bist du?, fragte er.
Fast fünfzig, antwortete ich.
Dann kämst du auch in Frage, sagte er, aber wer weiß, vielleicht bist du nicht blöd genug.
Blöd genug für was?
Für eine Frau. Noch mal Kinder. Mit Ansprüchen, die du längst nicht mehr hast. Er grinste: Mein Haus wird das. Oder ich verkaufe es.
Warum soll ich dann die Entwürfe machen?
Heller antwortete nicht. Erst als er mich zurückfuhr, sagte er: Mach es, wie es dich freut. Kostenvoranschläge, klar, aber ansonsten, mach, was du gut findest. Anderthalb Jahre gebe ich dir.
Er ließ mich am Dolfinarium heraus, fuhr an, stoppte dann noch einmal, beugte sich aus dem Fenster und rief: Was dich freut!
Abends holte ich mein Skizzenbuch heraus. Ich zeichnete ein Wohnzimmer, eine Wand musste ich dafür herausreißen, so würde es sich nach zwei Seiten hin öffnen. Ein Wohnzimmer, wie wir es nie gehabt oder vermisst hatten, Shira und ich. Ich versuchte mir Heller mit einer jungen Frau vorzustellen. Weil es misslang, fügte ich mich doch selbst ins Bild, nicht mit einer neuen Frau, sondern mit Shira, so, als würden wir dort einziehen, als würde sie noch leben, wir zu zweit und die beiden Jungs, als die jungen Männer, die sie jetzt wa-

ren. Zum ersten Mal zeichnete ich Shira. Shira vor knapp zehn Jahren, kurz vor ihrem vierzigsten Geburtstag. Aber die Zeichnung misslang. Ich versuchte, sie als junge Frau zu zeichnen, dann, wie sie kurz vor ihrem Tod ausgesehen hatte, auch das missriet. Ich sagte mir, dass ich aus der Übung sei, früher war ich geschickt gewesen, ich hatte lange keinen Bleistift in die Hand genommen für etwas anderes als für Bauskizzen. Schließlich versuchte ich es mit Naim. Er sah die Zeichnung, als er vom Schwimmen kam. Mit einem flüchtigen Blick streifte er sie, dem Blick, den er für unser Haus hatte, für mich, der abends in der Küche, im Büro oder auch im Hof saß, für diesmal in der Küche, mit einem Glas Wein, selten hatte ich früher Wein getrunken, Shira trank nur Bier, aber an diesem Abend hatte ich eine Flasche Wein aus dem Vorratsschrank geholt, von irgendeiner Einladung zurückbehalten, ich öffnete sie, vielleicht wollte ich den Auftrag Hellers feiern, die Rückkehr nach Jaffo.

Naim war kurz am Tisch stehen geblieben, er würde gleich in sein Zimmer gehen, doch hatte er mich nie mit einem Büchlein, einem Heft gesehen, für die Arbeit benutzte ich große Bögen. Dass ich etwas aufschrieb, mochte er glauben, vielleicht war er deshalb überrascht und neugierig.

Das bin ja ich! Seine Stimme hellte sich auf, gespannt beugte er sich hinunter, um die Zeichnung genauer zu betrachten, dann schaute er mich an, in seinen Augen Fröhlichkeit und Anerkennung: Wie gut du zeichnen kannst! Er schob die Lippen vor, ich kannte das nicht von ihm, kindlich sah es aus und fremd. Kannst du Avi auch zeichnen?

Ich weiß nicht, sagte ich, morgen vielleicht. Dann gab ich mir einen Ruck: Shira wollte ich zeichnen, aber das geht nicht.

Als Naim in seinem Zimmer verschwunden war, nahm ich das Heft wieder zur Hand. Avi, dachte ich, auf einer Pritsche sitzend. Seine schwarzen Haare, dicht und glatt, das Gesicht ebenmäßig, mit feinen Augenbrauen; ich zeichnete ihn, er saß da und schaute mir entgegen, nicht lächelnd, sondern konzentriert und freundlich und traurig auch, aber er würde tatkräftig sein, später einmal, jetzt wartete er bloß, dass dieser Abend vorüberging, die Grundausbildung, die ganze Militärzeit, dieser Teil seines Lebens, wie er sagte, als er ein paar Monate später zu Hause war und bei mir in der Küche saß.

Mit dem Heft in der Hand saß ich noch lange wach, zeichnete nicht länger, schrieb nur hin und wieder ein Wort hinein, wie man ein Steinchen aufhebt, dann wieder liegen lässt, und doch hofft man das Wort zu finden, das die Tür öffnet, die man plötzlich verschlossen vor sich bemerkt.

*

Leichter Wind ging auf dem Dach des Hauses in der Marzuk Street, ich fühlte mich geborgen, und da ich hinunter in die Straßen schaute und über die Stadt, war sie zum ersten Mal die Stadt, in der ich meinen Platz gefunden hatte, für meine Arbeit, für eine Ehe, für zwei Söhne. Was noch wichtig sein würde?, fragte ich mich, während ich hinunterschaute und mit den Fingern über die Brüstung des Daches tastete, als könnte ich den Ziegeln eine Antwort ablesen.

Alles verschränkte sich ineinander: was gewesen wäre, was ich vielleicht ersehnt hätte, das Haus in Ajami, Shira, unser Haus, dieser Ort hier, der so viel freier schien; die Zeit

gehörte, wie sie sich überkreuzte und selber übermalte, mit Vergangenheit, Imagination, Bedauern und Hoffnung, sie gehörte zum ersten Mal mir, meine Zeit war es, die ich mit meinem Atem füllte, die in mir existierte und die ohne mich nicht wäre. Sie gehörte mir, nicht wie etwas, das ich hätte beschirmen müssen, sondern als etwas, das ich teilen wollte.
Und ich versank, als ich wieder hinunterging, im Anblick der Räume, ich zeichnete, maß aus, die eine Wand, dachte ich, würde ich herausreißen und wieder zwei Stockwerke öffnen, des Lichtes wegen, für eine Bibliothek, schöner als die in Ajami, und für Shira dachte ich mir eine Küche, die so groß war, dass man für zwanzig oder dreißig Leute darin kochen konnte, denn mehr als die Galerie hatte sie interessiert, Leute um sich zu versammeln, so, dass sie miteinander zu sprechen begannen, so, dass sie anfingen, einander zugetan zu sein.
Es gab noch nicht die Laser-Messgeräte, die heute ein Aufmaß so leicht machen. Die Zeit verging wie im Flug, aus dem Wasserhahn im Bad trank ich, Hunger hatte ich, aber ich aß nicht, nach acht Stunden trat ich hinaus auf die Straße, wie man aus seinem eigenen Haus tritt, grüßte den Mann, der mir entgegenkam, um die sechzig Jahre alt, mit einem Jungen an der Hand, seinem Enkel, wie der Junge mir sofort erzählte.
Wohnst du jetzt hier?, fragte er, und ich antwortete: Für eine kurze Weile.
Dann bist du unser Nachbar, beschied der Junge. Mir ist ein Ball durchs Fenster geflogen, bringst du ihn mir?
Ich habe ihn nicht gesehen, antwortete ich.
Er ist bestimmt da, sagte der Junge und grinste mich an.
Ein echter Ball?, fragte ich.

Bis aufs Dach hinauf!, grinste der Junge, dann sagte er: Natürlich, was hast du denn gedacht? Aber die alte Herrscherin, die da gewohnt hat, hat alles kaputt gemacht, sogar meinen Lederball.
Der Mann mischte sich ein: Der Junge hat sie gemocht, und sie ihn auch.
Und wo ist sie jetzt?
Im Altersheim, sagte der Mann, ihr Sohn hat das Haus verkauft.
Um Schulden zu bezahlen!, rief der Junge. Er hat nämlich gespielt, auf Pferde gesetzt, er hat gewettet, dass sie gewinnen, aber sie sind alle stehen geblieben, wie die Esel!
Wir waren die Straße gemeinsam hinuntergegangen, bis zu einem kleinen Imbiss, vor dem eine junge Frau stand, augenscheinlich die Mutter.
Wie heißt du?, fragte ich den Jungen.
Noam, antwortete er.
Mein Sohn heißt Naim, sagte ich, und die Frau rief uns zu: Seid ihr zu dritt? Kommt ihr jetzt endlich?
Schließe ich die Augen, höre ich noch ihre Stimme. Sie klang hell, obwohl es eigentlich eine dunkle, kräftige Stimme war. Ihr Ruf war hell, oder die Freude, als sie ihren Sohn und ihren Vater sah, und auch über mich freute sie sich, vom ersten Moment an. Schön war sie, geschmeidig, und rasch, ehe ich mich auch nur genähert hatte, war der Tisch für mich mit gedeckt. Sie fragte mich nicht einmal, wie ich heiße, sie fragte erst, was ich trinken wolle, ich war einfach da, ich aß mit, ich würde noch oft mit ihnen essen, und dann fragte Noam, wie ich heiße, oder vielmehr sagte er:
Du heißt Andrej, nicht wahr, stimmt es? Du heißt Andrej.

Ich musste nicht lachen, ich war nicht verwundert, aber irgendein Schmerz machte sich bemerkbar, er war da, auch wenn ich nicht genau begriff, woher er kam.
Nein, Skip, sagte ich.
Alina sah mich an und lachte.
Noam schüttelte nur den Kopf, dann erzählte er etwas aus seiner Schule, er ging damals in die dritte Klasse, neun Jahre alt war er, acht Jahre war es her, dass Naim die dritte Klasse besucht hatte.
Vielleicht hat mich damals die Idee einer Wiederholung erschreckt. Vielleicht hätte ich mich, ohne diesen Schrecken, mit Alina verbunden.
An diesem Abend stand ich nach kurzer Zeit auf und ging.
In den folgenden beiden Monaten sahen wir uns ein- oder zweimal in der Woche, und ich nahm manchmal Naim mit oder Avi und Naim, sie mochten Alina sofort, und als sie uns einlud, Rosch ha-Schana mit ihr zu verbringen, waren wir alle drei froh, für den Feiertag einen Ort gefunden zu haben.
Naim kannte allerdings Alinas Imbiss, ebenso wie er die kleinen Straßen um den Flohmarkt herum kannte, oft begrüßte er jemanden, winkte oder nickte oder rief, Mädchen zumeist, und einige Male folgte uns eine Frau, nach der er sich nicht umwandte; war ich dabei, meine Männlichkeit zu verlieren, so hatte er sie gerade gewonnen, stärker noch als sein älterer Bruder.
Nicht nur Heller dachte, ich hätte eine neue Familie gefunden, eine Frau, jung genug, um noch einmal Kinder zu zeugen, eine Frau, die alleinerziehend war und froh wäre, für ihren Sohn einen Vater zu haben, wir würden einander

Geborgenheit geben, und das stimmte. Aber wir schliefen nicht zusammen, lange Monate, und als es schließlich doch geschah, waren wir wie Geschwister, die aus Trotz Sex haben, obwohl es sie nicht wirklich reizt. Wir wurden kein Paar.

*

Diesmal fing ich früh an, mir Handwerker zu suchen.
In Florentin fand ich einen Schlosser und einen Schreiner, ältere, erfahrene Männer, dazu einen etwas jüngeren Maurer, einen dünnen, großgewachsenen Menschen namens Akiba, mit einem verhaltenen Lächeln, das man für schüchtern halten mochte, er war aber nicht schüchtern, sobald es um Fugen und Putz und Kalksteine ging, er bestand darauf, die Wände mit Lehm zu verputzen, und er ließ sich nicht abbringen davon, alte Kacheln für die Fußböden zu suchen. Oft verließen wir abends zusammen die Baustelle, setzten uns noch irgendwo hin, um ein Bier zu trinken, oft in einem kleinen Kiosk, nichts weiter als ein paar Stühle in einer Toreinfahrt. Wilma, so hieß die Besitzerin, bereitete uns auf ihrem Gaskocher Schakschuka, Wilma, die Witwe, so stellte sie sich mit einem grimmigen Lächeln vor. Sie schloss Akiba ins Herz, als wäre er ihr Sohn, der nach Finnland, ausgerechnet nach Finnland, ausgewandert war, von allen Orten, wie Wilma sagte, der weitaus idiotischste und kälteste, mit einem dünnhaarigen, blonden Mädchen, das nichts wog und nichts aß. Ihren Sohn liebte Wilma, Akiba liebte sie, da er an ihrem Tisch aß, ebenso. Und zuweilen gesellte sich Nachman, der Schreiner dazu, zuweilen der Schlosser, der

Valentin hieß und aus Odessa stammte, sogar Alina kam manchmal, wenn sie ihren Imbiss geschlossen und geputzt hatte und Noam bei seinen Großeltern schlief, sie trank eine Cola und ging wieder, und in der dunklen Straße schien alles so friedvoll, und ich war glücklich. Nicht zum ersten Mal in meinem Leben, aber staunend, dass all die Trauer um Shira nicht aufgewogen werden musste, dass es kein Widerspruch war, traurig und glücklich zu sein, und während die Jahre zuvor sich unendlich in die Länge gezogen hatten, war, seit ich in Jaffo arbeitete, alles dicht und konzentriert, ein paar Wochen, wenige Monate, und ich fand das Leben um mich und sogar mich selber verändert.
An den Feiertagen, die wir zu dritt verbrachten, kochten wir zusammen, wir hörten Musik, und Avi erzählte uns von seinem Leben im Zelt, wie er es nannte.

*

Dann wurde Jitzchak Rabin während einer Friedensdemonstration erschossen.
Avi konnte nicht kommen. Wir hatten, nachdem sich die Nachricht verbreitet hatte, telefoniert. Alle waren alarmiert, natürlich durfte niemand seine Basis verlassen, um nach Hause zu fahren. Er weinte am Telefon. Naim hatte auf die Demonstration gehen wollen. Der Mord entsetzte uns und auch, dass wir nicht nebeneinander vor dem Fernseher sitzen konnten, dass wir uns nicht umarmen konnten, und ich glaube, wir wussten damals beide schon, es ging nicht nur um die Erschütterung über den Mord, nicht nur um den Kummer und die Sorge, was die politischen Folgen sein wür-

den, wir wussten beide, dass er, Avi, Israel verlassen würde, und ich vielleicht auch.

Naim kam spät. Er sah verlegen aus, er hatte die Demonstration bald wieder verlassen, es sei ihm, sagte er, zu voll gewesen. Ich glaube eher, er war mit einer Freundin nach Hause gegangen. Einen Moment war ich empört, an ihm prallt alles ab, dachte ich und empfand die Schärfe eines ungerechten Urteils, es war, als zürnte ich ihm, weil sein Bruder nicht da war, weil sein Bruder auf einer Pritsche saß und unglücklich ins Dunkel starrte, während Naim mit seinen Freundinnen schäkerte, mit ihnen ins Bett ging, während Rabin ermordet wurde. Und erst als Naim mir eine Tasse Tee machte und vorschlug, wir sollten zu Alina gehen oder zu Wilma, begriff ich, wie idiotisch mein Groll war, und dann gingen wir los, zu Fuß, den Umweg am Meer entlang.

Alina war aufgebracht, sie war blass, sie sah aus wie nach einer schweren Krankheit, die Lippen zusammengepresst. Noam kam mir entgegengerannt und warf sich in meine Arme, froh, dass jemand seiner Mutter Beistand leistete, und er begriff so wenig wie ich, warum sie mir an diesem Tag feindselig entgegentrat.

Denn sie schaute mich an, als hätte ich ihr etwas getan, und es dauerte eine lange Zeit, bis Naim sie beschwichtigt hatte, Naim, nicht ich, denn ich war machtlos, und vielleicht habe ich an diesem Abend erstmals empfunden, dass ich kein Talent hatte, die Liebe von Leuten zu einem Land mitzuempfinden, dass ich mir nicht einmal wünschte, ich würde ihre Sehnsucht teilen, ihre Sorgen, ihre Tiefe.

*

Ich war unruhig, ich wusste, dass ich Alina nicht gefiel an diesem Abend, und mir selber gefiel ich auch nicht. Ich schlug Noam vor, einen kleinen Spaziergang zu machen, er stimmte gerne zu, wir liefen zu meinem Haus, und ich zeigte ihm, was sich verändert hatte, das Mauerwerk, das ausgebessert war, die aufgearbeiteten Fenster, die Kacheln im unteren Flur, die Akiba gefunden hatte. Noam fragte mich, ob ich dort wohnen würde, und dann gingen wir aufs Dach und guckten zum Meer, ein Frachter lag weit draußen, man sah die Lichter, von den Straßen unten drangen immer wieder entsetzte Stimmen und einmal das Weinen einer Frau, die Welt war zweigeteilt, und Noam fragte mich, ob die Fische von unserem Kummer wüssten, und wenn nicht, wie sie dann an den Küsten entlangschwimmen dürften, die doch zu Israel gehörten.

Gehört man immer irgendwo dazu?, wollte er wissen. Ich musste lachen über seine Fragen, sie waren trotzig, er wusste, es waren altkluge Fragen, wie viele Erwachsene sie liebten aus dem Mund eines Kindes, aber es war etwas Besonderes darin, dass er es wusste und trotzdem fragte. Dann kletterte er plötzlich auf die Brüstung der Terrasse, drei Stockwerke über der Straße, er sah mich an, breitete die Arme aus, und ich war hin- und hergerissen zwischen blindem Zutrauen – nicht in ihn, in etwas anderes – und Entsetzen, dass er herunterstürzen würde, und in wirren Träumen sehe ich ihn seither stürzen und doch fliegen. Einem Engel ähnelt er dabei nicht, eher einem fledermausartigen Tier, sein winziger Kopf nach vorne gereckt, ausspähend nach was auch immer, und das war Noam: Kopf, der spähte, Kind, das Ausschau hielt, Unruhe, die sich nicht bezähmen ließ, Getriebensein auch und

Erwartung, eine Erwartung, wie ich sie von mir nicht kannte und bei Avi und Naim nie wahrgenommen hatte.
Er stand auf der Brüstung, mit den Armen schlug er wie mit Flügeln, sprang herunter, in meine Arme. Als ich ihn an mich drückte, war ich glücklich.
Auf dem Rückweg kauften wir Sonnenblumenkerne.
Etwas lag in Naims Blick, als wir zum Imbiss zurückkamen. Alina stand kerzengerade da und starrte eine Mauer an. Irgendwann hatten sich alle beruhigt oder waren müde. Es muss schon zehn Uhr gewesen sein, überall sah man noch Kinder herumlaufen, so, als wären große Ferien, nicht ein Trauertag. Akiba war dazugekommen, wir waren alle zu Wilma gegangen, die uns Tee kochte, sogar ich knackte Sonnenblumenkerne, spuckte die Schalen aus, in diese schwarze Nacht, die mild blieb, obwohl es der 5. November war. Irgendwo wurden die kleinen Zettel gedruckt, die am Morgen darauf überall hingen, *Chaver, ata chasser,* Du fehlst uns, Freund, und wenn ich an diesen Abend denke, ist mir, als würde ich die Druckmaschinen in den kleinen Straßen Florentins hören, und ich wunderte mich nicht, als aus der Dunkelheit ein junges Mädchen auftauchte, zart und wunderhübsch, und sich auf Naims Schoß setzte, als wäre es selbstverständlich. Schließlich kam Alinas Vater, um Noam zu holen und ins Bett zu bringen, Noam schaute zu mir, kam aber nicht, um mich zum Abschied zu umarmen. In seinem Lächeln war etwas Entrücktes, und es ist eigentlich unvorstellbar, dass ich ihn aus den Augen verloren habe, dass ich nichts dagegen tue, aber so ist es.

*

Am nächsten Morgen wachte ich auf, öffnete die Fenster, der Himmel war klar, ich lauschte, als könnte ich doch das sommerliche Sirren der Schwalben hören, sie waren aber fort, es blieb November, und erst langsam begriff ich, es war noch zu früh, andere schliefen noch, und ginge ich zum Meer, wäre ich wohl allein. Ich deckte Naim den Frühstückstisch und legte ihm einen Zettel hin.

Die Katze stand neben der Schildkröte, und wie in einem Traum, stelle ich mir vor, reichte sie mir eine Box mit Frühstücksbroten und ein Handtuch, da ich jetzt zum Meer hinunterging. Kleine Lieferwagen und Pick-ups fuhren vorbei, brachten Waren zum Markt, in einem davon, einem weißen, saß Chajim, der Fischhändler, er winkte mir zu, ernst, wie es sich an diesem Tag gehörte, aber doch mit einem Lächeln, und er hupte, als er vorbeifuhr, mit einer lächerlich leisen und altmodischen Hupe, die vom Seufzen eines Fisches hätte übertönt werden können.

Das Seufzen eines Fisches, das ist das leiseste Geräusch, das eine Seele machen kann, sagte er, und ich dachte daran, wie er die Schürze anzog, an der immer ein paar Fischschuppen klebten, und ich dachte, dass er nie aufhören könnte zu arbeiten, weil er ohne den Geruch von Meer und Fischen, ohne die Schuppen und auch ohne Katzen nicht existieren könnte, ohne die anderen Händler, die Passanten, denen er seine Fische nur anpries, um mit jemandem zu sprechen: über das Leben, darüber, was mit den Leuten geschah, nicht in ihrem Leben, in dem sie mit Kindern oder Enkelkindern oder Geld oder Berufsfragen beschäftigt waren, sondern wenn sie nachts oder vielmehr gegen Morgen aufwachten, wenn das *Of-haShamajjim*, das Himmelshuhn, am

Himmel zu sehen war, wenn sie jedenfalls, mit oder ohne Himmelsvogel, nicht wieder einschlafen konnten. Manchmal wollte er wissen, wie es ausgesehen habe, das Tier, das Geflügel, ganz und gar kein Engel, sondern aus einer anderen Ordnung stammend. Eigentlich interessierte sich Chajim außer für Fische nur für dieses Geheimnis der ersten Morgenstunden, für das Zwielicht und die Dunkelheit gerade vor dem Zwielicht, für das, was dem Menschen geschah, wenn er an die Grenzen seiner Verlorenheit stieß, so würde ich es nennen.
Ich schaute dem Lieferwagen hinterher. Auf der Haut spürte ich die Sonne schon, ich sah die Zettel, über Nacht gedruckt, *Shalom Chaver*, da und dort hörte ich etwas klappern, ein Kioskbesitzer zog den Rollladen hoch, ein Bäcker schob die Bleche in ein hohes Regal, um das frische Gebäck auskühlen zu lassen, alles fing wieder an, wenn auch beschwert und bekümmert, und ich dachte, dass es vielleicht einen bedeutsamen Unterschied machte, ob man den Morgen als Wiederanfang betrachtete, als eine Art Neuschöpfung, oder als etwas, das den vorangegangenen Tag weiterführte.
An diesem Morgen war es ein Wiederanfang.
Als ich die Haustür aufschloss, hatte ich das Gefühl, ein Haus zu betreten, das voller Menschen war. Im Eingang hatte Akiba alte, handgestrichene Ziegel gestapelt, die wir vielleicht in der Küche verbauen wollten. Die Fensterrahmen im Erdgeschoss waren längst abgeschliffen und gestrichen, Nachman hatte einen Jungen mitgebracht, der den Blick nicht hob, und Nachman hatte mir fast grob mitgeteilt, wie viel der Junge pro Stunde bekomme und dass das Geld erst später ausgezahlt werde. Ein Narkoman, dachte ich, ein

Drogenabhängiger, den Nachman zu retten versuchte, aber so war es nicht, das heißt, Rafi nahm Drogen, doch nicht das war es, was Nachman bewogen hatte, ihm Arbeit zu verschaffen.

Rafi hatte Nachman auf der Straße überfallen, in eine dunkle Ecke gedrängt und ihn bedroht, in der falschen Annahme, dass Nachman Angst bekommen würde. Aber Nachman hatte keine Angst. Er sagte es mir irgendwann, und achselzuckend. Dass er nie Angst hatte. Es war wie ein Defekt, den er von seinem Vater übernommen hatte, der im Befreiungskrieg gekämpft hatte, und weil sein Vater, erzählte Nachman, ein Held geworden war dadurch, dass er drei Araber erschossen hatte, war er selbst zu dem Schluss gekommen, sich von aller Gewalt fernzuhalten. Doch Angst hatte er nie. Und er war stark, viel stärker als Rafi, der im Grunde ein Bürschchen war und doch irgendwann im Verlauf der Bauarbeiten anfing, ernsthaft zu arbeiten und zu lächeln. Valentin, der Schlosser, brachte ebenfalls jemanden, einen Russen, so alt wie Rafi, zweiundzwanzig Jahre alt, Valeri, und manchmal stellte ich mir vor, wie sie dort schliefen und in der provisorischen Küche Tütensuppe kochten.

Überall gab es Geschichten, solche, die man erzählt bekam, solche, die man selbst miterlebte, wieder andere, die sich nur andeuteten. Manchmal nahm man sie wahr, manchmal schien alles stumm oder anders ohne Leben. Avi verlebte eine stumme Zeit, Naim verbrachte den Winter 95/96 in wechselnden Betten. Es war sein Abschied von Adila, von seiner Mutter vielleicht auch, und es war der Anfang von etwas.

Abends saßen wir zuweilen zusammen, tranken ein Bier und malten uns etwas aus, dass wir eine Segelyacht kaufen wür-

den und nach Griechenland segeln, dass wir den nächsten Sommer in Südfrankreich wandern würden, einen verfallenen Hof kaufen, dass wir später zusammen ein Büro haben würden, falls Naim Architektur studierte, dass wir mein Haus, wie wir es nannten, kaufen und selbst bevölkern würden, mit seinen künftigen Kindern – uneheliche samt und sonders, grinste Naim – und mit Avis Kindern. Dann wieder beschlossen wir, alle nach Paris zu ziehen, damit Naim nicht zum Militärdienst müsse, und dort einen Laden für israelisches und palästinensisches Kunsthandwerk aufzumachen.
Muss ich zum Militär?, fragte Naim.
Ich war froh, dass er keine Antwort von mir erwartete. Kam Avi am Wochenende, ausgelaugt, spielte Naim den Clown, um ihn aufzuheitern.
Dabei war Avi am liebsten bei mir, in Ruhe. Aber so weit waren wir nicht. Ging ich ins Haus, begleiteten mich oft beide, irgendwo bog dann Naim mit einem lachenden Gruß ab, verschwand in einem Eingang oder um eine Straßenecke oder stieg in einen Bus, er trug das Haar länger als die meisten anderen, und sein schmales Gesicht mit den ernsten Augen kontrastierte mit seinem Mienenspiel, seinem Lachen, den fröhlichen Bewegungen.
Avi fand keine Freundin. Verehrerinnen ja, aber dann, wie Naim mir erklärte, wollte ihn keine küssen, und wenn es Naim gelungen war, ihn in einen der Clubs zu locken – damals waren es weniger als heute, es gab gerade die ersten Bars und hübschen Cafés im Kerem HaTeimanim, im jemenitischen Viertel, das später Boulevard Manila genannt wurde –, dann stand Avi erst umringt, dann doch allein am Rand.
Seine Locken waren abgeschoren.

Und in seinem Gesicht spiegelte sich alles Leid, von dem er hörte. Ich dachte, er weiß nur, was alle Welt weiß, was jedes Fernsehgerät in jedem Kiosk zeigt, und das war genug, zu Jahresbeginn gab es ein Unglück nach dem anderen, in einer Woche wurden drei Autobusse in Tel Aviv in die Luft gesprengt, es war, als flögen die Toten durch die Luft, ihre zerfetzten Gedanken.

Immer vergingen die Wochen, obwohl man kaum wusste, wie das möglich sein sollte. Zehn Beerdigungen an einem Tag. Die Orthodoxen, die versuchten, jeden Fetzen Fleisch einzusammeln. Dann auch der Hass auf die Palästinenser. Die Hoffnungen, die zerstoben. Und irgendwann fing jeder an zu kämpfen. Nicht jeder, aber die meisten. Um einen Ausgleich zu schaffen, für ihr eigenes Leben wenigstens. Leid musste aufgewogen werden mit irgendetwas.

Das wäre nicht schlimm gewesen, ein neues Auto, andere Kleider, ein neuer Fernseher. Warum auch immer, es schien sich gegen die anderen richten zu müssen, es schien jemandem etwas weggenommen werden zu müssen. Nach oben hieß, dass andere unten bleiben mussten. Nach oben hieß, dass man für sich selber sorgte, für sein Amüsement, das war das mindeste. Die Allenby Street wurde zur Ausgehmeile an Freitagabenden.

*

An einem unendlich heißen Sommertag saßen Avi und ich im Hof, staubig, klebrig, wie verstört von der Hitze, die Klimaanlage im Bus war ausgefallen, ich spähte unruhig in alle Ecken, weil ich die Schildkröte vermisste.

Ich bleibe nicht. Er sagte es so leise, dass ich erst nichts hörte, gar nichts, nicht einmal, dass er etwas gesagt hatte, ich spürte nur eine Art Luftzug, und etwas wurde dunkler.

Ich bleibe nicht, ich gehe woanders hin.

Seiner Stimme war anzuhören, dass er mehr wusste, als er mir sagen würde.

Zum Studium, fügte er hinzu, Adila sagt, in London könne ich Physik und Kunst studieren, beides.

Das kannst du überall, erwiderte ich, wenn du die Kraft hast.

Oder auch in Paris, er schaute zu mir hin, als wolle er sehen, ob das für mich eine Bedeutung hatte.

Aber ich war überwältigt, von etwas anderem überwältigt. Mein Herz hatte sich zusammengezogen, so scharf und schmerzend, wie ich es nicht kannte. Er würde gehen. Er würde gehen, und ich würde mein Kind verlieren. Mein Kind, das in den Armen zu halten ich mir plötzlich wieder vorstellen konnte, den kleinen kompakten Körper, die weiche Haut, und wie er sich einrollte, nackt spürte ich ihn und in einer Windel und wie er sich anschmiegte an meine Brust.

Shira war weg, und es war lange nicht darauf angekommen, ob er mein Kind war oder nicht. Manchmal fragte ich mich, ob sie ihren Vater heimlich trafen, ob sie ihn suchten, ob sie in Kontakt waren. Aber meistens dachte ich nicht daran, und jetzt fühlte ich, wie sehr er, Avi, Teil von mir geblieben war, seit ich ihn zum ersten Mal in den Arm genommen hatte.

Auch wenn ich ihn nicht jeden Tag bei mir hatte, solange er immerhin im selben Land war, war sein Leben doch Teil von meinem Leben. Auch jetzt, da ich ihn nur einmal in der

Woche sah, war er unter derselben Sonne, es war, als gehörte seine Haut noch zu mir, und der Gedanke, dass ich ihn eines Tages zum Flughafen fahren würde wie Adila und Chalil, brachte mich schier um.

*

Während zweier Jahre waren beide in der Armee. Naim hatte ohne weiteres sein Abitur bestanden, anders als Avi meldete er sich für eine Eliteeinheit, und er wurde genommen, obwohl sich bei den medizinischen Untersuchungen herausstellte, dass seine Augen nicht ganz in Ordnung waren. Avi und ich konnten nicht glauben, dass er es nicht gewusst hatte, aber er zuckte die Achseln und wurde nicht Pilot, wie er sich gedacht hatte, sondern kam zu den Pionieren.
Sobald er auch bei der Armee war, wurde es für Avi besser. Es war, als glaubte er erst jetzt, da Naim das Gleiche widerfuhr wie ihm in der Grundausbildung, als Naim mit Blasen an den Füßen nach Hause kam, im Winter jämmerlich fror, dass es wirklich sein Leben war, ein übles Kapitel seines Lebens, aber eben doch sein Leben, und er gewann eine Heiterkeit, die er vorher nicht gehabt hatte. Mit Naim ging er jetzt aus, und ich wachte am Wochenende gegen Morgen auf, wenn sie zurückkamen, und am Samstag machte ich ihnen mittags ein großes Frühstück mit frischem Salat und Käse und Humus, presste Orangensaft und saß mit ihnen, bis sie satt aufstanden und zum Meer gingen oder sich noch einmal schlafen legten.
Ich ging nicht aus, weder unter der Woche noch am Wochenende, allenfalls ins Kino, sehr selten ins Konzert, und

dann nur in Klavierabende. Es machte mich traurig, ich ging trotzdem. Immer sah ich eine Frau, die alleine war wie ich und die mich sah, aber ihre Blicke waren drängend, als wäre ein Mann allein eine Beute, eine Frau die Jägerin, auf der Flucht vor dem unerträglichen Zustand, ohne Mann zu sein, und so wich ich aus, jedem Lächeln, jeder Geste, die mich einladen sollte.

An ein Konzert erinnere ich mich nur wegen der Musik, weil András Schiff die Schubert-Impromptus spielte, 1996, ein Stück, das mein Vater geliebt hatte, und meine Mutter hatte mir einmal gesagt, die Musik sei so traurig, dass sie davon weinen müsse, obwohl sie nie weinte. Sie hörte lieber Chansons, sie liebte die Musik der sechziger Jahre, die Rolling Stones mehr als die Beatles, und mir fiel ein, wie sie manchmal Cover gemalt hatte, Schallplattenhüllen, und mir erlaubt, mit dem Zirkel Muster vorzubereiten. Für Schubert würde sie nichts machen, hatte sie mir gesagt, zu Schubert würde ihr nichts einfallen, nicht einmal zum Forellen-Quintett, für das ich dann einmal etwas malte, nämlich sechs eckige Forellen in bunten Farben, und das hatte ihr doch gefallen.

Musik war nie wichtig gewesen in meinem Elternhaus, sie löste aber Erinnerungen aus. Mit Shiras Tod schien ich in ein Land der Erinnerung geraten zu sein, Dinge, die mich früher kaum beschäftigt hatten, wurden wichtig, die Gegenwart verleibte sich die Vergangenheit nicht mehr ein, und die Bilder der Jungs in Uniform schluckten nicht länger die Bilder der beiden Babys, die sie gewesen waren.

So erzählte die Geschichte sich nicht länger vorwärts, diese holperige Geschichte voller Löcher und Toter, sie wurde eigenmächtig, verharrte, wo ich nicht wollte, dass sie verharrt, und es war Chajim, der mich wieder vorwärtsschubste, als er sagte, ich solle zum Einweihungsfest des Hauses nur Fisch servieren, denn das Haus stehe am Meer, und das Meer werde zu wenig geachtet –.

Tatsächlich war es Zeit, an ein Abschieds- oder Einweihungsfest zu denken. Heller hatte sich noch immer nicht geäußert, ob er selbst einziehen, ob er das Haus verkaufen wollte und für wie viel, ich hatte vermieden, darüber nachzudenken. Stattdessen tüftelten wir an der Bibliothek, Nachman prüfte unterschiedliche Hölzer und fertigte für die Seitenwände der Regale Intarsien an, ich zeigte ihm ein Kästchen, das ich von meinem Vater geerbt hatte, ein kleines Möbel, das wohl das Meisterstück eines Handwerkers aus dem 18. Jahrhundert war, es zeigte einen Stieglitz auf einem Ast, die Krallen, der Ast, die Flügel, alles fein gefertigt aus unterschiedlichen Hölzern.

Nachman begeisterte sich für das Kästchen so sehr, dass er mich bat, es ihm auszuleihen. Feierlich nahm er es mit nach Hause, und drei Tage später zeigte er mir Zeichnungen, die er angefertigt hatte, von dem Kästchen, dann von einer Intarsie für unsere Regale, die aus Kirschholz sein sollten.

Valentin arbeitete an den Fenstergittern im Erdgeschoss. Das Gitter der Tür sollte Valeris Gesellenstück werden. Wir hatten im Wohnzimmer im Erdgeschoss einen großen Tisch aufgestellt, zwei Meter fünfzig lang, zum Essen, zum Zeichnen auch, Valeri saß drei Tage über weißen Papierbogen, maß und zeichnete und radierte. An diesen Tagen kam Akibas Frau und brachte uns Essen, wie vor Jahren Iunis' Frau auf der Baustelle in Ajami. Wie eine Familie, sagte Rafi

spöttisch, aber insgeheim waren wir alle stolz auf das, was wir taten, und die anderen Arbeiter, die dazukamen, beneideten uns.
Rafi und Valeri genossen es, versorgt zu sein. Das Haus war ihr Zuhause, und als Valeri mich fragte, ob er in einem der oberen Zimmer auf einer Matratze schlafen dürfe, war ich nicht begeistert, doch ich erlaubte es ihm. Streng hielt er sich an meine Bedingungen, brachte nichts weiter mit als die Matratze, ein Tuch, das er vors Fenster hängte, schließlich drängte ich ihn, noch Tisch und Stuhl hinaufzutragen, und er grinste schüchtern, als hätte ich ihm etwas geschenkt, das man nicht verschenken kann.
Du bist kein Hausherr, sagte mir Naim lachend, als wir am Wochenende zu Alina gingen. Und Avi lachte mit. Ich war nie einer gewesen ... Kein Hausherr und nicht der Herr im Haus, nie hatte ich darüber nachgedacht, aber als ich Naim hörte, wusste ich, so war es.
Ja, sagte ich, sonst würden wir jetzt nicht Hebräisch sprechen, sondern Französisch.
Die beiden starrten mich an, verblüfft, als hätte ich mich vor ihren Augen verwandelt, in etwas anderes, in einen anderen Mann. Französisch?
Wir haben immer Hebräisch gesprochen. Ich hatte immer Hebräisch gesprochen, ich hatte nicht einmal eine Entscheidung getroffen. Zwischen zwei Sprachen kann man verlorengehen, und als ich, selbst kaum weniger verwundert als Naim und Avi, darüber nachdachte, andertags und die darauffolgenden Wochen, wusste ich nicht, welche Sprache zu mir gehörte.
Oder andersherum?

Wie der Tausendfüßler, der anfängt zu stolpern, da er versucht, seine Füße zu zählen, war ich mir plötzlich mit allem unsicher, mit der Aussprache, den Wörtern, sogar mit dem Zählen, die Zahlen gerieten mir durcheinander, wollte ich etwas messen, verwirrten mich die Maße, bei Telefonnummern kam ich ins Stottern.
Warum hatte ich nicht mit den Kindern Französisch gesprochen?
Weil es nicht meine leiblichen Kinder waren. Ich wusste ja die Antwort.
Mit welchem Recht implantierte ich ihnen dann irgendetwas von meiner Welt?
Die anderen spürten meine Verunsicherung. He, du hast ja plötzlich einen Akzent!, amüsierte sich Valentin. Und Rafi fragte: Wenn du fertig bist hier, gehst du dann zurück nach Frankreich? Und in Valentins Gesicht sah ich, die Frage rumorte in ihm auch, und er sagte: Zurück, wer sagt das noch?

*

Unter der Woche war ich allein. Morgens ging ich als Erstes in den Hof, um nach der Schildkröte zu schauen. Sie war gewachsen. Es hätte mich nicht gewundert, wäre auf ihrem Rücken eine Schrift erschienen wie in einem Buch, das die Jungs als Kinder gelesen hatten. Hast du mir nicht etwas mitzuteilen?, fragte ich sie, und sie streckte ihren Kopf aus dem Panzer, die winzigen schwarzen Augen aufmerksam. Fand ich sie nicht, war mir der Tag verdorben, ich war unsicher, mürrisch und ließ mich nur schwer aufmuntern. Alina stellte mich irgendwann zur Rede, warum ich an manchen Tagen so unleidlich sei, man kann dann kaum mit dir auskommen, sagte sie, und Noam kroch auf meinen Schoß, wie um mich und sich zu beschützen. Als ich es ihnen schließlich erzählte, sah Alina mich mitleidig an, aber Noam lachte und sagte, er werde für meine Schildkröte einen Garten bauen, dass sie immer bei mir bleibe. Abends kam er mit seinem Großvater, ich sah ihn aus dem Küchenfenster, weg war die Schildkröte, doch er hockte sich hin, buddelte eine Kuhle, legte drum herum Steine, dann bat er um eine Schale, die er behalten dürfe, er grub sie ein, füllte sie mit Wasser und sagte, dass es in meinem Hof keinen Platz für die Schildkröte gegeben habe.

Anderntags kam er wieder. Wirklich war meine Schildkröte am Morgen da gewesen, Noam brachte eine zweite, er hatte sie von seinem Taschengeld gekauft, ich sah aus dem Fenster zu, wie er sie aus dem kleinen Karton in den Sand setzte, er strich über ihren Panzer, es sah aus, als würde er etwas rezitieren, vielleicht einen Segen – *pru werabu*, mehret euch und seid zahlreich –, er war dünn geworden, weil er gewachsen war, sah ich. Um den Schildkröten einen Schlafplatz zu bauen und eine Höhle, suchte er größere Steine, hinter der Tür zu meinem Büro waren alte Bretter, Noam fragte gar nicht, ob er sie nehmen dürfe, er grenzte ein Terrain ab, die Bretter grub er ein Stück weit in den Sand ein. Als er zu mir kam, strahlte er. Jetzt findest du sie jeden Morgen ganz leicht!

Abends aber schlief ich unruhig ein.

Ich muss geträumt haben, den Traum, da ich darauf nicht viel gebe, habe ich vergessen, doch ich spüre, er ist noch da, mir unzugänglich, aber er ist da. Noam ist noch da, der Sand im Hof, die beiden Schildkröten, sie blieben, sie hatten keinen Zauber mehr, es waren jetzt einfach Tiere, sie krabbelten durch den Sand, fraßen Salat, versuchten, sich zu vermehren. Als ich nach Berlin ging, hat Alina die Schildkröten zu sich genommen, später hat sie, erzählte sie mir, die beiden in den Dünen irgendwo südlich von Aschkelon ausgesetzt.

Damals kam Noam oft zu Besuch, er kam, ohne sich vorher anzukündigen, traf mich an oder nicht, wenn nicht, kletterte er über die Mauer, hockte sich zu seinen Schildkröten, und die Katze, nachdem sie einige Male verschwunden war wie die Cheshire Cat, gesellte sich doch zu ihm, so traf ich sie, wenn ich nach Hause kam, ich rief dann Alina an, um ihr zu sagen, dass Noam bei mir sei, und kochte etwas zum Abendessen. Oft aßen wir zu zweit, er und ich, von der Schule erzählte er nichts, von zu Hause nichts, überhaupt weigerte er sich, über die Gegenwart zu sprechen, nicht, weil sie bedrückend oder unglücklich war, sondern weil er sich, erklärte er, nur für die Zukunft interessierte, Zukunft, *atid*, sagte er, und es war immer ein leuchtendes Wort, leuchtend und altmodisch, seine Zukunft war die der Neuen Hebräer, der frühen Zionisten, die sich so entschieden von Europa abgewandt hatten, eine Zukunft, die längst verloren war.

Man kann sie erkennen, die Israelis, die in einem anderen, in ihrem ersehnten, ausgedachten Israel leben, nicht auf den Straßen, die sie entlanglaufen, nicht in den politischen Verhältnissen, die sie ertragen oder sogar unterstützen, sondern in dem Land, das sich vielleicht ihre Eltern erträumt hatten, in dem Land, das sie als eine Zeichnung in sich trugen, die sie im Laufe ihres Lebens ausmalen würden, aber die Linien sind verblasst oder wegradiert von den Umständen, und letztlich konnte man darüber nicht sprechen, weil es albern war, nicht zu leben, wo man nun einmal morgens aufwachte und abends schlafen ging. Sehnsucht ist ein schwieriges Kapitel. Wer spricht schon darüber, und wer, ohne sich lächerlich zu machen?

Bei einem Kind war das alles um vieles merkwürdiger, das Altmodische an Noam, wenn er an die Zukunft dachte, an ein Land des Friedens, in dem liebenswürdige Soldaten dafür sorgten, dass jeder wusste, was Gerechtigkeit war und was nicht. Zukunft und Gerechtigkeit waren für Noam fast das Gleiche. Und seine Gerechtigkeit war schön, sie machte die Häuser in Florentin und Jaffo heller, weil alle halfen, die Fassaden zu streichen und die Wohnungen in Ordnung zu halten; Noam wollte auch Architekt werden. Am Wochenende hatten wir einmal die Bucht, den alten Hafen und den Hügel nach Ajami hin gezeichnet, so hatten wir eine Vorlage, wenn wir, nach dem Essen, gemeinsam am Küchentisch oder in meinem Büro sitzend, Häuser planten, die dort entstehen mussten, damit alle eine eigene Wohnung haben konnten, für Noam umso wichtiger, als er mit Alina in zwei Zimmern lebte, mit einer winzigen Küche, mit einem winzigen Bad, in dem es schlecht roch.

Es sei ihm, sagte er, gleichgültig, wenn sie weiter dort leben würden, nur wollte er, dass seiner Mutter die Wohnung gehörte, dass sie nicht mehr darüber nachdenken müsste, ob sie die steigende Miete – damals fingen die Mieten in Jaffo an zu steigen – weiter zahlen könne oder womöglich nach Holon ziehen müsse.

Ist es gerecht, dass ihr in einem eigenen Haus wohnt?, fragte er.
Nein, nicht gerecht – ungerecht auch nicht, erwiderte ich.
Würdest du für uns ein Haus bauen?
Ich zuckte verlegen mit den Schultern. Wenn ich sehr reich wäre, vielleicht würde ich das tun.
Würdest du das tun, wenn wir deine Familie wären?
Nein, sagte ich, weil ich nicht so reich bin, und vielleicht würde ich erst versuchen, für Avi und Naim eine Wohnung zu kaufen.
Aber sie bleiben nicht, sagte Noam, sie bleiben nicht in Tel Aviv, sie gehen nach Amerika oder nach Russland.
Ich runzelte unzufrieden die Stirn, und bis heute erinnere ich mich an das Missbehagen, die Frustration, die ich empfand, dass mir ein Kind Wahrheiten sagen durfte, als hätte es eine Vorahnung, ein Wissen, das ich nicht teilte. Warum weißt du das?
Noam schaute mich groß an. Jeder weiß das, sagte er, dann überlegte er, plötzlich verwirrt. Weißt du so etwas nicht?
Nein, erwiderte ich gekränkt. Dafür weiß ich andere Sachen.
Was denn?
Ich kann Tote hören, sagte ich, ich kann sie sehen, manchmal. Beinahe erschrak ich, als ich es aussprach, und ich fühlte mich beschämt, auf diese Weise Noam beeindrucken zu wollen.
Das ist gut, sagte er aber nur, das ist gut, dass du auch so etwas kannst. Aber von der Zukunft wissen ist besser!
Und wo werde ich leben?, fragte ich ihn.
Er schaute zu mir. Ich kenne den Namen der Stadt nicht.

Sie ist groß, und sie ist weit weg. Ich werde dich dort besuchen! Ich allein, Alina kommt nicht mit, sie will da nicht hin.
Er grinste mich an, stand auf und ging zu den Schildkröten.
Aus dem Fenster sah ich, wie er die beiden Tiere aufhob und außerhalb ihres Geheges auf den Boden setzte, um sie mit einigen Salatblättern zu einem Wettrennen zu animieren. Sie krochen zielstrebig auf das Futter zu, während Noam sie anfeuerte, und für ein paar Minuten empfand ich das Glück und den Frieden, was ich vielleicht öfter empfunden hätte, wäre er mein Sohn gewesen.

*

Dann kam der 4. Februar 1997.
Es war regnerisch, als ich aufstand, kalt war es, kaum schon hell, ich war früh aufgewacht. Meine Arbeit, ein paar Telefonate, ein paar Zeichnungen, ein paar Kataloge mit Holzeinbauten, die ich durchschauen wollte, all das hätte ich genauso gut zu Hause machen können, um nicht hinausgehen zu müssen, nass zu werden. In Tel Aviv kann man warten, bis der Regen wieder aufhört, auf den Straßen stehen riesige Pfützen, manche Straßenecken werden ganz überschwemmt, fährt ein Auto hindurch, spritzt es einen von oben bis unten nass, der Himmel scheint sich selbst zu jagen an solchen Tagen, dann kommt er zur Ruhe, es wird wieder hell. Orthodoxe ziehen sich Plastiktüten über ihre Hüte, und auf dem Shuk werden billig Regenschirme angeboten wie sonst Obst, das anderntags verdorben wäre. Um diese Zeit, noch nicht

einmal sieben Uhr, war eh noch niemand unterwegs, außer die Händler vom Shuk Ha'Carmel.
Kühl war es, so zog ich, da ich fröstelte, über meinen dünnen Wollpullover einen zweiten, dann noch eine Strickjacke darüber. Kalt war mir, und meine Kleider schienen feucht zu sein vom Regen, obwohl ich noch gar nicht draußen gewesen war. Ich wollte mich an den Tisch setzen, griff nach einem Papier, den Kugelschreiber fand ich nicht, schließlich nahm ich einen Bleistift.
Liebste Mama!, schrieb ich und hielt inne. Durchstreichen wollte ich die beiden Wörter aber nicht, oder anders, es ging nicht, obwohl ich es wollte, und ich schrieb weiter, obwohl ich es nicht wollte.
Mama, wir waren alle schon eine Stunde bereit, alle gereizt und durchgefroren. Lior sagte, er wolle auf keinen Fall sterben, wenn ihm kalt sei, er war kurz davor, einen Aufstand zu machen, dass sie uns wenigstens etwas Heißes zu trinken organisieren sollten, aber Mathan, der in Nowosibirsk aufgewachsen ist und jetzt eine Kippa trägt, sagte ihm, er solle sich nicht so anstellen, es würde noch nicht mal schneien. Geregnet hat es, und gestürmt auch, Mama, es war wie eine Nacht zum Fürchten, wie aus einem der alten Kinderbücher, die du uns früher vorgelesen hast, ich habe so etwas noch nie erlebt, gepfiffen hat der Wind, und wir hatten alle Angst vor dem Einsatz, vor ihren Raketen und Hinterhalten. Ich habe es dir gar nicht erzählt, aber letzte Woche brachten sie einen, dessen Panzer von einer Rakete getroffen worden war, sie hatten keine Chance gehabt rauszukommen, er war der Einzige, der noch lebte, so ungefähr lebte, jedenfalls schrie er, und Alon schrie auch, er schrie uns an, wir sollten machen, dass wir

verschwinden, und das haben wir auch getan. Keiner hat darüber geredet, und wahrscheinlich haben alle anderen in der Nacht genauso wenig geschlafen wie ich, außer vielleicht Mathan. Wenn wir sterben, wird auch keiner von denen in der Basis darüber reden, sie werden auf dem Friedhof heulen, aber reden tut keiner, schon gar nicht darüber, wie wir aussehen, zerfetzt, ekelhaft, und wie wir uns fühlen, wie wir uns gefühlt haben, als wir vor Angst in die Hose geschissen haben, lächerlich, stinkend. Und wie das Herz klopft und die Angst zu schreien, oder sich selber schreien zu hören. Ich will mich nicht selber schreien hören oder den, der neben mir kauert.

Letzte Woche, als ich zu Hause war, habe ich mit Papa darüber geredet, dass ich auf Psycho machen will, dass ich es nicht mehr aushalte, und er hat es mir verboten, er hat gesagt, ich brauche mich nicht mehr zu Hause blicken lassen, wenn ich das mache. Ich habe geweint, ich halte es nicht aus, und er hat mich angeschrien – du warst gerade einkaufen –, was ich mir einbilde, was für eine Memme ich sei, wie ihn das anwidere. Ich dachte, gleich schlägt er mich, aber er drehte sich einfach um und ging. Das war der dringende Termin, den er hatte. Wir haben uns nicht mehr verabschiedet, und jetzt ist es zu spät.

Dass ich es trotzdem mache, dachte ich vorgestern. Nachts lag ich wach, jedenfalls glaube ich das. Irgendwie hörte ich die ganze Nacht hindurch Motoren, ich konnte nicht einmal unterscheiden, ob es Jeeps, Panzer oder Hubschrauber waren, ob ich doch eingeschlafen war oder nicht. Am Morgen war ich wie zerschlagen. Ich habe versucht, dich anzurufen. Ich weiß, darum geht es nicht. Es war meine Entscheidung, mit oder ohne euch, mit oder ohne Eltern, Geschwister, Freunde, aber immer wenn ich es mir ausmalte, ohne euch, stockte mir die Seele. Und ich musste deine Stimme hören. Deine Stimme, wenn sie sagte: Tschuptschik, mach dir keine Sorgen, es wird gut. Deine Stimme.

Schließlich stand ich auf, um mich auf das Sofa in meinem Arbeitszimmer zu legen, ich fror immer mehr, aber die Decke half auch nicht, und die Unruhe war quälend. Ich fragte mich, ob ich wirklich einen Brief an meine Mutter oder wen auch immer geschrieben hatte und warum, warum diese Sehnsucht nach ihr und dieser Brief, die Kälte und die Angst, die immer größer wurden, bis ich mich auf den Boden kauern musste, unter der Decke, und ich fragte mich, wo Naim war, wo Avi war, wie ein Kind wartete ich darauf, dass jemand käme, mir zu helfen und mich zu trösten.

Irgendwann ging ich hinaus. Der Regen hatte wohl nachgelassen. Die Straßen waren fast leer, es war noch nicht einmal acht Uhr morgens.

Aus den wenigen Kiosken, die schon geöffnet hatten, kam das Gesumm und Gemurmel der Fernseher, aus Autos das der Radios, ich hörte nicht hin, fragte mich nur, was mir geschah. Die Angst wich allmählich, ich konnte wieder ruhig atmen. Müdigkeit, als wäre man traurig, dachte ich, doch dann war ich traurig, wenn man das so nennen kann, die Wörter reichen nicht, reichen nie.

Die Wörter reichen nicht – und doch haben mir die Wörter immer gereicht, ich habe nie geglaubt, mehr zu empfinden, als ich aussprechen konnte, mehr und anderes zu begreifen, tiefer und grundlegender zu denken, was weiß ich. Alles, was mir geschieht, kann ich sagen. Ich kann alles aufschreiben.

Es war auch gar nicht, als gäbe es nicht das richtige Wort, den richtigen Satz, eher so, als würde ich an den Wörtern vorbeigleiten, all denen, die genau beschrieben, was mir widerfuhr, und ich sah sie, aber ich konnte sie nicht festhalten, so, als bräuchte ich für die Wörter Hände, irgendein Stück Körper, Füße, Mund und Spucke. Ich konnte sie noch sehen, ich verstand sie auch, nur benutzen konnte ich sie nicht mehr, und ich fragte mich, ob die Passanten mich sahen oder ob ich unsichtbar war, so kam ich mir vor, die Angst war noch da, ein Lärm, den ich nicht hörte, der aber nicht nachlassen wollte, sosehr ich den Kopf schüttelte.

Noam hatte schneller begriffen als ich. Und später, als er mich fragte, sagte ich, es habe vielleicht damit zu tun, dass sie jung waren, dass es junge Menschen waren, fast noch Kinder. Ich weiß, es ist vielleicht kein Thema für Kinder, aber er fragte mich, und ich antwortete, ihm als Einzigem, denn er als Einziger wusste etwas und fragte weiter.

Eine Klage, ein Gesumm, man kann es ja nicht beschreiben, auch Stille, und in dem Augenblick, als aus einem Hauseingang ein Mann herauslief, aufgebracht, aufgelöst, in diesem Moment wusste ich, obwohl in Tel Aviv alles ruhig war, keine Sirenen, kein Geheul in der Stadt, die zu klein ist, als dass einem ein Unglück auch am entferntesten Stadtrand entgehen könnte, in diesem Moment wusste ich, wer der Tote war.

Eine der Sachen, die mir am rätselhaftesten sind, ist die Tatsache, dass ich den Namen kenne. Ich weiß ihn, bevor ich ihn kennen könnte. Denn als ich den Mann aus dem Haus laufen sah und auf mich zu, weil er irgendjemandem die Nachricht weitergeben musste, da wusste ich, der Tote hieß

Boas. Später las ich den Namen und wunderte mich nicht, ich wunderte mich ebenso wenig wie darüber, dass ich Noams Namen kenne oder den meiner Söhne oder meinen eigenen. Es sind Momente, in denen ein Name auch nicht zufällig scheint, sondern notwendig, dieser Name und kein anderer, wie gottgegeben.
Beide Hubschrauber!, rief der Mann, der aus dem Haus gekommen war. Sie haben gemeldet, zwei Hubschrauber abgestürzt! Aufgebracht wiederholte er seinen Satz, und dann fragte er mich: Und wer war in den Hubschraubern? Sagen sie nicht! Waren da Soldaten? Sagen sie nicht! Sie warten noch. Sie wissen es noch nicht. Sie suchen noch. Gibt es Tote?
Er schaute mich an, und ohne nachzudenken nickte ich. Ja, es gab Tote.
Es gab Tote, und einer von ihnen hieß Boas.
Ob es das Sterben, der jähe Tod ist, was einen am meisten quält, oder wie das Leben abgeschnitten wird, und so viel Glück und Kummer, die ungelebt bleiben, wie die torkelnde, kreiselnde Seele, die ihren Weg nicht kennt, die ruft. Ob es das ist, was am quälendsten ist, die Rufe, die Verzweiflung, ohne irgendeine Logik und Ordnung, wer soll das entscheiden. Es spielt ja auch keine Rolle.
Hier ist Krieg. Krieg heißt, der Tod nimmt sich, die er will.
Der Mann weinte. Ich ging weiter. Eigentlich wollte ich ans Meer, eigentlich wollte ich weg aus der Stadt. Aus den Fernsehern an den Kiosken hörte ich jetzt die Nachrichten schallen, dazwischen ernste Musik. Irgendwann näherte ich mich Reading.
Alles schien wie ausgestorben. Ich setzte mich auf einen

Stein. Die Unruhe war jetzt anders. Wo war Boas? Ich hatte ihn verloren.
Wo bist du?
Nein, lass mich.
Gut. Wenn ich kann. Vielleicht kann ich aber nicht.
Du hast keine Ahnung.
Ja. Das stimmt.
Es ist schwarz. Es ist wirklich schwarz hier. Nicht dunkel. Nur von den anderen, das sehe ich noch.
Was siehst du noch?
Sage ich dir nicht. Einer weint noch.
Lebt er?
Ja, lebt. Bleibt aber nicht. Bleibt keiner.
Hast du Schmerzen?
Wie denn? Du kannst Schmerzen haben. Meinetwegen. Wo ist meine Mutter?
Ich weiß nicht, ich kenne sie nicht.
Was machst du dann hier?
Das weiß ich nicht. Ich weiß es nicht.
Er war wie ein Kind, das sich zusammenrollt, damit man es auf dem Schoß halten kann, das mit den Augen bettelt, man möge es streicheln. Ich saß auf dem Stein und summte die alten französischen Kinderlieder, die ich auch Naim und Avi vorgesungen hatte. An Naims Augen konnte ich mich erinnern, wie sie sich festgesaugt hatten an meinen Augen, an diese Sehnsucht, die so unstillbar schien, und irgendwann war er dann eingeschlafen.
Aber Boas konnte nicht einschlafen. Er würde nicht mehr einschlafen.
Es war, als müsste ich einem menschlichen Körper zusehen,

wie er hin- und hergeschlagen wurde, bis das Fleisch von den Knochen sprang, bis sie alle zerschlagen waren und die Gliedmaßen lose schlenkerten, nur noch von den Sehnen gehalten. Er litt. Keine Schmerzen. Er litt, und ich saß da wie ohnmächtig.
Was, wenn ich seine Mutter suchte, wenn ich sie fand? Ich konnte ihr ja nicht sagen, komm mit, komm. Gar nichts konnte ich sagen, sie würde mir nicht glauben. Keiner würde mir glauben.
Ich selber begriff ja nicht, was mir geschah. Mir war nur kalt, und schließlich stand ich auf, nass bis auf die Haut, obwohl um mich Sand und Asphalt trockneten. Ich ging zur Straße und hielt nach einem Taxi Ausschau. Schließlich nahm ich den Bus, es war ein Tag, wo keiner keinen etwas fragte, der Busfahrer musterte mich und schwieg. Als ich ausstieg, liefen mir die Tränen übers Gesicht, alle hatten inzwischen die Nachricht gehört, vielleicht dachten sie, ich hätte einen Neffen verloren.

*

Von den Jungs fand ich zu Hause Nachrichten auf dem Anrufbeantworter.
Im Büro rief ich an, um zu sagen, ich sei krank.
Er ging nicht. Er, Boas, ging nicht.
Die Leichen wurden nach Reading gebracht, es war schwierig, die Toten zu identifizieren. Ich fragte mich, ob sie ihn erkannten, ob ich ihn erkannt hätte, den Körper, wie er auch zugerichtet sein mochte. Ich habe nie einen verstümmelten Leichnam gesehen.

Sie erkennen mich nicht, höhnte er. Meine Mutter lassen sie nicht zu mir, und die anderen erkennen mich nicht. Mein Vater läuft an mir vorbei, jetzt weint er, er sagt nicht, dass er es war, der mich nicht hat gehen lassen, aber er denkt daran, die ganze Zeit, und man könnte ihm jedes verkohlte Stück Fleisch unter die Nase halten, er würde anfangen zu heulen. Und meine Schwester weiß nicht, ob sie traurig ist oder nicht. Klar, sie wollte immer lieber allein sein mit Mama.
Sie können nichts dafür, sagte ich. Sie sind traurig.
Es geht hier nicht weiter. Verstehst du? Immer dasselbe. Als würde man an einer Schnur hängen, an einem elastischen Band.
Sei nicht böse.
Scheiße. Hör auf, ja? Wer bist du überhaupt?
Niemand war ich. Ich kam nicht vom Fleck. Avi rief mich mehrmals unter der Woche aus der Basis an, weil er sich um mich sorgte. Er dachte, ich hätte Angst um ihn und Naim. Aber das war es nicht. Ich hatte tatsächlich keine Angst um die beiden.
Mir war beständig übel. Stand ich auf, wurde mir schwarz vor Augen. In meiner Seele war etwas schwarz, nicht von der Schwärze einer Farbe, sondern von der Schwärze der Blindheit. Versuchte ich etwas anders zu machen, an etwas anderes zu denken, hörte ich Boas' leises Gemurmel. Zu Tausenden strömten am 6. Februar die Leute zur Klagemauer, um zu beten. Dann, nachdem die Tage der Schiv'a vorbei waren – diesmal hatte ich nicht das Bedürfnis gehabt, seine Familie, die in Herzlia lebte, zu besuchen –, stellte ich zuweilen laut Musik an. Die Anschuldigungen folgten einander dicht auf dicht, eine Untersuchungskommission wurde einbestellt, es

war eine erstickende Atmosphäre, trüber als nach Rabins Ermordung.
Zwar schlief ich nachts, es kam mir aber vor, als schliefe ich nicht.
Noam und Alina versuchten, mich aufzuheitern. Die Leute von der Baustelle versuchten, mich aufzuheitern, am rührendsten waren Valeri und Rafi, sie kamen andauernd mit einer Frage zu mir, sie behaupteten, ohne mich nicht zum Bäcker, nicht zu dem Holzhändler in der Schunat HaTikva zu kommen, sie brauchten mich unablässig, und waren wir unterwegs, fütterten sie mich mit Rogalach, mit Borrekas, brachten mich zu Alina, damit sie für mich koche, und abends begleiteten sie mich bis zu Wilma, um sicherzugehen, dass ich nicht allein blieb.
Einmal lief Rafi neben mir her, als ich nach Hause wollte, bis ich die Geduld verlor.
Was willst du eigentlich? Wie ein Schatten folgst du mir! Ich gehe jetzt einfach nach Hause.
Rafi nickte treuherzig und sagte, ja, wie ein Schatten, seit dem Unglück ist er immer da.
Was für ein Schatten?
Rafi zuckte nur die Achseln. Um dich rum. Ich komme jedenfalls mit!
Damit ich nicht vor ein Auto laufe oder was?
Ja, sagte er. Sonst läufst du vielleicht vor ein Auto! Oder du gehst zum Meer und kommst nicht wieder.
An der Hoftür drehte er um, ungern, aber ich bat ihn nicht hinein. Ich setzte mich und schaute den Schildkröten zu.
Wie immer, wenn ich ruhig saß, spürte ich Boas näher kommen, es war, als würde die Luft dunkler, und ich wollte nicht

mehr atmen. Rafi hatte recht. Stellte ich mir vor, mein Leben bliebe so für immer, verlor ich den Mut.
Bist du immer noch da?, sagte ich zu Boas. Aber er redete nicht mehr. Er zog an mir, als müsste er aus mir die Wörter herausziehen, er wich nicht, als wüsste er, dass er endgültig gehen musste, wenn er von mir wich, dabei wurde er nicht leichter, sondern immer schwerer, als wäre seine Seele aus Blei, ein kaum erträgliches Gewicht war es. Krochen die beiden Schildkröten von mir weg, schien mir, dass sie mich flohen, weil ich für sie giftig war oder jedenfalls eine Art Aura hatte, die schädlich war. Nicht einmal die Salatblätter fraßen sie aus meiner Hand.

*

Der März war ein verheerender Monat. Noch waren Zorn und Entsetzen über die Hubschrauberkatastrophe und die möglichen Verantwortlichen nicht verklungen, als das nächste Unglück kam und noch eines, das letzte im März so nahe, als sollte ich aus meiner Versunkenheit mit Gewalt gerissen werden. Dabei war es nicht Angst, was mich beschäftigte, Angst um mich, um meine Sicherheit, dass ich in einem Café umkommen könnte, ich sorgte mich auch nicht um Wilma oder um Alinas Imbiss, und Noam war zu klein, um alleine in Cafés zu gehen.
Boas wollte ich loswerden. Unfassbar, wie seine Gegenwart, dass ich an nichts dachte, als wie ich ihn abschütteln, wegscheuchen, endlich in die Schranken weisen könnte. Das war es nicht gewesen, womit ich gerechnet hatte. Aber ich hatte ja mit nichts gerechnet.

Ich hatte nichts gewollt.
Tote Seelen. Seelen von Toten. Seelen überhaupt, nicht einmal das wusste ich oder was ich darüber dachte. Glaubte ich denn, dass Shira eine Seele hatte, dass sie noch in der Nähe war? Ich dachte ja nicht darüber nach. Meine Toten waren die Fremden, nicht, die ich kannte.
Warum bist du hier?, sagte ich Boas irgendwann, warum du und nicht Shira oder meine Mutter? Und warum nicht eines der toten Mädchen?
Denn am 13. März wurden bei einem Schulausflug ins Jordantal elf Mädchen erschossen von einem jordanischen Soldaten. Ein Unglück verdrängt das andere, nur selten addieren sie sich, und der Schmerz oder das Entsetzen oder der Aufruhr steigern sich, als könnte dann doch endlich geschehen, was alle ersehnen, dass endlich etwas geschieht, weil wir das Unglück nicht ertragen, aus Liebe, aus Verzweiflung.
Diesmal war es Rafi von der Baustelle, der so aufgebracht war, dass wir anderen ihn beschwichtigen mussten, nicht, weil die Toten kleine Mädchen waren, sondern wegen des Soldaten, der geschossen hatte, so, als hätte Rafi erst jetzt begriffen, dass jeder, der eine Waffe trug, töten konnte.
Dann folgte das Attentat im Café Apropos, wo wir manchmal Kaffee tranken. Irgendwann bekam ich doch Angst, wenn Naim nachts ausging am Freitag. Avi blieb wieder meist zu Hause, wir kochten zusammen, Noam und Alina kamen dazu, der eine oder andere von Avis Freunden. Und während wir am Tisch saßen, aßen, redeten, ich trank Wein, die anderen Cola oder Saft, lauschte ich unruhig, ob ich ein Telefon hörte, ob Naim kam, ob Stimmen laut wurden auf der Straße. Den Fernseher musste ich ausschalten, Avi ließ

es nicht zu, dass ich stumm die Bilder laufen ließ, um gleich zu wissen, ob etwas geschehen war, und er legte sachte seine Hand auf meine Schulter, wenn sich meine Hand nach dem Radio ausstreckte. Es ist gut, sagte er, alles ist gut.

Nichts ist gut, sagte ich, und wenn es schlimmer wird, kommt einer von euch ums Leben.

Kann sein, sagte Avi, aber jetzt wird das nicht sein, nicht in den nächsten Wochen, Jahren.

Und dann?

Er zuckte die Achseln. Du hast kein Recht, uns damit nervös zu machen, sagte er freundlich. Wenn wir keine andere Wahl haben. Und gehen können wir auch.

Ich dachte an Boas. Noch immer dachte ich an ihn, er hätte nach dem Abitur auch gehen können, nicht nur nach Indien für ein paar Monate, sondern nach Europa, zum Studium, er hätte Ruth treffen können, irgendeine Ruth, und bleiben, in Frankreich, in England, meinetwegen in Deutschland, das von einigen noch das *Dort* genannt wurde, doch es gab genug junge Israelis, die nach Berlin gingen, um dort zu leben.

Es würde die Zeit kommen, dass ich ihm Vorwürfe machte, dachte ich. Oder mich gegen den Kummer wehrte, gegen dies Gewicht, mit dem er an mir hing, an meinen Gliedmaßen, meinen Bewegungen, an meiner Seele, ein Gewicht war es, nicht Trauer; er wollte nicht gehen.

In diese Zeit fielen die Träume. Merkwürdige Träume waren es, oder nicht eigentlich Träume, eher Versunkenheiten. Ich erinnere mich nicht, was ich träumte, vielleicht gab es ja keine Geschichte, weder die einer Reise noch die eines Todesengels, vielleicht war es überhaupt nur die Bewegung auf

etwas hin, auf die Welt ohne uns Menschen, für ein Jenseits habe ich mich nie interessiert und auch nicht in dieser Zeit. Aber ich versank in Landschaften, die ich nicht kannte, und ich sehnte mich, im Traum, danach, irgendwo zu sein, wo ich mich auf der Welt zu Hause fühlte, als Teil von etwas, atmete und lebte und sogar gedieh.
Tagsüber kehrte ich mit Lebhaftigkeit zu meinen Alltagsgeschäften zurück. Nachts versank ich im Schlund des Schlafs. Aber unmerklich wurden die Träume leichter, die wüsten Landschaften wichen belebten, und dann kamen Felder dazu, Baumreihen, Gärten, fern und abstrakt, aber doch tröstlich. Oft dachte ich an das Gedicht von Heine: Jenseits erheben sich freundlich, / In winziger bunter Gestalt, / Lusthäuser, und Gärten, und Menschen, / Und Ochsen, und Wiesen, und Wald.

*

Das Haus war fertig, es war kaum mehr zu tun, als Lichtschalter anzubringen, die Haustür noch einmal mit Holzschutz zu imprägnieren, die Fenster zu putzen. Wir waren alle langsam geworden, Valentin, Nachman, Akiba, die Jungs. Eine Zeit war zu Ende, unser Leben musste andere Kraft und Richtung gewinnen, wir wussten aber nicht, wohin.
Dann bereiteten wir, Chajim hatte mir den Anstoß gegeben, das Fest vor. Ein Fest musste es sein, mit dem wir uns von unserem Haus verabschiedeten. Wieder war Heller großzügig. Sein ganzes Büro würde kommen, seine Familie. Wir durften einladen, wen wir wollten. Alina und Wilma berei-

teten ein Buffet vor. Rafi, Valeri und Noam schmückten den Eingang.

Tagelang saßen sie an Rafis Tisch und zeichneten und überlegten, was sie bräuchten, ob Girlanden, Luftballons, Lichterketten oder Lampions, sie entschieden sich für Girlanden und bunte Fackeln, ungern erlaubte ich es, und in den einzelnen Zimmern wurden kleine Tische aufgestellt zum Essen, mit Blumen und Kerzen geschmückt. Ich hatte nicht mehr zu tun, als den Wein auszusuchen.

Es war April, Ende April.

Womit wir nicht gerechnet hatten, war, dass Heller uns auch überraschte.

Als alles für den Empfang der Gäste vorbereitet war, kamen drei Männer vors Haus gefahren, in einem weißen VW-Bus. Sie hielten direkt vor der Tür, ich wollte schon rausgehen und sie verjagen, aber sie strahlten mich an und begannen, ihre Instrumente auszuladen, in Windeseile bauten sie eine Anlage auf, dann fingen sie an zu spielen, ein Geiger, der auch Gitarre spielte und sang, ein Schlagzeuger, der ein Akkordeon dabeihatte, ein Klarinettist, er ging durch die Zimmer, wie staunend, überall spielte er ein paar Töne, eine kleine Melodie, einmal ein paar Takte der Marseillaise. Wir lachten alle, und nachdem wir angestrengt und gehetzt gewesen waren vor dem Fest, wurden wir fröhlich, Valeri probierte einige Tanzschritte, da wussten wir, dass wir alle tanzen würden in dieser Nacht.

Es ist unbegreiflich, aber wir können uns inzwischen nicht mehr darüber einigen, ob Heller eine Rede hielt oder nicht. Nachman behauptete, er habe keine Rede gehalten, und Wilma sagt dasselbe.

Ich aber sehe ihn an der Treppe stehen, ein bisschen massig, gesund, so sagt man auf Hebräisch, sein Gesicht sah überrascht aus, und als er anfing zu reden, war er gerührt, es war ein merkwürdiger Anblick, und ich erinnere mich, dass Noam, der neben mir stand, flüsterte: Muss er jetzt weinen?

Er hielt eine Rede über das Haus, nur über das Haus, wie es früher gewesen war, über seine Geschichte, wie es gebaut worden war von einem türkischen Geschäftsmann, einem Juden aus Konstantinopel, der für seine Familie in Jaffo 1896 ein Zuhause schaffen wollte, und wie er, als er mit dem Schiff nach Konstantinopel reiste, um sie abzuholen und in ihr neues Heim zu begleiten, in einen Sturm geriet und kenterte. Alle ertranken, nur er trieb einen langen Tag im Wasser und wurde dann gerettet. Er wäre, erschüttert und dankbar, rasch zu seiner wartenden Familie gereist, hätte er nicht auf dem Schiff, das ihn aufnahm, eine junge Französin kennengelernt, die ihn so bezauberte, dass er mit ihr nach Paris ging, wie man allerdings erst ein Jahrzehnt später erfuhr, denn er galt als ertrunken, das Haus in Jaffo wurde verkauft, an einen Deutschen, einen Mann, der davon träumte, bedeutende archäologische Funde zu machen, die er dann in seinem Jaffoer Haus ausstellen würde – warum er nicht nach Jerusalem zog, weiß kein Mensch. Er grub in der Wüste, wurde mehrfach überfallen von Beduinen, fand nie etwas, und schließlich ließ er leere Vitrinen und ein etwas heruntergekommenes Haus zurück, um wieder nach Deutschland zu ziehen.

Heller, so erinnere ich es – er selber sagt, er könne sich an gar nichts erinnern –, beschrieb, wie das Haus im Krieg leer stand, bis es ein palästinensischer Kaufmann erwarb und renovierte, und zehn Jahre wohnte die Familie mit vier Söhnen darin. Heller sagte, er habe von ihnen das Haus gekauft, denn obwohl die Familie 1947 schon nach Beirut zog, hielt einer der Söhne, gegen alle Widerstände, das Haus in Jaffo. Unlogisch, sagte Heller, dies Haus zu behalten, ein Haus sei aber immer eine unlogische Sache, auch wenn sie praktisch und nützlich sei, ein Haus besitze und behalte man, um sich einen Platz in der Welt zu sichern, manchmal auch um auszudrücken, wie man sich die Welt als glücklicheren Ort vorstelle, das sei das Wesen der Architektur, und das, sagte Heller, sei mein Haus, Skips Haus. Den ganzen Abend hieß es so, Skips Haus.

Wir hatten Bänke aufgestellt, die Jungs hatten Polster und Decken oder Teppiche besorgt, so dass es bewohnt wirkte, irgendein Witzbold stellte ein paar Bücher ins Regal, ich weiß nicht, wer es war, aber obwohl ich mich im ersten Moment ärgerte, weil die fünf oder sechs Bücher albern aussahen, nahm ich sie irgendwann, spät, während die anderen tanzten, in die Hand. Drei waren Romane von Samuel Joseph Agnon, dann gab es einen Gedichtband von Dan Pagis und ein merkwürdig gedrucktes Buch von einem Autor, den ich nicht kannte, Hoffmann hieß er. Erst dachte ich, Katzenstein habe die Bücher hingestellt, später sagte mir Alina, ein Buchhändler aus Nachalat Binjamin habe sie mitgebracht.

Avi und Naim tanzten. Sie hatten ein paar Freunde aus der Armee dabei und amüsierten sich, vielleicht waren sie ein bisschen angetrunken. Noam hatte seiner Mutter geholfen, jetzt war der lange Tisch mit dem Essen wieder hübsch anzusehen, es standen noch Rogalach und Zimtschnecken und andere Süßigkeiten darauf. Heller konnte ich nicht entdecken. Rafi und Valeri tanzten, auch Akiba, er hatte eine Freundin gefunden, eine winzige schwarzhaarige Jemenitin, die ihn schüchtern anstrahlte.

Chajim war gekommen, er saß mit Nachman in einer Fensternische auf einer der breiten Steinbänke, die Rafi mit Kissen ausgestattet hatte, mit dem Gesicht eines besorgten Hausvaters, er hatte den beiden auch zu essen und zu trinken gebracht. Sie saßen da wie Patriarchen, und ich dachte, vielleicht sitzt ein Engel bei ihnen oder wenigstens Matijahu.

Die drei Musiker spielten unermüdlich, pausierten sie doch einmal, legten sie passende Musik auf, das Fest zog sich bis nach Mitternacht. Ich wurde schwermütig, wie es sich gehört. Zwei Jahre hatte das Haus mein Leben bestimmt, nun musste ich es verlassen.

Ich fragte mich, was ich tun würde, wenn Shira noch lebte. Würden wir jetzt reisen? Würden wir die Jungs zurücklassen und für Monate durch Europa reisen? Würde ich für Heller kleine Villen bauen, womöglich sogar in den Besetzten Gebieten?

Immer überwiegen die unbeantworteten Fragen, nur merken wir es meistens nicht, dann aber gewinnen plötzlich die unscheinbarsten Fragen die Oberhand über das Leben. War es nicht gleichgültig, was ich getan hätte, wenn Shira noch lebte?

Wir schlossen das Haus ab, Nachman und ich.

Tags darauf räumten wir auf, und ich war noch einmal da, allein, Noam hatte mitkommen wollen, für ihn war das Haus noch ein anderer Traum, nämlich dass wir alle zusammenlebten, er und Alina, sein Großvater, Avi, Naim und ich, am besten noch Wilma dazu.

Dass Heller das Haus schon verkauft hatte und mir eine bedeutende Prämie zugedacht, erfuhr ich aus einem Brief ein paar Tage später.

*

Es waren dreißigtausend Dollar.
Versteuert, wie Heller mir mitteilte, ohne daraus eine große Sache zu machen. Ich hatte nie so viel Geld gehabt, für mich, das Geld, das ich geerbt hatte von meinen Eltern, war in unser Haus in Newe Zedek geflossen, wir hatten so den Kredit weitgehend zurückgezahlt. Immer war etwas zu reparieren, aber nichts drängte, und natürlich konnte ich das Geld auch für Avis und Naims Studium zurücklegen, aber irgendwie war klar, das war mein Geld. Es gehörte nicht der Familie.
Ich wollte einen Teil Alina schenken. Wie hätte ich die Zeit ohne sie und Noam überstanden?
Daran, wie sie auffuhr, verletzt, enttäuscht, begriff ich, dass sie mich liebte und Noams Hoffnungen geteilt hatte. Ich war traurig. Man nimmt für selbstverständlich, dass der eine diese, der andere eine andere Lebensvorstellung hat, ihretwegen fragte ich mich, was ich mir jetzt vorstellte für mein Leben, jenseits meiner Arbeit, meiner Gewohnheiten, die gut und fest waren und mich durch die Tage führten.
Dein Haus ist jetzt immer gepflegt, sagte fast wehmütig einmal Alina, als sie zu Besuch kam, gar nicht wie bei einem Junggesellen.
Aber ich hatte kein Bild von mir, wie ich in meinem Haus lebte, wie ich zum Markt ging und einkaufte, das bisschen, was ich für mich brauchte, oder große Tüten voll, wenn die

Jungs am Freitag kamen – sie brachten, seit dem Fest, oft Freunde mit –, es wurde lebhaft und fröhlich bei uns am Erev Shabbat, oft war einer dabei, der den Segen sprach, und das berührte mich und gefiel mir. Nach dem Essen zogen sie los und gingen tanzen oder in eine Bar, ich räumte die Küche auf, versorgte die Reste, die ich unter der Woche essen würde, machte mir Sorgen um die Jungs, aber nicht zu sehr.

Dreißigtausend Dollar.

War ich sparsam, konnte ich für ein halbes Jahr nach Paris gehen.

Seit dem Moment, da ich Hellers Brief gelesen hatte, dachte ich an Paris, aber nicht wie ein alternder Mann an seine Heimatstadt denkt, sondern ein junger an eine Auszeit, eine aufregende Reise an einen fast unbekannten Ort.

Wie gut, dass wir uns meistens nicht überlegen müssen, ob wir wirklich in dem Land leben wollen, in dem wir leben, wie gut, dass wir kaum je abwägen, ob wir an den Ort gehören, an dem wir morgens aufwachen und abends zu Bett gehen. Man merkte es mir nicht an, doch war ich ratlos; Heller hatte mir eine Freude machen wollen, und ich wusste damit nichts anzufangen.

Ohne andere Entscheidungen als die, die das Haus und die Materialien, die Handwerker betrafen, war ich glücklich gewesen, in Hellers Büro und zu der täglichen Arbeit des Planens und Entwerfens neuer Häuser in neuen Wohngebieten kehrte ich nicht leicht zurück. Zum ersten Mal wunderte ich mich, was ich gelernt hatte und darüber, dass ich nicht mehr, dass ich nichts anderes gelernt hatte.

Was es hätte sein können? Ich wusste es nicht. Mit wem

sollte ich darüber sprechen? Auch das wusste ich nicht. Mit Avi und Naim wollte ich darüber nicht reden, ich wollte sie in meine Unsicherheiten nicht hineinziehen; gerade waren sie stolz auf mich gewesen.
Mit Heller selbst sprechen? Oder mit Chajim?
Zu Shiras Grab war ich an den Jahrestagen mit den Söhnen gegangen, weil es sich so gehörte. Jetzt ging ich zum ersten Mal, als könnte ich sie dort treffen.
Friedhöfe in Israel sind für jemanden, der aus Paris kommt, ernüchternd. Sie halten nicht die Zeit und die Geschichten derer, die dort begraben sind, fest, nichts wächst, während die Gräber verwittern, nichts redet in der Sprache derer, die ein Grab besuchen, man sucht vergeblich, was Tote und Lebende verbindet, man findet nichts als Klarheit und wie begrenzt das Leben ist, von Geburts- und Sterbedatum, und wie uns nichts bleibt als der Name, das Steinchen, das wir aufs Grab legen.
Fremd fühlte ich mich, zwischen den Gräbern irrte ich, bis ich Shiras Grab fand, ein bisschen weiter standen zwei Männer der Chewrath Kadisha, der Beerdigungsgesellschaft, immer sind ihre Anzüge zu weit, nachlässig sehen sie aus, und man kann von Glück sagen, wenn ihre Bärte gepflegt sind, ihre Hüte nicht staubig. Mir war, als müsste ich sie vertreiben, damit Shira vor ihnen Ruhe hatte, sie, die alles Religiöse verabscheut und Schlampigkeit gehasst hatte, als wäre es eine Art Niedertracht. Aber man nimmt die Toten nicht mit, das hier, der Friedhof in Tel Aviv, war ihr Friedhof, lebend war sie nicht nach Paris gezogen, jetzt konnte ich sie nicht zu meinen Eltern, auf den Friedhof in Jouy-en-Josas bringen.
Du hast nicht verstanden, sagte Chajim, den ich nachmit-

tags an seinem Fischstand besuchte. Du bist Jude. Die Toten sind tot. Geh nicht allein auf den Friedhof – du musst deine Söhne mitnehmen.
Es geht nicht um Avi und Naim, erwiderte ich. Ich habe Shira gesucht.
Ich hoffte, nachts von ihr zu träumen, und legte mich schlafen, als hätte ich mich nur geirrt, die Verabredung verwechselt, vergeblich auf dem Friedhof gesucht, was ich ja im Schlaf finden sollte.
Meistens erinnere ich mich an meine Träume nicht, nie träume ich, wovon ich träumen sollte, nie von Ängsten oder etwas, das erhellend ist. Ich träume oft von Tieren, große Hunde tauchen manchmal auf, sie erinnern mich an eine Radierung von Goya, in der ein Hund sich einen Sandberg hinaufkämpft, er scheint es nicht zu schaffen, und der Sand wird ihn wahrscheinlich verschütten. Von meinem Leben träume ich nicht, von der ersten Zeit in Israel oder wie ich Shira kennengelernt habe, und das Haus in Ajami würde ich gern wiedersehen, so, wie es war, als wir damals dort gesessen und gegessen haben, was Iunis' Frau uns mitgegeben hatte. Man scheint so viel von seinem eigenen Leben zu verpassen.
Natürlich schlief ich in dieser Nacht nicht ein. Zum Hof stand das Fenster offen, in Tel Aviv wird es irgendwann auch still, nur ein Mal hörte ich von fern die Sirene eines Krankenwagens, und es raschelte, die Tiere waren unterwegs, Ratten und Kakerlaken, streunende Hunde und Katzen, wir sahen sie nicht tagsüber, aber sie waren da, als ich schließlich aufstand, war mir, als würde ich die Augen eines Schakals sehen. Nichts hatte ich geträumt. Ich stellte mir nur vor, ich

könnte jetzt hinaus- und durch die Pariser Innenstadt gehen, zu der Stunde, da die Straßenkehrer mit ihren grünen Besen unterwegs sind und die Händler mit ihren kleinen Lieferautos zu ihren Geschäften fahren und die ersten Marktstände aufgebaut werden. Ich hatte Sehnsucht. In der Nacht gab es weder Traum noch Rat, und vielleicht war das die Antwort. Shira konnte mir nicht helfen. Und die Friedhöfe in Paris waren mir vertrauter als die in Tel Aviv.

*

Ich wurde fünfzig. Wir hatten den Geburtstagen nie viel Gewicht beigemessen, nicht einmal denen der Kinder, am 5. September hat Avi Geburtstag und am 4. März Naim.
Der fünfzigste Geburtstag war auch kein Fest. Aber ich erinnerte mich an den vierzigsten Geburtstag meiner Mutter.
Er wurde in dem Wohnzimmer gefeiert, das sich in meiner Erinnerung mit dem meiner Großmutter vermischt, wir wohnten noch in der Rue des Minimes, es war ein großer Raum, nur spärlich von zwei Fenstern erhellt, die auf die schmale Straße gingen, und dann war es auch November, weil meine Mutter am 3. November Geburtstag hatte. Nicht viele Gäste waren geladen, aber ich sehe die von Kerzen beschienenen Gesichter um einen Tisch stehen, den ein Blumenstrauß schmückte, mit weißen Blumen, es kommt mir, wenn ich daran denke, merkwürdig vor, und mein Vater stand etwas abseits. Warum nur stand er allein? Ich wollte zu ihm, um ihn zu trösten, es war, als wäre sie gestorben. Dann hob er seine Hand und ein Glas. Mir schnitt es ins Herz.
An die Rede – sicher hat er eine Rede auf meine Mutter

gehalten – erinnere ich mich nicht, auch nicht sehr gut an das Fest, wenn es ein Fest war. Vielleicht wurde getanzt, das Zimmer war groß genug, es stand ein Plattenspieler darin, und meine Mutter, erinnere ich, tanzte gern, sie tanzte, wenn aus England ihre Cousins kamen, mit ihnen um den Tisch herum, mit mir tanzte sie, mein Vater schenkte ihr manchmal eine Schallplatte, ich habe sie nicht aufbewahrt, die Schallplatten. Weder die Schallplatten noch etwas von ihren Kleidern, dachte ich, was hätten Avi und Naim mit Damenschuhen anfangen wollen.

An ein Paar Schuhe erinnere ich mich, keine Tanzschuhe, weiße elegante Schuhe mit Absatz, einem Absatz, der sie sogar etwas größer sein ließ als meinen Vater. Die Schuhe standen oft vor dem Schrank, sie trug sie nur selten. Der alte Schrank, den sie beim Umzug später nicht mitnahmen, stand in einer Ecke, die eine Innentür war verspiegelt, und öffnete man sie, verdoppelte sich das dunkle Zimmer. Nur die Schuhe leuchteten, und ließ man mich allein, wanderte ich durch die Wohnung bis zu den Schuhen, sie waren nicht neu, das konnte ich sehen, und strich mit den Fingern über das Leder.

Das geheimnisvolle Leben meiner Eltern existiert nur noch in diesem Zimmer und in der Erinnerung an die Schuhe. Als ich fünfzig Jahre werden sollte, begriff ich den Verlust. Shiras Eltern waren früh gestorben, so nahm ich den Tod meiner Mutter mit 74 und den Tod meines Vaters mit 77 hin, ohne zu beklagen, dass sie nicht länger mein Leben teilen würden. Wir waren weit weg. Die Jungs waren weit weg.

Dass es wirklich ein Geheimnis gab im Leben meiner Eltern, glaube ich nicht. Mein Vater behandelte seine Patienten. Meine Mutter malte. Für sie war das Geheimnis genug, nehme ich an. Sie erzählte nicht, dass sie Farben nicht unterscheiden konnte.

Sie gingen aus. Sie teilten das Bett. Warum ich Einzelkind blieb, gewollt oder ungewollt, weiß ich nicht. Ängste teilten sie, oder mein Vater teilte sie mit meiner Mutter, seine Flucht aus Paris, die Rückkehr. Er hatte mir gesagt, wie er die erste Zeit in der Stadt gehasst hatte, das Warten auf die Rückkehr der Überlebenden, ihre Gesichter, die Tränen derer, die vergeblich warteten, ihr eigenes Glück, denn auch seine Cousinen hatten überlebt, versteckt, nach England geschickt mit einem Kindertransport, und er, der ein junger, zorniger Mann war, überall Kollaborateure sah, verliebte sich in eine Schickse.

Wie er lebte, als er fünfzig wurde? Das war 1965, ich war siebzehn, bereitete mich aufs Baccalauréat vor. Ich suche in meiner Erinnerung, was am 23. Januar 1965 in der Rue des Minimes geschah. Ich versuche, die Haustür zu öffnen, erst mit sechzehn hatte ich einen eigenen Schlüssel ausgehändigt bekommen, versuche, das Treppenhaus hinaufzugehen, bis ich vor der Wohnung stehe, dann im Flur, links sind die beiden Zimmer meines Vaters, in denen er auch zuweilen Patienten empfängt, rechts öffnet sich eine Doppeltür zu dem großen Wohnzimmer, dahinter ist das Esszimmer, es stößt an die Küche, aus der ich vielleicht meine Mutter rufen hören könnte, oder sie und das Mädchen kommen sehen, das ihr hilft, wie sie Platten und Schüsseln heraustragen. Ich versuche, mir irgendeine Erwartung oder Aufgeregtheit vorzustellen, aber alles, was ich sehe, ist ein Hut auf der Ablage im Flur, ein Hut, der Monsieur Goldfisch gehört, dem ver-

ehrten Freund meines Vaters, und vielleicht haben wir den Abend nur mit ihm und seiner Frau verbracht, vielleicht habe ich neben Frieda Goldfisch gesessen, die korpulent war und immer in ihrer Handtasche nach etwas suchte, das sie nicht fand.
Als Avi und Naim fragten, ob ich meinen Geburtstag feiern werde, was ich mir wünsche zum Geburtstag, dachte ich an diese Handtasche, mir war, als kramte ich darin herum, ohne zu wissen, was genau ich suchte, und weil ich Frieda Goldfisch dabei so lebendig vor mir sah, war ich glücklich.
Es waren die letzten Monate, die Avi in der Armee diente. Ich wünschte mir, dass er zurückkam. Ich wünschte mir, dass beiden nichts zustoßen würde. Sie fragten, als ich sie zu den Bussen fuhr, die sie zu ihren Einheiten bringen würden. Ich versuchte, von Frieda Goldfischs Handtasche zu erzählen. Einen Moment überlegte ich, sie nach Paris einzuladen, mit jedem von ihnen nach Paris zu fahren, sobald sie aus der Armee entlassen würden. Sie waren ausgestiegen, in Uniform wirkten sie noch größer, nur Naims Gesicht sah nackt und kindlich und verschlafen aus. Manchmal sehe ich sie so vor mir. Ich schüttelte den Kopf und sagte, ich würde sie gern nach Rosch haNikra einladen, ein Wochenende. Sie lachten und stimmten zu, dann stiegen sie in den Bus. Wir haben diesen Ausflug nie gemacht. Vermutlich war es nicht mehr die Zeit, Ausflüge im Land zu machen.
Ich ließ den Tag, meinen fünfzigsten Geburtstag, verstreichen, er war ohne Bedeutung. Am Freitag darauf kamen wie immer die Jungs, sie schenkten mir eine Flasche französischen Rotwein, den wir zu dritt tranken.
Die Zeit wollte stillstehen, vielleicht aus Ratlosigkeit, aber

sie bewegte sich ja doch, Tage vergingen, Wochen vergingen, und manchmal gefiel mir die fremde Ruhe, die das hatte, die tröstliche Strenge.

Es war kein Zwischenzustand, weder angenehm noch quälend gar, es war ein Zustand, der aus festen Schritten bestand, die nirgendwohin führten. Manchmal war ich unglücklich und voller Zweifel. Dabei war es vielleicht gerade so, wie Avi und Naim es brauchten: Ich war zu Hause, in dem Haus, in dem sie den größten Teil ihrer Kindheit und Jugend verbracht hatten, sie mussten an mich nicht denken, denn es gab dazu keinen Anlass, aber ich war da, ich gehörte zu den Lebenden, und ich war ein Garant für was auch immer.

*

Ich ging längst wieder ins Büro. Heller fragte nichts, gab mir ein Zimmer dort, das auf den Platz schaute, der früher Malchei Israel geheißen hatte, Die Könige Israels, jetzt hieß er Jitzchak-Rabin-Platz. Es war ein kleines Zimmer nur, früher hatte der Kopierer darin gestanden und die Kaffeemaschine, ich hatte es für mich allein. Vier jüngere Architekten arbeiteten für Heller, ich war der älteste. Adam und Eli betreuten vor allem Projekte in Jerusalem, Sina und Miriam teilten sich die in der Ebene und nördlich von Tel Aviv, mir übertrug Heller zwei Villen etwas östlich, in Kiriath Ono. Er selber kümmerte sich um ein Wohnhaus in Bnei Brak, im Viertel der Orthodoxen. Überall baute er, Miriam weigerte sich, jenseits der Grenze zu arbeiten, mich fragte Heller nicht einmal. Es gab deswegen keinen Streit. Nur über die Löhne waren wir uneins und welche Firmen beschäftigt werden sollten. Meine Preise waren ihm zu hoch. Ich wollte nicht mit den Firmen arbeiten, die in Kleinbusse gepferchte Palästinenser beschäftigten, die an den Grenzübergängen oder in Ostjerusalem darauf warteten, ein paar erbärmliche Schekel zu verdienen. Also suchte ich wieder in Jaffo und Ajami, und schließlich fuhr ich mit meiner Vespa los, um Iunis zu finden.

Auch in einem kleinen Land verliert man sich aus den Augen. Und nachdem Iunis nach Shiras Tod in unserem Haus alles repariert und dabei unwirtlich gemacht hatte, nachdem wir uns irgendwann also wieder neu eingerichtet, Avis Zimmer frisch gestrichen, die Bilder im Schlafzimmer immerhin zusammengeräumt und in der Küche unsere eigene Ordnung geschaffen hatten, nachdem wir Chalil in London vergessen hatten, war Iunis verschwunden geblieben, ich hatte ihn für Hellers Haus nicht gesucht, und fragt man mich, warum, so weiß ich keine Antwort. Ein- oder zweimal hatten wir uns wohl auf dem Markt getroffen, in Jaffo aber nicht, und als ich mich nach ihm erkundigte, erfuhr ich, er sei umgezogen, nach Abu Gosch, das in den Jerusalemer Bergen liegt, dort, wo 1948 die Kämpfe um den Weg nach Jerusalem ausgefochten wurden.

Es ist ein großes arabisches Dorf, das gern von Jerusalemer Juden am Shabbat besucht wird, weil man dort gut essen kann, Katzenstein hatte mir einmal erzählt, er fahre dorthin, um Humus zu kaufen und Olivenöl, angeblich stammten die Einwohner von Tschetschenen ab. Ich war nie dort gewesen, nur auf der anderen Seite der Straße, im Kloster Latrun. In den Jahren vor Rabins Ermordung hätte man reisen sollen, nach Jordanien, nach Jericho, in den Bergen um Jerusalem hätte man wandern können, wie französische Bekannte es getan hatten, aber ich war beschäftigt, mit meiner Arbeit, mit den Kindern, mit Shira, ich war nicht neugierig gewesen. Jetzt fuhr ich los.

Nicht Iunis empfing mich in einem Restaurant, wie verabredet, sondern ein Cousin, ein Mann von etwa vierzig. Er grinste, vielleicht war er verlegen, sprach affektiert, Iunis wünsche ein paar Sachen zu klären, bevor er mich ins Haus bitte, es war gelogen, ich wollte auffahren, gehen, da kam Iunis von der anderen Seite, er war ein Freund, großzügiger und geduldiger, als ich es sein konnte, er nahm mir nicht übel, dass ich ihn vergessen hatte, er brauchte keine Zugehörigkeit und nicht das Gegenteil, er kam, mit schnellen Schritten der Freude, umarmte mich. Mein Bruder!, sagte er auf Hebräisch, wir haben dich vermisst. Adila fragt immer nach dir und Chalil, komm, meine Frau hat das Essen vorbereitet.

Sie hatten ein kleines Haus am Rande des Dorfes, so schauten sie ins Tal, ein Garten schloss sich an das Haus, stolz zeigten sie mir die Gurken und Tomaten, alles gedieh, eine Nichte der beiden lebte mit ihnen, drei Kinder, die überall ihre Köpfe hervorstreckten und mich anstaunten, sich wieder versteckten, die Köpfe wieder hervorstreckten.

Aus der Küche hörte ich Gelächter, Tee und Gebäck standen bereit, im Wohnzimmer gab es niedrige Sofas, darüber hing ein Bild einer verschneiten Schweizer Berglandschaft.

Wenn du einsam bist, kannst du zu uns kommen, sagte Iunis, du hast hier ein Zimmer, einen Tisch, Strom, du nimmst deinen Computer und deine Sachen, du arbeitest hier, und Avi und Naim sind auch willkommen.

Sie sind beide beim Militär, sagte ich, und Iunis nickte, als wäre nichts selbstverständlicher.
Ich habe Avi neulich gesehen, sagte er, ich war in Rafah, bei einem Cousin, sie haben das Haus durchsucht. Alles. Er lächelte mich an. So ist das, fügte er hinzu.
Seine Frau saß hinter uns, hinter dem niedrigen Tisch in zweiter Reihe, auf einem Kissen, sie hatte uns Tee gebracht und servierte uns das Essen, ohne sich zu uns zu setzen, sie murmelte etwas vor sich hin, es klang wie eine Geschichte, die sie erzählte, um zu üben, um einmal die Wörter und Sätze für sich in die richtige Reihenfolge zu bringen, bevor die Zuhörer kamen und nach der Geschichte verlangten.
Ich wollte auch eine Geschichte. Zu Iunis war ich gegangen, nach so langer Zeit, als würde er erzählen, was weiter geschehen würde, zusammenfügen, was mir geschehen war.
Manchmal denke ich jetzt, dass ich nie wissen werde, wie meine Geschichte zu erzählen wäre. Wir haben eine Idee davon zu erzählen, was uns geschehen ist. Aber wann tun wir es? Wer hört uns zu?
Die Geschichten von Menschen werden erzählt ohne sie, die meisten. Wir wollen unser Leben, unsere Geschichte wie ein Haus, ein Fundament, wie ein Wohnraum, ein Dach. Von Zimmer zu Zimmer wollen wir gehen und begreifen, wo die Türen sind, aus den Fenstern wollen wir hinausschauen, um zu sehen, in welcher Stadt das Haus ist und wer vorübergeht. Ein Recht glauben wir darauf zu haben. Aber was ist eine Geschichte, wenn es an unser Leben kommt? Oder muss man fragen, was ist unser Leben, und antworten: ein Stück Schatten, das nicht erkennen lässt, was den Schatten wirft?

Und die Geschichte ist, was andere erzählen, die uns nicht wirklich begleitet haben.

Wir saßen einander gegenüber, verstummt, und hörten seiner Frau zu. Von draußen klangen die Stimmen der Kinder herein, ein Streit entbrannte, wurde geschlichtet, dann kam eine Mädchenstimme dazu, und sie sangen, immer unterbrochen von Gelächter, als würden sie den Text erfinden, während sie sangen.

Wir saßen wortlos. Ich wusste, Iunis würde nicht mehr für mich arbeiten. Warum, wusste ich nicht – war es eine Frage des Stolzes, eine der Freundschaft, war es Ablehnung, Enttäuschung? Dass ich nicht nach den Gründen gefragt habe, verfolgt mich, ich denke darüber nach, was Iunis geantwortet hätte. Es war richtig, nicht zu fragen.

Ich blieb zum Abendessen. Die Türen öffneten sich, Männer schauten herein, verschwanden gleich wieder oder begrüßten Iunis und mich. Mein Auto mit dem Tel Aviver Kennzeichen stand vor der Tür. Als ein älterer Mann eintrat, er mochte um die siebzig sein, stand Iunis sofort auf, bedeutete mir, ich solle es ihm gleichtun, und begrüßte ihn, indem er seine Hand küsste.

Das ist Skip aus Paris, stellte er mich vor.

Skip aus Paris.

Der Mann musterte uns beide. Er neigte den Kopf, ich sah, dass er lächelte.

Ich habe in Paris studiert, sagte er. Kennen Sie das Institut du monde arabe?

Natürlich, entfuhr es mir. Ich sah das Gebäude vor mir, die komplizierten, anmutigen Blenden, mit denen die Außenmauern bedeckt waren und die sich je nach Lichteinfall öffneten oder schlossen, das elegante Gebäude unweit der Seine, Jean Nouvel hatte es gebaut.

Man verlässt seine Heimat immer aus guten Gründen, sagte der Mann. Er schaute zu Iunis. Du verzeihst mir, hoffe ich, wenn ich dir sage, ich komme nicht als guter Nachbar.

Dann wandte er sich an mich: Es gibt in der besten Nachbarschaft Unfreundlichkeiten. Bleibst du an diesem Tag zu lange, wird man Iunis vielleicht Vorwürfe machen.

Ich nickte erschrocken und erhob mich. Immer noch sangen die Kinder. Iunis' Frau war hinausgegangen, als der Besuch eingetroffen war, ich wollte mich von ihr verabschieden. Iunis sah meine suchenden Blicke und gab mir ein Zeichen, ich verneigte mich leicht gegen den Mann, dann gingen wir hinaus.

Dunkel war es, die Zikaden hörte man, Autos fuhren aus dem Dorf, die Scheinwerfer verschwanden, tauchten vor der Autobahn wieder auf. Unruhig lauschte ich, ob sich Schritte näherten. Iunis schüttelte den Kopf. Solange du in Abu Gosch bist, bei mir, und Abu Ibrahim im Haus ist, wird dir nichts geschehen. Wären wir anderswo, ich könnte dich vielleicht nicht schützen.

Was ist geschehen?, fragte ich.

In Jerusalem sind zwei Palästinenser erschossen worden, antwortete er. Die Leute sind zornig.

Ich stieg ins Auto. Traurig war ich. Nacht war es, nur ein paar Fledermäuse huschten um die Häuser, und Motten flogen gegen die Scheiben. Resigniert startete ich den Motor. Wäre ich ausgestiegen, um Iunis noch einmal zu umarmen, ich hätte ihn gebeten, mit mir zu fahren, nicht, weil ich Angst gehabt hätte, sondern weil der Kummer so sehr lastete.

Ich fuhr rasch, und als ich in Tel Aviv war, machte ich einen Umweg über Ajami.

Ajami, wo wir gemeinsam ein Haus aus seinem Schlaf geweckt haben, existiert so nicht mehr. Der jüdische Teil hat keine Seele, der arabische verhökert seine, nachts liefern sich Dealer und Polizisten ihre Gefechte.

Manchmal schickte mir Iunis jemanden, der eine Arbeit suchte, er rief mich auf dem Handy an, sagte mir, ein Ahmed oder Youssef werde zu mir kommen, ein- oder zweimal kam er selbst nach Tel Aviv, dann tranken wir einen Tee im Café Tamar, und er erzählte mir, was er von Chalil und Adila aus London hörte.

Ich stellte mir vor, dass Avi in Tel Aviv studieren würde, Jura oder etwas anderes, das ihn ans Land binden würde, er könnte in die Politik gehen, dachte ich mir, und ich wusste, das hatte nichts mit der Realität zu tun, auch wenn die Jungs, wenn wir gemeinsam aßen, über Politik redeten, über Gerechtigkeit.

Was sie lasen, worüber sie nachdachten, ich bildete mir ein, es zu wissen. Manchmal war ich betrübt, dass sie die Literatur nicht kannten, die ich geliebt hatte, Maupassant, Alain-Fournier, Flaubert, wenn überhaupt, lasen sie amerikanische und israelische Autoren, sie sprachen darüber aber wenig, es war nicht wie in meinem Elternhaus, wo immer besprochen worden war bei Tisch, was man las, so, als gäbe es das Lesen nur, wenn man darüber redete. Die Jungs erzählten eher von einem Kinobesuch, aber sicher war das auch nicht. Sie wussten, sie bekamen jedes Buch von mir, wenn sie darum baten, aber sie baten nicht um Bücher, sie baten um Geld, manchmal kauften sie davon ein Buch. Dass Avi sich für Physik interessierte, wusste ich, wie viel er darüber las, ahnte ich nicht, ich hätte auch nicht verstanden, was in diesen Büchern stand. Er hat einmal versucht, mir die Relativitätstheorie zu erklären, seither scheint die Vergangenheit immer wie das Zimmer nebenan, das ich gerade verlassen habe – aber was ihn begeisterte, die Thermodynamik, Entropie, all das begriff ich nicht.

Er hatte sich um einen Studienplatz in England beworben. Er hat sich nie mit mir beraten, es kam ihm nicht in den Sinn. Vielleicht hätte er mit Shira über seine Pläne geredet? Ich weiß es nicht, ich weiß nur, er wollte mich nicht kränken. Immer war Naim der Einzige, der wusste, was Avi vorhatte, und umgekehrt genauso. Vor der Entlassung aus der Armee, es war im Frühsommer, entschied er sich, er fuhr nicht einmal hin, um sich Oxford und Cambridge, Manchester und Edinburgh anzusehen. Mit Adila war er auch nicht in Verbindung. Er wollte studieren, er wollte ein Stipendium, er zweifelte nicht, dass er gut genug wäre. Ich habe die beiden nie gedrängt, auf eigenen Beinen zu stehen. Es war nicht nötig.

Ein Jahr zuvor hatte Avi alles in die Wege geleitet, in der Zeit hatten wir jede Woche gemeinsam gegessen. Es war ein Schock. Es sind nicht meine Söhne, dachte ich, darum reden sie nicht mit mir. Ob sein leiblicher Vater mehr wusste, fragte ich mich, obwohl ich ja nicht einmal sicher war, dass sie sich trafen.

Ich hatte so darauf gewartet, dass er zurück sein würde, zurück in Tel Aviv, nicht zu Hause vielleicht, aber doch in der Nähe. Und seine Entscheidung war unwiderruflich. Ich meine nicht, dass ich ihn umstimmen wollte. Ich bot ihm

Hilfe an, er brauchte meine Hilfe nicht. Schaute ich ihn an, erwiderte er meinen Blick, und doch blieb ich unsicher. Nie würde ich unbefangen sein, dachte ich, nicht ihm gegenüber, nicht Naim gegenüber, zum ersten Mal war ich froh, allein zu leben.

Da ich ihm weder raten noch ihn unterstützen konnte, beschloss ich, ihm einen Koffer zu kaufen, einen richtigen, einen Lederkoffer. Es war nicht leicht, einen Lederkoffer zu finden, von einem Sattler auf der Dizengoff Street bekam ich schließlich eine Adresse, eine Londoner Adresse. Was für eine Absurdität. Ich bestellte für Avi eine große Bügeltasche und einen Trolley für tausend Dollar, es war mein Geschenk, ich stattete einen Juden aus für seine Wanderung durch die Welt, so, als müsste ich dafür sorgen, dass aus Israel ein Jude mit respektablem Gepäck nach Europa zurückkehrte.

Avi nahm das Geschenk mit Würde entgegen, ohne eine Miene zu verziehen, ohne Frage. Er stand in der Küche und packte die beiden riesigen Pakete aus, ich sah, wie er zwischendurch in den Hof schaute, als könnte er dort etwas sehen, das ich nicht sah, er riss das Packpapier auf, lächelnd, still, als fragte er sich, was für eine Art von Abschied das sei.

Habe ich gesagt, dass er sein Zimmer ausräumte? Vom Shuk hatte er sich bei einem Händler große Kartons geholt, er stapelte sie in der Ecke seines Zimmers, die Regale und der Schrank waren so gut wie leer, sogar die Poster hatte er abgenommen, es war ein Poster von Einstein gewesen, das andere zeigte ein berühmtes altes Foto von Tel Aviv, eine Reihe von Kamelen, die, schwer beladen, am Strand entlanggeführt werden. Nur ein Plakat nahm er mit, es war eine Re-

produktion eines der Gemälde des Malers Arie Aroch, dessen Bilder wir alle liebten, Shiras Wunsch war es gewesen, eines zu besitzen, ein unerfüllbarer Wunsch: Rechov Agrippas. Avi fragte mich, ob ich eine Plakatrolle habe. Bis heute hat er das Plakat in seinem Arbeitszimmer.
Die wenigen Tage zwischen der Entlassung aus der Armee und seinem Abflug verbrachte er damit, Freunde zu besuchen, sogar Heller besuchte er. Ich kochte jeden Abend für ihn, Heller gab ihm zwei Londoner Adressen, bei einer Cousine konnte er die ersten Nächte unterkommen.
Als sie beide bei der Armee gewesen waren, fühlte ich mich nicht verlassen, doch als Avi abgereist war und Naim an der libanesischen Grenze stationiert, war ich verloren. Niemand war da. Von Sonntag bis Freitag lebte ich in einer Starre, die sich nur löste, wenn Avi anrief oder schrieb. Inzwischen hatte ich auch E-Mail.

*

Eines Nachts schreckte ich auf. Der Schlaf war voller Träume gewesen, die Unglück ankündigten. Ich konnte nirgends bleiben, träumte ich, überall erwarteten mich Verlust und Tod. Dabei war, was ich träumte, immer in einem Zwischenreich angesiedelt, vor der Geburt der Kinder, in einer Zeit größter Nähe zu Shira, ich drehte mich nach ihr um.
Da ich mich nach ihr umdrehte, entfernte sie sich.
Ich fragte mich, ob es ein Bedauern in ihren Schritten gab.
Und etwas anderes beschäftigte mich – dass ich im Traum nicht nach ihr rief. Ich rief nicht, es kam mir nicht in den Sinn. Und vielleicht lag darin etwas, das wie ein Zeichen war.

Aber ich konnte es nicht sehen, ich konnte nichts davon entziffern.

Herbst wurde es, überall fror ich, wie warm ich mich auch kleidete, es war, als müsste ich mich für eine eigene Abreise vorbereiten.

Naim wandte sich in dieser Zeit von mir ab. Vielleicht war es ein Glück, dass ich es nicht empfinden konnte, weil ich zu sehr mit meinem Kummer über Avis Abreise, über das Ende der Zeit mit den Jungs beschäftigt war, mit der Frage, was denn nun aus mir werden solle. Was aus mir werden solle, der ich nicht mehr die Kraft hatte, ein Leben anzufangen, und der keines übrig behalten hatte, so kam es mir vor. Das Haus war immer sauber, aber es bekam doch etwas Schäbiges. Netanjahu war immer noch Ministerpräsident. Die Zeit der Hoffnung schien vorbei, wir gewöhnten uns schon daran.

Wohin ich auch blickte, ich sah nichts, was mich mit Erwartung füllte, ich konnte nichts sehen. Naim sagte mir einmal, als wir an einem Freitagabend zusammen bei Wilma saßen, ich werde bald frei sein, wie sein Bruder habe auch er ein Stipendium beantragt, er werde auf eigenen Füßen stehen.

Ich wagte nicht einmal zu fragen, ob er auch das Land verlassen wolle. Ich musste nicht fragen. Es trafen mit der Post Umschläge englischer Universitäten in Manchester, Birmingham und London ein.

Er wollte Biologie studieren.

Bevor er mir sagen konnte, wohin er gehen, was er studieren wolle, geschah etwas anderes. Sein Kommandant fragte ihn, ob er bleiben werde. Pilot konnte er immer noch nicht werden, man wollte ihn bei seiner Truppe, man wollte ihn beim

Geheimdienst, er werde, versprach man ihm, parallel studieren können, er werde Karriere machen, man hielt große Stücke auf ihn. Wilma sagte, er habe im Viertel Spurenlesen geübt, sie meinte die Mädchen, mir sagte sie, ich solle stolz auf ihn sein, und Alina strahlte, denn, so sagte sie, er werde im Land bleiben und ein echter Zionist werden.

Ehud Barak löste Bibi Netanjahu ab, eine Kommission prüfte, ob die orthodoxen jungen Männer nicht doch zum Militärdienst müssten, es gab doch wieder Hoffnung, sie flackerte auf.

Einen Monat hatte Naim Zeit zu überlegen, und da er mich um Rat fragte, überlegte ich mit ihm. Nachts lag ich wach und sah ihn vor mir, wie er in Uniform nach Hause kam, jedes Mal mit einem höheren Rang bekleidet. Vielleicht kann man nur so etwas bewirken. Als Helden sah ich ihn, wie er in Gaza Frauen ins Krankenhaus begleitete und gegen die Ungerechtigkeiten dort ankämpfte. Seinen Körper sah ich, wie sportlich und schlank er war, anders als Avi, der hager sein würde. Manchmal dachte ich, dass ich selbst das Land verlassen würde. Naim könnte ich das Haus vererben, aber wann würde ich ihn wiedersehen, was würde es mir helfen, wenn er Kinder zeugte und ich einmal im Jahr aus Frankreich anreiste?

Bevor er seine Entscheidung mitteilen musste, kam Avi. Zum ersten Mal kam er, seit er nach Cambridge gezogen war, um seinem Bruder beizustehen kam er. Was wusste ich? Wieder wusste ich wenig oder nichts. Für Naim hatte sich alles zusammengefasst in der Entscheidung, die auch mein Schicksal bestimmen sollte – ich hatte ihm gesagt, ich würde ihm in ein paar Jahren das Haus vererben, wenn er im Land bliebe.

Avi freute sich, als er mich sah, doch schien er erschöpft. Ich wollte fragen, was ihn bedrücke, er wehrte jede Frage ab, schließlich war er gekommen, um seinem Bruder zu raten. Sein Bett hatte ich gemacht, den Kühlschrank hatte ich gefüllt. Er schlief, ich saß in der Küche und wartete. Eltern, dachte ich, sind auch hoffnungslos Liebende.
Das Haus füllte sich. Chajim kam vom Markt. Alina und Noam kamen, Avis Freunde, einer von ihnen brachte seine junge Frau mit, die schwanger war, zwei studierten wie Avi Physik. Ihren Gesprächen konnte ich nicht folgen, ich kochte und deckte den Tisch und fuhr mit Naim, den Avi vom Busbahnhof abgeholt hatte, Cola und Wein und Wasser kaufen, alle waren ernst, als würde über Naims endgültiges Schicksal entschieden. Ein Mädchen stand plötzlich in der Tür, sie wollte zu Naim, ihren Namen habe ich vergessen, sie war sehr schön, endlich saßen alle, dicht an dicht, um den Tisch.
Avi strahlte. Er saß neben Naim.
Irgendwann brachen sie auf, die Älteren nach Hause, die Jüngeren, um tanzen zu gehen; als sie ein paar Stunden später zurückkamen, standen Avi und Naim im Hof, unterhielten sich leise. Ich wagte nicht, mich bemerkbar zu machen, um sie nicht zu stören. Sie lachten, ich konnte sie im Dunkeln nicht richtig sehen, ich hörte sie nur.
Anderntags sagte Naim, dass er das Angebot des Geheimdienstes ablehnen werde.
Er wusste nicht, ob er Biologie oder doch Geschichte studieren wollte. Jetzt erst begriff ich, wie Naim seinen Bruder Avi verehrte.
Einige Wochen später brachte ich Naim zum Flughafen. Ich hatte ihm einen modernen Koffer geschenkt, einen Schalen-

koffer, dazu eine schöne Ledertasche. Jetzt, dachte ich, waren sie die Familie, dort, in England, und ich gehörte nur noch dazu.

Ich kontaktierte Verwandte meiner Mutter. Ich stellte mir vor, die beiden Jungs würden eine Wohnung teilen. Irgendwann würden sie heiraten, malte ich mir aus. Die Verwandten schickten höfliche Einladungen. Die Jungs wohnten in ihren Colleges. Immer wollte ich einen Flug buchen.

Dann kam eine E-Mail von Avi. Wie er selbst, so habe auch Naim ein Stipendium erhalten, müsse etwas hinzuverdienen, einen Job habe er schon gefunden. Sein eigenes Stipendium sei verlängert, er teile mir das mit, damit ich die Sorge um sie endgültig ablege.

Die Mail klang ein bisschen gestelzt, es kränkte mich. Da ich sie im Büro las und Heller im Zimmer war, kam er herbei, um zu lesen, was mich verstimmte; er gratulierte mir so herzlich, dass ich beschämt war und getröstet. Vielleicht kam ihm in diesem Augenblick die Idee, mich nach Berlin zu schicken.

Verließ ich das Büro, um nach Hause zu gehen, machte ich oft einen Spaziergang, ich kam an einem Reisebüro vorbei, betrachtete die vergilbten Plakate der Luftfahrtgesellschaften. Reise, ermunterte ich mich selbst. Reise nach Europa, nimm Noam mit, reise durch Südfrankreich mit ihm, danach besucht ihr die Jungs in Cambridge, wie lange bist du nicht verreist! Aber immer ging ich an den Schaufenstern vorbei, als wartete ich darauf, wieder gerufen zu werden zu einer Reise, hätte weder Gründe noch das Recht, auf eigene Faust und ohne Not Israel zu verlassen. Es kam aber nichts. Unglücke gab es allerorten, ich wurde nicht gerufen.

Was für eine Perspektive auf die Welt. Ich wartete auf eine Katastrophe, um mich zu bewegen. Im Februar wurden in Österreich vierzig Leute von einer Lawine verschüttet. Ein ägyptischer Pilot ließ eine vollbesetzte Maschine ins Meer stürzen. War es geschehen, so wusste ich, an mir ging es vorüber wie an jedem anderen, ich würde die Bilder sehen und erschrecken. In der Türkei bebte die Erde, Zehntausende starben. In London stießen zwei Züge zusammen, ich sah die Bilder in den Nachrichten und dachte an Paris.

Eine Flut in Indien tötete Hunderte, diese Toten tauchten für uns nur als Zahl auf.

Manchmal ging ich unbeschwert zu Fuß, es war ja nicht weit, aß in einem kleinen Restaurant, das vor ein paar Jahren auf der Shenkin Street aufgemacht hatte, *Orna und Ela*, überall gab es neue Cafés und Pubs und Restaurants, das Land wollte blühen, alle wollten leben, und ich sorgte für niemanden, außer für die beiden Schildkröten und die Katze, wenn sie kam, dann holte ich vom Markt Fischköpfe, manchmal kochte ich für Noam, selten kam Alina dazu, ich war frei, frei wie ein Vogel, einer, der reist, einer, der bleibt, das wusste ich nicht.

Zum ersten Mal achtete ich auf die Schwalben, wann sie abflogen, wann sie wiederkamen, auf ihr hohes Sirren, auf ihre Bewegungen, Flug und Sturz zugleich, sie flogen, als wären da keine Bäume, Dächer, über die man fliegen konnte. Ich sah hinauf in den Himmel, plötzlich war er nicht mehr nur für Flugzeuge da, und ich fragte mich, was meine Söhne sahen, der Physiker, der Biologe, ich fragte mich, wie sie die Welt sahen und wie es gekommen war, dass sie so andere Augen hatten als Shira und ich.

Ich überlegte, das Haus umzubauen, jetzt, da es mir allein gehörte, Shiras Zimmer zu vermieten, einen Studenten aufzunehmen in eines der alten Kinderzimmer. Warum nicht? Avi und Naim hatten mir beide gesagt, sie würden nicht kommen in den Ferien, nicht für die ganzen Ferien, Avi hatte vorgeschlagen, wir könnten uns in Frankreich treffen, und wie er die Namen der Städte sagte, schien es auch mir so: Wir könnten uns in Bordeaux treffen, in Aix-en-Provence, in Marseille. Die Schwalben flogen so leicht, ich würde sie dort auch antreffen.

Es war, als hätte mein Herz angefangen, rascher zu schlagen, als wäre es verklebt gewesen. Heller sagte etwas Derartiges, er sagte auch, er habe vielleicht bald eine Idee für mich, und Wilma meinte zu mir, als ich überraschend mitten in der Woche zu ihr kam, Akiba begrüßte und sie umarmte: Na endlich.

*

An diesem Abend bemerkte ich eine junge Frau unweit des Hauses, ihr Haar schien rötlich im Licht einer Straßenlampe, sie ging spazieren, ging ins Café des nahe gelegenen Susan-Dellal-Centers, oder sie kam von dort, von einer Ballettaufführung.

März war es, abends war es noch nicht warm, als ich sie wieder sah; sie beobachtete, wie ich den Schlüssel aus meiner Jacketttasche holte. Shiras Galeristin, Nili, hatte mich angerufen, um zu fragen, ob ich die Blätter eines Schülers von Arie Aroch noch besitze, sie wollte sie ausleihen für eine Ausstellung, und da ich ihre Frage nicht beantworten konnte, weil

ich längst nicht alle Schubladen der Graphikschränke gesichtet hatte, bot sie an, mir ihre Assistentin zu schicken.
Auf einem Stein saß sie, die Beine übereinandergeschlagen, den Ellenbogen aufgestützt, sie schaute mir entgegen, das Gesicht leicht nach oben gewandt, als wäre sie nicht sicher, ob sie nicht doch an mir vorbei- und weiter hinaufschauen sollte, zu den Wolken oder den Schwalben und Mauerseglern. Wie sie doch nach Jerusalem aussieht, dachte ich bei mir, eine junge Frau aus dem Jerusalem der sechziger Jahre, vielleicht lag es an dem Kleid, das mit Blumen bedruckt war, und als sie aufstand, mit beiden Händen das Kleid glattstrich und am Po abklopfte, sah ich, dass es eine ungünstige Länge hatte, ihre Beine wirkten ein bisschen zu kurz und zu kräftig. Sie schaute noch einmal auf den Stein, ob es der richtige Sitz gewesen war, und dann erwiderte sie meinen Blick. Es war keine Absicht, doch fast nie passte, was sie tat, es war immer um ein Winziges zu spät, manchmal auch zu früh, und in der Lücke dazwischen war sie, mit ihrem Körper, dessen Bewegungen eher auswichen, als dass sie sich näherten.
Ich hatte die Tür aufgeschlossen und wartete.
Wonach suchst du, wollte ich sie manchmal fragen, denn sie spähte, spähte wie die Taube, die überall nach dem grünen Zweig sucht. Was suchst du? Und dann denke ich daran, was Noam einmal geantwortet hatte, als ich ihn fragte, was er vom neuen Jahr erwarte: Eine Überraschung, schlug er vor und wiederholte strahlend: eine Überraschung! So, als habe er mit dem Wort selber schon eine Entdeckung gemacht.
Als sie meinen Namen sagte, missverstand ich ihn zum ers-

ten Mal, wie eine Aufforderung klang es: Skip! Skip me! Angewurzelt stand ich da, sie hatte sich vorsichtig, höflich genähert, wiederholte noch einmal meinen Namen, diesmal mit einem langen I, sie sprach mich auf Französisch an, wie ein Schulmädchen, mit einer Aussprache, die nicht einmal ungeschickt war. Monsieur Skip, c'est vous?
Dann deutete sie auf sich und sagte: Zipora. Vogelin. Zipora. Niemand außer orthodoxen Eltern nannte sein Kind noch Zipora, dachte ich, Vögelchen, Täubchen, möchte man sagen, und sie war hellhäutig und rothaarig wie eine Orthodoxe aus Polen, wie ein Mädchen aus einer Geschichte Agnons, wie *Blume Nacht* aus *Eine einfache Geschichte*, so stand sie da, in Ledersandalen mit einem kleinen Absatz, sie war fast so groß wie ich, und ich erwiderte ihr auf Französisch, um nicht, wie im Hebräischen üblich, Du sagen zu müssen, ein Sie gibt es nicht, und kein Mensch wird *gewereth*, Madame, sagen und den Nachnamen dazu. Kurz war ich unsicher, ob sie tatsächlich Französisch sprach, sie schaute mich unverwundert an, sie folgte mir ins Haus, wir waren ja verabredet, und sie sprach doch Französisch, so, wie man es in der Schule lernt, ein bisschen steif und unbeholfen. Sie bemühte sich zu antworten, und in ihrem Blick lag Erwartung, als wäre ich doch wichtig, ein Sammler oder bedeutender Architekt, sie nahm, da ich es ihr anbot, ein Glas Wasser, schaute sich nicht um, wie man sich in privaten Räumen Fremder nicht umschaut, sie blieb stehen, bis ich sie zum Setzen aufforderte, nachdem ich ihr einen Stuhl an den Graphikschrank herangerückt hatte.
Danke, sagte sie und setzte sich, das geblümte Kleid stand ein bisschen ab, als sollte es von ihr ablenken. Es war, als

wollten ihr die Sachen zu Hilfe eilen, die Schubladen öffneten sich eilig, der Stuhl knarrte, als sie mit etwas brüchiger Stimme zu sprechen begann: Ich war ein Mal in Paris ...
Die kleine Aufgabe war schnell erledigt, geschickt sichtete Zipora die Blätter, hielt nur einmal bei einem Papier inne, das an die alten Aerogramme erinnerte; ich wollte sie ermuntern, es sich genauer anzusehen, spürte aber, dass sie schon aufbrechen wollte, als wäre nicht die Zeit das Maß ihres Verweilens, sondern allein ihr Auftrag. Streng war sie, in ihrer Freundlichkeit, und während sie in eine eigens mitgebrachte Mappe die vier Blätter einpackte, die sie mitnehmen wollte, überlegte ich, wie ich ein Wiedersehen vorschlagen könnte, es fiel mir aber nichts ein. Sorgfältig packte sie die Mappe in eine Tasche, ich saß in dem niedrigen Sessel, in dem Shira immer gesessen hatte, ich sah Zipora, als bewegte sie sich mit großer Vertrautheit, und für einen Moment sah ich mich selbst, deutlich wie auf einem Foto, und ich merkte mir mein Gesicht. Dünner war ich nicht geworden. Früher hatte ich mir ein markanteres Gesicht gewünscht, es war nicht weichlich wie das eines pausbäckigen Jungen, es war das eines Mannes, der älter geworden war, weich war es, mehr noch als früher, freundlich war es.
Es ist schön, sagte Zipora später, dich anzugucken, und diese Umkehrung traf es. Ich war nicht schön. Aber es war angenehm, mich anzusehen.
Ich habe Kunstgeschichte und Architektur studiert, sagte sie im Gehen leise, und, indem sie sich noch einmal umwandte mit einer Vierteldrehung: Lehitraot! Auf Wiedersehen.
Vielleicht dachte sie, ich sei zu schüchtern, um sie einzuladen, vielleicht dachte sie, der Altersunterschied sei mir zu be-

deutend, sie ging, ihr Rücken sah hoffnungsvoll und doch ein bisschen enttäuscht aus, ihre Telefonnummer hatte ich nicht erfragt, aber über Nili konnte ich sie erreichen.
Zipora war gegangen, ich dachte an Shira. Draußen war es laut, im Haus still wie nie zuvor, die leisesten Geräusche hörte ich, Windzug und Vorhänge, ich mochte mich nicht bewegen, sondern immer nur lauschen, als würde ich unsere Geschichte hören und weiter, als könnte ich, verständig geworden, jedem Laut ablauschen, was geschehen würde, und ich dachte, wie leicht es war zu wissen, was geschehen sollte, und dann etwas anderes zu tun oder darin frei zu sein.
Mit den Händen strich ich über Shiras Schreibtisch, ich hatte ihn ihr geschenkt, die Platte war mit schwarzem Linoleum beklebt, das matt und ein wenig rissig geworden war, an den Schreibtisch meines Vaters dachte ich, ein mächtiger Holztisch aus den dreißiger Jahren, an den Sekretär meiner Mutter, ich hatte ihn zu Bekannten gegeben, und ich beschloss, ihn zurückzuerbitten. Ich dachte, dass Zipora jetzt durch die Straßen ging mit ihrer Tasche, sie trug sie vorsichtig, dass der Mappe nichts geschah. Zu jeder Tageszeit war mir in den kommenden Wochen so: Sie geht durch die Straßen und denkt an mich. Die Wochen verstrichen, ich fragte nicht nach ihr in der Galerie, ich versuchte nicht, sie in der Nähe der Dizengoff Street zu treffen, ich ging auch nicht aus abends, in der Hoffnung, sie in einer Bar zu sehen.

*

Die Wochen vergingen in den Sommer hinein, die Jungs hatten wenigstens kurz kommen wollen, sie sagten ab. Oft würden sie absagen, einen Stich würde es mir jedes Mal geben, ich würde nicht zornig sein und nicht enttäuscht, aber manchmal sehnte ich mich nach ihnen, und ich staunte, wie nahe man sich ist, wie man sich berührt und streichelt und im Arm hält, und dann ist es vorbei, der Körper ist einsam oder sucht sich neue Zärtlichkeiten. Wie wenig hatte ich gewusst, als sie noch im Land waren, jetzt lebten sie in England, und ich wusste noch weniger.

Nach Zärtlichkeit sehnte ich mich auch, aber ich suchte keine neue Frau. Warum bleibst du allein?, fragte mich Wilma, und ich sagte, ich wolle keine Familie. Du hast Familie, erinnerte sie mich, und war das auch wahr, so galt es doch nicht mehr: Zwei Männer waren es, die in England studierten, vielleicht liebten sie mich, sie waren jedoch nicht entschlossen, in meiner Nähe zu leben, sie waren meine Söhne, sie waren nicht meine Söhne und wussten es, ihr eigenes Leben hatte begonnen, und irgendwann begriff ich, für sie war es leicht gewesen zu gehen, sie dachten an die Zukunft, so wie Noam. Sie gingen, es bekümmerte sie nicht, einen Ort zu verlassen, sie brachen auf, und nicht der Verlust war ihre Sorge.

Lange habe ich gegrübelt, ob das Haus unwirtlich, ob es für sie kein Zuhause mehr war nach Shiras Tod, ob es das Land war, die Drohung neuer Kriege, die sie vertrieben hatte, die sich trübenden Hoffnungen, und an das Nächstliegende dachte ich nicht, dass ihnen die Türen offen standen zu den besten Universitäten, dass sie neugierig waren, dass sie hinauswollten.

Mein Herz hellte sich aber weiter auf, ich sah die Vögel am Himmel und meinen Vogel auch, Zipora, die mich besuchte, bei Heller nämlich, im Büro, und da ich schwer war, machte sie sich leicht, leicht aber nicht, wie eine junge Frau leichthin eine Liebe sucht, sondern in ihrer eigenen Fremdheit machte sie sich leicht. Denn sie passte nicht, wie ich, ins Land, und zu ihren Jahren auch nicht, es war, als wäre sie zurückgekehrt in die Haut ihrer Großmutter, weißhäutig, mit rötlichem, dickem Haar, tatkräftig und schüchtern, und oft war es, als wäre sie geprägt von tiefen Eindrücken, die sie nicht selber gehabt haben konnte. Manchmal war es, als liefe sie auf die Straße, weil Hufschlag die nächsten Marodierenden ankündigte, die nächste Angst, und dann war sie wieder heiter, dankbar, dass nichts Schlimmes geschah.

Sah ich sie gehen, aus der Glastür des Büros hinaus, die Treppen hinunter, wusste ich, es waren meine Augen, die Angst sahen, wo keine war, eher eine Geschichte, die nicht erzählt wurde, eine Unruhe, die ihr Verschweigen suchte, ein gemeinsames Verschweigen. Und ich stellte mir vor, wie sie über die Straße hasten würde, der Straßenbahn hinterher, im Herbst, mit einem kleinen dunkelblauen Hut auf dem Kopf. Sie drehte sich manchmal um, aber ohne mich noch anzuschauen, ohne zu lächeln, so, als würde sie sich auf Vorrat umdrehen, nach etwas, das ich nicht begreifen konnte.

Wie geht es dir?, fragte Avi manchmal am Telefon oder in einer Mail, *b'seder*, in Ordnung, antwortete ich, und ich lauschte auf seine Stimme, ob ich in ihr etwas von dem erkennen könne, was ihn beschäftigte.

Seit ich so spät erfahren hatte, was Avis Pläne waren, fragte ich ihn und seinen Bruder wieder und wieder, wie sie lebten, was sie tun wollten.

Sie lachten mich aus. Sie sagten, ich sei eine jiddische Mamme.

Naim schickte mir manchmal Fotos: eine chaotische Küche, ein Tisch, der gedeckt war für acht oder mehr Leute, ein riesiger Topf, ein Ruderboot, mit dem sie auf den Kanälen stakten.

Es war ein fernes Leben, leichter schien es als das, was ich aus meiner Studienzeit erinnere, glücklicher. Avi beschrieb mir die gemeinsamen Mittagessen im College, die Talare, die Zeremonien. Selten sagte der eine etwas über den anderen.

Zuweilen versuchten sie mir zu erklären, womit sie sich beschäftigten. Naim hatte in die Biologie und Neurologie gewechselt, er forschte über Krähen. Avi fing an, sich für die Geschichte der Zeit zu interessieren.

Heller kaufte unterdessen. Er hatte Geld, er hatte sich einen Namen gemacht, reiche Händler vertrauten ihm ihr Geld an. London war zu teuer. In Amsterdam kaufte er ein Haus und für sich selber eine Wohnung. Dann fuhr er nach Berlin. Ich blieb. Noch besuchte mich Noam, aber seine Hand schob er nicht mehr in meine Hand. Er wuchs. In sein Gesicht trat etwas Neues, erst war er vorsichtig, dann wurde er misstrauisch.

Die Abstände zwischen seinen Besuchen wurden größer, und manchmal war es, als wollte er nur nach den Schildkröten gucken. Einmal fragte er mich nach Zipora, er hatte mich mit ihr in einem Café gesehen. Zieht ihr nach Frankreich?, fragte er.

Warum sollen wir nach Frankreich ziehen?

Aufs Land, sagte er, es war das letzte Mal, dass er mich anstrahlte, wie ein Kind strahlt. Mit einem großen Garten, und ich besuche euch dann!

Ich bin noch nie mit ihr weggefahren.
Aber du heiratest sie doch?, fragte er streng, du heiratest!
Nein, sagte ich, wie um mich selber zu bestimmen, nein, ich werde nicht noch einmal heiraten.
Eigentlich gehörte es sich, dachte ich, erneut zu heiraten, das Leben wieder zu beginnen, so gehörte es sich im Lande Israel, so hätten vielleicht auch meine Großeltern geurteilt. Ich betrachtete Noam, er hatte den Blick gesenkt. Gehen wir ans Meer, sagte ich.
Aber auf dem Weg zum Strand bog er ab, rannte los und verschwand.
Ich ging weiter, mit ruhigen Schritten, sie fielen mir schwer, und atmete den tröstlichen Geruch des Meeres. Wie immer saßen die alten Männer in kleinen Gruppen und spielten Schesch-Besch, ich wollte mich zu ihnen setzen, aber es war noch nicht die Zeit, sie schauten mich abschätzend an, als ich mich dazustellte, und bedeuteten mir mit den Augen, ich solle weitergehen.
Alles scheint, spaziert man am Meer entlang, heiter, zuweilen rennt ein Hund an der Wasserlinie, Mütter kommen mit ihren Babys, wenn es warm genug ist und nicht zu heiß, junge Paare laufen Hand in Hand, ein paar Sportler sind immer da und joggen oder spielen Beachball, das Öffentliche mischt sich mit dem Privaten, das Herz öffnet sich, wenn man es nicht mit Gewalt verschließt, dem Leben der anderen, es gilt Geselligkeit, eine andere wohl als in Frankreich. Strenggenommen kenne ich ja nur Paris, wie ich von jedem Land nur die Städte kennengelernt habe, das Land war so weit weg, und die Natur existierte für mich nur in der Stadt, wo die Tiere die Menschen anschauen und die Pflanzen keinen

anderen Nutzen haben, als hübsch auszusehen oder für frische Luft zu sorgen.
Noam blieb verschwunden. Fragte ich Alina nach ihm, schaute sie mich verwundert an, sie wusste nicht, warum er mir auswich, sie konnte mir nichts erklären. Wir waren uns nahe, es war eine andere Geschichte, ohne unser Zutun, ohne dass wir es bemerkt hätten, ich fand mich kräftig in ihren Augen und heiter, und sie sprach gern mit mir und sah sogar zu mir auf.
Das Leben, sagte Wilma zu mir, geht in eine neue Runde. Und, fügte sie listig hinzu, wegen Alina ist es nicht.
Ich hatte ihr nicht von Zipora erzählt, es gab nichts zu erzählen, wir sahen uns, wir trafen uns, in einem Café, manchmal gingen wir gemeinsam am Abend spazieren, es war angenehm, mit ihr spazieren zu gehen. Sie war ins Büro gekommen, um mich zu besuchen, aber Heller, klüger als ich, hatte sie ins Gespräch gezogen und wenig später engagiert. Sie sollte in seinem Namen und Auftrag Miethäuser in Europa besichtigen und prüfen, ob der Kauf lohnte, nach Warschau reiste sie, nach Krakau, sogar nach Łódź, dann sagte sie Heller, sie wolle lieber nach Deutschland reisen; als sie das erste Mal nach Berlin flog, wusste ich nichts davon, nach einer Woche aber bat mich Heller, sie vom Flughafen abzuholen. Aus Berlin, sagte er und gab mir Ankunftszeit und Flugnummer, dabei schaute er mich abwägend an. Berlin, von dem immer öfter gesprochen wurde, auch in Israel, und es begann damals eine Bewunderung, die merkwürdig war, denn es ging nicht um das, was geleistet wurde dort, sondern eher um das Gegenteil, um all das, was leer geblieben, ungenutzt geblieben war, die Leute schienen leere Häuser zu stürmen,

um zu malen oder neue Firmen zu gründen, um Filme zu drehen oder Clubs zu eröffnen, und nichts hatte mit Politik zu tun. So, dachte ich mir, waren auch die jungen Israelis unbefangen, und Heller überlegte, obgleich die Preise schon gestiegen waren, dort Häuser zu kaufen und zu sanieren.
Ich holte sie ab, aber nur, weil Heller es so beschlossen hatte, wir sollten ins Büro kommen, er war ungeduldig zu hören, was sie erzählen würde, die Fotos wollte er sehen, und ich sollte auch da sein. Kühl war ich, als hätte ich Gründe. Der Flughafen schien mir weiter gewachsen, laut und bedrängend, wie lange, dachte ich, hatte ich Israel nicht verlassen. Ich hielt Ausschau, ob ich jemanden Bekanntes träfe, es war aber niemand da, den ich kannte, und auch Zipora erkannte ich erst nicht, wie aus einem Film sah sie aus, in einem schmal geschnittenen Fischgrätmantel, mit einer schwarzen Mütze auf dem Kopf. Verändert und schön sah sie aus, und ich atmete auf, mit einer kleinen Enttäuschung, da ich sie unerreichbar fand, unzugänglich, eine junge Frau, die mich nicht brauchte. Sie aber war heiter, sie freute sich, mich zu sehen, umstandslos folgte sie mir, ein bisschen verwundert, dass ich ihren Koffer trug, dass ich so rasch ausschritt, sie blieb zurück, ohne nach mir zu rufen, und als ich mich endlich umdrehte, sah ich, sie ging langsam, aber sie strengte sich an, als müsste sie plötzlich auf einem Seil balancieren.
Denken wir nach?, fragte ich sie unvermittelt, und sie nickte. Sie schaute neben mir über den Parkplatz in die Ebene. Unweit des Flughafens waren Felder, mit Orangenbäumen bestanden, die Autobahnschleifen teilten sie, ein paar Möwen flogen am Himmel. Weiter hinten ist das Meer, sagte ich,

doch ich sah plötzlich auch eine Stadt im Herbst, graue Häuser, Bäume, die ihr Laub schon verloren hatten, ich hörte den Lärm, der leise war in meiner Vorstellung, und ich hatte Sehnsucht danach; Zipora kam mir vor wie die Taube, die ich ausgeschickt hatte, in mein altes Leben, das ich nie gelebt hatte.

Verändert fand auch Heller sie, ich merkte es daran, wie er überrascht Papiere herumräumte, um für uns drei an seinem großen Tisch, der doch halbleer war, Platz zu schaffen.

Setzt euch, sagte er und schaute uns an, als sollten wir gemeinsam von einer Reise sprechen.

Das Fenster stand offen, hinter einem Eukalyptusbaum blickte man in den Hof, man hörte die Klimaanlagen, die in kleinen Käfigen an den rückwärtigen Hausmauern angebracht waren, von fern klangen zuweilen die Sirenen eines Polizeiautos, auch Vögel, und drinnen redete Zipora, nicht langsam und nicht schnell und ohne zu mir herzusehen, und mir war, als sähe ich mit ihr Berlin, die gleichmäßig hohen Häuser, die sich aneinanderreihten in breiten Straßen, die gepflastert waren, und ich sah in kahlen Zweigen Meisen und eine Amsel. Das eine Haus war weiß gestrichen, die alten Fenster waren alle noch da, hoch und schmal, der Länge nach geteilt in den unteren Dritteln, wie von innen konnte ich die alten Griffe betrachten, aus Messing und schön verziert, ich musste mich zur Ordnung rufen innerlich, nichts als eine Sehnsucht war es. Aus dem Nebenzimmer hörte ich das Radio, der Armee-Sender war eingestellt, und mich schauderte plötzlich.

Landau?, rief Heller, als müsste er mich mit meinem Familiennamen wecken. Doch er lächelte dabei, beinahe zärtlich.

Dann wies er auf Zipora: Hast du gesehen, was sie für hübsche Ohrringe trägt?
Ich blickte hin, sah ihre dichten, rötlichen Haare, die halb die Ohren verbargen, die zierlichen Ohrringe, golden, mit einer Perle, sie standen ihr nicht recht. Fragend blicke ich zu Heller.
Fährst du also mit?, fragte er.
Mit wem?, dachte ich, denn ich hatte nicht zugehört. Und wohin? Nach Berlin, unter dem ich mir etwas Immenses und Bedrohliches vorstellte? Nein, sagte ich, ohne nachzudenken.
Ja, sagte vergnügt Heller, als mache es ihm Spaß, mich zu necken. Zu dritt, wir beide passen auf dich auf.
Aber was brauchst du mich?, fragte ich ihn.
Heller wiegte den Kopf. Vielleicht, sagte er schließlich, werde ich dich bitten, eine Zeitlang dort zu bleiben.

*

Schon die Idee des Abschieds, der noch so unbestimmt war, ließ mich noch einmal die Stadt sehen, die meine war und bleiben sollte, in der ich geheiratet hatte, zwei Söhne großgezogen. Erst schien es mir einen Riss zu geben, wie durch eine Mauer ein Riss läuft oder auch nur durch den Putz, man kann es mit dem Auge nicht beurteilen. Es musste, sagte ich mir, nicht meine Stadt bleiben, ein Haus ließ sich verkaufen, ein Leben ließ sich neu anfangen, Zipora schien es gleich zu sein, wo man lebte, vielleicht war das der richtige Gedanke, nicht eines gegen ein anderes, sondern eines, darum ein anderes nicht oder nicht jetzt oder eine Weile nicht. Niemand, dachte ich, zwang mich zu irgendetwas, Heller war immer gut zu mir, er war auf meiner Seite, er würde mir Unterkunft geben, er würde mir Geld geben, entweder er war selbst in Zipora verliebt, oder er stellte sie meinetwegen ein.

Und Heller antwortete am nächsten Morgen, als ich ins Büro kam: beides.

Wie bitte?, fragte ich, denn er hatte nicht einmal Guten Morgen gesagt.

Es ist beides, erklärte er. Ich bin in sie verliebt, aber das wird mir nicht helfen, und vielleicht mögt ihr euch dann ja gar nicht, nur aneinander vorbeilaufen, nein, du sollst nicht an ihr vorbeilaufen wie ein kompletter Idiot.

Sehr rücksichtsvoll, murmelte ich.

Das kann man wohl sagen, gab er zurück. Und wer weiß, was sie davon hält? Vielleicht hält sie mich für einen Schwächling.

Du bist verheiratet, gab ich zu bedenken.

Heller lachte. Ja, verheiratet. Was erwarten sie also von uns, die Frauen?

Treue, sagte ich. Deine Ehefrau erwartet, dass du sie nicht verlässt, Geld verdienst, die Ferien bezahlst, dass du sie begehrst, manchmal, und Blumen bringst, manchmal. Dass du die Form wahrst und sie nicht blamierst.

Bloßstellst, meinst du, korrigierte Heller.

Was ist der Unterschied?

Blamieren heißt, dass du peinlich bist. Wenn du sie bloßstellst, ist sie peinlich. Was für eine Unterscheidung, nicht wahr?

Warum machst du sie dann?, fragte ich.

Weil wir nicht alleine leben. Es ist dämlich zu denken, dass

du deine Unterscheidungen machst, um für dich etwas zu unterscheiden.
Ich betrachtete sein Gesicht, jetzt, da er so sprach, sah es schmal aus, seine Konzentration hatte etwas Heftiges.
Er bemerkte, wie ich ihn anschaute. Ich habe, sagte er mir, nichts dagegen, mich mit manchen Verhältnissen abzufinden. Die Frage ist ja nur immer, was man selber erst schafft und herstellt, weil man zu träge ist, etwas anderes zu tun, als die Sachen eben hinzunehmen, wie sie sind. Für sich selber und dann für die Gesellschaft, wir benutzen das Wort ja kaum noch!
Aber was hat das jetzt alles mit Zipora zu tun und mit dir?
Ich bin verheiratet, und du bist verwitwet, das sind beides, wollte ich nur sagen, keine privaten Zustände. Und ob ich etwas mit Zipora anfange oder du, das hängt eben auch davon ab.
Ich schüttelte den Kopf. Bei uns beiden, sagte ich, hast du recht. Aber nicht bei ihr!
Sie ist ja auch nicht verwitwet, grinste Heller. Aber sein Blick war nachdenklich. Meinst du, sie hat mehr drauf als wir?

*

Manchmal holte mich Zipora im Büro ab zu einem Spaziergang. Wir taten, als spazierten wir durch das Tel Aviv der zwanziger und dreißiger Jahre, bewunderten die Häuser, die Schaufenster, setzten uns in ein Café, um ein Stück Kuchen zu essen, hielten Ausschau, ob wir jemanden kannten. Wir gingen nicht Hand in Hand, geschweige denn, dass wir uns küssten. Ohne darüber zu sprechen, schoben wir etwas vor uns her, und waren wir auch unruhig, so spürten wir doch beide, es war richtiger.

Auf dem Rothschild-Boulevard wurden Fahrradwege gebaut, die Häuser der Weißen Stadt sollten doch restauriert werden. Einige sahen ihre Stadt mit neuem Stolz, andere bauten sich Villen, wieder andere lebten wie eh und je in den schlecht gebauten Häusern wie in der Schunat HaTikva, dem Stadtviertel der Hoffnung, ein bitterer Name, wenn man die Straßen entlanglief, die stinkenden Rinnen, den Müll, die Kakerlaken sah. Helfen wollte keiner, und vergeblich hätte ich Heller vorgeschlagen, dort zu investieren statt in Berlin.

Warum laufen wir hier herum?, fragte ich Zipora, die sich in den Kopf gesetzt hatte, mir die ganze Stadt zu zeigen, so, als wisse sie, dass ich nicht mehr lange bleiben würde.

Sollen wir hier sein?, fragte ich sie, und sie lächelte mich an.

Shira hatte selten gelächelt.

Wir spazierten nebeneinanderher, ein bisschen wie Fremde, ein Paar in den Augen derer, die uns ansahen, dann setzten wir uns in einen Imbiss. Zipora liebte es, irgendwo auf der Straße eine Kleinigkeit zu essen, sie ging gern auf den Markt, und alle alten Frauen, die neben ihr standen, fassten sie am Ärmel und gaben ihr Ratschläge, was sie kaufen sollte, nicht diesen Fisch, sondern jenen dort, keine Apfelsinen, sondern lieber Mandarinen.

Ich koche für dich, schlug sie vor, ich schüttelte den Kopf, verstummt, weil ich nicht wusste, wie ich es ihr erklären sollte; danach fragte sie nie wieder.

Später wollte ich sie nach Hause einladen, aber mir fiel nicht ein, wie ich es hätte tun können: Komm zu mir, wollte ich sagen, der Satz schien mir unaussprechbar.
Noch einmal flog sie alleine nach Berlin, dann zusammen mit Heller, ich blieb im Büro, ich wartete auf ihre Rückkehr.
Sie würden Pläne haben, für sich und für mich, ich dachte daran mit einem Murren. Doch geborgen fühlte ich mich auch, wenn ich daran dachte, an Heller, an die junge Frau, die ich noch immer nicht geküsst hatte, geschweige denn etwas anderes. Zipora hatte ebenfalls Pläne, ich wollte nicht darüber nachdenken. Ich kannte sie nicht gut, ich sehnte mich, eine Frau im Arm zu halten, aber ich wollte nicht Ziporas Leben, ich wollte ihre Pläne für mich, aber für sie wollte ich keine haben.
Pläne für die Zukunft, Aufbruch – während ich auf Hellers Rückkehr wartete, telefonierte ich täglich mit der Stadtverwaltung, weil die Kanalisation in unserer Straße überlief, man vertröstete mich auf den langen Sommer, der die lecken Rohre austrocknen würde. Ich aber stellte mir vor, die ganze Gegend um den Shuk Ha'Carmel neu zu bauen, ich stellte mir vor – nachdem Benjamin Netanjahu wegen Bestechlichkeit und Veruntreuung öffentlicher Gelder verurteilt war, und später im Jahr würde der Führer der Schas-Partei, Aryieh Derih, verurteilt werden –, ich stellte mir vor, dass sich unser Leben nach außen öffnete, statt sich mehr und mehr ins Eigene zu kehren. Ehud Barak verhandelte mit Jassir Arafat, es waren Treffen schon vereinbart, der Terror war zur Ruhe gekommen, immer haben wir die Angst schnell vergessen und Hoffnung geschöpft. Aber die Hoffnung wurde zu

etwas anderem, sie wurde verstanden als das Recht, unbeschwert zu sein, sich zu amüsieren.

Wir sind ein gottvergessenes Volk geworden, sagte Chajim, unter dessen Wohnung eine kleine Bar aufgemacht hatte. Am Freitagabend war die Allenby Street voller junger Leute, die bei ihren Eltern gegessen hatten, um dann loszuziehen von einem Club zum nächsten.

Hatte ich alleine zu Hause gegessen, ging ich gerne dort spazieren, es gab jetzt viele Franzosen in Tel Aviv, ich fühlte mich dadurch fremder als vorher, die jungen Franzosen schienen aus einer anderen Welt zu kommen, zu alt war ich, um mich jemandem anzuschließen, und doch gefiel es mir, dort zu sein.

Vielleicht waren sie wirklich, wie Chajim sagte, gottvergessen, er war kein *Choser beTshuwah*, keiner, der plötzlich orthodox wurde auf seine alten Tage. Den Shabbat wahrte er, und kam ich am Freitagabend zum Essen – seit Avi und Naim in England waren, lud er mich ein –, ermahnte er mich mit einem Grinsen, nicht zu rauchen, ein abgedroschener Scherz, mit dem er mir sagen wollte, er werde gleich den Segen sprechen und die Kerzen anzünden. Ich brachte eine Flasche Wein, von der er nicht mehr trank als einen Schluck zum Segen, den Rest trank ich. Manchmal kam seine ältere Schwester Chava dazu, musterte mich misstrauisch, ob ich betrunken sei, und fand sie mich bei Trost und Verstand, wie sie sagte, setzte sie sich neben mich und trank ein Glas mit mir.

So vielleicht hätte ich leben sollen, dachte ich manchmal, wie diese beiden, die zehn Jahre älter waren als ich – sah man sie nebeneinander am Tisch, wusste man nicht, ob sie ein Paar waren oder Geschwister.

Zusammenleben, das ist das Wichtigste, sagte Chajim, das haben wir aber nicht gelernt.
Nicht zusammenleben!, warf Chava dazwischen. Zusammen denken!
Sie hatte Jeschajahu Leibowitz verehrt und war zu seinen Seminaren eigens nach Jerusalem gefahren, hatte sich an der philosophischen Fakultät eingeschrieben, obwohl sie kein Abitur hatte. Sie kritisierte Leibowitz' politische Auffassungen – er hatte schon 1967 auf eine Rückgabe der Besetzten Gebiete gedrängt und immer auf die Trennung von Religion und Staat –, insgeheim verehrte sie aber alles, was er gesagt und getan hatte, seinen Glauben, seine Bewunderung für die Natur – er war, glaube ich, auch Biologe gewesen –, und sie erzählte, wie er einmal in einem Seminar über Ursache und Begründung, wenn ich mich richtig erinnere, bei Aristoteles, angefangen habe, die Verschmelzung der menschlichen Ei- und Samenzelle zu beschreiben, uralt schon, bucklig und leuchtend vor Glück, und als Chava es erzählte, leuchtete sie auch. Die ersten vier Wochen, zitierte Chava ihn, seien die interessantesten im Leben des Menschen, alles danach wäre bloß Abglanz dieses Raffinements, dieser Komplexität.
Wie!, protestierte Chajim. Da war ich ja gar nicht dabei, ich meine, was habe ich davon, wie es war, als ich nicht einmal die Größe eines Streichholzkopfes hatte!
Chava beachtete ihn nicht, sie schaute mich an, dann sagte sie: Und ich habe nicht Abitur, aber im Lande Israel darf ich den größten Philosophen, die es gibt, lauschen.
Es war nur einer!, sagte Chajim. Und auf dem Markt, wollte er fortfahren, aber Chava unterbrach ihn.
Ungebildet sind wir, Kinder haben wir keine, das Leben geht

vorbei, auf dem Markt sitzt du den ganzen Tag und räumst Fischkisten hin und her!

Ich sehe die Leute, und ich sehe, was sie denken!

Nichts denken sie, was denken sie denn?

Nein ... Chajim wandte sich an mich. Skip, sie denken was, so wie ich und du und sie, er wies auf Chava, sie haben tiefe Gedanken über Gott und den Tod, über den Frieden. Das ist nicht so, dass es bloß *amcha* ist, irgendein dummes Volk.

Kein Mensch sagt, das Volk Israel sei dumm, beruhigte ich ihn.

Nein, murrte er, aber man nimmt sie nicht ernst, die Armen nicht, die Ungebildeten nicht, gut, es gibt Gründe, aber das sind viele Leute, sie haben ein Herz, sie haben eine Würde. Deswegen brauchen wir die Religion, ohne Religion gibt es keinen Grund, dass die Regierung sie achtet!

Die Regierung muss die Menschen achten, weil sie die Regierung gewählt haben!, rief Chava.

Beide schauten mich an, bei jedem Shabbat-Essen gab es eine Diskussion. Wir langweilen dich!, hatte Chajim einmal gesagt, als ich nicht kommen konnte, doch sie langweilten mich nie, nichts mehr als ihre Gespräche gab mir das Gefühl, doch am richtigen Ort zu sein, zu Hause, nicht zu verlieren, was für mich an diesem Land das Wichtigste gewesen war, die Idee des richtigen Zusammenlebens und ein Ausweg aus der vornehmen Abgeschlossenheit der Pariser Wohnungen, wie die, in der meine Großeltern und ihre Freunde gelebt hatten. Meine Eltern waren in ihrem Vororthaus vielleicht schon offener gewesen, sie hatten aber einsam gelebt, ihre Freunde nur in der Stadt getroffen und am Pariser Leben bloß teilgenommen, wenn sie eine Ausstellung oder ein Konzert besuchten. Meine Mutter hatte sich naturalisieren lassen, trotzdem war Frankreich, das hieß Paris, für sie nie mehr gewesen als der Ort, an dem man eben lebte, auch wenn viel dagegen sprach, die Toten, das Misstrauen der Juden, weil sie keine Jüdin war, der Nichtjuden, weil sie einen Juden geheiratet hatte. Und ich hatte geträumt als junger Mann, ich würde etwas aufbauen, nicht nur Häuser, sondern den Ort, an dem das gemeinsame Leben möglich war, atmend, leicht, ohne Angst, dafür mit Gerechtigkeit.

Die Idee hatte sich nicht abgenutzt, die Idee, dass es gerecht zugehen sollte, vielleicht war sie uns selbstverständlich gewesen, so dass wir aufgehört hatten, darüber zu sprechen, wir hatten uns zum Friedenslager gerechnet, waren zu Demonstrationen gegangen, auch wenn ich nicht gern mit anderen in eine Richtung gehe, und letztlich hatte ich gedacht, richtig zu handeln, wenn ich mit Iunis zusammenarbeitete und dafür sorgte, dass er und seine Arbeiter angemessen bezahlt wurden. Geld und Projekte, Shira hatte dazu mit Nili, der Galeristin, eine Ausstellung machen wollen, Projekte, die Geld einbrachten, wir wollten alle prosperieren. Ich träumte von Dörfern, in denen Juden und Palästinenser gemeinsam lebten, mit Heller hatte ich einige Wochen Wohnhäuser für Beduinen im Negev zu zeichnen, Häuser, in denen sie angesiedelt werden sollten, und es mussten Häuser sein, so leicht, dass ihre nomadische Herkunft nicht einfach überbaut und betoniert wurde, Häuser ein bisschen wie Zelte, aber die Regierung hatte sich nicht für unsere Pläne interessiert.

Da das Alltägliche weniger Raum einnahm, kehrten die Fragen zurück, der Mut fehlte aber. Shira war tot, ich war über fünfzig, Zipora war jung, Heller wollte in Berlin Geld verdienen. Wilma hatte immer die Palästinenser gehasst, ich stritt mich mit ihr nicht darüber, Alina war mit ihren eigenen Hoffnungen und Sorgen beschäftigt, so blieben Chajim und Chava, um über all diese Sachen zu sprechen.

Jeder hat sein eigenes Israel, sagte mir Chajim einmal, das ist der Fehler, deswegen leben so viele allein, selbst wenn sie eine Familie haben.

Bei uns, die eingewandert waren, hatte er wohl damit recht. Meine Söhne waren ausgewandert, und das Israel, das sie verlassen hatten, war ein kollektives Israel.

Aber wir lebten im Land, ohne noch zu wissen, welches Land es war, welches Land es sein sollte. Schaute ich Chajim an, kam er mir manchmal vor wie ein trauriger Clown, und sah ich, wie er sich auf dem Markt durch die Menschenmenge bewegte, den Kopf ein bisschen hochgereckt, immer suchend, so erinnerte er mich an Jean-Louis Barrault in *Die Kinder des Olymp*, wenn er am Schluss des Films in der Menge Garance sucht.

*

Zipora und Heller blieben länger in Berlin als geplant, zwei Mal verschoben sie ihre Rückkehr. Sie erzählten am Telefon nicht, warum, Heller erzählte nichts, und mit Zipora sprach ich nur einmal und sehr kurz. Heller klang animiert, ich dachte, er habe doch Zipora für sich gewonnen, und mit einer Mischung aus Kummer und Erleichterung dachte ich, zwei Leute habe ich zum Flughafen gebracht, ein Paar werde ich abholen.

Sie wollten beide nicht ins Büro, sondern gleich nach Hause, so fragte mich Heller, ob es mir recht wäre, wenn sie abends zu mir kämen, nach Newe Zedek.

Ich ging zum Shuk, besorgte Oliven, Käse, Humus, einem Händler, der sich durch die Menge drängte, kaufte ich Fladenbrot ab, Chajim sah ich, wie er Fische abwog, er winkte mir zu, und ich musste mir eingestehen, dass ich aufgeregt war.

Lange hatte ich, außer Alina und Noam und davor Freunde von Avi und Naim, keine Gäste bei mir bewirtet.

Heller kam zu spät.

Zipora war pünktlich. Älter als die Jungs, jünger als ich, erinnerte sie mich an eine Einwanderin, die die Brücken hinter sich abgebrochen hatte, aber den Koffer doch nicht auspackte. Sie setzte sich, so kam es mir vor, ungern, lieber blieb sie höflich hinter dem Stuhl stehen, den man ihr angeboten hatte. Mir war oft, als sähe ich sie von hinten, wartete darauf, dass sie sich nach mir umdrehe, damit ich endlich ihr Gesicht sehen könne.

Heller, als er kam, umarmte Zipora nicht, er setzte sich, schob den Teller beiseite und fing an zu sprechen.

Zipora drehte sich endlich zu mir. Sie drehte sich zu mir, und ich spürte, wie mein Gesicht sich unter ihrem Blick veränderte, glücklicher wurde, aufmerksamer und leichter. Wir lächelten uns an.

Heller schaute zu uns auf, er hielt inne und schüttelte den Kopf.

Ich bin ein Barbar, sagte er, an Häuser denke ich, aber nicht, dass wir in deinem Haus zu Gast sind und dass ich dir deinen Vogel entführt hatte.

Mit einer verlegenen Bewegung wehrte ich ab und stellte die

Schüsseln auf den Tisch, mit Humus, Auberginencreme, arabischem Salat.

Zipora zögerte, dann ging sie zu der Schublade, in der das Besteck war, ich weiß nicht, woher sie das wusste, und holte Messer und Gabel heraus; es freute mich sehr.

Heller hatte seinen Teller wieder herangezogen, doch dann holte er abermals die Unterlagen aus seiner Tasche. Guck dir das nur an!, rief er. Was für ein Haus, ich meine, alle Leitungen sind kaputt, und das Dach muss erneuert werden, die ganze Fassade, das ist alles miserabel, aber die Wohnungen! Über zweihundert Quadratmeter! Vielleicht haben sie Juden umgebracht, jedenfalls müssen da welche gelebt haben, es gibt nicht nur eine Küche, sondern zwei, das war bestimmt ein jüdisches Haus, und wir können es kaufen!

Ich warf einen Blick auf ein Foto, ein riesiges, im unteren Drittel mit Holz ausgekleidetes Zimmer war es. Hell ist das ja nicht, sagte ich, sind das Zimmer, die zum Hof gehen? Haben sie keine Fenster?

Das Berliner Zimmer, schwärmte Heller, das ist das Berliner Zimmer!

Zipora musste lachen: Sie sind absurd, diese Zimmer, riesig und mit einem einzigen Fenster. Aber lass uns hinfahren. Heller finanziert uns ein paar Wochen, in einem großen Apartment. Das Haus müssen wir renovieren, es ist so wunderbar. Die Leute glauben, es kommen Investoren, machen alles teuer und schmeißen alle raus. Wir müssen mit ihnen reden, sie denken, die kommen, sanieren billig und verkaufen schnell. Berlin ist ganz anders, als du dir vorstellst.

He, sagte Heller, jetzt hast du alles verraten. Ich meine, die ganze Überraschung ist weg.

Ja, sagte Zipora. Dann können wir endlich essen, ich habe Hunger.
Na gut. Heller wandte sich wieder zu mir: Weißt du, Skip, bei dir ist auch dem größten Trottel nach zehn Minuten klar, dass dir für billige Lösungen jedes Talent fehlt.

*

Den Tisch sehe ich vor mir. Die Schälchen waren leer. Trotzdem sah der ganze Tisch noch hübsch aus, die Teller und Gläser ein bisschen zusammengerückt, als hätten wir uns im Verlauf des Abends näher zueinander gesetzt, und dann sah ich, dass Zipora in die letzte Pita ein lächelndes Gesicht für mich gemacht hatte, zwei Oliven für die Augen, den Mund hatte sie aus Paprikastückchen gelegt, die Nase aus Petersilie, das war ihr Gruß an mich, denn sie war mit Heller aufgebrochen, so, als wollte sie mir sagen, dass wir zusammen arbeiten würden, sonst aber sollte ich zu nichts gedrängt sein. Das Haus sah, den Plänen nach, fabelhaft aus, die Lage war es, und es hatte eine Geschichte. Vielleicht konnte man herausfinden, wer darin gewohnt hatte.
Nachts noch schrieb ich den Jungs, ich würde vielleicht nach Berlin fahren. Ich war glücklich. Avi schrieb innerhalb einer Stunde zurück, er freue sich und er werde mich bald besuchen, falls es passe.
Ich wollte gerade antworten, als mir plötzlich schwindelig wurde.
Es war, als würde mich etwas mit Gewalt drehen, hinauf zwar, aber so, dass es doch ein Stürzen war, ein bösartiges Hinunterstürzen, aus dem Nichts und in einem erbitterten

Kampf, denn ich wehrte mich, mir wurde schlecht, und panisch dachte ich, dass es keine Hilfe geben würde. Vermutlich war ich krank. Ich setzte mich und nahm ein Papier, um eine Zeichnung zu machen, von dem Haus, von den Fenstern, einen Bleistift fand ich, meine Hand zitterte, es kam nichts heraus als ein Gewirr von Linien, dicht und heftig.
Da es spät war, legte ich mich hin, um zu schlafen. Avi hatte ich nicht geantwortet. Wenn ich starb, würde ich mich nicht einmal verabschiedet haben, dachte ich und rang nach Luft, etwas drückte mir die Lungen zusammen.
Als ich einschlief, träumte ich, ich wäre mit den beiden am Meer, es konnte aber nicht das Mittelmeer sein, die Wellen waren hoch, das Wasser sehr kalt, vielleicht war es der Atlantik. Die beiden nahmen ihre Surfbretter und schoben sie ins Tiefe, dann zogen sie sich gewandt hinauf, es war, als hätten sie das Jahre gemacht, ich sah sie auf den Wellenkämmen und dann verschwinden, jedes Mal gab es mir einen Stich ins Herz.
Beim Aufwachen hörte ich ihre Stimmen noch, wie sie früher geklungen hatten, wenn sie nach uns riefen: Ima! Aba! Helle Stimmen, die nichts wollten als eine Antwort, ja, hier bin ich. Und mir war, als riefe ich nun ihnen zu: Avi! Naim! Sie antworteten aber nicht, und ich weiß, es ist gut so, wir müssen selbst einen Platz in der Welt finden, vielleicht ist es auch besser, wenn man darauf verzichtet, aber das ist die Sichtweise eines Mannes, der letztlich doch keine Familie hat, dessen Körper herausgerissen ist aus der Kette von vorher und nachher, der noch die sieht, die ihn gezeugt und aufgezogen haben, aber nicht die, die er gezeugt hat. Vielleicht ist es sowieso erst die übernächste Generation, die einen zur

Ruhe kommen lässt. Ich weiß, dass meine Eltern glücklich waren über ihre Enkel, ungeachtet dessen, dass sie sie so selten sahen. Sie waren glücklich über die Fotos, sie waren über die Briefe glücklich, es reichte ihnen zu wissen, dass sie existierten. Da ich nach Israel gegangen war, das hatten sie rasch begriffen, würden sie nicht mit einer Familie leben – ein Kind reicht nicht aus dafür.

Über all das dachte ich nach, wie man nachdenkt, wenn man aus Träumen erwacht und noch von der anderen Welt den Abdruck in sich trägt, und ich erinnerte mich, wie am Vorabend eine bittere Empfindung mich befallen hatte. Ich überlegte, dass es eine Art Warnung gewesen sein könnte, die Warnung, nur nicht zu hoffen, was mir nicht zustand, nicht Zipora zu der zu machen, die mir antworten sollte, wenn ich riefe.

Doch kaum hatte ich das gedacht, spürte ich wieder tiefe Bitternis, so trostlos, wie ich sie nie erlebt hatte, wie sie aus meinem Leben nicht kommen konnte.

Ich stand auf, mit Schmerzen in der Hüfte und im Rücken, es war, als hätte ich diese Schmerzen schon lange, sie waren so stark, dass sie das Atmen störten, und eine Müdigkeit gehörte zu ihnen, eine Schwäche und Mutlosigkeit, deren allerletzte Kraft eben jene Bitterkeit war, die sich noch auflehnte.

Ich wurde sogar wütend. Ich dachte, wenn ich auf die Straße ging, hörte ich die Krankenwagen oder die Sirenen der Feuerwehr, war irgendwo eine Katastrophe geschehen, zu der ich dazugehörte, obwohl ich es nicht begriff und obwohl ich doch davor verschont wurde, hier, mit pochendem Herzen und Todesangst.

Mit aller Macht stemmte ich mich gegen die Schmerzen, ich ging in die Küche, setzte Wasser auf, sogar den Tisch deckte ich, das tat ich nie, wenn ich allein war, ich wollte frühstücken, wie ich früher mit Shira und den Jungs gefrühstückt hatte, den Tisch hatte meistens ich gedeckt, weil es mir nichts ausmachte, gleich morgens etwas für die anderen zu tun, während sich Shira immer aus dem Schlaf hatte lösen müssen, als wäre die Nacht ihre einzige eigene Zeit gewesen, und eigentlich wollte sie morgens nichts von uns wissen. Im Schrank stand, was ich nicht aß, ein Glas mit Honig, eines mit Nutella, Naim mochte Nutella, wie er alles Süße und vor allem Schokolade mochte. Ich steckte einen Löffel in den Honig und kostete, Süßes gegen Bitteres, ich wehrte mich, und wirklich, die Schmerzen ließen nach, die Beklemmung ließ nach, nur was sich mir um den Kopf presste, verschwand nicht, es blieb wie ein Ungetüm, wie eine Stimme, die unablässig redet, man versucht wegzuhören, man versucht, sie wegzuscheuchen mit der Hand, wie ein Kind, das die Augen schließt, um nicht länger gesehen zu werden. Weiter und weiter murmelte die Stimme, aber nicht wie die beiden Jungen oder Hayet in Amsterdam, es war anders, und ich hörte, als ich die Fenster öffnete, keine Signale eines Unglücks, es war ein friedlicher Morgen, Vögel hörte ich im Baum, die Nachbarn hörte ich, ein Radio, das nach den Nachrichten fröhliche Musik spielte. Nur in mir war etwas wie ein Seufzen, und dann wieder dies Bittere. Angst. Einsamkeit. Einsamkeit. Angst. Immer wieder ein Wort, klein und stupide, wie eine Kapsel, die platzte und unendlich Gift verströmte, man konnte dabei nichts sehen, keine Bilder, keine Geschichten.

Am Tisch saß ich, vor mir den Honig. Vergessen hatte ich, dass ich mir Milch warm machen wollte zum Kaffee, nun stand ich mühsam auf, die Kasserolle glitt fast aus meiner Hand, die zitterte, ich sah es, ohne es zu empfinden, die kalte Milch goss ich ein, meine Mutter hatte sie immer mit einem hohen Schwung eingegossen, eine Brücke aus Milch, hatte ich das genannt als Kind und mir vorgestellt, wie ich auf dem weißen Strahl tanzte, für sie, meine Mutter, um ihr eine Freude zu machen. Man kann Angst nicht verjagen oder kleiner werden lassen, dachte ich, nur hat sie nicht immer dieselbe Macht, sie soll schweigen, es ist jetzt genug. Als verjagte nicht der Mut, sondern die Traurigkeit die Angst. Carmen McRae fiel mir ein, wir hatten nicht viele Jazz-Platten, früher hatten Shira und ich Jazz gehört, dann lieber Pop oder klassische Musik, aber von Carmen McRae hatte ich irgendwann in dem kleinen Laden in der Shenkin Street, *haOsen hashlishit*, *Das dritte Ohr*, eine CD gekauft, ich suchte sie und stellte das zweite Lied an, *Good Morning, Heartache*, ich stellte es so laut, dass es die Küche und meine Ohren ausfüllte, *thought we said Good Bye last Night*, und hörte es bis zur letzten Zeile: *Good Morning, Heartache, sit down!*
Es war Zeit, ins Büro zu gehen.
Hier, Angst, wenn du keinen anderen Ort gefunden hast, heute morgen oder auch nachher, setz dich. So redete ich mit der anderen, bitteren Stimme, mit wem auch immer redete ich.
Hier, es macht nichts, setz dich. Avi schreibe ich später. Es war, als hätte die Angst selber Angst. Setz dich. Ruh dich aus.
Mit Chajim hätte ich jetzt gerne gesprochen oder mit Wilma, man fütterte die Bitterkeit mit sich selbst, so dass sie wuchs

und sich aufblähte, wenn man nicht aufpasste. Es war Morgen, ich musste ins Büro gehen, Zipora würde ich dort sehen, sie wartete auf mich, dachte ich, Heller wartete auf meine Antwort wegen Berlin, und als ich aufstand, wusste ich, ich würde dorthin gehen. Ich würde nach Berlin gehen, damit ich mich nicht im Kreis drehte in Tel Aviv, weil ich anfing, auf etwas zu warten, ohne zu wissen, auf was. Das Haus, das ich für Heller in der Marzuk Street ausgebaut hatte, war meine Erfüllung gewesen, mehr als das Haus, das mir gehörte, und ich hatte es gut gemacht, aber es war vorbei. Schwerfällig bewegte ich mich, wie ein doppelter Mensch.
Geh nur, sagte ich zu mir, und zu der Angst: Bleib nur, bleib, hier ist genug Platz, ich komme abends wieder, sie muss nicht weg, die Angst, sie geht nicht, man lebt irgendwie neben ihr oder um sie herum, und man stirbt mit ihr, aber sie gewinnt doch nicht, sie tut nur so. Setz dich, dachte ich und hörte Carmen McRaes Stimme. Sit down! Soll ich dir noch Musik anmachen?
Neben der Eingangstür war ein Spiegel, ich schaute hinein und erwartete, zwei zu sehen, aber da war nur ich, wie immer, nur ich.
Ich weiß, sagte ich. Ich kann dich nicht sehen.
Doch als ich endlich im Büro ankam und Zipora mir entgegenging, veränderte sich ihr Gesicht.
Was ist mit dir?, fragte sie erschrocken, sie griff rasch nach meiner Hand, und meine Hand beruhigte sie sofort, wie merkwürdig, sagte sie, und ich sagte auch, ja, das ist merkwürdig, ich kann es dir nicht erklären.
Bis heute habe ich ihr nichts gesagt, obwohl ich es gern wollte.

Ich kann nicht. Vielleicht wenn ich eine Geschichte erzähle, aber es ist auch keine Geschichte, die ich erzählen könnte.
Kommst du mit?, fragte Zipora, sie ließ sich umarmen, sie ließ meine Hand nicht los dabei.
Ich komme mit, sagte ich, ja. Ich sagte es, und in mir sagte jemand, geh nur, geht nur. Was soll ich sagen. Mir liefen die Tränen übers Gesicht, sie kitzelten mich, und ich dachte, ich sehe aus wie eine alte Frau.
So war es gewesen. Zu Hause, wusste ich, würde niemand sein, wenn ich zurückkäme.
Ich komme mit, sagte ich noch einmal. Wie die Zeit sich zusammenzog oder ausdehnte. Zipora verstand mich nicht, aber wie sollte sie, es machte auch nichts.
Heute schreibe ich Avi, dachte ich wieder.
Zipora ließ meine Hand nicht los.
Ich komme mit, sagte ich noch einmal.
Hast du Radio gehört?, fragte ich Zipora. Sie schaute mich erschrocken an, wartete, dass ich etwas Schreckliches sagte, das meine Tränen erklärte, ein Anschlag, Tote, sie lauschte nach draußen, aber das war der übliche Verkehr um den Rabin-Platz. Nein, es ist nichts, sagte ich zu ihr.
Es war nicht wahr, nur konnte ich nichts erklären, ich hatte keinen Hinweis, keine Übereinstimmung, nicht wie sonst. Die Tote, wenn es sie gab, sie existierte nur für mich, sosehr ich nach Zeichen suchte.
Chava, dachte ich plötzlich, Chajims Schwester, aber dann wusste ich, ich hätte sie erkannt, Chava konnte es nicht sein.
Woran denkst du?, fragte Zipora.
Ich schaute sie an und sagte nichts.

Heute Abend schreibe ich Avi, dachte ich und freute mich.
Sie sagte nichts, und im Nachhinein denke ich, es war das erste Mal, dass ich es an ihr bemerkte. Sie wartete nicht. Sie wartet nicht darauf, dass ich etwas erkläre. Sie bleibt bei mir, als wollte sie sagen, das ist ausreichend. Es ist ihr Platz in der Welt, scheint es, in meiner Nähe.

*

Abends schrieb ich wirklich Avi, und noch an diesem Abend kam Zipora zu mir und blieb. Danach schlief sie neben mir, ausgestreckt, auf der rechten Seite, eine Hand unter ihrer Wange, und bewegte sich kaum. Ich lauschte auf ihren Atem, aber ich hörte nichts.
Als ich morgens das Frühstück machte, war ich glücklich. Es war, als hätte mir alles gefehlt, und ich wollte nicht mehr allein sein. Ich habe keinen Tag gefürchtet, Zipora könnte wieder gehen, weil es für sie vielleicht nur ein Abenteuer war, eine kurze Liaison, eine kleine Geschichte.
Über die Zukunft sprachen wir nur in dünnen, sparsamen Sätzen. Das war die größte Verlegenheit zwischen uns. Wir taten, als würde sich mit jedem Tag alles von selbst finden.
Die Bedrücktheit hatte ich vergessen, als ein paar Tage später, es war nachts und wir waren noch in der Stadt unterwegs, die Sirenen anfingen zu heulen, Krankenwagen, Feuerwehrautos, Polizei, nahe war es, so nahe, dass wir es schließlich nicht länger aushielten. Es war am Dolfinarium, in dem Discotheken und Nachtclubs aufgemacht hatten, nachdem alles eine Weile leer gestanden hatte, jetzt war alles abgesperrt. Wir sahen, wie Schwerverletzte auf Bahren ge-

legt und in Krankenwagen geschoben wurden, heulende, verzweifelte Menschen, immer mehr kamen, suchten und schrien nach ihren Kindern, an Zipora klammerte sich eine Frau, mit beiden Händen umklammerte sie ihren Arm, bis Zipora sie an sich zog und umarmte. Sie weinten beide, und ich suchte und suchte, aber nichts war in mir als die Verzweiflung der anderen, das entsetzte Starren, die entsetzliche Erleichterung, dass meine Kinder hier nicht sein konnten.
Wie absurd das war. Ich litt, wieder, wie damals bei dem Busattentat, weil man mich ausgelassen hatte.
Eine oder zwei Stunden standen wir da. Zipora und ich nahmen die Frau mit und fuhren sie ins Krankenhaus. Anderntags rief sie an, um zu sagen, dass ihre Tochter noch lebte. Der rechte Arm war zerschmettert, die Hand abgerissen.
Ein paar Tage vergingen, alle waren bedrückt. Es hatte Anschläge in Tel Aviv gegeben, aber dieser hier, die Bombe, die mit Nägeln gespickt gewesen war, um die jungen Leute, die vor der Disco standen, noch grausamer zu verletzen, dieser Anschlag schien gemeiner als alle anderen, es war, als sollte Tel Aviv die Leichtigkeit verlieren.
Avi und Naim hatten voller Sorge angerufen, um zu fragen, ob ich unversehrt war. Ihre Freunde waren alle älter als die, die ins Dolfinarium gingen, aber sie wussten, dass ich dort häufig entlangspazierte.
Sie sorgten sich, ich erzählte ihnen von Zipora. Für uns waren es glückliche Tage, wie soll ich anders sagen. Zipora war lange alleine gewesen, ich noch länger. Sie hatte angefangen zu zweifeln, ob sie jemanden finden würde, mit dem sie zu-

sammenleben könne, ich hatte gezweifelt, ob es noch einmal Zärtlichkeit in meinem Leben geben würde. Sie staunte nicht gerade über meinen Körper, doch fand sie mich angenehm, ich staunte über ihre weiße Haut, ihre leicht rötlichen Haare, das Schamhaar dunkler, sie hatte mehrere Leberflecken auf dem Rücken, die auch hell waren, ihre Gliedmaßen waren nicht besonders lang und einfach geformt, fast ein wenig rundlich. Schlief sie ein, betrachtete ich sie und staunte weiter. Stand sie vor mir auf, bewegte sie sich so leise, dass ich ihre Gegenwart kaum bemerkte.

Wir würden nach Berlin gehen. Noch redeten wir nicht darüber.

Ging ich einkaufen, kaufte ich für uns beide ein, und Blumen kaufte ich auch. An der Ecke des Blumenstandes hatte immer eine alte Frau gesessen, die mir zugenickt hatte. Jetzt war ihr Platz leer, und an der Mauer, an der ihr Stuhl gestanden hatte, hing eine Todesanzeige.

Geschworen hätte ich, dass sie ein heiterer Mensch gewesen war, ein Mensch mit einem fröhlichen Leben und Kindern und Enkelkindern und Urenkeln sogar. Zweiundneunzig Jahre war sie alt geworden, Hannah Grünzweig. Nie hätte ich gedacht, dass sie eine Aschkenasi war, sie trug immer einen Kittel, sie saß auf dem Markt, die meisten Händler sind Sepharden, ihr Gesicht war dunkel, sie hatte ja immer tagein, tagaus draußen gesessen.

Ich stand vor der Todesanzeige. Die Schiv'a war vorüber. Den Blumenhändler hätte ich fragen können, wo sie gewohnt hatte, wie sie gestorben war; was hätte es geändert? Man erwirbt sich nicht durch ein bitteres Leben ein Recht auf einen leichten Tod oder umgekehrt. Vielleicht hatte sie ein glückliches Leben, vielleicht nicht. Es gibt welche, die sagen, das entscheide sich mit dem Tod, es gibt andere, die sagen, man wisse gar nicht, ob man glücklich oder unglücklich gelebt habe. Wie man das nicht wisse? Indem erst der Tod die wahren Bilder des Lebens zeige und wegnehme, was Täuschung gewesen sei, unsere Geschichte, die wir uns erzählen von einem glücklichen Leben.

Ich glaube daran nicht, ich glaube, wir wissen, ob wir ein glückliches Leben gehabt haben. Vielleicht ist Glück das falsche Wort und führt in die Irre, und es geht um nichts weiter als darum, am Leben gewesen zu sein, zu empfinden, zu sehen, dankbar Gott oder jemandem anderes.

Zipora kam eines Tages nach Hause und sagte: Hast du die Alte manchmal gesehen, die früher an der Ecke beim Blumenhändler saß? Stell dir vor, sie war zweiundneunzig, und als sie gestorben ist, waren ihre Enkel nicht bei ihr und keines ihrer Kinder, ganz allein ist sie gestorben. Alon, der Blumenhändler, ist nach zwei Tagen zu ihrer Wohnung gegangen, um nach ihr zu schauen, da lag sie und war tot, allein!

Vielleicht war das ein unbedeutender Tod, verglichen mit den jungen Leuten, die am Dolfinarium so schrecklich gestorben waren, unerwartet, voller Panik. Bei ihr war es nicht zu früh gewesen, sie hatte bestimmt damit gerechnet, bald zu sterben, vielleicht hatte sie darauf gewartet, vielleicht auch wie die Alte in Agnons *Nur wie ein Gast zur Nacht* sich selbst eine Kerze entzündet, um den Todesengel zu täuschen, ihm vorzugaukeln, sie sei ja schon gestorben –. Wo waren ihre Kinder gewesen? Obwohl ich mich zu beschwichtigen versuchte, ging mir ihr Tod nach. Hannah

Grünzweig. Zipora hatte etwas erfragt, ich wusste weiter nichts, und was war ein Zeuge, wenn er nichts wusste? Was war ich für ein Zeuge?

*

Am liebsten wäre ich mit dem Schiff gefahren. Alle nahmen das Reisen leicht, aber mir war, als kehrte ich nach Europa zurück. Meinen Söhnen hatte ich Koffer geschenkt für ihre Reise, ich wagte nicht, Zipora davon zu erzählen, wie ein Kind ihr davon zu erzählen, in der Hoffnung, dass sie begriff und mir auch einen Koffer zum Geschenk machte.
Aber Chajim sagte ich etwas davon, und er kam eines Tages, stand schnaufend vor der Haustür, klingelte ungeduldig und schob mir, als wäre er ärgerlich, einen kleinen alten Koffer hin, dunkelblau, aus fester Pappe und mit Leder bezogen.
Da, sagte er. Wenn du schon nach dort reisen musst!
Nach Dort, Deutschland wollte er nicht aussprechen. Dort.
Ich schaute ihn an. Heute Abend kannst du zu Chava und mir kommen, sagte er, um sieben Uhr, pünktlich, hörst du?
Sosehr ich sie mochte, das Datum unserer Abreise stand noch nicht fest, geschweige denn, dass wir länger als ein paar Wochen bleiben würden.
Chajim, ich reise doch nur für ein paar Wochen!
Aber er schüttelte den Kopf und ging zur Tür. Sieben Uhr!
Der Tag verging mit Telefonaten. Es war, im Büro, plötzlich eine übermütige Stimmung, als würden wir alle bald nach Berlin ziehen. Sommer war es.
In ein paar Tagen würde sich unser Ministerpräsident Ehud Barak mit Arafat treffen, viele waren wütend, weil sie nicht

daran glaubten, dass man den Palästinensern entgegenkommen dürfe, viele waren gleichgültig, einige konnten nicht aufhören zu hoffen. Vor allem, sagte mir Heller einmal, vor allem muss man es sich vorstellen, in Einzelheiten, wie das Land sein würde, wenn es Frieden gäbe, und wer wir sein könnten. Die Europäer können sich ja ruhig einbilden, dass nur wir im Nahen Osten ein Problem haben, aber in ein paar Jahren, Skip, in ein paar Jahren werden sie mit den radikalen Islamisten in ihren eigenen Städten kämpfen, glaub mir.
Zipora trug ein dunkelblaues Kleid, mit einem kleinen Muster aus Rosen darauf. Ich sagte ihr, dass ich zu Chajim und Chava gehe abends, sie fragte nicht, warum ich allein ging. Sie fragt nie, wohin ich gehe, wenn ich es nicht sage.
Bevor ich nach Florentin lief, wo die beiden wohnten, besuchte ich Alina, ich hatte ihr von meinen Plänen schon erzählt. Sie hatte einen Freund, einen hübschen, blonden Ingenieur, nett und sanft, aber so melancholisch, dass sie nie ohne Sorge von ihm sprach. Noam mochte ihn, Hoffnungen habe er aber nicht mehr, sagte er mir, distanziert und sachlich, wie er jetzt immer sprach: Immerhin ist es mir egal, ob du mich einlädst oder nicht, weil ich nach Deutschland sowieso nicht fahre!
Er war zu alt, um hinzuzufügen: Und wenn sie dich umbringen dort, ist mir das auch egal! Aber man sah ihm an, dass es das war, was er dachte.
Ich war erschrocken, zeigen wollte ich es nicht, sein größter Wunsch war nicht in Erfüllung gegangen, wie sollte er nicht enttäuscht sein. Mit Unbehagen ging ich zu Chajim. Was würden sie mir sagen? Sie würden mir, dachte ich, eine Geschichte aus ihrer Familie erzählen, eine Geschichte, die

bewies, dass man als Jude nicht nach Deutschland fahren dürfe, schon gar nicht, um dort Häuser wieder herzurichten. Und ich, was sollte ich ihnen erwidern? Dass ich Halbjude war?

Die Wohnungstür stand offen, als ich die Treppe hinaufkam, es duftete nach gebratenem Fleisch, und als ich in den Flur trat, sah ich im Wohnzimmer den Tisch festlich gedeckt, festlicher als an Shabbat-Abenden.

Chava stand da, stattlich, in einem schwarzen Rock, einer weißen Bluse, das Haar streng zurückgebunden. Chajim trug einen Anzug.

Was ist los?, entfuhr es mir. Wollt ihr mich jetzt noch adoptieren?

Einen winzigen Moment herrschte verblüffte Stille. Dann lief Chajim zu mir und umarmte mich: Beinahe, mein Lieber! Beinahe ist es so!

An meinem Platz lagen ein paar Zettel.

Hier!, rief Chajim. Das müssen wir dir alles erklären.

Jetzt lass ihn doch erst einmal essen, forderte Chava ihn auf, winkte über den Tisch und lief in die Küche, der Tisch war voll kleiner Schüsseln, Aubergine, Tchina, Humus, feingeschnittener Salat, Chava brachte Hühnchen mit Zitrone und Oliven und gebackenen Kartoffeln, sie sah feierlich aus.

Vögel, sagte Chajim, wir haben nämlich jemanden in Berlin, eine Großtante, und du sollst uns ihr Grab finden!

Wisst ihr denn, auf welchem Friedhof sie liegt?

Irgendwas mit Weiß-, daran erinnere ich mich, dass meine Tante es erzählt hat, ein großer Friedhof, und sie war bei ihr zu Gast gewesen, als kleines Kind. Sie hat davon erzählt, und sie hat erzählt, es muss in den zwanziger Jahren gewesen sein,

wie sie die großen Einkaufsstraßen entlanggegangen sind, und alles war voller Bäume, Kastanien, das hat sie gesagt.
Nein, nicht Kastanien, Linden!
Unsinn, die Linden sind doch in der berühmten Straße, die Lindenstraße heißt!
Jedenfalls hieß die Großtante Täubchen Gimpel, Täubchen heißt Taube, und Gimpel ist ein Vogel.
Wir haben niemanden, also vererben wir dir und deinen Söhnen unsere Wohnung, wenn wir tot sind.
Und du schreibst uns aus Berlin und suchst für uns, wo sie gelebt hat, diese Taube.
Wenn du gehst, dann lassen wir dich nur als unseren Verwandten gehen.
Sonst haben wir niemanden, sagte Chajim.
Gimpel ist auch ein Vogel, wiederholte Chava, so hat sie gesagt, ein dicker Vogel, rot.
Das kannst du auch herausfinden für uns, sagte Chajim, als könnten einzig die Aufgaben, die er für mich fand, uns aneinanderbinden.
Ich fahre doch nur für ein paar Tage oder Wochen!, sagte ich.
Nein, sagte Chava. Ich bin sicher, du bleibst da. Du bleibst da, und Zipora bleibt da, und ihr kommt manchmal zu Besuch hierher. Ich sage nicht, dass ich es richtig finde, aber ihr geht nach Europa zurück, wo unsere Eltern umgebracht worden sind, und bis sie euch wieder jagen, werdet ihr bleiben. So sind wir. Dumm, aber du weißt doch, was der Kozker Rabbi gesagt hat: Wenn man nicht oben drüber kann, muss man eben trotzdem oben drüber.
Ich musste lachen, Chajim unterbrach mein Gelächter: Aber

der Rabbi Jissachar Bär von Radoschitz hat gesagt: Kann man nicht oben drüber weg, muss man eben unten drunter durch.

Dann wurde er ernst und sagte: Wir möchten nicht, dass du gehst, und wir möchten nicht, dass du dort bleibst, wenn du gehst. Wir haben auf die Landkarte geschaut und gesehen, gleich nebenan ist Sachsenhausen, und Ravensbrück ist da. Egal, wo du hingehst, du läufst über die Spuren der Toten, und vielleicht verwischst du sie, weil sie dann dort denken könnten, da lebt ja noch einer, es kann also nicht so schlimm gewesen sein. Sie werden euch anspucken, und ihr werdet bleiben, weil ihr denkt, hier in Israel spucken Juden andere an, was soll's.

So ein Unsinn, empörte sich Chava, was hat das eine mit dem anderen zu tun?

Na schau doch, wie viele Israelis weggehen, nach Amerika und Berlin.

Und wer spuckt sie an? Die Rechten hier im Land spucken sie an, die tun das!

Ja, weil sie ihre Leute im Stich lassen!

Ich weiß nicht, ob Avi und Naim jemanden im Stich lassen, wandte ich ein. Sie sind fortgegangen, um zu studieren.

Und sie werden fortbleiben, um zu arbeiten, und dann werden sie Kinder kriegen.

Hauptsache, sie kriegen Kinder!

Man weiß ja nicht, was sie tun werden, wenn sie einen Beruf haben und doch keine Kinder. Du hast einen Beruf, du willst gehen, und es ist in Ordnung, dass du gehst!, erregte sich Chava.

Das sage ich ja auch, stimmte Chajim zu. Bloß soll keiner

denken, dass sie dort nicht mehr auf Juden spucken und sie umbringen.
Dann kommt er eben nach Hause! Chava nahm meine Hand. Wir wollten dir sagen, dass du wie unser Neffe bist, wie unser Sohn, egal, was sein wird. Wir warten hier auf dich, und wenn uns etwas zustößt, dann erbst du unsere Wohnung.
Und meinen Fischstand!, grinste Chajim. Dann hast du auch gleich wieder einen anständigen Beruf!
Wir setzten uns, Chajim sprach ein Gebet, es war, als erwarteten sie, dass ich morgen schon abreisen würde. Den Namen auf dem Zettel konnte ich nicht richtig entziffern, Täubchen Gimpel, so merkte ich es mir, und ich erinnerte mich seit langem zum ersten Mal an den Klang der Stimmen meiner Großeltern, die mit uns Französisch, untereinander oder mit ihren Freunden aber Jiddisch gesprochen hatten.
Als ich nach Hause ging, hoffte ich, zufällig würde ich auf der Straße Zipora treffen, die spazieren ging, und da ich mein Haus erreichte und die dunklen Fenster sah, ging ich weiter, hinunter ans Meer, an der Promenade zog ich die Schuhe aus, es war eine warme Nacht, wie die Tel Aviver Nächte im Sommer warm sind oder heiß, und ich wollte unter den Füßen den Sand spüren, den ich zum ersten Mal als Kind auf einem Foto gesehen hatte, das ein paar Kamele zeigte, die, beladen mit Holz oder Steinen, zu einer Baustelle in den Dünen geführt wurden.
Die Flugzeuge kamen wie große Nachtvögel näher, kaum einer war noch am Strand, nach dem Attentat blieben alle immer ein paar Tage oder noch länger zu Hause, zudem war es mitten in der Woche. Einen kleinen Hund sah ich allein die Linie des Wassers entlanglaufen, er wich den Wellen aus,

manchmal sprang er zur Seite, es war, als würde er mit den Wellen spielen. Schließlich legte er sich hin, ich wollte zu ihm gehen, dann erinnerte ich mich plötzlich an den sterbenden Esel, den ich damals auf der Misbele gefunden hatte, und ich scheute mich.

Das Meer hörte ich, den Lärm der Stadt hörte ich, undenkbar schien es, die Stadt zu verlassen, sie hielt mich nicht, weil ich hier Wurzeln hatte, sie hielt mich mit ihren Geräuschen, mit ihren Gerüchen und Geschichten, immerfort hörte ich ihr Gemurmel, und ich fühlte mich darin geborgen.

*

Vor unserer Abreise – Heller hatte die Tickets für uns buchen lassen und das Apartment in einem der, wie er grinsend sagte, *jüngeren* Stadtviertel – fand das Gipfeltreffen zwischen Ehud Barak, Arafat und Bill Clinton statt. Vielleicht, weil ich dabei war, mich von dem Land abzuwenden, weil meine Entscheidung jedenfalls so aufgefasst wurde, wohlwollend oder weniger wohlwollend, vielleicht deswegen dachte ich, dass sich nunmehr mein Fehler erweisen würde: dass ich das Land verließ im Moment, in dem es – trotz der Ermordung Rabins – zu blühen begann, und ich hoffte, so würde es sein, wenn es auch an mir nagte. Man will in seinen Entscheidungen recht behalten, will dort sein, wo das Leben zu gelingen verspricht, will weggehen von dort, wo ein Land seinen Niedergang erlebt. Was wird aus dem Land?, fragte ich einmal Wilma, und sie betrachtete mich prüfend, kopfschüttelnd.

Eigentlich seid ihr Europäer!, rief sie dann. Und Durchhaltevermögen habt ihr auch nicht.

Was ist schlecht daran, Europäer zu sein?, wandte ich innerlich ein, aber ich schwieg. Ich wusste, was sie meinte. Durchhalten, für die meisten war es zweifellos ein Wert, und ich brachte es nicht über mich, Wilma zu sagen, dass ich nicht sicher war, ob ich durchhalten wollte, durchhalten bis an mein Lebensende.

Die Jüngeren gehen tanzen, die Älteren verdienen Geld, kaufen Immobilien, oder sie buchen noch eine Pauschalreise nach Europa, und dann ziehen sie in die Schunat HaTikva, um endgültig die Hoffnung zu verlieren, sagte Sina, eine der jüngeren Architektinnen, die bei Heller arbeiteten, Zipora hatte sich mit ihr angefreundet, und Sina sagte mir, nur weil sie Zipora möge, gönne sie mir, in Berlin zu arbeiten. Aber ich komme, wenn ihr erfolgreich seid, dann komme ich auch nach Berlin!

Und Adam warf ein: Ihr seid Idioten. Das Land wird blühen, ihr werdet sehen. Wenn die Judenhasser in Frankreich und Deutschland wieder an die Macht kommen, ziehen alle zurück nach Israel, dann sind wir diejenigen, die ihnen für teures Geld Wohnungen verkaufen, als Strafe für ihren Opportunismus.

Ich betrachtete Adams Gesicht, ein kräftiges, hübsches Gesicht mit vollen Lippen, er hatte Locken, die er seit ein paar Monaten kurz schnitt, davor hatte er seine Haare lang getragen. Sein Blick war kühl, er ging zu Sina hinüber, die achselzuckend über einer Zeichnung saß. Adam war der Einzige von uns, der gern rechnete.

Aber Sina, sagte er, der Balkon ist ja sogar auf dem Papier einsturzgefährdet!

Wir lachten. Sie hatte oft die besten Ideen, doch ohne Adam

wären in ihren Häusern die Leute noch während der Bauzeit zu Schaden gekommen.
Statik!, rief sie. Es müssen ja nicht alle dafür sein, dass sich nichts mehr bewegt!
Adam grinste: Bewegen schon, aber nicht nach unten.
Zipora kam herein. Obwohl sie keine Architektin war, hatten sich alle angewöhnt, sie um ihre Meinung zu fragen.
Ziporale, findest du mein Haus hübsch?, rief Sina.
Zipora beugte sich über das Blatt. Drei Kinderzimmer!, rief sie aus.
Ja, sagte Sina. Sie haben schon drei Kinder, und bestimmt werden es noch ein paar mehr.
Wie, sind das Orthodoxe?, fragte Adam.
Nein, verdammt, protestierte Sina. Auch keine gläubigen Moslems! Sie sind einfach kinderlieb. Wir bauen das auf zwei Ebenen, dann können sie oben schlafen und haben unten Platz.
Verringert die Scheidungsrate, murmelte Adam. Oder? Behauptest du doch immer.
Die meisten Streitereien gehen doch schließlich darum, wer wie viel Platz hat!
Klar, darum zanken wir uns ja auch mit den Palästinensern. Er zuckte mit den Achseln.
Ich konnte den Blick nicht von ihm wenden, es war, als müsste ich mir sein Gesicht einprägen für alle Zeit.
Was starrst du mich so an?, fragte mich Adam.
Na, damit er dich besser vermissen kann in Berlin, rief Sina und wandte sich wieder an Zipora: Drei Kinder, das ist eine gute Zahl! Hüte dich bloß, dir eins anhängen zu lassen, das wird bloß ein lästiger kleiner Stänkerer.

Zipora lachte, ich vermied es, sie anzuschauen, an ihrer Stimme hörte ich aber, dass sie zum Fenster hinausschaute, als sie Sina antwortete: Meine Großmutter hat mir immer gesagt, ich werde eine Tochter bekommen, rothaarig und kampflustig und gerecht.

Ich war über fünfzig, jetzt hatte ich eine junge Frau, ich würde mit ihr nach Berlin reisen, und was erwartete uns dort?

Als ich in den Nachrichten hörte, dass Arafat den Kompromissvorschlag abgelehnt hatte, fühlte ich absurde Erleichterung. Wurde es hier nicht besser, verlor ich nichts, wenn ich das Land verließ.

Als ich das Haus abschloss, drehte ich mich in alle Richtungen um, als spähte ich nach meinen Söhnen aus, um mich von ihnen zu verabschieden.

*

Zipora sagte mir später, es sei ein heißer und wunderschöner Sommer gewesen, von dem ich kaum etwas mitbekommen hätte, ein Sommer, sagte sie, nicht endender Abende, an denen die jungen Leute entlang der Spree und auf der noch nicht fertiggestellten Brücke unweit unseres Apartments saßen, die Hitze habe sogar irgendwann alle erschöpft, und sie habe vergeblich versucht, mich zum Schwimmen zu überreden. Später erzählte sie auch, dass sie ein paarmal mit ein paar anderen jüngeren Leuten am Schlachtensee war – das Wort hätte mir schon eine Gänsehaut verursacht –, während ich in dem provisorischen Büro saß, über Zeichnungen grübelte, die meistens nichts mit der Sanierung und dem Umbau der Wohnungen zu tun hatten.

War ich sicher, dass sie nicht überraschend zurückkehren würde, versuchte ich, Zipora zu zeichnen. Wir schliefen miteinander. Was in Tel Aviv voller Zauber gewesen war, ein Geschenk, das mich berührte, etwas, das außerhalb aller Ordnungen und Erwartungen lag, wurde zum Teil dieses Berliner Abenteuers, das so anders begonnen hatte als erwartet, und manchmal dachte ich, wir schliefen miteinander, weil in den Zimmern eben Doppelbetten standen, weil es für mich in meiner verzweifelten Einsamkeit absonderlich gewesen wäre, allein zu schlafen, und da wir nebeneinanderlagen, schliefen wir also miteinander. Nicht einmal wie sie aufblühte, sah ich, nichts sah ich, blind war ich, und was ich zeichnete, war Ziporas Körper, voller Sommersprossen und Leberflecken, zögernd, wie ich ihn kennengelernt hatte, schön in seiner Einfachheit, mit dem etwas zu schweren Po, den Beinen, die nicht besonders lang, nicht besonders schlank waren, aber wunderschön und anmutig geformt, doch ich zeichnete Zipora auch an Hauswände gepresst, auf der Flucht, mit der Angst, die mich beherrschte, seit ich am Flughafen Schönefeld in die S-Bahn eingestiegen war.

S-Bahn, alles hatte einen Anklang oder fast einen Anklang, da ich um mich herum die Leute reden hörte. He, hierher! – Es war nichts weiter als ein junger Mann, der seinen Hund anbrüllte, nicht einmal einen Deutschen Schäferhund, sondern einen kleinen, hässlichen Mischling, der vielleicht sogar rührend war, ich weiß es nicht, denn ich hörte nur die Stimme, die Worte, und ich erschrak, sie fuhren mir in die Glieder wie ein Messer, alles, was die Leute sprachen, und sosehr Zipora mich abzulenken versuchte mit ihrem heiteren Geplauder, mit ihren Erklärungen und Beschreibun-

gen, ich sah nichts mehr. He, hierher! Du blöder Scheißköter!
Karlshorst, so hieß eine Station, ein vierschrötiger Mann stieg ein, ich bemerkte seine Tätowierungen auf den nackten dicken Armen, das kurzgeschorene Haar. Die alten Frauen hörte ich, dann nur noch die Stimmen, Härte, Häme, die Wörter klangen harsch und abschließend, sie redeten und redeten, mir wurde übel.
Skip! Ich erinnere mich an Ziporas Stimme, wieder und wieder, ihr Rufen. Skip!
Sonst sagte sie nichts. Sie pflegte mich, unauffällig, heimlich, ohne dass ich es bemerkte.
Sie kochte mir das Essen, von dem sie glaubte, es würde mich beruhigen, polnisches Essen, sogar Gefilte Fisch machte sie einmal, ich hätte lachen müssen und sie küssen. Stattdessen litt ich. Die Sprache ließ mir keinen Ausweg.
Was wollen Sie denn jetzt? Ich stand in einer Bäckerei und fragte zögernd nach Brötchen.
Der Satz klang für mich wie eine Drohung. Was wollen Sie denn hier? Meine Antwort, ungeschickt und weich, war nicht Englisch, sondern eine Art Jiddisch, und das Gesicht der Bäckersfrau verzog sich.
Man weiß nicht, was die Gesichter sagen. Vielleicht war sie angewidert von meinem Dialekt. Vielleicht war sie zornig, weil sie dachte, da kommt ein Fremder, er ist gut angezogen, die Reichen werden uns hier vertreiben, wie sie uns aus dem Prenzlauer Berg vertrieben haben, ein Stadtviertel im Nordosten, das zur Anlaufstelle für die Jungen und Wohlhabenden wurde, so wie Newe Zedek, wie Jaffo, wie Florentin. Die alten Einwohner werden vertrieben, die Häuser saniert,

dann sind die Mieten so hoch, dass nur Gutverdienende sie zahlen können, gerade erst Hinzugezogene, die gleich Rechte auf die Stadt geltend machen. Wie sollen die nicht zornig werden, die sich vertrieben fühlen, und muss man ihnen nicht Unfreundlichkeit verzeihen? Dazu war es sehr heiß, ich selbst merkte es kaum, Zipora aber sagte mir, zieh kein Jackett an, es ist heiß, vielleicht kaufst du dir ein Hemd mit kurzen Ärmeln, es ist heiß, willst du leichtere Schuhe? Es ist heiß, lass uns essen gehen, draußen, es ist ein warmer Abend.

Was sah sie, was sah ich? Verschiedene Orte sahen wir. Verschiedene Sprachen hörten wir, und unser Schlaf war verschieden. Zipora sah morgens die Sonne. Ich ging auf die Straße, und was ich sagte, waren die Sätze eines Menschen, der aufgab.

Vor kurzem sagte mir Zipora, jeden Abend habe danach die Sonne in mein Zimmer geschienen, und sie habe mir ein Glas Wein gebracht.

Es war, als hätte für mich kein Grund bestanden, die Wohnung zu verlassen, sie habe mich regelrecht dazu zwingen müssen. Tatsächlich schien sich mit unserer Ankunft der Kauf des Hauses unvermutet zu zerschlagen, es hatte sich ein Käufer gefunden, hieß es plötzlich, das Haus war reserviert; Heller bat uns, trotzdem zu bleiben, nicht aufzugeben oder ein anderes Haus zu finden, er wollte ein Haus in Berlin kaufen, und sprach er auch nicht über die Gründe, so war es doch, meinte Zipora, nicht schwer, sich die Gründe auszudenken. Sie war es, die mit der Besitzerin des Hauses verhandelte, mit dem Makler, mit dem italienischen Geschäftsmann, der es kaufen wollte, sie machte Termine aus, sie sagte Heller, wir würden das Haus am Ende bekommen, ohne Zweifel, sie fragte mich, warum ich nicht Handwerker suche, wir könnten bald anfangen mit der Sanierung. Vor allem verhandelte sie mit den Mietern, die misstrauisch und gekränkt warteten, ob sie vertrieben würden und zu welchen Bedingungen – letztlich würden sie entscheiden, ihr Widerstand den einen Käufer vertreiben, den anderen zulassen.

Man denkt, man hat einen unschuldigen Beruf, trotzdem greift man in das Leben von Leuten ein, versetzt sie in Schrecken. Eines Nachmittags kam Zipora verunsichert ins Zimmer, ich spürte ihre Anspannung so stark, dass ich endlich einmal meine Lethargie abschüttelte. Ein Samstag war es, ich, der nie in die Synagoge ging, fand die Straßen, die Menschen profan und fremd, Shabbat ist es, dachte ich, warum sind wir nicht in Israel? Lang kam mir diese erste Zeit vor, es waren mehr als drei Wochen, Sommer war es noch, Spätsommer, Zipora war still, viel spricht sie nie, laut spricht sie nie, diesmal war sie sogar abweisend. Wir überquerten den Fluss, die alte Brücke mit den Bögen, den überdachten Fußweg liebte Zipora, sie wollte in den Parks jenseits – ich hatte ihr versprochen, einmal mit ihr auf der Spree zu rudern, die breit wurde, um eine kleine Insel herum, die mitten im Fluss lag. Sie wollte mir nicht sagen, was sie bedrückte und zweifeln ließ, denn das war es, sie zweifelte. Heiß war es, es war eine trockene Hitze, als wir den Park erreichten – die Entfernungen sind so riesig in dieser Stadt –, spazierten dort Leute mit Kindern, und junge Leute waren gekommen, um sich im Gras zu lagern, ein paar grillten, und obwohl ich dachte, dass die Menschen zumeist nicht hübsch waren und sich schrecklich anzogen, begann ich, Gefallen an der Promenade zu finden. Hinten am Fluss sah man ein Zementwerk, eine Fußgängerbrücke führte zu einer dem Ufer nahe gelegenen Insel, und wie in einem Film Noir drehten sich müde ein paar ältere Leute auf der Tanzfläche einer Gastwirtschaft. Nichts verbindet mich mit dieser Stadt, hatte ich gedacht, außer, dass von hier aus meine Familie umgebracht werden sollte, was tue ich also hier, wo mir Befehlswörter und Geschrei in den Ohren klingen?

Wir fanden, während in der Nähe kleine Flugzeuge aus dem Wasser starteten, eine Anlegestelle, an der man ein Boot mieten konnte. Als Kind hatte ich davon geträumt, einmal auf der Seine zu rudern, hinter der Stadt, wo ich mir den Fluss vorstellte, wie man sich einen großen Fluss vorstellt, mit Bäumen am Rand und mit Uferwegen und Schwänen, aber ich war nie gerudert, nur mit den Jungs in einem großen Schlauchboot, das Shira und ich ihnen einmal vor den Sommerferien geschenkt hatten.

Wir stiegen in das schwankende Holzboot, und ich ruderte los, ohne dass ich gefragt hätte, ob wir uns vor Frachtschiffen oder den weißen Ausflugsschiffen hüten müssten, ein paar Angler schauten interessiert zu, wie wir im Kreis fuhren, ich war plötzlich fröhlich, sie schauten und lachten, sie winkten, es war nichts Böses oder Hämisches dabei, und als Zipora beinahe ins Wasser fiel, sprang ein junger Mann erschrocken auf, bereit, sie zu retten. Dann näherte sich uns ein kleines Motorboot, und ein älterer Mann fragte freundlich, ob er uns aufs Wasser hinausschleppen solle. Aber du musst sie auch wieder abholen!, rief ein anderer vom Ufer, und alle stimmten zu.

Das Wasser glitt plötzlich rasch an uns vorbei, die Insel auch, und wo sich der Fluss weit zu einer Art Bucht öffnete, ließ der Mann uns von der Leine, indem er uns versicherte, in einer halben Stunde würde er uns zurückbringen, wenn wir es nur wünschten; dann verklang das Tuckern seines Motors, und wir waren allein. Zipora hatte bei alldem nichts gesagt, doch sie lächelte wieder. Es ist ein so leichtes Lächeln, man sieht es, schaut gleich ein zweites Mal, um es noch einmal zu sehen, vielleicht bekommt man deshalb nie genug von diesem Lächeln, das immer etwas Sanftes und Offenes an sich hat, immer fragt, ob es bleiben soll, immer zuhört. Manche lauschen mit zusammengezogenen Augenbrauen oder einer gerunzelten Stirn, in Ziporas Gesicht wurde alles glatt und leicht, wenn sie zuhörte.

Sie saß aufrecht, man sah ihr an, dass sie sich freute, behutsam beugte sie sich über den Rand des Bootes, schaute auf die Wasserfläche, wie um ihr eigenes Gesicht zu betrachten, von dem unklare und eckige Formen hell sich widerspiegelten, und dann sagte sie, dort, in dem Haus, das wir für Heller kaufen sollten, sei eine alte Frau, sei darin geboren und beharre darauf, nicht ausziehen zu wollen, niemals, niemals wolle sie ausziehen, solange ein Atemzug in ihr sei, und dass sie das, sagte Zipora, ganz ruhig und freundlich sage.

Wer ist sie?, fragte ich, während wir mit der Strömung trieben.

Sie ist im Haus geboren, aber mehr, sagte Zipora, weiß ich nicht. Als sie hörte, dass ich aus Israel komme, hat sie gesagt, vielleicht sei das die gerechte Strafe dafür, dass sie als Mädchen nicht versucht habe, ihren Freundinnen zu helfen oder zu fragen, wohin sie verschwunden sind.

Verschwunden, wiederholte ich, und der bittere Geschmack

kehrte wieder, den ich kaum je losgeworden war, seit ich am Flughafen in die S-Bahn gestiegen war.

Da näherte sich das Tuckern des kleinen Motorbootes schon, und der Mann winkte uns, als wären wir alte Freunde. Er warf uns das Tau zu, wirklich waren wir weit flussabwärts getrieben, er zog uns bis in die Nähe des Anlegers, fragte, ob wir nun alleine weiterkämen, so, als spürte er, dass wir noch etwas auf dem Herzen hatten und allein sein wollten.

Zipora nahm die Ruder. Ihre Schultern wölbten sich nach vorn, weiß, als könnte die Sonne ihr nichts anhaben, nur die Schlüsselbeine waren ein bisschen gerötet, und sie hatte noch mehr Sommersprossen bekommen, da und dort einen hellen, braunen Fleck. Sie sah erstaunt aus, als hätte sie nicht erwartet, dass der Widerstand des Wassers so groß sein würde.

Das Wasser ist schwer, sagte sie. Mein Vater hat erzählt, dass er als Kind auf einem Teich gerudert ist, in einem polnischen Dorf, in dem eine Tante seiner Mutter wohnte, die Christin war. Sie hat immer gesagt, erzählt er, wenn ein Jude in dem Teich badete, würde er von einer Schlange gebissen. Gibt es hier Schlangen?

In einem Fluss? Nein, bestimmt nicht, erwiderte ich. Du schwimmst auch nicht. Du sollst rudern.

Sie lächelte und sagte nichts. Wir verständigten uns ohne Worte.

Du schaust mich an?, fragte sie mich irgendwann.

Ich schaue dich an, du bist schön.

Warum willst du hier nicht sein?

Sie hätten uns verjagt oder umgebracht.

Aber das ist mehr als fünfzig Jahre vorbei.

Und?
Hast du Angst?
Du bist schön.
Sie ruderte. Ich kann rudern, sagte sie.
Ja.
Fahren wir zurück?, fragte sie.
Wohin?
Nach Tel Aviv. Wenn du hier nicht leben willst.
Sagst du das wegen mir oder wegen der alten Frau?
Wegen euch beiden.
Liebst du mich?
Sie schaute, ruderte.
Nimm, sagte sie dann, aber es war mir nicht klar, was sie meinte. Alles? Dieses kleine trockene Brötchen, das sie in ihrer Handtasche hatte?
Warum hast du immer ein Brötchen dabei?
Sie antwortete nicht, und ich schwieg. Es war heiß, vielleicht auf dem Fluss, wo ein leichter Wind ging, weniger heiß. Lebten hier Fische? Immer gab es von irgendwoher Musik, und dann starteten die kleinen, roten Wasserflugzeuge wieder. Nicht einmal in mich hineinhorchen musste ich, um zu begreifen, dass etwas geschah.
Abends führte sie mich aus, sie lud mich zum Essen ein und dann in eine kleine Bar unweit des Schlesischen Tors. Ich war der Älteste dort und sagte es. Wir tranken Gin Tonic. Immer habe ich mich gewundert, dass Zipora trinkt, aber nie betrunken ist, höflich sitzt sie mir gegenüber, lächelt, und sie erinnert mich an Briefe von einer Reise, wie sie früher waren, Briefe, die von großer Hitze berichten, und wenn sie eintreffen, läuft der Absender längst durch den

Schnee. Andere Männer, jünger als sie, beobachteten sie, auch Frauen, Zipora merkte es nicht, ich spürte jeden Blick, als sollte er mir gelten; sie war schön, oder anders: Sie betrachtete alle mit Wohlwollen, *beAyin japha*, wie man im Hebräischen sagt, mit schönem Auge, und vielleicht muss man übersetzen: mit einem Auge, dass die anderen schön werden lässt.

*

Anderntags hatte sie ein Treffen mit der alten Mieterin vereinbart.
Als wir klingelten, öffnete niemand. Nach dem dritten Klingeln wurde Zipora nervös.
Wo ist sie?, fragte sie mich und klang ungeduldig, zornig sogar. Ich schaute das Haus hinauf.
Im Erdgeschoss des Nachbarhauses war ein Tabakgeschäft, die Schaufenster waren lange nicht geputzt worden, in der Auslage sah ich ein ausgestopftes Kitz. Gegenüber, auf der anderen Straßenseite, befand sich ein kleiner türkischer Laden, karg und ein bisschen heruntergekommen, so wie das Haus, das wir kaufen sollten.
Wenn ihr etwas passiert ist? Zipora sah wütend und unglücklich aus.
Du meinst, wenn sie den Gashahn aufgedreht hat? Ich biss mir auf die Zunge, sobald ich die Bemerkung gemacht hatte.
Skip!, Sie funkelte mich an.
Raucht sie?, fragte ich.
Nun hör schon auf!, Zipora wandte sich zum Gehen.

Nein, du hast mich falsch verstanden!, rief ich ihr nach. Ich dachte, vielleicht fragen wir im Tabakladen nach ihr!
Es roch merkwürdig reinlich in dem Laden, so, als hätte der Besitzer, ein Mann reichlich über siebzig, das Rauchen vor Jahrzehnten schon aufgegeben.
Darf man hier rauchen?
Zipora seufzte leise. Sie verstand schon etwas Deutsch, sie lernte schnell.
Der Mann musterte mich mit zusammengekniffenen Augen. Dann grinste er plötzlich und zeigte auf Zipora.
Is Ihre Freundin? Na, meine hat da in dem Haus gewohnt. Und kann ja sein, dass es Scheiße ist, was Sie machen. Aber Ihretwegen zieht sie jetzt zu mir!
Zipora richtete sich gespannt auf. Sagen Sie, bitte, sie zieht aus?
Der Mann wiegte den Kopf. Na, ne Entschädigung will sie vielleicht schon sehen.
Ich schaute Zipora an. So wie ihr Deutschen uns eine Entschädigung für unsere vergasten Großeltern zahlt? Ich schluckte den Satz hinunter. Zipora hatte mich gegen das Schienbein getreten. Dem Mann war es nicht entgangen. Er streckte mir die Hand entgegen.
Ich glaube, was Sie gerade gedacht haben, das habe ich gehört. Hamse auch recht, aber wir können's dann ja verprassen? Oder wollten Sie beide dann nicht auch selber einziehen?
Doch!, rief Zipora. Wir wollten in die obere Wohnung.
Regnet rein, sagte der Mann ernst. Bisschen groß auch, ne? Aber bitte schön.
Mit unserem Büro?, fragte Zipora.

Er wiegte den Kopf, als hätte er zu entscheiden. Na gut, sagte er dann. Müssen ja früher Juden gewesen sein, sagt Emilie, is ja okay, wenn wieder Juden einziehen. Er grinste. Wenn wir das jetzt mal so festhalten wollen.
Dann wandte er sich an Zipora. Die Emilie sitzt nebenan in der Baguetterie, hat Muffensausen gehabt.
Was hat sie gehabt?, fragte ich.
Ach egal, sagte der Mann. Schiss. Schlechtes Gewissen, Depression, Schuldgefühle.
Und Sie?, hörte ich mich fragen.
Er zuckte die Achseln. Na, bin ein bisschen jünger. Aber eigentlich, meine Eltern, die waren immerhin fromm.
Zipora mischte sich ein. Wovon sprecht ihr?
Der Mann wandte sich ab, räumte in den Schubladen herum, er zog ein altes Heft hervor, legte es wieder beiseite.
Dann drehte er sich Zipora zu, die zur Tür wollte. Der Mann schaute mich an. Ich konnte seinem Blick nichts entnehmen.
Ernst. Er nickte, kaum merklich. Ernst, so heiße ich. Sieht aus, als müssten Sie auch irgendwo hin.

*

Als ich in Tel Aviv aus dem Taxi stieg – ich bat Zipora, meinen Koffer mit ins Büro zu nehmen –, sog ich die warme, feuchte Luft ein, so anders als die Berliner Hitze, vertraut wie ein geliebter Körper, den man nicht länger begehrt; ich ging glücklich, wie ein Betrunkener, ich sah mich selbst gehen, als hätte ich einen unendlichen Weg vor mir, und gleichzeitig ging ich in die andere Richtung, zielstrebig, als sollte ich ein neues Leben anfangen, aber dann bückte ich mich, als hätte ich etwas auf dem Boden gesehen, etwas, das bedeutsam war und das ich aufheben musste.

Mein Haus war leer und stickig. Manchmal weiß man in einem Augenblick, hier gehöre ich nicht mehr her. Wäre ich jünger gewesen, ich hätte Zipora gebeten, ob ich bei ihr übernachten dürfe.

Es war Ende September. Tags darauf besuchte, allen Warnungen zum Trotz, Ariel Scharon den Tempelberg. Einen Nachmittag hatte ich mir genommen, nach Abu Gosch zu fahren, als könnte ich, wenn ich durchs Land fuhr, eher ermessen, ob es mein Land war oder nicht. Iunis traf ich im Restaurant, wir saßen auf der Terrasse und schauten über das Tal. Es war heiß gewesen, jetzt wehte ein erleichternder Wind, die kargen Hänge wirkten noch matt, nur die Kalkfelsen leuchteten hell, als der Dunst verflog.

Iunis brauchte ich nicht zu fragen, wie lange seine Familie schon hier war. Ich wollte auch nicht mit ihm darüber reden. Hatte man mehr Rechte und mehr Gefühle, weil die Familie irgendwo ansässig gewesen war, weil sie ein Haus gebaut hatte oder Land besessen oder Schafherden geweidet? Allein der Gedanke machte mich unwillig, aber was änderte das, wenn ich doch empfand, dass er in diese Landschaft gehörte, wie ich es nie tun würde, zu diesen Häusern, die mir so viel besser gefielen als das meiste, was israelische Architekten bauten, zu den Steinmauern, die kleine Gärten abtrennten, zu den Olivenbäumen, die wie hutzelige Uhren darinnen standen und anders die Zeit maßen, als ich es wusste.

Zipora war nicht mitgekommen, aber von einem Freund,

der auf dem Shuk in Tel Aviv arbeitete, hatte Iunis gehört, dass ich eine Freundin hatte, eine junge Frau?, fragte er streng, ob ich sie heiraten würde. Ich schaute zu dem kleinen Garten, ein Junge tauchte auf, er führte ein braunes Pferd am Zügel, die beiden blieben stehen, standen lange, es war, als würden sie miteinander reden, ich wäre gern zu ihnen gegangen, hätte dem Pferd den Hals geklopft, den Jungen gefragt, wie er hieß. Es war einer der Momente, in denen sich die Zeit in sich zusammenzog, nicht wie eine Enge, wie eine Zusammenfassung, sondern so, dass nichts verlorenging, weil die Dinge miteinander verknüpft waren – vor mir sah ich, wenn es das richtige Wort wäre, statt des Jungen Zipora bei dem Pferd stehen, es war aber ein anderes Pferd, zwar ebenfalls braun, aber größer, kräftiger auch, und der Kopf war breiter, die Nase dagegen flach. Zipora schaute es verwundert an und sagte etwas, das ich nicht hören konnte, sie sagte es aber zu mir, irgendwo in dieser ganz anderen Landschaft stand auch ich, in Hörweite, kalt war es, so dass ich fröstelte und bei mir dachte, dass ich andere Schuhe bräuchte. Merkwürdig zerklüftete Bäume wuchsen aus einer Wiese, ich sah jetzt, dass Zipora gänzlich furchtlos unter einem Zaun hindurchgekrochen sein musste, und dann fiel mir ein, dass es Weiden sein mussten, diese Bäume, nicht Trauerweiden, sondern Weiden, wie Rembrandt sie gezeichnet hatte. War die Zeit gekommen, würde ich hören, was Zipora zu mir gesagt hatte, sie war bei mir, oder eher war ich, wo sie war. Das Lebendige und das Tote, es mischte sich, und das große Pferd, es sah aus wie ein junges Tier, es blickte mich an, als wäre es schon anderswo gewesen, oder ich blickte es an, als würde ich es kennen, von einem anderen Ort, aus einem

Traum, seine seltsam geformte Nase. Wie ein Tapir, sagte Zipora, sie lachte und streichelte es, ohne Scheu, und da ich mich beherrschte, fuhr ich ihr nicht in die Hand, um sie daran zu hindern, um zu verhindern, dass sie etwas berührte, das so jung und lebendig war, wie ich es nicht mehr sein konnte.
Wie an eine allzu ferne und unwahre Geschichte versuchte ich mich zu erinnern, um den Ausgangspunkt zu finden, dies Stück Tod in mir, vielleicht war es das, was mich zum Begleiter anderer machte, ohne dass ich selbst dabei starb, denn das, begriff ich plötzlich, war nicht selbstverständlich.
Ziporas Geschichte würde ich ein andermal erzählen, sagte ich zu Iunis. Denn Ziporas Geschichte, wenn sie auch in Teilen meine ist, lässt sich nicht ohne weiteres von mir erzählen.
Es ist, als müsste ich sagen, sie ist nicht meine Frau, und folglich kann ich sie nicht heiraten, auch wenn wir unser Leben teilen oder Bett und Tisch.
Ich kann sie nicht heiraten, sagte ich schließlich zu Iunis, ich bin zu alt.
Er betrachtete mich, als wollte er abschätzen, wie alt ich wirklich sei. Du bist zehn Jahre jünger als ich, sagte er, aber vielleicht bist du ein alter Mann.
Er sagte nicht, was er vermutlich dachte, dass ein Mann nie zu alt sei für eine Frau. Er sagte nicht, dass wir Juden uns in merkwürdigen Rücksichtnahmen übten, während wir sonst so rücksichtslos waren.
Wir tranken Kaffee und aßen Süßigkeiten.
Es ging uns gut. Wir mussten nicht einmal einen Blick wechseln, um zu wissen, dass wir uns vielleicht nicht wiedersehen würden. Nach Adila und Chalil fragte ich diesmal, sie seien, sagte Iunis, gesund und erfolgreich, Adila habe an der Lon-

doner Business School studiert, sie arbeite schon, während sie sich auf den Doktortitel vorbereite, sie verdiene genug Geld, um für ihren Vater und sich selbst eine Wohnung zu bezahlen. Er gab mir Chalils E-Mail-Adresse.
Ob meine Söhne mit ihnen in Verbindung waren, fragte ich nicht.

*

Der Aufstand begann tags darauf.
Nach einem langen Gespräch mit Heller hatten wir uns auf eine Entschädigung für Emilie Kolbe geeinigt und beschlossen, den Kauf zu versuchen, Zipora sollte in der folgenden Woche nach Berlin fliegen und mit ihr reden, einen Notar hatte sie schon kontaktiert. Wollte ich mitfahren oder nachkommen – das war mir überlassen.
Ich hörte Radio und räumte mein Arbeitszimmer auf, die Zeichnungen und kleinen Notizen sammelte ich und legte sie in eine Pappschachtel, ich nahm mir vor, wieder zu zeichnen, sobald ich in Berlin wäre, ich würde den Jungs Briefe schreiben oder Zettel, auf denen geschrieben stand, worüber wir nie sprachen, über Shira, darüber, wer ihr Vater war, über Chalil und darüber, wen Adila liebte, von Zipora würde ich schreiben und ob ich mich jetzt von ihnen entfernte, da ich eine neue Familie hatte oder immerhin eine Frau. Ich packte, einige Bücher packte ich in einen Karton, den ich mir nach Berlin schicken lassen konnte, ich rief Alina an und fragte sie, ob sie einen zuverlässigen Untermieter wisse für mein Haus. Ich wagte nicht zu fragen, ob sie und Noam einziehen würden, wenn ich lange genug wegbliebe, und sie sagte, sie

werde sich umhören, vielleicht könne Noam sich so lange um die Schildkröten kümmern. Ich horchte, ob ich Bedauern in ihrer Stimme hörte, aber sie klang leicht und sogar vergnügt.

Zipora war die Frau, mit der ich nach Berlin zog, weil ich sie liebte, und doch war es schmerzlich zu denken, dass ich Alina aufgab, den Jungen, ich verabschiedete mich von ihnen um so vieles endgültiger, da sie ein anderes Leben, ein Leben in Israel bedeutet hätten, und als Alina aufgelegt hatte, hielt ich das Telefon, als könnte ich sie so, die Hand um das Plastik geschlossen, doch berühren, ihre Haut spüren und ihren Atem. Jünger wäre ich nicht geworden mit ihr, die Zeit hätte sich nicht umgekehrt, doch nun drehte ich einem großen Teil meines Lebens den Rücken zu, so kam mir der Abschied vor.

Im Radio hörte ich Kommentatoren sich über den Mord an dem israelischen Soldaten bei Netzarim ereifern und über den Besuch Scharons auf dem Tempelberg, Netzarim im Gazastreifen, und ich dachte an meinen Besuch bei Najibs Familie im Gazastreifen, unendlich lange schien das her.

Ich fragte mich, ob ich nun, da ich selbst aufbrach, Avi und Naim besser verstand. Sie schickten jetzt manchmal Fotos, Fotos, die sie mit anderen Studenten zeigten, lachend, auf den großen Rasenflächen vor den Universitätsgebäuden, die wie Schlösser aussahen, immer knapper schrieben sie, nur Avi gab sich manchmal einen Ruck und erzählte ein bisschen, was er und Naim taten. Immerhin waren sie beide zusammen. Ich musste ihnen kein Geld schicken, manchmal bedauerte ich es. Noch immer hatte ich das Geld, das Heller mir als Prämie gezahlt hatte, und als ich noch nicht wusste, dass ich mir in Berlin eine Wohnung kaufen würde, dachte ich, wir würden es für gemeinsame Reisen ausgeben. Hin und wieder schickte ich ihnen ein Buch, getrocknete Datteln, Gewürze, die sie in England nicht kaufen konnten, wie ich mir einbildete.

Und dann schrieb Naim am späten Nachmittag, er werde im Winter einen Freund in Berlin besuchen. Er fragte nicht, ob er mich dort antreffen werde – er fragte, ob er bei mir und Zipora wohnen könne.

Über Entscheidungen habe ich nachgedacht, wenn sie getroffen waren, sie schienen mir immer riesenhaft, unwägbar, ich hatte das Gefühl, über einen Steg zu gehen, der viel zu schmal und zu dünn war, um mich zu tragen – wie sollte ich so etwas entscheiden, dieses Leben oder ein anderes, hier oder dort, mit Zipora oder alleine?

Suchte mich Naim dort, würde ich dort sein, dachte ich. Den Flug buchte für mich Heller, nicht mit Zipora zusammen flog ich, sondern einen Tag später.

Sie aber hatte kaum Zeit für mich. Sie packte ihre Habseligkeiten in Kartons, es war nicht viel, ihre kleine Wohnung war spärlich möbliert, die Möbel hatte sie alle gebraucht gekauft, als sie aus ihrem Elternhaus ausgezogen war. Bücher hatte sie, ein paar Zeichnungen aus ihrer Zeit in Nilis Galerie, ich bot ihr an, die Zeichnungen bei mir in den Graphikschränken Shiras aufzubewahren, am Ende brachten wir ein paar von ihren Sachen in mein Haus, so, wie man Sachen einlagert, weil man sich nicht von ihnen trennen kann und keine Lust hat, darüber nachzudenken, was aus ihnen werden soll, aus dem, was nicht notwendig, nicht überflüssig und nicht geliebt ist.

Während wir Sachen ein- oder ausräumten, stapelten, zusammenrückten, hörten wir Radio.
Bei Schießereien im Gazastreifen, wieder unweit von Netzarim, wurden zehn Palästinenser getötet, darunter ein zwölfjähriger Junge, es war der 30. September. Muhammad al-Dura, so hieß der Junge, oder Rami, an diesem Tag wussten wir noch nicht, was es für eine Konfusion um seinen Tod geben würde, was für ein Gezerre, und an diesem Tag war es vielleicht auch gleichgültig, weil alle hörten und sahen, wie der Hass aufflammte, dass die Aussichten auf Frieden null und nichtig waren, dass Kinder getötet wurden, dass wir unser Leben nicht bewahren konnten. Diesmal blieb ich wie unbeteiligt, obwohl ich das Gefühl hatte, die Kreuzung zu passieren, noch einmal, während ein paar israelische Soldaten einen Palästinenser absuchten, ohne auf seine Würde und sein Schamgefühl zu achten, die Erinnerung war klar und stark, doch Ziporas Reaktion auf das Unglück ließ mich das zurückdrängen. Ich kann nicht mehr, sagte sie zu mir, leise und in ihrer normalen, immer freundlichen Intonation. Wenn Juden Kinder erschießen. Sie zuckte die Achseln. Komm mit zu meinen Eltern, sagte sie endlich.
Ich zögerte. Bislang hatte sie fast nichts von ihren Eltern erzählt, noch weniger hatte sie mich, anders als in Israel üblich, aufgefordert, sie mit ihr zu besuchen. Ihre Mutter, wusste ich, arbeitete als Arzthelferin in einer Frauenarztpraxis. Von ihrem Vater hatte sie nichts gesagt, nur, dass er alt war, und ich wusste nicht, ob sie sein tatsächliches Alter oder sein Wesen meinte. Sie wohnten in Mewasseret Zion, einem Vorort von Jerusalem in den Judäischen Bergen, Zipora hatte mir erzählt, wie sie sich als Kind gewünscht hatte, in Rechaviah,

Jerusalem, zu wohnen wie die Jecken, oder in Beit HaKerem, das lieblich und dörflich war, und wo Leute wohnten, die Geld hatten und das Land aufgebaut, so hatte sie jedenfalls als Kind geglaubt. Ihre Eltern, selig über das kleine Haus in Mewasseret Zion, wollten davon nichts hören, jedenfalls ihre Mutter – mit ihrem Vater sprach sie über derlei nicht, sie hätte sich, sagte sie, geschämt.

Ihr Vater – schaute ich in ihr so junges Gesicht, fragte ich mich, wie viel älter er wohl war als ich.

Dabei hätte ich wissen müssen, dass Zipora auf ihre Weise alles richtig machte. Sie hatte sich einen Mann gesucht, der angemessen jünger war als ihr Vater.

Der Junge, sagen sie, sagte Zipora an jenem Abend, als wir Nachrichten schauten, der Junge hat sich gewunden, und der Vater hat gewinkt, damit sie nicht schießen!

Wenn auch noch nicht sicher ist, ob es die Israelis oder die Palästinenser waren, sagte ich.

Wie gut, dass du wenigstens Palästinenser sagst, nicht einfach Terroristen. Zipora schaute mich an.

Es waren Heckenschützen, Scharfschützen, wie willst du sie nennen? Ich schüttelte den Kopf, um meine eigene Ratlosigkeit zu zeigen. Wir wussten nichts. Wir wussten in diesen Konflikten nie etwas, aber ich war sicher, dass der Aufstand, was immer man davon halten mochte, nicht von Scharons idiotischem Besuch des Tempelbergs ausgelöst worden war.

Ich bin froh, dass deine Söhne nicht hier leben, sagte sie noch, dann nahm sie das Telefon und rief ihre Eltern an, um ihnen zu verkünden, morgen werde sie mit einem Freund kommen.

Bin ich der Freund?, fragte ich, halb unwillig, halb nervös.

Nein, sagte Zipora. Du bist es, den ich liebe, aber ich werde dich als meinen Freund verkleiden.

Sie stand wie auf einem Bein, in einem und in einem anderen Leben. Von Naims Brief und Ankündigung, uns in Berlin zu besuchen, erzählte ich, sie, die immer zuhörte, hörte nicht zu – die Schläge, sagte sie, sie zerschlagen einem das Herz, es bricht ja nicht, ihre Hände bewegten sich unablässig, als müsste sie nach dem Jungen greifen, nach seinen Händen, den Kopf in ihren Armen bergen, und wir sahen im Fernsehen, wie durch ein Dorf palästinensische Männer mit Siegesgeschrei fuhren, weil es einen neuen Märtyrer gab, ein Kind, das nicht in die Schule gegangen war, weil die Schulen wegen des Aufstands geschlossen waren.

Wir fahren zu meinen Eltern, sagte Zipora noch einmal, und da wusste ich, dass sie das Land verlassen wollte.

*

Solange man jemandes Familie nicht kennt, bleibt man an der äußersten Umrandung seines Wesens stehen, man schaut, wie er leben würde, wäre er ein anderer; erst mit der Familie ist das Leben das eigene, bedingt und unfreiwillig, und auch die Zerbrechlichkeit kommt aus der Familie, dachte ich, als ich Ziporas Eltern sah, nicht aus dem, was einer für sich selber sein will und kann, oder aus dem, was einem misslingt, sondern Zerbrechlichkeit kommt aus der Erfahrung der anderen, aus dem, was wir miterleben und was sich auftürmt, zu so viel mehr, als ein Leben fassen kann.

Ziporas Mutter stand in der Tür, als ich das Auto parkte, sie stand, als habe sie schon eine gute Weile auf uns gewartet, und als sie auf uns zukam, sah ich, wie Zipora ging, und als sie mich anschaute, war es Zipora, die mich anschaute, mit anderen Augen, und ich begriff, dass Ziporas Augen alt waren. Im ersten Moment wollte sie mich umarmen, aber ich war wohl älter, als sie gedacht hatte, sie erschrak, auch sie erschrak.

Wenn ich an diesen Augenblick denke, drängt die Zeit, und mir ist, als müsste ich bald eine Entscheidung treffen, für mich, für uns, noch weiß ich es nicht, ich spüre nur die Unruhe und die Bangnis, wie vor einer entscheidenden Wendung. Zur Zeit gehört die des Erzählens aber dazu, selbst wenn man gar nicht erzählt oder nur sich selbst.

Immer wieder kehre ich zu diesem Augenblick zurück, in dem ich ihre Eltern kennenlernte, ihre Mutter zuerst, Ariela.

Auf irgendeine Weise bestanden wir aus den Umrandungen unserer Körper oder einer Skizze unserer Gewohnheiten und Lieben, aus den Entwürfen unseres Lebens, und es war gleichgültig, ob wir sie hatten ausführen können oder nicht. Wir waren eine Bleistiftzeichnung, wenn man so will, jede Einzelheit durch einen Strich bezeichnet und erwähnt, jede Einzelheit, die unsere Vergangenheit betraf, jede, die der Vergangenheit eines nahen Menschen zugehörte und der Zukunft ebenso, dies unermessliche Wissen, das wir haben, so lächerlich unbedeutend es uns scheinen mag, wenn wir es auf den Prüfstand stellen, als ginge es um Zahlen, um Aufzählbares, um Besitz, Gewissheit, um etwas, das sich für oder gegen uns verwenden lässt oder auch nur einfach eine Geschichte, die wir doch erzählen können.

Ich sah, wie Ziporas Mutter vor uns ins Haus ging, ein bisschen langsamer wohl, dachte ich, als sonst, ein bisschen

schwankend fast, wie man schwankt, wenn man auf einmal einen Einschnitt, eine entscheidende Wende erlebt.
Ich sehe sie ins Haus treten und auf uns warten und uns ins Wohnzimmer führen, auch Zipora geleitete sie, als wären wir beide Gäste, Fremde, Neuankömmlinge, und dort saß, in einem Sessel, Ziporas Vater, blickte uns entgegen, man sah, er war vom Warten müde, er lächelte, und es war Ziporas Lächeln.
Ich weiß nicht viel von ihm, bis heute nicht. Ich weiß, was Zipora mir erzählt hat, ein kleines Kind war er in Auschwitz, er kann sich nicht erinnern. Alterslos wirkte er, ein Greis, doch dann stand er auf, behände, beinahe unheimlich. Von Heller habe ich erfahren, dass er beim Geheimdienst war, ein hohes Tier, wie Heller sagte, zu der Zeit, als der Geheimdienst sich noch nicht damit beschäftigte, Palästinenser auszuspitzeln, sondern für das Land kämpfte und für Gerechtigkeit; ich wusste nicht, was er damit genau meinte, als Ziporas Vater aufstand und sich vorstellte: Seev, das heißt Wolf, da dachte ich, wie unvorstellbar es war, dass von der Hand solcher Leute jemand gedemütigt würde, und ich schaute in sein Gesicht, als könnte ich dort im Orakel sehen, was Israels Zukunft sein würde.
Zipora küsste ihn auf die Wange, dann half sie ihm, zum Tisch zu gehen. Ich hatte nicht gewusst, dass er ein verkrüppeltes Bein hatte, es war bei einem Unfall zerschmettert worden, bei einem Unfall, über den er nie gesprochen hatte, nicht einmal Zipora wusste, was genau passiert war, außer, dass es im Sechs-Tage-Krieg geschehen war.
Die Leute schweigen. Sie schweigen, und seit darüber so viel gesprochen wird, über das Schweigen der Überlebenden, das

Schweigen ihrer Kinder, den quälenden Weg zur Sprache, seither ist das Schweigen noch verwirrender geworden, als ob es ein Versäumnis wäre oder die Schuld der anderen oder unsere Schuld.

Ich sah Zipora, wie sie ihren Vater zum Tisch geleitete, vorsichtig, mit der Liebe zu Zerbrechlichem, ich habe es mir gemerkt. Der zerbrechliche Mann würde in ein paar Jahren ich sein, wenn ich nicht ging, solange es noch Zeit war zu gehen, solange nicht sie noch Erwartungen hatte, die mich ausschlossen oder ohne mich auskamen.

Vielleicht wäre es anders, hätte ich in Ziporas Familie eine Familie gefunden. Aber sie war nicht ohne Grund nach Tel Aviv gezogen und war schon auf dem Weg weiter, nach Berlin, und ihre Eltern verbargen, so gut sie konnten, ihre Enttäuschung. Sie wussten, dass Zipora durch mich die Arbeit bei Heller gefunden hatte; dass wir ein Paar waren, wussten sie, und Zipora sagte nichts zu unseren Plänen, als wäre im Schweigen der bessere Platz für uns.

Seev Tal, der Vater, verwickelte mich in ein Gespräch über den Bau der Neuen Städte nach der Staatsgründung, Aschdod, Holon, er wollte wissen, ob ich die deutschen Architekten kannte, die eingeladen gewesen waren, noch vor der Aufnahme der diplomatischen Beziehungen zwischen der Bundesrepublik und Israel, mitzuplanen, wie die Häuser und Straßenzüge in Israel aussehen sollten, er wollte wissen, was ich von dem Architekten Erich Mendelsohn hielt und von seinen Bauten in Rechavia, wie ich die kleine Wohnanlage aus Beton in Jerusalem unweit der alten Bibliothek beurteilte – er sprach und fragte und sprach und fragte, und Ziporas Mutter drängte uns zu essen und wollte wissen, ob es ihrer Tochter gutgehen würde in Berlin, ob ich auf sie aufpassen würde, als wäre ich ihr Lehrer, und Zipora schaute ihre Eltern zärtlich an und wollte schon nicht mehr dort sein.

Dann sprachen wir über den Jungen, Sami oder Rami, und Seev sprach aus, was ich dachte, dass der Aufstand nicht von Scharon ausgelöst worden war, dass Arafat oder die Führer der Hamas und Scharon einander zuspielten in ihrem verblendeten Spiel, dessen Geschichte sie selber vergessen hatten.

Ich habe von dem Haus nichts gesehen als das Ess- und Wohnzimmer und die Gästetoilette, den Vorraum mit der Garderobe. Im oberen Stockwerk wohnte, sagte Ziporas Mutter, eine junge Familie, sie sagte es, und ich wusste, was sie sich gewünscht hatte und dass ihr Wunsch noch immer durch ihre Müdigkeiten kreiste und sie lähmte, wenn sie über Zipora nachdachte.

Zipora verschwand und kehrte nach einer Viertelstunde wieder, die wir in schwerfälligem Gespräch dahinbrachten, und als sie zurückkam, trug sie eine Tasche über der Schulter, mit einem bittenden Blick sah sie mich an, und ich begriff, als sie sich über ihren Vater beugte, um sich von ihm zu verabschieden, dass sie meine Anwesenheit genutzt hatte, um aus ihrem alten Zimmer ein paar Sachen zu holen, die ihre Eltern ihr vielleicht nicht mitgeben wollten.

Manchmal verbrauchen sich die eigenen Kräfte mit denen eines geliebten Menschen. Ich war so müde, als wir nach Tel Aviv hineinfuhren, dass ich kurz vor dem Flughafen Zipora bitten musste, mich abzulösen, und ich schlief, bis wir vor meinem Haus hielten.

Ich schaute zum Tor.

Drei Hunde saßen dort, die Köpfe nach oben gedreht zur

Mauer, zwei helle Hunde und ein schwarzer. Zipora stieg aus, ließ den Autoschlüssel stecken. Sie öffnete die Tür des Beifahrersitzes und küsste mich. Ich saß und schaute zum Tor, zu den beiden hellen und dem schwarzen Hund, siehst du sie?, wollte ich fragen, wer ist das? Shira und die Jungs oder Alina und Noam und ihr neuer Freund? Ich wusste, dass ich mir den Mund verschließen musste, um nicht Unsinn zu reden, Unsinn, den man vielleicht nicht einmal bereuen durfte.
Zu mir gebeugt stand sie, Zipora, und wartete, wartete, selber unfähig zu sprechen vor lauter Angst, dass ich gehen, dass ich alles abbrechen würde, weder mit ihr nach Berlin kommen noch unsere Liaison aufrechterhalten, und sie sah die Hunde nicht, so als verdeckte das Auto die drei Tiere.
Was konnte ich mehr für sie sein als ein halber Mann, ein halber Liebhaber, halber Gefährte?
Bitte!, sagte sie schließlich in die Dunkelheit des Autos, dann ging sie, ohne eine Antwort abzuwarten, und ich war froh darüber.
Aussteigen und ins Haus gehen konnte ich nicht, da waren die Hunde, sie hatten sich umgedreht und starrten zu mir. Straßenhunde, irgendwelche Straßenhunde, wie es viele gibt. Vielleicht oben auf der Mauer eine Katze, ein anderes Tier, feindlich oder freundlich, dem sie auflauerten.
Ich wusste nicht, was es war. Ich konnte nicht aussteigen.
Vor meinem eigenen Haus saß ich, ein Gefangener. So lange hatte ich das Haus nie von außen betrachtet, die Mauern, die Fenster, in der Küche hatte ich ein kleines Licht brennen lassen, ich kam nicht gern ins dunkle Haus, jetzt spähte ich, ob ich von meinen Kindern, von unserem Leben dort etwas sehen konnte, von mir, von Shira, ich fragte mich, wie ich es

sonst nur beim Aufwachen tat, warum ich nichts behalten hatte, das Haus meiner Eltern weggegeben, um dieses hier in Tel Aviv abzubezahlen, ein Konto für die Jungs einzurichten. Alles, was nur mir gehört hätte oder meinen Erinnerungen, hatte sich aufgelöst, nicht in nichts und Luft, doch in etwas, das so unzugänglich war wie dieses Haus, dessen Hoftor Straßenhunde bewachten, ohne es zu wollen, ohne zu ahnen, dass sie einen Sieg davontrugen über einen Mann von mehr als fünfzig Jahren.

Mein Handy vibrierte, bei Ziporas Eltern hatte ich den Ton abgestellt, und jetzt sah ich nach, wer mich anrief, ob es Zipora war oder Naim, der wissen wollte, wie ich über seinen Vorschlag dachte, mich in Berlin zu treffen.

Tatenlos saß ich, bis ich einschlief.

Die Frau, die mich freundlich grüßte und mir eine Decke gab, da ich vor Kälte zitterte, kannte ich nicht, sie sah asiatisch aus, vielleicht kam sie von den Philippinen, wie viele Zugezogene im nahen Jemenitischen Viertel am Markt, Frauen zumeist, die Israels Alte pflegten.

Sie war etwa so alt wie ich und hübsch, wie mir die philippinischen Frauen in Tel Aviv alle vorkamen, mit einem sanften Gesicht und runden Wangen, mit schön geschwungenen Augenbrauen, sie konnte ebenso aus Vietnam stammen, und sah sie mich auch an, als wollte sie mir noch etwas sagen, gab sie mir doch nur die Decke und ging, als wäre damit das Wichtigste getan.

Ich nahm die Decke, dankbar, mich darin einwickeln zu können, eine dunkelblaue Decke war es, und als mir wärmer war, fiel mir irgendetwas vom Gesicht der Frau ein, ich konnte mich nicht erinnern, was es gewesen war, dachte nur, dass ich sie finden müsste, und dann ging ich los, in die Decke gewickelt, voller Angst auf einmal, als würde ihr etwas zustoßen oder mir, und schließlich dachte ich, dass ich sie retten würde, wenn sie in Gefahr wäre. Es war ein Traum, wie ich ihn als Kind geträumt hatte, wenn ich mir vorstellte, dass ich meine Mutter und die Familie meines Vaters durch ein Gewirr aus Kellern geleitete, nur mit einem schwachen Licht in der Hand, einer Kerze, aber ohne zu stolpern oder mich zu verirren, während hinter uns die Nazis schreiend und fluchend stolperten, in blinde Gänge abbogen. Ich hatte nie jemanden gerettet, warum auch, wer hat schon jemanden gerettet? Es war ein Kindertraum, in Wirklichkeit war ja kein Anlass gewesen, doch meine Mutter kam und gab mir eine Decke, eine zweite Decke.

Ich schlafe nur, dachte ich im Traum, ich schlafe.

Ein Auto fuhr vorbei, ein weißer Lieferwagen. Es war nicht Chajim, der Wagen fuhr lautlos, ich erkannte nur, dass drei Männer darin saßen, dann waren sie vorüber, und ein rasendes Gebell zerrte an mir, ich spürte eine Erschütterung, die Hunde warfen sich gegen die Beifahrertür, bellten, bellten, am Fenster sah ich ihre aufgerissenen Mäuler, den Geifer, höher und höher sprangen sie.

Als sie schließlich abließen, dämmerte es schon. Ich öffnete die Autotür und stieg aus, faltete die Decke zusammen.

Avi war es gewesen, der mich angerufen hatte.

*

Schließlich flogen wir doch nicht zusammen nach Berlin, auf einer Baustelle unweit von Tel Aviv war ein Dachstuhl instabil, wir mussten herausfinden, ob es am Baumaterial lag oder an einem Konstruktionsfehler, Heller bat mich, ihn zu begleiten, es war kaum Zeit, sich von Zipora zu verabschieden, und wieder würde sie in Deutschland alles vorbereiten, sie wollte ein anderes Apartment suchen, näher an der Schlüterstraße, wo Hellers Haus stand.

Neben der Baustelle bei Tel Aviv hatte ein älteres Paar sein Haus, er hatte Biologie an der Universität gelehrt und im Weizmann-Institut gearbeitet, ein schwerer Mann, der manchmal zu uns herüberkam, mit Borekas, die seine Frau gebacken hatte. Ich ging manchmal zu ihr, sie führte mich durch ihren Garten, zeigte mir die Rosen, alte Rosenstöcke, deren Blüten dufteten, ich dachte daran, wie traurig meine Mutter gewesen war, dass bei ihnen die Rosen nicht gediehen, es war ums Haus zu schattig gewesen, und die Frau fragte mich nach meinen Söhnen und meinen Plänen und meiner Vergangenheit.

Ich zeigte ihr Fotos von Avi und Naim, sie fragte mich, warum ich sie noch nie in England besucht habe, eine Frage, die ich nicht beantworten konnte. Eines Tages empfing sie mich in Tränen, in Ramallah waren zwei israelische Soldaten ermordet worden, im Fernsehen sahen wir Bilder, wie ein junger Mann seine blutverschmierten Hände der kreischenden, klatschenden Menge zeigte, bevor die beiden toten, verstümmelten Körper aus dem Fenster geworfen wurden und von dem Mob auf einen Platz geschleppt.

Heller, als er es hörte, stoppte sofort die Arbeiten. Ein paar Palästinenser waren mit auf der Baustelle. Wir standen schweigend da, verlegen, keiner schaute dem anderen in die Augen, wir Israelis standen beieinander, tranken etwas, stumm und

bedrückt, dann waren die palästinensischen Arbeiter verschwunden. Wie und wohin, zu Fuß? Wir wussten es nicht. Ein Tag verstrich, dann machten wir weiter, aber eine Bedrückung blieb, ein Ekel und Übelkeit und Trauer, ich fühlte mich krank, konnte nicht essen, mit Zipora wollte ich nicht telefonieren, mit Avi und Naim nicht, wir schwiegen alle.
Wie sich die Tage hinzogen. Chajim ausgerechnet sagte irgendwann, allmählich wolle er mich zum Flughafen bringen, dann sagte er, er werde mich morgen bringen und in einem Flugzeug sehen. Ich musste lachen, es sollte kein Abschied sein, ein langer Abschied war es geworden, ihm reichte es.
Manchmal scheint es in den Tagen oder Jahren Lücken zu geben, Fehlstellen, es lässt sich nicht herausfinden, was geschehen ist, kein Kalender gibt Auskunft, die Erinnerung nicht, und fragt man jemanden, weiß er nicht zu sagen, wie die Tage und Monate vergangen sind.

*

Ich flog ab, mit zwei großen Koffern. Ich kam an, die Koffer waren verlorengegangen. Vergeblich wartete ich an dem längst leeren Laufband.
Zipora wartete draußen, ich trat aus der Tür, der letzte Passagier, sie stand noch immer an der Absperrung, allein, alle waren längst gegangen, sogar die Sicherheitsbeamten, sie lehnte sich auf das Gitter, müde geworden. Als die automatische Tür sich öffnete, hob sie den Kopf ohne Erwartung, einen Moment blitzte etwas auf, Freude, Überraschung, dann konnte ich nichts mehr erkennen, mein eigenes ärgerliches Gesicht verdeckte mir alles.

Aber sie lachte, schließlich lachte sie, nachdem wir Formulare ausgefüllt hatten und Fragen beantwortet, gewartet und geschimpft, wir traten mit leeren Händen aus dem Flughafengebäude, es war Ende September.
Sie führte mich, an dem Weg zur S-Bahn vorbei, zu einem Parkplatz. Dort stand ein blaues Auto, ein Citroën mit Faltdach, ein Auto für Handwerker, dachte ich. Zipora schaute kurz zu mir, dann fuhren wir los, sie fuhr auf der Stadtautobahn um die Stadt herum nach Charlottenburg, dann über den Kurfürstendamm. Ein hässliches Kastenauto war es, aber man konnte das Dach aufmachen, und es war warm, Zipora hatte eine Flasche Mineralwasser dabei, sie fuhr Umwege, an dem Haus in der Schlüterstraße fuhr sie vorbei und schließlich zu unserem neuen Quartier in der Wundtstraße, eine Zweizimmerwohnung mit einer großen Küche, in jedem der Zimmer ein großes Bett und ein großer Schreibtisch. Ich hatte keinen Koffer, den ich abstellen und auspacken konnte, nur eine Tasche mit zwei Büchern und Stiften und meinem Computer. Das Zimmer führte auf eine Doppeltür, die sich zur Loggia öffnete, davor stand eine große Linde, es war schattig und angenehm, erst am späteren Abend schien die Sonne schräg ins Zimmer.
Zipora war verschwunden, ich saß allein in einem Sessel nahe der offenen Tür, Stimmen hörte ich und Krähen, Autos.
Nichts war da, nicht entsetzliche Leere, kein Abgrund, aber eben doch nichts, etwas, das ich vorsichtig berührte, wie man die Füße in kaltes Wasser streckt, wenn man überlegt, schwimmen zu gehen, schaudernd, mit Erwartung.
Wir sind uns fremd geworden, dachte ich, als ich an Zipora

dachte, sie geht und sagt nicht, wohin sie geht. Sie kommt wohl wieder, vielleicht aber auch nicht. Den Hauskauf hat sie beinahe fertig vorbereitet, man weiß nicht, welche Aufgabe mir zufällt. Ich bin hier, vielleicht wäre ich besser anderswo. Doch nach welchen Maßstäben werde ich das entscheiden? Und ich wäre unglücklich gewesen, hätte nicht Zipora an die Tür geklopft, eine große Tüte in der Hand mit Rasierzeug und Wäsche, einer Flasche Champagner, mit ihrem Lächeln auf den Lippen. Ich weiß nie, ob ihre Augen ebenfalls lächeln, doch ihre Lippen lächeln, und ich sah sie, ich war glücklich, sie lächelte, ging in die Küche, deckte auf der Loggia den Tisch, eine weiße Tischdecke breitete sie aus, stellte schöne Gläser darauf, Teller und silbernes Besteck. Gespannt wartete sie, ob ich staunte, fragte, woher das Besteck, woher die Gläser, und sie erzählte von den Flohmärkten, erzählte von Emilie Kolbe, die noch immer in der Schlüterstraße wohnte, ungern ausziehen wollte, Zipora aber die Flohmärkte zeigte, damit sie einen schönen Tisch fände für unsere Wohnung im vierten Stock. Und Zipora war die Liebenswürdigste, die ich verehrte, und in der Tüte waren auch zwei Hemden, ich zog eines an, nachdem ich mich geduscht, rasiert hatte, und Zipora erwartete mich.

*

Heller reiste irgendwann an, wir unterschrieben den Kaufvertrag, danach gingen wir am Savignyplatz essen, es war längst Herbst geworden, die Bäume hatten sich verfärbt, Rosh haShana und Yom Kippur waren vergangen, Zipora hatte mich mit in die Synagoge genommen, nachts wurde es kühl, ich schrieb keinen Brief an Chajim und Chava, mein Haus in Tel Aviv stand leer, Alina hatte sich nur einmal gemeldet, diese ganzen Wochen und Wochen vergingen, ohne dass ich hätte sagen können, wie, meine Koffer blieben drei Monate verschwunden. Und bevor sie an einem Flughafen in Australien wiederauftauchten, holte ich Naim vom Flughafen ab, in dem hässlichen Kastenauto von Zipora, dessen Faltdach man nicht mehr öffnen konnte, weil es kalt geworden war.

Er war größer, breiter, er bewegte sich im Winter, als wäre Sommer. Er sah mich, ehe ich ihn erkannte, er ging auf mich zu, löste sich aus der Menge derer, die aus dem Ausgang strömten, langsam erst, dann lachte er, rannte die letzten Schritte auf mich zu wie ein Junge.

Natürlich war er nicht mehr gewachsen, seit ich ihn zuletzt gesehen hatte. Ich fragte ihn dennoch, er grinste mich an, er war nicht gewachsen, so bemerkte ich erst jetzt, dass er größer war als ich, und als er mich umarmte, dachte ich, ich könnte meinen Kopf an seine Schulter legen.

Lass mich fahren, sagte er. Ob ich noch Rechtsverkehr kann?

Ich überließ ihm den Autoschlüssel nur widerstrebend. Zipora hatte angeboten, zu einer Freundin zu ziehen, damit wir genug Platz hätten, plötzlich war ich unsicher, ob es richtig gewesen war, das anzunehmen. Sie fehlte mir, als würde ich ohne sie nicht nach Hause finden. Doch ich musste Naim nicht dirigieren.

Ich habe mir vorher angeguckt, wo du wohnst, sagte er, und auf meinen Blick antwortend, fügte er hinzu: Ich war schon mal in Berlin, jemanden besuchen.

Und so wollte er gar nicht bei mir übernachten, wie er

mir mit charmantem Bedauern mitteilte, wir aßen zu zweit, dann rief er Zipora an, ob sie kommen wolle. Wir saßen bis nachts zu dritt an dem kleinen Tisch in der Küche. Ich bedauerte, dass er ging. Wohin, sagte er nicht, ich war alt genug, nicht zu fragen. Anderntags rief er mittags an, und in keiner Zeit, wie man im Hebräischen sagen würde, kam und ging er mit der allergrößten Leichtigkeit ein und aus, besuchte mich auf der Baustelle, scherzte mit den polnischen Handwerkern, kochte – wieder hatte ich für eine provisorische Küche gesorgt – den türkischen Maurern Tee mit Nana, lud Zipora und mich abends in eine kleine Bar im Prenzlauer Berg ein, Luxus, so hieß sie, eine frühere Milchküche, und alle bedauerten, als er wieder abreiste.

Avi kam erst im Spätsommer 2001 zu Besuch, mit seiner Freundin, einer kleinen, sehr weißhäutigen Engländerin, die mich verblüffte, als hätte er mir eine Außerirdische vorgestellt. Glücklich, ihn zu sehen und strahlen zu sehen, war ich zu Shirley so liebenswürdig, wie es sich gehörte. Sie schien so klein und rundlich, sah ich sie nicht, machte ich sie in meiner Vorstellung noch kleiner, begegneten wir uns wieder, staunte ich aufs Neue, als hätte ich einen ganz anderen Menschen erwartet.

Gar nicht hatte ich damit gerechnet, dass sie sich mit Zipora anfreunden würde. Zipora stand mit vierunddreißig im Alter zwischen Shirley und mir – Shirley, dieser Name verstärkte meine Verwunderung. Sie war ein Gast, ein wenig fremd dabei. Dann sah ich, wie sie den Kopf nach oben wandte, zu Avi, mit einer Bewegung und Geste, die so bezaubernd war, dass ich einen Stich verspürte, Glück, Eifersucht, dann Scham, denn ich fühlte, wie mich Zipora betrachtete, und als ich die Hand zu ihr streckte, ohne sie anzusehen, nahm sie sie, leicht, anders als sonst, und unsere Empfindungen schienen sich einander mitzuteilen. Ich spürte, dass sie sich irgendwann von mir abgewandt hatte, um sich mir wieder zuzuwenden, aber anders, wie nach einer langen Reise, in der andere sie beschäftigt hatten, leidenschaftlicher, als sie mich liebte, und doch hatte sie sich am Ende der Reise wieder bei mir eingefunden.

*

Die Tage mit Shirley und Avi begannen heiter. Avi ging in die Staatsbibliothek, er hatte angefangen, sich für die Geschichte der Physik zu interessieren, und überlegte, ein weiteres Stipendium zu beantragen, statt eine Stelle an einer Universität in England zu suchen. Shirley war Schneiderin, sie studierte Design in London, spazierte von Boutique zu Boutique und sagte vergnügt, in Berlin werde es viel bessere Chancen für junge Designer geben als in England.
Abends gingen die beiden aus, manchmal nahmen sie Zipora mit, einmal gingen wir zu viert in die Philharmonie, wo Claudio Abbado dirigierte, Schönberg dirigierte er, *Ein Überlebender aus Warschau* und *Pelléas et Mélisande*. Shirley hatte sich gewünscht, in die Philharmonie zu gehen, und danach liefen wir zu viert nebeneinander, die Tränen standen uns in den Augen, wir waren Shirley dankbar, dass sie uns in das Konzert gelockt hatte, ich hörte die Musik innerlich weiter, als wäre sie tief vertraut, nicht die des *Überlebenden*, sondern die des *Pelléas*, die Unruhe darin, das Drängende, als junger Mann hatte ich es einmal in Paris gehört, seither nicht

mehr, und ich fand mich plötzlich dort, an der Seine, sehnsüchtig und voller Gedanken, wie ich als junger Mann gewesen war, mit Zärtlichkeiten, die niemanden gefunden hatten, mit einem Reichtum, der vielleicht verpufft war, vielleicht auch nicht.

Von uns vieren, wie wir nach dem Konzert durch die Straßen liefen, die Potsdamer Straße hinunter, ein bisschen verloren, wie man dort um die Philharmonie verloren ist, wenn man nicht in eines der Restaurants an dem neugebauten Potsdamer Platz gehen möchte – von uns vieren, wie wir versuchten, nebeneinander zu gehen im Bedürfnis, einander nahe zu bleiben, hätte ich gern ein Foto. Wir betraten ein kleines Café, tranken etwas, aßen eine Suppe, die drei unterhielten sich lebhaft, während ich meinen Gedanken nachhing und Sehnsucht nach Naim verspürte, er fehlte, und wie erstaunlich war es im Grunde, hier ohne Shira, aber mit Zipora zu sitzen, überhaupt hier zu sein, in Berlin, nicht in Tel Aviv, nicht in Paris.

Für die nächsten drei Tage hatten wir Pläne. Wir wollten ins Naturkundemuseum gehen – Zipora mochte die altmodischen Panoramen und den berühmten Saal mit den Dinosauriern – und in ein paar kleine Galerien in der Auguststraße, wir wollten uns die Synagoge in der Oranienstraße ansehen. Aber dann kam der elfte September. Wir hatten geplant, nachmittags aufzubrechen, mit dem Bus nach Mitte zu fahren, als Naim anrief.

Seine Stimme überschlug sich fast: Habt ihr gesehen, habt ihr gesehen?

Avi hatte das Telefon genommen, ich sah in seinem Gesicht Irritation, als er versuchte, seinen Bruder zu beschwichtigen:

He, Brüderchen, was ist los? Bist du wieder bekifft? Was sollen wir, was, warum, den Fernseher? Dein Ernst?
Er ging, schaltete den Fernseher ein. Wir standen davor. Es setzte sich keiner hin, als das Telefonat längst beendet war, wir schauten eine Nachrichtensendung nach der anderen, nur Zipora telefonierte einmal mit ihrem Vater, wir standen, als würden wir etwas akzeptieren, wenn wir uns nur hinsetzten, und erst nach zwei oder drei Stunden kamen die beiden Frauen – Avi und ich hatten gar nicht bemerkt, dass sie das Zimmer verlassen hatten – aus der Küche und brachten uns einen Imbiss.
Fast hätte ich erzählt, von Paris, von Amsterdam, von dem Hubschrauberunglück, von der alten Dame. Ich fühlte mich krank, erstickt und schwindelig, dann wieder so, als risse es mir die Gliedmaßen vom Körper, fallend, stürzend, aber als mein Blick dem Ziporas begegnete, sah ich, sie fühlte genauso, und ich war wirklich außen, Zuschauer wie alle anderen, wieder Fremder, ohne Aufgabe, ohne Nutzen, einsam fühlte ich mich, aber schlimmer war, dass ich die Ängste mit empfand, den ersten, überraschten Schrecken, die Panik, das Begreifen, das Begreifen – und wer war bei ihnen?
Irgendwann gingen wir hinaus, das enge Apartment war uns unerträglich. Wir sprachen nicht.
Anders als in Israel nach einem Anschlag schienen die Menschen hier unsicher, als erwarteten sie etwas, von anderen, von sich selbst, wüssten nicht, wie sie sich geben sollten, es war ja nichts, das ihnen zustieß, und Aufgeregtheit, sagte Avi, hätte auch etwas Abstoßendes, für uns, die so oft Zeugen von Anschlägen gewesen waren, mit weniger Toten. Kam es denn auf die Zahl an?

Es gibt keine Zahlen, es gibt nur fünffach oder fünfhundertfach addiert, was ein Mal schon unerträglich ist. Wir können sagen, zu unserem Leben gehört es dazu, ändern tut sich dadurch nichts, wir können sagen, wir haben Erfahrung, ändern tut sich dadurch nichts, wir können verzweifeln, und wir verzweifeln ja, aber das Wort ist irreführend, man könnte sich einbilden, dass man irgendwohin gelangt dadurch, dabei tritt man nicht einmal auf der Stelle, ist bloß stumm und ausgeliefert und lebt weiter.

Shirley beobachtete ich heimlich, sie, die Unerfahrene, die Fremde unter uns hielt sich dicht an Avi, sie suchte seinen Arm, seine Hand, und er wandte sich zu ihr, sein ganzer Körper eine Winzigkeit zu ihr geneigt, er ließ sie keinen Moment aus seiner Hut, zart und unauffällig, unablässig leise die Frage: Bist du da? Und die Antwort: Ja, da bin ich. Ziporas Blick fing ich auf, sie lächelte mich an, und ihr Blick sagte nichts als Zärtlichkeit; später sagte sie, sie habe sich gesorgt, sie habe mich fremd und verrückt gefunden, beinahe unheimlich. Ohne es zu wollen, waren Avi und Shirley wie ein Spiegel für uns, und vielleicht müssen wir stolz sein, dass wir nie bestanden haben, weder in unseren noch in jemand anderes Augen, und dass wir uns doch lieben, zusammenleben auf unsere Weise.

Zipora, die doch eigentlich nichts hatte, einen provisorischen Beruf, einen provisorischen Mann, der nicht an weitere Kinder dachte, sie, die durch Zufall in Berlin gelandet war, sie schien mit jedem Tag glücklicher Fuß zu fassen in einem Leben, das von außen betrachtet fast nichts war, und ich wartete nur darauf, dass sie mitteilte, sie wolle entweder ein Kind oder aber einen anderen Mann.

Unterdessen aber war sie die tatkräftigste Bauherrin, die fröhlichste Köchin und anspruchsloseste Person, die man sich vorstellen konnte, sie schien nichts auf sich selbst zu richten, außer wenn sie Migräne hatte, sie saß und hörte, was jedermann sagte und empfand, nahm alles mit Freundlichkeit und war der Liebling der Bauarbeiter und Handwerker und aller, die sie kennenlernten. Israel hinter sich zu lassen hatte sie betrübt und erleichtert, sie lernte so rasch Deutsch, wie sie sich ein paar Brocken Polnisch, Türkisch und Arabisch aneignete, und einmal sagte ich zu ihr, als wäre sie meine Tochter, es fehle nur, dass sie mir einen palästinensischen Schwiegersohn ins Haus bringe.

Der leichte Scherz hing ein paar Tage zwischen uns, und lag ich nachts wach, ohne sie zu berühren, quälte mich der Gedanke, ich habe versehentlich die Wahrheit ausgesprochen, Zipora zu Bewusstsein gebracht, was sie sich selbst bislang verschwiegen hatte, wie man sich die Wahrheit verschweigen kann, weil man verliebt ist.

In meinen Empfindungen war ich schwankend, manchmal schien mir unsere Geschichte eine Liebelei, manchmal so bezaubernd, dass ich kaum wagte, mir einzugestehen, wie selig ich war, mal war mir, als könne so eine Verbindung nur eine kurze Weile währen, mal glaubte ich gewiss, wir würden den Rest des Lebens teilen; ich versuchte, mir das Gesicht meiner Liebe, die doch neben mir lag, vorzustellen, als müsste ich prüfen, ob sich Shiras Gesicht dazwischenschöbe – ich seufzte vor Angst, Zipora zu verlieren.

Sie jedoch schlief, als habe sie nie ein unguter Gedanke am Schlaf gehindert.

Es ist nicht so leicht, sich Gedanken zu machen über sich

selbst, ich habe vergessen oder versäumt, mich darin zu üben, und wenn ich einen russischen Roman lese, staune ich, wie vielfältig solche Gedanken sein können. Denke ich doch einmal über mein Leben und meine Verhältnisse und mich selbst nach, kommt es mir vor, als würde ich eine ungeschickte Skizze anfertigen, aus dünnen Bleistiftlinien unvollständig zusammengesetzt.

Vielleicht sehne ich mich nach mehr Leben, wie jemand es tut, der nur Bleistiftzeichnungen kennt und sich nach Farbe sehnt und Flächen. Ob es mir gefällt oder nicht, ich müsste mich aber doch immer als eine Zeichnung denken, in meiner Phantasie gibt es aber ein Gemälde, mit kräftigen Strichen und Bewegungen, mit etwas Unbezweifelbarem. Auf dem Gemälde bin ich ein anderer Mann, und da ich dies aufschreibe, frage ich mich, ob ich ein besserer Mann wäre.

Was ist das nur für eine Sehnsucht?

Ich versuche hinzuschauen, ob ich denn sehen kann, was da gemalt ist, von wem auch immer, von dem Gott, an den ich nicht glaube. Dann geschieht irgendetwas, ich vergesse es wieder, vielleicht ist das ein Glück.

Wir spazierten an diesem trüben Tag durch die Straßen, die oft in Berlin so nichtssagend sind, leer, stumm, beliebige Fassaden reihen sich aneinander, man sucht und sieht nichts, und doch geht es weiter, eine unbestimmte Erwartung bleibt, die nächste Straße kommt, dann noch eine, wieder ist da nichts, und doch, gleich wird irgendetwas, irgendjemand diese Leere füllen, nicht, weil sie einladend wäre – bloß ist da Platz. Es gibt eine Leere, die lähmt, und Leere, die beflügelt. Und plötzlich ist da ein kleiner Laden, etwas wird verkauft oder auch nicht, ein Café eröffnet, ein paar Leute hängen

Bilder auf, bald öffnet eine zweite Galerie, alles wird ernst genommen und auch wieder nicht, denn eine Sache muss eine andere nicht ausschließen, schick ist es noch nicht, eher so, als fielen die Ideen und Gedanken selbst ungeschickt auf die Straße, mehr ist nicht nötig.
Hier wird nicht etwas wie in New York passieren, sagte Avi, um Shirley zu trösten, er schaute zu mir, als wollte er etwas wissen und fragte nicht. Er wollte wissen, ob ich bleiben würde.

*

Es folgte eine Zeit, wie ich sie nicht erwartet hatte. Womit man rechnet, womit rechnet man nicht, wer kann es sagen, vielleicht ist nicht einmal leicht herauszufinden, was überraschend ist oder unerhört, welche Katastrophen sind unerhört, und wir hören alle dauernd von ihnen, Glück ist manchmal überraschend, davon hört man seltener, so, als wäre es schwerer zu beschreiben, oder die Leute sind abergläubisch und wollen nicht das Böse Auge, wie man sagt, herbeibeschwören, vielleicht auch das – ich glaube, vor allem ist Glück selten beredt.
Zipora kam eines Mittags fröhlich nach Hause, sie hatte einen kleinen Markt gefunden, nicht ganz nahe, aber seit sie ein Fahrrad gekauft hatte, war für sie unser Teil Berlins, Charlottenburg, Wilmersdorf, Schöneberg, Tiergarten handlich geworden, sie bewegte sich rasch, und ich staunte, weil ich sie immer unsportlich gefunden hatte, ihr Körper nicht rundlich, aber weich, ohne besondere Spannung, und nun schien sie länger, strack, und beweglich und fremd.

Fremd. Ich vermisste ihre altmodischen Kleider und das Provinzielle, was mich in Tel Aviv so bezaubert hatte. Hier trug sie Jeans, immerhin Blusen und keine T-Shirts. Sie ging abends oft ohne mich aus, ich arbeitete lieber, und ich lernte Deutsch, es fiel mir nicht schwer, etwas hatte ich ja im Ohr, aber ich wollte es gut lernen, ich wollte es schreiben lernen. Dann mailte ich mit meinen Söhnen, mit beiden, Avi hatte eine Dozentenstelle in Cambridge bekommen, die ihm erlaubte, die Geschichte der Wissenschaften zu studieren, und Naim bewarb sich auf eine Doktorandenstelle und gleichzeitig bei zwei großen Firmen. Ich hatte Söhne, die Wissenschaftler waren. Ich hatte Söhne, die erfolgreich waren. Sie waren vielleicht nicht meine leiblichen Söhne, aber sie waren zielstrebig und voller Wissbegierde. Schon ihretwegen war ich froh, dass sich, bevor wir noch das Haus in der Goethestraße bezogen, abzeichnete, wir würden ein weiteres Projekt in Berlin finanzieren können, und mit Gewinn. Denn ich hatte auch Erfolg. Heller schrieb mir, er habe nie mit jemandem so gern zusammengearbeitet.
Die Prämie Hellers, die meine Kinder nicht gebraucht hatten für ihre Ausbildung, floss in unsere Wohnung im vierten Stockwerk, eine verquer große Wohnung, in deren Entrée eine Treppe hinaufführte, hinauf und nirgendwohin, an die Decke, nicht zu einer Bodenluke oder Ähnlichem, nur hinauf und nicht weiter. Es sah aber festlich aus. Zipora stellte auf die Stufen Kerzenleuchter, unsere Jakobsleiter nannten wir es, und jedes Mal, wenn ich die Wohnungstür aufschloss und eintrat, fand ich, so war es gut, es ging irgendwohin, aber keiner wusste, wohin und wie es gedacht war.
Als wir die Wohnung in der Goethestraße einrichteten, ver-

misste ich meine Eltern, als wäre ich wieder ein junger Mann, der sich beraten möchte, als hoffte ich, von ihnen doch ein Bett, einen Schrank zu bekommen, all das, was Shira abgelehnt hatte und was mir gleichgültig gewesen war, als wir uns in Tel Aviv eingerichtet hatten.

Nichts hatte ich damals behalten wollen, jetzt war ich dankbar, Bekannte meiner Eltern in Jouy-en-Josas anrufen zu können, um zu fragen, ob sie noch etwas hatten, das sie nicht brauchten, ob sie etwas eingelagert hätten, damals, als der Haushalt aufgelöst wurde. Und ich war dankbar, dass sie meine Bitte freundlich aufnahmen, alte Leute inzwischen, und zusagten, sie würden mir, was sie nicht benutzten, mit einer Spedition nach Berlin schicken. Als der Umzugswagen ankam, händigte mir der Fahrer einen Brief von den Gajdos aus, es war, als hätte ich doch noch von meinen Eltern eine Nachricht erhalten. Es war nicht viel, aber es war mehr, als ich je zu hoffen gewagt hatte, ein schöner Schrank, nicht sehr groß, mit zwei intarsierten Blättern, die an Ginkgoblätter erinnerten, ein rundes Tischchen mit zwei kleinen Sesseln, vier Stühle, ein Vertiko und einiges an kleineren Gegenständen, das Madame Gajdos mir eingepackt hatte, Kerzenleuchter, zwei schöne große Schüsseln, eine Suppenkelle, Leintücher, Tischwäsche und Gläser.

Ich war glücklich, noch glücklicher war Zipora. Einen Teil der Wäsche packte sie sofort beiseite: Das musst du für Avi und Naim aufheben, wenn sie heiraten!

Sie putzte die Messingleuchter und stellte sie auf den großen Tisch im Berliner Zimmer, den sie bei einem Trödler gefunden hatte. Dann trug sie das runde Tischchen ans Fenster und stellte die beiden kleinen Sessel dazu.

Schau, jetzt ist es, als würden sie da sitzen und uns sehen können!
Unser Büro hatten wir in den vorderen Zimmern der Wohnung, ein Gästezimmer lag zum Hof, es hatte ein eigenes Bad, und die Küche war nicht sehr groß, hatte aber eine zweite Speisekammer. Zipora, als wäre es ihr erstes, wirkliches Zuhause, richtete sie ein, besorgte Vorräte, kochte. Sie hatte für sich eine Kleiderkammer und einen großen Tisch, an dem sie auch zeichnete, sie strahlte und kaufte manchmal, mit einem Ausdruck äußerster Scheu und Verlegenheit im Gesicht, etwas zum Anziehen, in der Bleibtreustraße gab es einen kleinen Laden, La Goia, dort ging sie hin, und manchmal erbat sie meinen Rat.
Sie wurde mir vertraut, sie wurde fremd. Sie war so viel jünger, tatkräftiger auch. Eine Stadt eroberte sie, ich einen Rückzugsort. Ausgerechnet Berlin, ausgerechnet in Deutschland.
War sie unterwegs, saß ich allein im Büro, ich ging durch die Zimmer, die nicht ihre Geschichte erzählen konnten, aber ich sah sie, Bruchstücke einer Geschichte, die verschwiegen blieb, ich konnte sie sehen und war dafür dankbar, obwohl ich nicht wusste, wie sie hier geendet hatte, tödlich, mit Vertreibung und Mord, oder doch anders, versöhnlicher, ohne Katastrophe.
Ich saß gern allein an meinem Tisch, manchmal ging ich hinaus, durch die Straßen, die mir gefielen, zu dem türkischen Lebensmittelhändler gegenüber, dessen Geschäft nicht sehr gut ging, deshalb waren die Sachen nicht frisch. Ich dachte dann an den Shuk Ha'Carmel, aber ich haderte mit nichts, wir plauderten, oder ich ging in den Tabakladen,

fragte nach einer hebräischen Zeitung, ein Scherz war es, und doch schaffte der Besitzer es zwei Mal, mir eine Tageszeitung zu besorgen, zwei Tage alt, aber ich war gerührt.

Ich mochte die Stille in der Wohnung, die Doppelfenster im sogenannten Berliner Zimmer, dies oft sinnlos große und zumeist dunkle Zimmer, das es in den großen Altbauwohnungen gibt, dort hatte Zipora ein schmales Regal gebaut, in dem Gläser standen, es gab Ecken und Platz, den keiner brauchte, und man wurde aus dem Gedanken der Nützlichkeit entlassen.

Manchmal träumte ich von Tel Aviv, es war wohl Tel Aviv, es war, als wäre der Tod Shiras dort geblieben, beinahe so, als hätten wir uns getrennt, und sie wäre nicht gestorben, als hätten wir uns auf andere, friedliche Weise in unterschiedliche Welten begeben, nicht in unterschiedliche Länder nur, sondern in Welten, die andere Namen hatten.

Wieder war ich mit Praktischem und Handfestem beschäftigt, mit den letzten Arbeiten an dem Haus, in dem wir lebten, mit den Wohnungen, die noch zu verkaufen waren, mit den ersten Überlegungen, neben einem Haus in der Pestalozzistraße noch eines in Schöneberg zu kaufen und das Dach auszubauen, um die Finanzierung kümmerten sich Heller und Zipora, ich spazierte zum ersten Mal in der Gegend herum, früher hatten viele Juden dort gelebt. Ich liebte die Hinterhöfe, fand im zweiten und dritten Hinterhof kleine Werkstätten, Gartenhäuser, alte Lastenaufzüge, die Schienen, die anscheinend für Kohlewagen bestimmt gewesen waren.

*

Als ich für ein paar Tage nach Tel Aviv musste, beschloss ich, unser Haus in Newe Zedek langfristig zu vermieten.
Was ich in Berlin hochhielt, stellte ich in Tel Aviv hinter meine eigenen Interessen, die Mieter waren wohlhabende Rechtsanwälte, sie zahlten viel, dafür bekamen sie ein Vorkaufsrecht. Chaja bemerkte es sofort, sie stellte mich zur Rede, ob ich in der neuen Heimat rücksichtsvoller sein wolle als in meiner eigentlichen, der ich doch etwas schuldig sei, und wie ich übersehen könne, dass Leute wie ich die Preise in die Höhe trieben, und wie das Leben fremder werde dadurch, Reich und Arm klafften immer weiter auseinander; sie zankte mich aus und richtete mir doch sofort ein Gästebett und wollte nichts davon hören, dass ich anderswo unterkommen könne. Einen Mittag verbrachte ich mit Chajim auf dem Markt, neben ihm der kleine Schemel, der dort immer gestanden hatte.
Unser altes Leben würde es nicht mehr geben, nicht, weil wir alt geworden waren, sondern weil die anderen andere Lieblingsgeschichten hatten, vielleicht fanden sie uns, wenn wir uns ein gerechtes Leben ausmalten, komisch oder sehr altmodisch.
Chajim lächelte mich freundlich an: Da hast du es doch gut gemacht, bekommst von alldem nicht viel mit, und wenn ich Pech habe, gehen dem Meer die Fische aus, bevor ich sterbe. Er wies auf den Schemel: Weißt du, wen ich manchmal zu Besuch habe?
Ich schüttelte den Kopf.
Deinen kleinen Freund, er ist jetzt Bar Mitzwa, sagte Chajim.
Es gab mir einen Stich. Zwar telefonierten oder mailten

Alina und ich regelmäßig, aber ich hatte nicht immer nach Noam gefragt, ich hatte mich von ihm zurückgezogen, seit er weggelaufen war und nicht wiedergekommen, ich hatte mich gescheut, nach den Gründen zu forschen, weil ich die Gründe kannte, ich wusste, er fühlte sich von mir verraten, ich wusste, er hatte recht, ich hatte aufgegeben, ohne mich um ihn zu bemühen. Jetzt war er Bar Mitzwa, ich hätte dabei sein müssen, aber weder er noch Alina hatten mich eingeladen, er hatte Ersatz für mich gefunden, ich wusste, dass ich froh sein musste darüber.

Ich trauerte, als hätte ich die Verbindung zu einem meiner Kinder verloren, zwei Tage dachte ich kaum an anderes, ohne aber Noam anzurufen oder einzuladen. Als ich es Zipora erzählte, tröstete sie mich, dann fragte sie, was ich ihm denn nun für ein Geschenk gefunden habe, und als ich antwortete, darüber hätte ich noch nicht nachgedacht, war sie empört.

Später dachte ich, in meinem Kummer um Noam wäre fast eine Vorahnung dessen gewesen, was mich an Sorgen erwartete. Es hatte mich gewundert, aber nicht sehr beunruhigt, dass Avi erwähnte, er würde von Naim nicht viel hören in letzter Zeit.

Dann kündigte Naim in einer knappen Mail an, er werde uns in Berlin besuchen.

Aus irgendeinem Grund freute ich mich nicht. Ich arbeitete, anders als sonst fuhr ich verbissen zwischen Baumärkten und Handwerkern herum, stritt mich ausgerechnet mit einem Gerüstbauer, und als drei der breiten Männer auf mich zukamen, war ich froh, dass Zipora dazwischenging. Aber ich war es, der von ihr Vorwürfe hörte, so empört war

sie über mich, dass am Ende einer der drei mich verteidigte.
Was ist mit dir los?, fragte sie.
Ich konnte nur den Kopf schütteln.
Es gab ja keinen Grund zur Sorge, jedenfalls wusste ich keinen, ich grollte nicht, weder Zipora noch irgendjemandem, ich fühlte mich nicht griesgrämig oder haderte mit meiner Entscheidung, mich an Berlin gebunden zu haben. Jedes Mal freute ich mich, wenn ich die Tür zu unserer Wohnung aufschloss, und war es befremdlich, dass ich *unsere Wohnung* sagte, so war in dem Befremden doch Freude. Kam Zipora, klopfte mein Herz, sah sie mich an, war mir leicht, und ich streckte die Arme nach ihr aus.
Was frisst an dir?, sagte sie abends, nachdenklich, als erwartete sie keine Antwort, bedrückt, als fürchtete sie eine schlimme Antwort, dann drehte sie sich um und ging in ihr Zimmer, sehr leise, so, als wollte sie packen und verreisen, ohne es vorher anzukündigen.

*

Ich weiß nicht, was ich rätselhafter finde, die Tatsache, dass ich irgendwo hinreise, um mit jemandem zu reden, den ich nicht kenne und der tot ist, oder dass es ein paar Momente in meinem Leben gibt, für die ich nicht klären kann, ob meine Erinnerung mich trügt oder ob die eines anderen falsch ist.
Eine falsche Erinnerung – wie die an die Rede Hellers bei der Einweihung seines Hauses in Tel Aviv, der selbst sagt, er jedenfalls könne sich nicht erinnern, ob er wirklich eine Rede

gehalten habe oder nur zu ein paar Leuten einige Sätze gesagt, während Chajim entschieden bestreitet, dass Heller geredet hat, wogegen ich mich fast an den Wortlaut zu erinnern glaube – wie kann das sein?
Oder die Erinnerung an die Woche, in der Zipora plötzlich verreiste, tatsächlich nach einem nicht unfreundlichen, aber knappen Abschied abreiste, so, als hätte ein dringender Anruf sie erreicht. Drei Tage war sie wie verschwunden, so, wie kurz darauf Naim verschwinden würde. Zipora jedoch behauptete, ich habe es mir eingebildet – wie es ihre Art ist, sagte sie das freundlich, geduldig, liebevoll –, und es ist uns beiden unmöglich, einen Indizienbeweis zu führen, denn der Besitzer des Tabakladens etwa erinnert sich nicht, an welchen Tagen genau wir da waren, an welchen nicht, die Handwerker erinnern sich nicht, und wir haben keine Rechnungen oder Quittungen. Zipora sagt, sie sei ein paar Wochen später, nach Naims Ankunft in Berlin, für zwei Tage nach Brandenburg gefahren, nicht weiter als nach Brandenburg, aus der Stadt heraus und dann noch ein paar Kilometer, eine einzige Nacht habe sie auswärts verbracht, und dass ich diese Tage in meiner Vorstellung ins Monströse verlängert hätte, aus Sorge um Naim.
Naim hatte seinen Besuch angekündigt, er kam. War er bei seinem vorigen Besuch groß und strahlend gewesen, wirkte er diesmal fahrig, voller Missbehagen und Ressentiment, und dass er rasiert war und überhaupt gepflegt, konnte nicht darüber hinwegtäuschen, wie sehr er abgenommen hatte. Wieder wollte er ans Steuer, ich ließ ihn nicht, ich sagte, ich müsse noch etwas abholen, könne den Weg aber nicht gut erklären, und wirklich fuhr ich mit ihm erst nach Treptow,

an die Spree, vorgeblich, um ihm zu zeigen, wie aus dem einst öden Gelände allmählich etwas Lebendiges wurde; wir parkten an der Arena, gingen zum Fluss und dann ein langes Stück, dahin, wo ich in unserem ersten Sommer mit Zipora gerudert war.

Ich fühlte mich unsicher mit ihm wie nie zuvor. Weißt du noch, wollte ich sagen, weißt du noch, wie wir uns im Bus getroffen haben, als ich aus Amsterdam zurückkam? Es war jedoch, dachte ich, nichts, was ihn interessieren würde. Es war nichts, was für ihn Bedeutung hatte, allenfalls, wenn ich ihm von meinen Erlebnissen in Amsterdam erzählt hätte. Wie sollte ich das tun? Dachte ich daran, schien mir alles irreal, einzig die Daten und die Namen waren zuverlässig.

Ich erinnere mich, dass wir schweigend nebeneinandergingen. In Wahrheit redete und redete er, das weiß ich, ohne Pause, aber nicht einmal in der Erinnerung ertrage ich das, so lasse ich uns nebeneinander hergehen, schweigend, in einer Vertrautheit, die es nicht gab. Von Noam, der Bar Mitzwa wollte ich erzählen, wieder stockte ich. Sollte ich ihm sagen, wie traurig ich gewesen war, als Chajim mir sagte, Noam käme jetzt zu ihm?

Naim redete, vielleicht von dem intelligenten Verhalten der Krähen, die sein Spezialgebiet geworden waren, davon, dass Menschen und Tiere sich im Aufbau und in der Größe des Gehirns weniger unterschieden, als man bisher angenommen hatte, dass er oft Lust verspüre, sich den Krähen eher zuzurechnen als den Menschen, Adila habe er wiedergesehen, flocht er unvermittelt ein, und Chalil ebenso, er sagte: Weißt du, dass Chalil verhaftet worden ist, weil er damals Mutter geholfen hat?

Vielleicht sagte er das, und ich begriff zum ersten Mal, Chalil hatte nicht nur mir, er hatte Shira geholfen.
Warum, fragte Naim, hast du dich nicht gekümmert um Chalil, war das wegen Adila, damit sie gehen müssen?
Ich schüttelte den Kopf.
Weißt du, dass sie mit einer Frau lebt?
Zögernd nickte ich, ich hatte es mir ja gedacht, ich fand, es passte zu ihr, zu der Unbefangenheit, mit der sie zwischen den beiden Jungen gesessen hatte. Bist du deswegen unglücklich?, hätte ich fragen können.
Ich hätte so gern einen Grund gewusst, den Anlass für seine Veränderung, für diese Bewegungen, die nicht mehr anmutig waren, sondern unsicher, ungeschickt dadurch, obwohl er so dünn war, wirkte er fast grob. Er beobachtete ein paar Krähen, und als er schwieg, wurde sein Gesicht weicher, und ich erkannte ihn wieder.
Keine Stunde mehr hätte ich warten dürfen. Was er redete, habe ich nicht alles behalten, es war wirr, ich begriff nicht, ob er sich mit seinem Professor überworfen, ob er sich mit Freunden gestritten, ob er eine Liebe verloren oder eine gefunden hatte, von Avi sprach er überhaupt nicht.
Er murmelte etwas vor sich hin, ich versuchte zu verstehen, was er da murmelte, es war weder Hebräisch noch Französisch, auf Englisch murmelte er, was klang wie ein Gedicht, was ist das für ein Gedicht? Ich wollte ihn nicht fragen, ich wollte es wissen, ohne fragen zu müssen, ich wollte wissen, was mit ihm los war. Eine der Krähen, die auf der Wiese unter den Bäumen nach etwas gesucht hatte, flog auf und zu dem kleinen Baum unweit der Stelle, an der wir standen, mit dem Rücken zum Fluss.

Es war September, aber ein kalter Septembertag. Vor einem Jahr war Avi da gewesen. Auf die liebenswürdigste Weise hatte er in diesem Jahr angekündigt, vor Weihnachten würde er kaum Zeit für einen Besuch finden. Plötzlich war ich wütend. Warum hatte er nichts gesagt über seinen Bruder, warum hatte er nichts getan oder mich gewarnt?
Wie geht es Avi?, setzte ich an zu fragen, als die Krähe plötzlich von ihrem Zweig herunterschoss, mit solcher Schnelligkeit und Kraft, lautlos dabei, oder ich habe nichts gehört, direkt auf uns zu, direkt auf Naim zu, sie bog ab, bevor er zurückzuckte, und dann wollte er sich ducken, richtete sich aber doch auf, mit einer jähen Bewegung, wie um dem Vogel noch einmal entgegenzuschauen, die Krähe flog ihn an, rasend schnell, direkt ins Gesicht. Ich schrie auf. Aber als ich wieder hinschaute, war nichts, Naim stand da, mit verwirrtem Gesichtsausdruck, redete von einem seiner Studienkollegen, die Krähe war knapp hinter ihm anscheinend gelandet, sie pickte nach etwas, pickte, hüpfte näher, so nahe, dass sie fast Naims Beine berührte.
Ich meine, er hat von seinem Freund Peter gesprochen, der Studienkollege, der ihn in England mit seiner Leidenschaft für Rabenvögel angesteckt hatte und inzwischen in den USA war, ich weiß nicht, ob er zurückkommen wollte, ich konnte es nicht verstehen, und irgendwann sagte ich ungeduldig zu Naim, ob er nicht bitte Hebräisch sprechen könne, denn er wechselte von einer in die andere Sprache, mitten im Satz, ohne irgendeine Markierung, ich hatte das Gefühl, immer ein Stückchen einer falschen Spur zu folgen.
Meine Stimme klang nicht nur ungeduldig, sondern vermutlich kalt, so, als hätte sich ein Abgrund gezeigt oder etwas,

das aus all der Zeit, die hinter uns lag, herausgeschleudert wurde und schon immer da gewesen war. Eine Sekunde standen wir beide bewegungslos.

Dann hob Naims Plappern wieder an, es war ein Moment wie jenseits der Verzweiflung, nicht Schmerz, auch nicht Entsetzen. Ich bin meinen Kindern nie hinterhergelaufen, ich habe nie kontrolliert, was sie tun. Jetzt war mir, als würde ich sie immer nur von hinten sehen, nicht in der Ferne, auch nicht, als hätten sie sich von mir abgewandt – nur konnte ich ihre Gesichter nicht sehen, und ich konnte kaum atmen, vor Liebe und weil mein ganzer Körper sich nicht bewegen konnte. Ich hatte immer geglaubt, dass ich, wenn ich sie anschaute, sah, was sie sahen, immer noch hatte ich das geglaubt, obwohl die Überraschung über Avis Entscheidung, zum Studium nach England zu gehen, praktisch auszuwandern, mich hätte belehren können. Ihre Gedanken zu kennen habe ich mir nie eingebildet. Vielleicht sah ich sie jetzt endlich von vorne, während ich sonst immer geglaubt hatte, ich würde mit ihnen, aus ihren Augen schauen. Und da war Naim, in seinen Zügen der Schrecken über meine eisige Stimme, obwohl er darüber hinwegplapperte. Ich wollte mir die Ohren zuhalten.

Irgendwo war er, ich wusste nicht wo, ich wusste nicht, was ihm passiert war, er konnte mir keine Auskunft geben, nicht, weil er nicht gewollt hätte, er konnte es nicht. Aufgerissen war er, irgendwo kaputtgegangen, wie ein Teddybär, aus dem die Füllung herausquoll, dachte ich – war es sein Hirn, war es seine Seele, hatte er Drogen genommen? Ich schrie nicht, ich schrie ihn nicht an, was los sei.

Irgendwann waren wir in der Goethestraße, und Naim verschwand im Gästezimmer. Mir war, als hörte ich weiter seine Stimme, vielleicht war es Einbildung. Vielleicht ist es auch Einbildung, dass ich drei Tage mit ihm alleine war, kochte, seine Wäsche wusch, sein Zimmer aufräumte, er machte das Bett nicht, er ließ seine Unterwäsche irgendwo liegen, ich erkannte ihn nicht wieder.

Avi sagte einmal, ich hätte ihn gleich angerufen und angebrüllt. Ich kann es mir nicht vorstellen, und wir können nichts tun, um unsere Erinnerungen in Übereinstimmung zu bringen. Zipora sagt, sie wäre die ganzen Tage da gewesen, diese ersten Tage mit Naim, aber ich erinnere mich an die Stunden mit ihm allein, an die ziellosen, anstrengenden Spaziergänge und die Angst, wenn er alleine loszog; als er ein Kind gewesen war, hatte ich nicht solche Angst um ihn gehabt.

Von Avi wollte ich am Telefon wissen, was passiert war, warum er mir nichts gesagt hatte. Ich erinnere, dass er auswich, regelrecht herumstotterte, er behauptete, dass er mir gesagt hätte, Naim habe mit Peter angefangen, die Nächte durchzuarbeiten und dabei zu koksen, Avi hatte gehofft, wenn Peter in die USA ginge, würde sich alles wieder beruhigen, aber das Gegenteil war der Fall gewesen.

Naim sagte, es sei nicht Peter für irgendetwas verantwortlich zu machen, schon gar nicht für das bisschen Koks, wie er sagte: Was für ein Geschrei, bloß weil er angefangen habe, seine eigenen Wege zu gehen.

Morgens stand er am Fenster und lockte die Krähen, die in den Kastanien auf dem Hinterhof krakeelten. Er behauptete schon am zweiten Tag, große Fortschritte zu machen.

Anderntags ging er aus, kam erst gegen Morgen. Ich hatte

wach gelegen, bis ich die Wohnungstür hörte. Zipora zwang mich, zur Baustelle zu gehen, sie musste den Handwerkern irgendetwas gesagt haben, sie gaben mir das Gefühl, alles liefe wie am Schnürchen. Nachmittags kam ich nach Hause, Naim war gerade aufgestanden, er kam zutraulich in die Küche, strahlte mich an wie früher, und ich war bewegt. Aber plötzlich sprach er Deutsch. Mein Deutsch war nach fast drei Jahren in Berlin gut genug, er jedoch sprach flüssig, beinahe fehlerfrei. Wieder einen Tag später radebrechte er, und ich fragte mich, ob es die Wirkung von Kokain oder einer anderen Droge sein konnte – den täuschenden Eindruck hervorzurufen, dass man eine Sprache beherrsche.
Avi rief ich an, wie man einen Älteren anruft, der raten muss. Aba, Papa, sagte Avi, nun hör auf. Ich liebe ihn, vielleicht wäre es besser gewesen, er wäre bei der Armee geblieben, was soll ich dir sagen?
Verließ Naim die Wohnung, war ich erleichtert und fing doch an zu warten, dass er zurückkäme. Kam er zurück, hoffte ich, er werde nicht gleich in mein Zimmer kommen, er kam aber, und wieder fing er an, auf mich einzureden.
Nur mit den Krähen hatte er Geduld. Stunden blieb er in seinem Zimmer, um mit ihnen zu sprechen, manchmal fürchtete ich, dass er sie ins Zimmer lockte, aber wenn ich aufräumte und saubermachte, sah ich keine Spuren von ihnen.
Dann kam der Schock. Eines Abends fing er an, mich zu beschimpfen; was der Anlass war, begriff ich nicht, es begann, weil ich nicht gekocht hatte oder das Falsche gekocht oder Schinkenwürfel im Kühlschrank hatte, als Jude, als Halbjude, das Schreckliche war, dass ich nicht wusste, woher sein Zorn kam, ich wusste es nicht, ich konnte es nicht wissen,

dachte ich, nur eines wusste ich, ich war gefangen, ich war der Gefangene meines Kindes.
Nur er oder sein Bruder konnte mich zwingen, an nichts anderes zu denken.
Er tobte, und ich wusste nicht, was seine Grenze sein würde, als er ein Glas hob, um es auf den Boden zu schleudern: Weil ich mein Leben lebte, ohne mich um ihn oder Avi oder Shira oder sonst irgendjemanden zu kümmern, das Zuhause hätte ich vermietet, um es irgendwann zu verkaufen, und er wisse nicht, wo er hingehen könne, wo er hingehöre, alles hätte ich ihnen, seinem Bruder und ihm, genommen – er stand auf, nahm das Glas, die Lippen zusammengepresst. Er schaute nicht zu mir, sondern gegen die Wand des Berliner Zimmers, er hob die Hand und den Blick, für einen Moment wollte er sich schütteln, wach schütteln, und dann geschah nichts, nur erinnere ich mich daran, wider besseres Wissen, dass ich etwas wie Gesang hörte. Ich weiß, dass keiner gesungen hat, es war eine Männerstimme, die Stimme eines jungen Mannes, Sprechgesang vielleicht, und vielleicht die Stimme, die ich aus Naims Zimmer hörte, wenn er mit den Krähen sprach, vielleicht war es ein Traum von mir.
Zwei oder drei Tage später reiste er wieder ab, er wollte nicht zum Flughafen gebracht werden, seine Reisetasche aber vergaß er, er ließ sie, halb gepackt, im Zimmer stehen, ich suchte, ob ich einen Zettel finden könnte, eine Erklärung, einen Gruß, und fand nichts, aber danach suchte ich immer wieder, es war wie eine Obsession geworden, eine Nachricht von ihm oder Avi. Sogar in den Briefkasten schaute ich manchmal voller Erwartung, dabei schrieben die beiden nie Briefe, sie schrieben Mails oder eine SMS, kaum habe ich ihre Hand-

schrift vor Augen, und Zipora sagte mir einmal, man müsse mir zum Geburtstag einen großen Karton voller Zettel schenken, die ich dann verteilen könne über die Monate oder Jahre, und als sie das sagte, fielen mir die Schachteln ein, in denen ich Briefe und Zeichnungen von früher aufbewahrt hatte.

Sie sah mich nach Hause kommen oder durch die Zimmer gehen, manchmal legte sie mir eine kleine Zeichnung hin, sie schrieb nichts, weil sie wusste, dass es Zettel von Naim und Avi waren, nach denen ich suchte, also zeichnete sie etwas, das mit unserer Arbeit zu tun hatte, oder einen gedeckten Tisch oder eine kleine Szene, die sie beobachtet hatte, sie zeichnete gut, sie staunte selber darüber, und manchmal, wenn wir den ursprünglichen Anlass vergessen hatten, freuten wir uns darüber und lachten, und ich zeichnete ihr auch etwas oder fügte ihren Zeichnungen etwas hinzu.

Es gab noch warme Abende, die Abende sind am Ende der Grund, warum ich den Sommer nicht mehr anderswo verbringen möchte, ich ging oft allein spazieren, im Sommer dämmert es hier erst um zehn Uhr, aber auch der Herbst war schön, und ich kam mir vor, als hätte ich einen Tarnmantel, unsichtbar und leicht, und auch wenn ich es Zipora nicht sagte, dachte ich an sie, weil ich mit ihr gelernt hatte, dass es zwar keinen Trost gab, aber die Freundlichkeit, die man trotz Kummer und Angst bewahren konnte.

*

Als Naim das folgende Mal kam, musste auch Avi kommen, denn Naim verschwand. Er wollte nicht nur ein paar Tage bleiben, sondern länger. Dann war er verschwunden.

Er ging abends aus und kehrte nicht zurück.
Zu wem sollte man beten? Ich hätte es herausschreien mögen, dass Chajim in Tel Aviv es hören konnte. Ich schrie, er hörte es nicht, nicht Gott, auch nicht Naim. Aber Chajim rief an diesem Tag an, er, der nie anrief, rief mich an.
Was ist?, sagte er streng. Chava hat gesagt, ich muss dich anrufen, auch wenn ich nicht gerne telefoniere. Teuer ist es auch, wenn ich dich von diesem Handy anrufe, aber Chava sagt, ich soll mich nicht so anstellen. Und ich habe auch etwas gemerkt, das gebe ich zu, also rufe ich an, mit diesem kleinen Telefon, es ist nicht mal so groß wie eine Sardine.
Chajim!, ich konnte kaum sprechen: Chajim, Naim ist verschwunden.
Was heißt verschwunden?
Er ist ausgegangen und nicht nach Hause gekommen. Er ist weg! Nicht im Krankenhaus, die Polizei weiß auch nichts, er ist weg!
Einen Meter achtzig groß ist er, mindestens, und du behauptest, er ist weg. Wo ist er denn nun?
Er ist ausgegangen, wir wissen nicht, mit wem. Morgen kommt Avi.
Avi kam, er ging mit Zipora in die Bars, die Naim aufgesucht haben könnte, er suchte junge Israelis und Engländer, die vielleicht etwas wussten, mich wollten sie nicht mitnehmen, ich war zu alt und zu aufgeregt.
Unterdessen telefonierte ich mit einem seiner Dozenten in Cambridge, und ich versuchte, jenen Peter ausfindig zu machen, der Naim so beeindruckt hatte, inzwischen war er in Princeton.
Dr. Hacker, der Dozent, war kaum älter als Naim, er klang

höflich und ratlos, die Nummer von Peter konnte er mir geben, er erwartete Naim jeden Tag zurück. Seien Sie froh, sagte er zu mir, dass es nicht London, sondern Berlin ist, Sie werden ihn wiederfinden!

Ich fühlte mich, als wäre mein kleiner Sohn verlorengegangen und nicht ein junger Mann von Mitte zwanzig.

Peter Glenbourne war abweisend am Telefon, ich konnte froh sein, dass er mich nicht beschimpfte. Er sagte, sie seien nicht in stetem Kontakt, dann erklärte er noch etwas zu irgendeiner Krähenart, die er in Princeton beobachtete, und zu einem Archiv, das es in Berlin gab – er redete so schnell, wie Naim es tat, und als er aufgelegt hatte, saß ich da und konnte nichts mehr tun.

Du musst ihn suchen, hatte Chajim mir gesagt, in dir musst du ihn suchen, dann findest du ihn.

Seiner Stimme hörte ich an, wie sehr er sich selber sorgte.

Ich versuchte, was er geraten hatte. Konnte ich einem Fremden nahe sein, den ich niemals sah noch sehen würde, musste ich doch meinen Sohn finden können.

Zum ersten Mal nahm ich mir vor, mit Avi zu sprechen und ihm zu sagen, dass sie nicht meine leiblichen Kinder waren.

Ich setzte mich in das Gästezimmer, die Tasche von Naim stand da und ein schmaler Koffer von Avi. Das Fenster war geöffnet.

In Tel Aviv wäre ich ans Meer gegangen, hier wusste ich nicht, was ich tun sollte. Plötzlich sehnte ich mich nach Tel Aviv wie nach einem Zuhause, ich sehnte mich nach dem Geruch des Meeres, den alten Männern, die mich bald aufnehmen würden, sehnte mich nach Chava und Chajim, nach Wilma und danach, Alina und Noam wiederzusehen.

Heller schickte eine beunruhigte SMS, er hatte von Zipora gehört, was geschehen war oder nicht geschehen.
Vor dem Fenster hörte ich in den Kastanien die Elstern und Krähen streiten. Eine der Krähen näherte sich, sie flog zur Fensterbank, als ich den Kopf bewegte, flog sie nicht weg, im Gegenteil hüpfte sie auf die Lehne des Stuhls, der am Fenster stand, und beobachtete, was ich weiter tun würde.
Ich weiß es nicht, sagte ich ihr. Ich weiß nicht, was ich tun muss.
Naim behauptete, die Krähen seien so intelligent wie Menschenaffen. Ich stellte mir vor, wie mir der Vogel sagte, wo er war, wie er ihn suchte, er, der fliegen konnte – ihm müsste es **möglich** sein, ihn zu finden.
Aber wer glaubt an Wunder.
Nach zwei Tagen war auch Avi verängstigt. Die Polizei hatte unsere Vermisstenanzeige aufgenommen, er war in keinem Krankenhaus aufgetaucht, Avi und Zipora hatten nicht herausgefunden, in welche Bar er vielleicht gegangen war, in welchen Club. Wir wussten nicht, ob er in Berlin Freunde hatte, wir wussten nichts. In seiner Tasche suchte ich schließlich, fand nichts als Wäsche, die nicht sehr sauber war, ich steckte alles in die Waschmaschine.
Immer wenn ich in das Zimmer ging – Avi schlief in einem kleineren Zimmer, in dem wir sonst Kleider aufbewahrten –, kam die Krähe ans Fenster, gleich, ob es offen stand oder geschlossen war, und nachts träumte ich von ihr, sie flog in meiner Nähe, was ich auch tat, sie führte mich nicht zu Naim, sosehr ich darum bat, und wachte ich auf, versuchte ich, mich zu erinnern, was sie gesagt hatte, aber ich erinnerte mich nicht, und Naim war nicht da.

Zipora erzählte ich den Traum, sie sah mich an und sagte: Aber dann ist es einfach – die Krähe ist Naim.

Ich saß in seinem Zimmer, für mich war es sein Zimmer, als Avi kam und sagte, er müsse nach England zurück. Er war blass und legte sich aufs Bett.

Nach einer Weile sagte er: Wofür ich ihn hasse, ist, dass er weiß, wie schrecklich es ist, Angst zu haben, und er tut es trotzdem. Wenn irgend so ein Typ aus Norwich oder Canterbury sich umbringt, einer, der keine Ahnung hat – aber Naim! Jetzt sind wir in Berlin und müssen, als wäre er an der libanesischen Grenze stationiert, warten, ob die Polizei anruft, wir sollen kommen und irgendeine zerstückelte Leiche identifizieren!

Nein, sagte ich. Nein, aber –.

Er schaute mich an.

Er schaute mich an, als wüsste er, dass ich etwas Wichtiges sagen musste, und ich sah hinter ihm, am Fenster, die Krähe, als wollte sie zuhören. Sie hüpfte hin und her und nickte mit dem Kopf, als hätte sie schon begriffen.

Avi, ich bin nicht euer Vater.

Er sagte nichts.

Avi, hörst du?

Wenn ich an den Nachmittag zurückdenke, bin ich froh, dass Zipora nicht da war – sie war, nachdem Avi und sie ihre Suche abgebrochen hatten, nach Potsdam gefahren, in ein Geschäft für historische Baustoffe.

Zipora, dachte ich, bewegte sich, weil ihre Gliedmaßen geschaffen waren, um sich zu bewegen. Sie war nicht weniger klug oder ernst, aber sie verbrachte ihr Leben nicht in ausweglosen Grübeleien.

Avi war auch gegangen. Höflich und ruhig, wie es seine Art war. Er hatte nichts gesagt. Warum hatte ich nur gesagt, dass ich nicht sein Vater war?

Die Krähe saß, als ich ins Zimmer schaute, noch immer da, ich hatte das Fenster geöffnet, sie war auf die Lehne des Sessels gehüpft, den Kopf hatte sie zwischen die Flügel geduckt, so, als versuchte sie sich vor Kälte oder Wind zu schützen.

Wie mit tauben Händen räumte ich in der Küche auf, ordnete Papiere, Zeitungen und Bücher, die auf dem Esstisch im Berliner Zimmer lagen. Zipora las oft an dem kleinen Tischchen meiner Eltern, ich liebte es, wenn sie dort saß, nur manchmal aufschaute, so, als würde sie auch in größter Versunkenheit wissen wollen, ob ich da war, ob es mir gutging. Behutsam legte ich alle Bücher zu Seite, wischte das Tischchen ab. Es war, als könnte jede Berührung mit etwas, das ihr gehörte, doch tröstlich sein.

Als ich ein leises Geräusch hörte, drehte ich mich um, mit klopfendem Herzen, sicher, es werde Avi sein oder tatsächlich Naim. Aber da war niemand. Die Tür stand offen. Und dann sah ich die Krähe, die mir gefolgt war. Sie hüpfte etwas geduckt, einmal nur flatterte sie auf. Zum ersten Mal krächzte sie, laut, und noch einmal, danach kam sie näher. Vermutlich hatte Naim sie gefüttert. Ich ging in die Küche und holte aus dem Kühlschrank ein Stück Käse.

Als es dämmerte, war sie so zutraulich, dass sie mir aus der Hand fraß.

Ziporas Nachricht, sie werde erst spät aus Potsdam zurückkommen, fand ich erst, nachdem sie wieder zu Hause war, was ich wusste, war, dass alle fortgegangen waren.

Naims Handynummer hatten wir so oft gewählt, dass ich nicht auf die Idee kam, ihn jetzt anzurufen.
Den fünften Tag war er verschwunden. Zwei Mal klingelte das Telefon, ein Mal war es ein Klempner, das zweite Mal las ich Shirleys Nummer auf dem Display, ich nahm nicht ab.
Wie heißt du?, fragte ich die Krähe schließlich.
Bevor es ganz dunkel wurde, hüpfte sie zurück in Naims Zimmer und verschwand in der Kastanie.
Ich setzte mich ans offene Fenster.

*

Bislang war immer die Zeit in Bewegung geblieben, verstrichen wie ein stetiger Luftzug, es war immer irgendwie weitergegangen, zu viert, mit Shiras Krankheit und nach ihrem Tod, und dann war Zipora gekommen, wir waren alle in Europa, und ich war, zwischen all der Sorge und Angst, ein paarmal wütend gewesen, dass Naim alles unterbrach, das, was doch unser Leben sein sollte, Avis Leben, er, der vielleicht bald Shirley heiraten würde, wie sollte man mit so einer Sorge, die er seit Monaten stillschweigend mit sich herumgetragen hatte – wie sollte man arbeiten und an Kinder denken?
Wütend war ich gewesen, und jetzt konnte ich mich selber nicht begreifen, dass ich alles noch schlimmer gemacht hatte, als wollte ich der Zeit noch mehr Stöcke in die Speichen schieben, und das Geräusch tat weh, mit dem sie stockte und stillstand. Die Zeit verging nicht. Es dämmerte immer noch, obwohl doch längst Nacht war, ein neuer Tag hätte anbrechen müssen. In der Kastanie schimmerte nur da und dort ein Licht aus umliegenden Fenstern.

Auch Avi kam nicht nach Hause. Zipora spürte nicht, wie groß die Not war. Doch, es dämmerte noch immer, obwohl die Krähe in der Nacht verschwunden war, und ich dachte an die Armbanduhr, die Avi trug, eine schöne, altmodische Uhr, ein Geschenk von Shirley, vielleicht schaute er auf die Uhr und fragte sich, wo er hingehen solle, um zu schlafen.

Weiter saß ich am Fenster und sehnte mich danach, dass Zipora wieder zurückkäme und im Berliner Zimmer, in einem der Sessel sitzen sollte, um zu lesen.

Was hatte ich Avi angetan, dachte ich, und was Naim, früher, als ich überzeugt gewesen war, dass er das Leben leichtnahm. Ich sah Naim wieder im Bus, nachdem ich schon so nahe bei ihm gesessen hatte, bis er mich berührte, und ich hatte seine Anwesenheit nicht gespürt, seinen Atem nicht gehört, bis er flüsterte: Hier bin ich doch. Ohne Intonation. Er gibt nicht seine Stimme – hatte das nicht Iunis so gesagt? –, mit dem Doppelsinn des Wortes *kol*, der gibt nicht alles?

Warum hatte ich mir keine Gedanken darum gemacht? Er hatte gesagt, die anderen rauchten, er aber nicht, woher wollte ich wissen, dass das die Wahrheit war?

Vielleicht hatte er schon lange Drogen genommen, vielleicht hatte man ihn deswegen nicht als Piloten genommen, und jetzt brach in seinem Gehirn alles zusammen.

Ich wollte suchen, ob ich in meiner Erinnerung etwas fand, das alarmierend hätte sein können, Warnzeichen, die ich übersehen hatte, und wie ich suchte, fand ich, wie in einem alten Karton, den man auf dem Dachboden, in einer Kommode oder im Keller vergessen hat, Bilder der Kinder: Naim, wie er von der Schule kam, mit dem großen Schulranzen, den er uns abgebettelt hatte, dünn sah er damit aus, verschmitzt, und Avi hatte im folgenden Schuljahr eine Tasche getragen, gegen unseren Widerstand, denn er ging damit ein bisschen schief. Sie waren zusammen losgezogen, sie waren oft Arm in Arm gegangen. Am Meer, wenn wir am Strand waren, hatten sie oft angefangen, sich zu prügeln, im Wasser oder wenn sie aus dem Wasser kamen, wälzten sie sich plötzlich im Sand, und ich erinnerte mich, wie verblüfft ich gewesen war, als Avi, ausgerechnet Avi, einmal Naim gebissen hatte, so fest, dass der Abdruck seiner Zähne sich bis zum Abend in Naims Oberarm abzeichnete.

Ich erinnerte mich, wie sie ins Haus gestürmt waren, wenn sie Hunger hatten, und an die Pessach-Abende erinnerte ich mich, die wir nicht mit einem richtigen Seder gefeiert hatten, aber es waren glückliche Abende gewesen, und manchmal hatten die Jungs angefangen zu spielen, den Auszug aus Ägypten, die Frösche oder eine der anderen biblischen Plagen, sie hatten sich verkleidet, als wäre Purim, und Bilder gemalt. Ich erinnerte mich, wie Naim zum ersten Mal Rührei gemacht hatte für sich und Avi, und wie sie danach einträchtig die Küche aufgeräumt hatten. Ich erinnerte mich, wie sie vor Shiras Zimmer Krankenwache gehalten hatten.

Ich begriff, dass ich nichts finden konnte, was ich damals nicht gesehen hatte, ich begriff, es gab nichts, was hinzugefügt oder weggenommen wurde, es gab nichts, was verloren war. Ich dachte an sie, deshalb musste die Zeit stillstehen, als wäre ich in einem Ballon aufgestiegen, um aus dieser unwägbaren Höhe und Beweglichkeit unser Leben, das Leben meiner Söhne zu betrachten, und zum ersten Mal wusste ich vollständig und ohne Zweifel, dass es mir egal war, ob sie meine leiblichen Söhne waren oder nicht, es waren meine

Söhne, und etwas Dunkles wich, eine Quälerei, die so viel bestimmt hatte und plötzlich so abseitig schien, da ich mich um Naim ängstigte, da ich Avi gekränkt oder verstört hatte, da ich sie liebte. Ich tippte eine Nachricht an Avi: Bitte verzeih! Wo bist du?
Angstvoll wartete ich auf das Signal, das den Eingang einer Nachricht anzeigte.
Doch Avi schrieb keine Nachricht.
Stattdessen hörte ich das leise Geräusch der Krähe, sie war wieder ans Fenster geflogen und kam, ich hörte Vogelkrallen auf dem Parkettboden, hüpfend, verzagt. Dann stockte sie, das hörte ich auch, sie kehrte um, flog sogar auf, stieß gegen irgendetwas, um sich dann unvermittelt zu beruhigen.
Die Krähe hörte ich, die Tür hörte ich nicht und ihre Schritte, als kämen sie aus einer weniger realen Welt, bis sie dastanden, in der Tür, beide, Avi mit einem Gesichtsausdruck zwischen Empörung und Amüsement, Sorge und glücklicher Erleichterung. Neben ihm stand Naim. Er sah schrecklich aus, eingefallen, unsauber, müde oder stumpf, er wollte den Blick nicht heben, um mich anzusehen, er wollte nicht husten, nicht atmen, und doch, als die Krähe aus dem hinteren Flur ins Berliner Zimmer gehüpft kam, weckte ihn die Überraschung, und in seine Augen trat ein verschmitztes Lächeln. Er sah die Krähe an und sagte: Vater!
Wirklich, stimmte Avi ein, auch er schaute auf den Vogel, fast dachte ich, er werde sich beschweren, weil das Tier in den Flur kackte. Du bist ein Idiot, sagte er einfach, und jetzt war nur noch die Erleichterung auf seinem Gesicht, und Naim boxte ihn in die Seite.
Es würde nicht vorüber sein, so leicht, so glimpflich, das Un-

glück vorüber, und zurück bliebe das Glück. Da war Naim! Ich umarmte beide, und die Krähe war weg, Zipora war nach Hause gekommen, sie deckte den Tisch, sie bereitete das Essen, noch immer dämmerte es, eine halbe Stunde vielleicht redeten wir alle durcheinander, dann verschwand Naim in seinem Zimmer, Avi sackte zusammen. Er hatte ihn in einem Park gefunden, Naim, auf einer Bank schlafend, ohne Geld und Schlüssel und Handy, im ersten Moment schien es, als hätte er das Gedächtnis verloren, Avi sagte, ihm selber sei es gewesen, als habe er auch das Gedächtnis verloren seit meinem Satz, Satz, sagte er, auf Hebräisch *mischpath*, das bedeutet Satz und Urteil in einem, *mischpath*, und das Haus der Sätze ist das Gericht im Hebräischen.

Dann schüttelte Avi den Kopf und sah mich an: Mutter hat sich einen Spaß mit dir gemacht, und du bist darauf hereingefallen.

Es war kein Spaß. Sie ist nicht schwanger geworden von mir.

Ich sah ihn an, mit Tränen in den Augen, der Schmerz von damals kam noch einmal, die Ängste und Erwartungen, die Kränkung, als Shira mir den Mann zeigte, das Treffen in dem Pub, und die ziehende Ungewissheit, ob ich an Shiras Wochenbett sein sollte, ob ich es war, dem das Glück zustand, Avi in den Armen zu halten und sein Gesicht mit den noch geschlossenen Augen zu betrachten.

Du bist darauf hereingefallen! Avi sah wütend aus. Was ist das für ein blödes Spiel!

Ich dachte immer, ihr kennt diesen Mann, sagte ich. Ich dachte, Shira trifft ihn weiter, es geht mich nichts an, was sie macht.

Toll, Avi fauchte. Und wir machen jetzt einen Test, klar. Wenn der negativ ist, kannst du uns ja zur Adoption freigeben.
Einen Moment mussten wir beide grinsen.
Dann wurde Avi wieder wütend: Und ausgerechnet jetzt! Du meinst, wenn du nicht der Papa bist, musst du dich auch nicht um Naim kümmern?
Idiot! Jetzt war ich an der Reihe, verletzt zu sein. Ich liebe euch!
Du hast damit angefangen, ausgerechnet jetzt, wiederholte Avi. Er wandte sich zum Gehen. Morgen fliegen wir, ich nehme Naim mit.
Wo war er überhaupt, was ist überhaupt los?
Er ist schlecht drauf, wenn du verstehst, was ich meine! Avi blickte mich zornig an, und endlich setzte er sich: Ich weiß es nicht. Ich weiß nicht, was los ist. Drogen, okay, aber man muss ja auf ein bisschen Koks und Hasch nicht gleich so heftig reagieren, die haben alle was genommen, und Peter zum Beispiel hindert es nicht, überallhin zu reisen, Vorträge zu halten und Frauengeschichten zu haben.
Willst du ihn wirklich nach England zurückbringen?
Avi zuckte mit den Schultern: Shirley kümmert sich ein bisschen um ihn, er kann bei uns sein, und dann verpassen wir ihm einen Tritt, dass er arbeitet. Wenn er hier in Berlin ist und nichts tut, dann wird es bestimmt nicht besser.
Ich lauschte, von hinten, wo Naim in seinem Zimmer war, hörte ich nichts, von der Küche aber klang die ganze Zeit eine Stimme, hell, Ziporas Stimme klang heller als sonst, sie summte und sang, und jetzt kam sie, deckte den Tisch, stellte Schüsseln auf den Tisch, Reis und Schafskäse und gebratenes Hühnchen, und sie schaute zu uns, mit einem

erschreckten und lächelnden Gesicht und mit Zärtlichkeit.

Wirklich saßen wir kurze Zeit später zu viert um den Tisch und aßen, Naim war seltsam heiter, ich fragte mich unruhig, ob er etwas genommen hatte, es roch aber nicht nach Marihuana. Avi und er scherzten miteinander, ich wusste nicht, ob ich mich freuen durfte, und doch war ich froh, mir war, als wäre die Last des Geheimnisses von mir genommen, und so war es ja auch, wir wussten alle endlich das Gleiche oder wussten es nicht.

Zipora hatte alles gehört, und dann fragte sie, mitten hinein in diese ausgelassene und schwebende und merkwürdige Stimmung: Wollt ihr nicht wirklich einen Test machen? Vielleicht wusste ja nicht einmal Shira, wie es ist.

Einen Moment erstarrten wir alle drei. Dann sagte Naim: Mir ist das egal. Aba ist Aba, das ist doch alles Unfug. Und außerdem, guck uns doch an! Er wies auf Avi und mich, als bestünde zwischen uns eine unbezweifelbare Ähnlichkeit.

Wir schauten uns auch an, prüfend, fragend, und Zipora schaute, bis Naim anfing zu glucksen, er krümmte sich vor Lachen, dann fing auch Avi an zu lachen, und sie umarmten sich wieder und wieder, und sie umarmten mich.

Ja, sagte dann Naim. Machen wir den Test. Was müssen wir schicken? Haare, Ohrläppchen, Sperma? Oder einfach in ein Reagenzglas spucken?

Avi grinste und guckte mich erwartungsvoll an.

Ich weiß es nicht!, sagte ich. Ehrlich gesagt, ich bin nie auf die Idee gekommen.

Beide schüttelten gleichzeitig ihre Köpfe und verzogen die

Nasen. Da war es Zipora, die lachte: Immerhin sieht man, dass ihr Brüder seid.
Alles Gewohnheit, meinte Naim ernsthaft. Die Sozialisation bestimmt ebenso stark wie die Gene.
Was ist das eigentlich für eine Krähe?, fragte ich.
Naim schaute zu mir. Er hat gesagt, du hast dich um ihn gekümmert. Das ist mein Freund.
O Mann, stöhnte Avi. Dein Freund hat zweimal ins Zimmer gekackt!
Wirklich?, fragte ich überrascht. Ich dachte, er ist stubenrein.
Habe ich heimlich weggeputzt, sagte Zipora. Es war so nett, euch zusammen zu sehen. Und wo warst du nun?, fragte sie dann Naim, der vor Überraschung errötete.
Krähenscheiße anderswo wegputzen, sagte er schließlich.
Hauptsache, du verwechselst sie nicht mit Taubenscheiße, sonst können wir das nächste Mal ewig nach dir suchen!
Naim griente seinen Bruder an: Also die Populationen in Berlin – keine Ahnung, ob sich das was nimmt, Krähe oder Taube.
Hör auf! Avi wurde wütend. Wo warst du, verdammt? Du hast doch nicht die ganze Zeit im Park rumgelegen?
Doch, sagte Naim achselzuckend. Erst an der Spree, da unten, wo Aba mit mir war, weil er dachte, ich bin verrückt oder auf Speed. In ein paar Kneipen. In einer Suppenküche. Eine Nacht bei der Bahnhofsmission, wollte ich, dann hat mich aber ein netter Penner mitgenommen in seine Heimstatt –.
Jetzt grinste er wieder: Prall gefüllte Müllsäcke, hübsch in zwei Reihen gestapelt. War wohl irgendwas in dem Stoff.
Was für ein Stoff? Was hast du überhaupt genommen?

Naim sah einen Moment hilflos aus: Na irgendwas, was weiß ich, ich nehme doch keine Drogen.
Avi schaute ihn sprachlos an: Du nimmst keine Drogen?!
Er stand auf, eine Sekunde unschlüssig, dann schüttelte er den Kopf und ging in die Küche.
Naim blieb verlegen sitzen. Dann sagte er: Aba, was meinst du, kann ich –? Er brach ab.

*

Am nächsten Morgen flogen sie tatsächlich. Avi packte beider Taschen, Naim war wie betäubt, er gehorchte seinem Bruder, folgsam wie ein Blinder, und wie mit einer Last auf dem Rücken. Zu mir und Zipora war er höflich, wie man es zu Gastgebern ist. Sie wollten nicht zum Flughafen gebracht werden, sagte Avi.
Zipora wich nicht von meiner Seite. Als habe sie sich bislang nur zurückgehalten, sprudelte sie plötzlich vor Einfällen, besorgte Konzertkarten, plante kleine Ausflüge, fand Restaurants in der Umgebung, besorgte mir ein Fahrrad – ich kann bis heute nicht richtig Rad fahren –, sie wollte mit mir nach Prag, und sie wollte mit mir nach Paris. Sie ging zu den Galerie-Wochenenden, lernte junge Künstler kennen und zeichnete abends. Bücher wollte sie mit mir machen, mit Zeichnungen von uns beiden, sie fand, ich könne Menschen besser zeichnen als sie, und sie entwarf Gärten, in denen Pavillons und verfallene Glashäuser standen, manchmal dachte ich, sie zeichnete die Gärten, in denen sie als Kind gerne gespielt hätte. Sie kaufte Gartenbücher auf Englisch und Deutsch, wir sprachen Hebräisch, aber immer öfter geriet

ein deutsches Wort dazwischen, und als sie von einem Besuch bei ihren Eltern in Mewasseret Zion zurückkehrte, fragte sie: Muss man bestimmen, wo man zu Hause ist? Dann ging sie durch alle Zimmer, wie ich es als Kind nach den großen Ferien getan hatte, um nachzusehen, ob alles noch war wie immer. Wir waren glücklich.

Naim und was ihm geschah vergaß ich manchmal, manchmal stieg die Sorge über alles andere. Er kehrte an die Uni zurück. Einer seiner Professoren versuchte, ihm zu helfen. Er verschwand. Avi und Shirley waren zusammengezogen und hatten ihn aufgenommen. Einige Wochen ging alles gut, dann trank er plötzlich Abend für Abend in einem Pub, er zog, wie Avi erzählte, mit einem Landstreicher davon, kam erst nach vier Tagen wieder.

Verschwand er, gerieten wir nicht mehr in Panik.

Dann rief Avi an und sagte, er brauche eine Pause! Ich verstand gleich, was er meinte.

*

Zwei Tage später holte ich Naim am Flughafen ab.

Was ich erwartet hatte, traf nicht ein. Klar und heiter schien er diesmal wieder, nur den Falten in seinem Gesicht sah man die Anstrengung seines Lebens an.

Die Krähe kam immer ans Fenster, inzwischen an das große Fenster des Berliner Zimmers. Zipora hatte ihr dort ein kleines Holzbrett befestigt, sie fütterte sie mit Fleischstückchen oder Käse oder Brot, doch kaum war Naim da, flog der Vogel nur noch sein Fenster an. Alles schien, für zwei Wochen, gut. Die erste Woche ruhte Naim sich aus, er sagte, er habe viel gearbeitet, er meinte, Avi übertreibe, er sei ein Perfektionist, der ihn, den jüngeren Bruder, zu einem ebenso spießigen Leben anhalten wolle. Er sagte: Du kennst doch Beckett. Diese Leute, sie laufen wirklich herum, in England laufen sie herum, ich war mit einem von ihnen ein paar Tage unterwegs, er wusste alles über Rabenvögel.

Dann sagte Naim, er werde sich vielleicht am Naturkundemuseum bewerben oder sich umsehen, ob es anderswo eine Stelle für einen Verhaltensforscher gebe. Und eines Tages sagte er, an einem Literaturinstitut würde man sich für seine Theorie der Beschreibung von Tieren interessieren.

Nie war ich sicher, was stimmte und was nicht. Aber nach einer Woche, in der er morgens lange schlief, stundenlang durch die Stadt spazierte, abends aber immer zu Hause war, begann er tatsächlich, auf seinem Laptop zu arbeiten, er suchte die Bibliothek auf, hatte wirklich Kontakte zum Naturkundemuseum geknüpft und wirkte ausgeglichen.

Mit Zipora kochte er, er ging mit ihr einkaufen, waren wir beide auf einer Baustelle beschäftigt, staubsaugte er, und abends fragte er, ob ich mich nicht ebenfalls ins Wohnzimmer setzen wolle, dann blieb er am Tisch, ich saß in einem der beiden Sessel, er schrieb, ich las.

Er will bei dir sein, sagte Zipora. Als hätte es ihm gefehlt!

So hoffte ich, er hole etwas nach, das er in einer anderen Phase seines Lebens entbehrt hatte, vielleicht, schrieb ich Avi, will er noch einmal Kraft sammeln, wer weiß, wozu. Gegen Morgen, wenn ich wach lag, war mir, als sammelte ich Kräfte für ihn.

Dann wurde ich eines Nachts unruhig. Da ich nicht wieder einschlafen konnte, stand ich schließlich leise auf, schlich mich an sein Zimmer, lauschte, schob lautlos die Tür auf, sie war bloß angelehnt. Naim lag ruhig, die Arme ausgebreitet, schlief er. Ich ging beruhigt zurück, doch die Unruhe wollte nicht weichen.

Tags darauf kam Naim nicht wie verabredet zum Abendessen. Er kam nicht, schließlich kam er doch, verschlossen mit einem Mal, abgewandt, verfinstert. Etwas zerrte an mir, ich dachte, ich müsse Hilfe suchen, fragte Bekannte, ob sie einen guten Psychologen wüssten, einen Analytiker, ich wollte vorbereitet sein. Sogar nach Krankenhäusern suchte ich, und dann hielt ich die Unruhe kaum noch aus, ich war sicher, er würde krank werden, Paranoia entwickeln, denn plötzlich fing er an, von Gefahr zu sprechen, von Flucht im letzten Augenblick, die doch missglückte, er regte sich auf, um kurz darauf niedergeschlagen dazusitzen, und dann schrie er einmal auf. Es waren schlimme Tage, sie wurden noch schlimmer, alles zog sich zusammen und brannte, man wusste nicht, ob das alte oder neue Wunden waren, und gleichzeitig war ich getrieben von der Notwendigkeit zu reisen, ich musste fort, oder nicht fort, irgendwohin musste ich und sofort, die Zeit war knapp. Ich schob so energisch die Gedanken daran beiseite, dass ich gleichsam nicht hörte, wohin ich musste, dabei war mir klar, dass ich gerufen wurde, irgendjemand brauchte mich, brauchte mich ein Mal und zum letzten Mal, musste ohne mich allein verlorengehen, ohne diese schwächste Gesellschaft, die ich war, denn allein herausgerissen zu werden aus allem war unerträglich. Wie sollte ich Naim allein lassen?

Er brauchte mich ja auch. Wohin gehst du?, fragte ich ihn, wenn er die Wohnungstür öffnete, und ich versuchte, meine Angst zu verbergen.

Raus, antwortete er, und er ging. Sein Handy nahm er mit und ging nicht dran, manchmal ließ er es auf dem Esstisch liegen.

Ich versuchte, mich abzulenken. Avi anzurufen, verbot ich mir. Ich telefonierte mit Handwerkern oder blätterte in Katalogen für Baustoffe, manchmal fuhr ich in ein Geschäft, um mir Fliesen oder Armaturen anzuschauen. Wir sanierten das Haus in Schöneberg, sanierten das Hinterhaus und bauten das Dach aus.

Geh schwimmen!, riet mir Zipora. Das Schwimmbad ist doch ganz nahe.

Die Unruhe brannte, ich schloss die Augen, Gesichter rannten an mir vorbei, als müsste ich eines erkennen. Es war Anfang Oktober 2004.

Immer näher kamen die Menschen, rannten und rannten, ich nahm das Telefon, um einen Flug zu buchen, mit EgyptAir, einen Direktflug nach Kairo gab es von Schönefeld – nach Kairo, wie sollte ich das mit meinem Pass bewerkstelligen?

Was willst du in Kairo?, fragte Zipora mich entsetzt.

Ich zuckte die Achseln. Aber ich hatte auch einen französischen Pass, fiel mir ein. Am 7. Oktober ging morgens um 9 Uhr 40 ein Flug. So war es die vorigen Male gewesen, so sollte es diesmal sein. Ich buchte den Flug. Zipora war einkaufen gegangen und hörte es nicht. Morgen, ich musste um acht Uhr am Flughafen sein. Rasch, bevor sie zurückkehrte, bestellte ich ein Taxi und packte meine Tasche.

Wir aßen zu zweit, der Tisch war für drei gedeckt. Naims wegen waren wir zu Hause geblieben.

Morgen gehen wir essen, ich weiß schon, wo, sagte Zipora, ihre Stimme klang klein und hilflos.

Ich räumte den Tisch ab. Verwaist fühlte ich mich, wie eine Mutter, die ihr Kind verloren hat, Angst hatte ich, fragte mich, ob es ein böses Zeichen wäre, ob Naim etwas zustoßen würde, ich wollte ihn im Arm halten und wiegen, und doch, es war nicht mein Körper, der den Jungen an sich drückte, es war der Körper einer Frau. Sie rannte, die Gesichter flogen vorbei, Autos hupten, der Verkehr war so dicht, dass die Abgase die Sonne verdüsterten, überall brüllten plötzlich Polizisten und Soldaten, sie rannte, wenn sie nur Farid, seinen Onkel, fand, er würde ihr helfen, aber eine Frau hielt sie am Arm, umklammerte sie und lachte schrill, alle waren aufgebracht. Mein Kind, mein Kind, schrie sie, aber keiner achtete darauf. Farid würde ihr helfen, er musste ihren Jungen finden, bevor sie kamen, um ihn abzuholen, Farid könnte ihn dann mit dem Lieferwagen aus der Stadt fahren – mir fiel der weiße Lieferwagen ein, oder war es ein Pick-up gewesen? Ich konnte nichts erkennen, dunkel war es plötzlich, voller Rauch, aber das war nur eine Küche, wie eine Garküche, über einer Gasflamme hing ein großer Kessel, daneben stand ein Herd, es hatte angefangen zu brennen, und das Radio wurde immer lauter. Es war in Taba passiert, hörte sie, und plötzlich begriff sie, dass er nicht mehr in der Stadt war, ihr Sohn, und dass Farid nichts mehr tun konnte, er war schon dort, sie hatten ihn mitgenommen, ihren leichtgläubigen Sohn, und sie suchte ihn, sie suchte ihn in sich, wie sie ihn als Ungeborenen in sich gespürt hatte, seine Bewegungen, die immer zaghaft gewesen waren, ein schmaler Junge, der das Regime hasste, das seinen Vater zum Krüppel gefoltert hatte, und der jetzt all denen an den Lippen hing, die aufbegehrten, gegen Mubarak, gegen seine

Spitzel, die überall waren, und er betete, fünfmal am Tag, drängte seine Mutter, den Bettlern großzügiger zu geben. Und sie mussten ihn tadeln und sagen, dass sie selber kaum genug hatten, er war ein guter Junge, der ihr half, wo er konnte, und seinen Vater schob. Der Rollstuhl war der Anfang gewesen, sie hatten ihm für seinen Vater einen Rollstuhl versprochen, wenn er ihnen half, und sie hatten ihr Versprechen gehalten.
Jetzt bewegte sich der Junge nicht mehr, sosehr ich in mich hineinspürte, da war nichts, und meine Hände krampften sich zusammen. Taba.
Im Sessel kam ich wieder zu mir. Naim kniete vor mir. Er hielt etwas in der Hand, erst dachte ich, es wäre ein toter Vogel, es war aber ein schwarzes Tuch, ein Tuch, das verbrannt roch, und er redete auf mich ein, er sah elend aus, ungewaschen, es war schon in der Nacht, warum hatte mich Zipora nicht geweckt?
Neben mir stand meine Reisetasche. Ich hatte sie nicht dorthin gestellt. Zipora musste längst zurück sein, vielleicht schlief sie, vielleicht hatte sie mir die Tasche hingestellt; ich hatte Angst vor ihrem Zorn und Angst, dass sie gehen könnte.
Niemand war da, ich rief, die Wohnung war verlassen, ich ging durch die Zimmer, die Wohnungstür war aufgebrochen, drinnen sah alles unverändert aus, nur sein Bett war zerwühlt, als hätte er darin geschlafen und wäre in Panik aufgebrochen. Sie hatten ihn gesucht, sie hatten ihn nicht gefunden, so hatten sie Salim aus seinem Rollstuhl geschleift. Er lag auf dem Boden. Der Rollstuhl war verbogen. Zu spät, sagte er, ich wusste nicht, was er meinte.

Wohin wolltest du?
Ich zuckte die Achseln, zu müde, um zu sprechen, zu müde, um froh zu sein, dass Naim bei mir war. Dann nahm ich seine Hand, sie war warm, ich spürte ihr leichtes Zittern und fing an zu weinen.

*

Er habe, sagte Naim am nächsten Morgen, nicht gewusst, dass ich solche Angst um ihn hatte. Er saß mit ernsthaftem, kindlichem Gesicht am Tisch, gerade aufgerichtet, die Augen heftete er auf den kleinen Löffel, mit dem er spielte, er versuchte, etwas in der konkaven Seite zu erkennen, so sah es aus, und vielleicht war es so, vielleicht sah er, wie Zipora sagte, darin einen Engel, seinen Schutzengel, der ihm Zeichen gab, ihn vorsichtig wieder von irgendeinem Abgrund wegführte.
Also, sagte er und schaute mich an. Das Taxi habe ich weggeschickt. Kann ich eine Zeitlang bei euch bleiben?
Zipora, die leise ins Zimmer gekommen war, sah erleichtert aus.
Ich weiß nicht, sagte ich zögernd, es kommt darauf an, wie lange.
Naim grinste: Na, wenn es Winter wird, könnte ich ja vielleicht doch ein paar Wochen nach Israel.
Ich seufzte.
Nein, nein, keine Sorge, ich kümmere mich! Naim kam zu mir und hockte sich neben mich. Nicht böse sein, ja? Es war nur ein Scherz.
Meine Reisetasche stand immer noch da, ich konnte sie sehen, wenn ich mich etwas zur Seite beugte. Zipora murmelte

irgendetwas, sie ging in die Küche, aus der die Stimme des Nachrichtensprechers tönte.
Nimm!, hörte ich plötzlich. Du siehst so blass aus. Zipora hatte Kaffee gemacht, sie musterte mich unruhig: Wo bist du die ganze Zeit mit deinen Gedanken?
Ich nahm verlegen ihre Hand. Was willst du denn den ganzen Tag lang machen?, wandte ich mich an Naim.
Lass mich nur eine Weile zu Hause ausruhen, Abba, sagte Naim. Dann finde ich etwas, ich verspreche es dir.
Keine Drogen, sagte ich. Du musst es versuchen. Wenn du es nicht schaffst, gehst du zu einem Arzt.
Er nickte: Kann auch gleich zu einem Arzt gehen, wie du willst. Nur in eine Klinik, das mache ich nicht! Ich will bei euch bleiben, wenn das nicht geht, verschwinde ich wieder nach England!
Nein, sagte Zipora. Bleib bei uns.
Sie umklammerte meine Hand.
In unserem Schlafzimmer stand ein großes Bett, das Zipora bei einer jungen Designerin in Auftrag gegeben hatte, als wir die Wohnung einrichteten, es müsse, hatte sie gebeten, ein Bett sein, in dem man nebeneinander, aber auch einander gegenüber sitzen könne, die junge Frau hatte daraufhin an Kopf- und Fußende eine Art Graben bauen lassen, in den man hohe und feste Kissen stecken konnte, die als Lehne dienten.
Am Abend jenes Tages steckte Zipora das Kissen auf ihrer Seite so um, dass sie mir gegenübersaß, und sie sagte, so wolle sie auch schlafen.
Warum?, fragte ich.
Weil du an deinem Kopf Füße hast, mit denen du jetzt her-

umläufst, und ich werde dich dabei auch nicht stören. Aber wenn möglich, möchte ich gern zu dir schauen.
Ich betrachtete sie, sie hatte ein weißes Nachthemd mit kurzen Ärmeln an, ihre Haare leuchteten, ihre Arme sahen weiß und kindhaft aus. Was wird weiter geschehen?, fragte ich sie.
Sie zog die Bettdecke hoch und verschwand fast darunter. Ich weiß nicht, murmelte sie.
Eine Weile versuchte ich, ebenfalls einzuschlafen, aber ich hatte Angst, sie in meinem Schlaf zu treten. Den Flug nach Kairo hatte ich versäumt.
Ich hatte Angst um Naim, mehr noch fürchtete ich, dass meine Kraft und meine Geduld versagten, dass ich in zähe Mutlosigkeit versinken würde, dass sich die Tage hinziehen würden, in mangelnder Liebe zu diesem Mann, der sich am liebsten immer noch auf meinem Schoß zusammengerollt hätte, wie er es als Kind getan hatte. Was würde weiter geschehen? Und brauchte ich unbedingt ein Bild davon, musste ich etwas von der Zukunft wissen, von mir selbst und von Naim? Immer scheint, wenn wir jemanden lieben und uns sorgen, die Zukunft entscheidend, sie ist es, woran wir denken, die Vergangenheit rettet ja nichts, es ist, als wäre sie eine Aufzählung oder vorgefertigt wie ein Bild, das man nach Zahlen malt; erst ein Schock und eine Erschütterung verwischen die Linien oder lassen die Zahlen durcheinandergeraten, jede ist plötzlich für sich, und ob ein neues Bild daraus entsteht oder nicht, weiß man nicht.
Zipora schlief. Ich sah nicht ihr Gesicht, die Haare verdeckten es.
Schloss ich die Augen, konnte ich sie erkennen, es war beinahe, als fühlte ich dann ihre Gesichtszüge, als könnte ich sie

mit den Fingerkuppen lesen. Keine Bewegung spürte ich, ich hätte zweifeln können, ob sie da war. In Sorge lauschte ich, ob ich die Wohnungstür hörte, ob Naim sie leise ins Schloss zog, um wo auch immer zu rauchen, zu trinken, ob er mit Frauen nach Hause ging oder mit Männern – ich wusste nicht einmal das –, ob sie in den Clubs tanzten, er roch manchmal nach Schweiß, das hatte er früher nie getan, auch nicht, wenn er vom Fußballplatz kam.

Was wird werden, dachte ich wieder, es war aber, als haschten meine Augen nach etwas, das ihnen nicht zustand; viel später, als sich die Frage sachte von Naim, sogar von Zipora abgelöst hatte, dachte ich, dass man sich sicher ist, sehen zu können, was sein wird, es ist, als wüsste man es sogar mit Gewissheit, bloß ist die Sicht unscharf oder vernebelt oder wie von irgendetwas verblendet.

In dieser Nacht plagte ich mich, als kämpfte ich gegen ein Unvermögen, das uns zum Verhängnis werden würde, und wie so oft, wenn ich voller Sorgen und ängstlicher Gedanken war, dachte ich, dass die beiden Söhne nicht meine Söhne waren, auch wenn Avi nicht glauben wollte, was ich ihm gesagt hatte, und dann fragte ich mich doch, ob er recht hatte. Ob er recht hatte und sie beide meine leiblichen Söhne waren, und ich fragte mich, warum Shira ein so kompliziertes Spiel betrieben hatte.

*

Als ich endlich einschlief, hatte ich mich gefangen. Naim schien nicht mehr ausgehen zu wollen. Zipora schlief ruhig neben mir.

Doch dann schreckte ich mitten in der Nacht hoch, ver-

schwitzt und tränenüberströmt. Zipora hockte neben mir und umarmte mich: Skip, was ist los?
Ich wusste nichts zu sagen, an den Traum konnte ich mich nicht erinnern, nur daran, dass ich sicher gewesen war, nicht zu träumen, an einen beißenden, unangenehmen Geruch und an das Weinen, ich schüttelte hilflos den Kopf. Zipora saß bei mir, dann streichelte sie mich noch einmal sanft und legte sich hin, wie zuvor verkehrt herum. Sie hatte gemerkt, dass ich allein sein wollte.
Merkwürdigerweise schlief ich rasch ein, morgens aber, es wurde schon hell, schreckte ich abermals hoch, mit unterdrücktem Schluchzen, nicht erschreckt, sondern traurig, verzweifelt, als hätte das Leben all seinen Wert verloren. Die Bilder in meinem Kopf waren dabei die falschen Bilder, sie waren fremd, manche erinnerten mich an die Altstadt in Jerusalem, aber es war nicht Jerusalem, die Straßen waren ja lauter, verdreckt, es waren viel mehr Menschen unterwegs, ich sah sie wie im Vorbeirasen, nachts, die Lichter verwischten, so, als würde man aus einem fahrenden Auto fotografieren, und ich war nicht dort gewesen, ich war nicht geflogen, es musste ja Kairo sein – für Zipora, für Naim war ich nicht geflogen und aus Angst, ich hatte Angst gehabt. Etwas hatte in den Zwang zu reisen eine Bresche geschlagen. Und es war nicht gut.
Vielleicht war ich aus Liebe und Sorge bei Naim und Zipora geblieben, aber es war nicht gut deswegen.
Die Träume suchten mich auch die folgenden Tage heim, und weil jedes Mal, wenn ich aufwachte, ein anderes Stückchen davon übrig geblieben war, begriff ich mehr und mehr, was es war, das ich träumte, begriff den Fehler, das Versäum-

nis, das mich verfolgte wie eine Schuld. Von der Mutter träumte ich, von der Mutter des Jungen, weder wusste ich ihren Namen noch den ihres Sohnes, was ihm zugestoßen war, wusste ich nicht. Den Nachrichten hatte ich ja nur entnehmen können, dass es einen Anschlag gegeben hatte, in Taba, auf ein Hotel, das Hilton, abends, etwa um halb zehn, und die den Anschlag ausgeführt hatte, war eine junge Frau gewesen, sie hatte leicht die Lobby betreten können, sie hatte in der Tasche die Bombe getragen, vierzehn Israelis waren umgekommen, es war die immer gleiche Hölle, die ohne irgendeine Vorbereitung, ohne Milderung immer neue Menschen traf, vermutlich waren die Israelis im Hotel das Ziel gewesen, die anderen Touristen die Pechvögel. Und der Junge, wie auch immer er hieß, er mochte einer der Hintermänner gewesen sein, derjenige vielleicht, der die junge Frau zum Hotel begleitet hatte, derjenige, der die Bombe zum Hotel geschmuggelt hatte, derjenige, der sie zusammengebaut hatte. Israelische Soldaten durften einreisen, berichtete das israelische Radio, um die Leichen zu identifizieren, um Spuren zu suchen. Ich fragte mich, ob er, der Junge oder junge Mann, gefangen genommen worden war oder ob er im Gefängnis umgekommen war. Warum war er tot? Die Bombe hatte ihn doch nicht getötet? Oder war er einer der Gäste in der Lobby gewesen, hatte er an der Bar gesessen, irgendetwas getrunken, und gewartet, dass die junge Frau hereinkäme?
Es quälte mich, nichts zu wissen, es quälte mich, als wäre ich seine Mutter, ich sah ihn von irgendwelchen Polizisten verhaftet, in irgendeine Zelle gestoßen, gedemütigt und gefoltert, alle wussten, dass Mubaraks Gefängnisse Kerker waren, in denen das Leben keinen Wert mehr hatte. Auf die Straße

geworfen, so war es, dachte ich, den Leichnam hatten sie auf die Straße geworfen, und es war, als würde sie vor Schmerz schreien.

Schlimmer noch war – und so begriff ich, was meine Aufgabe gewesen wäre –, wie seine Seele sich an sie klammerte, an seine Mutter, um sich vom Körper loszulösen, um dies Unfassbare zu schaffen, weggerissen aus dem Leben, und wie fremd und verloren war er nun, er irrte wie Boas umher, doch da war niemand, nicht einmal dieser Fremde, der ihn willentlich oder unwillentlich geleitete, nicht einmal diese Stimme, die antwortete, so klammerte er sich an der Seele seiner Mutter fest, da es keinen anderen Ausweg gab, und sie –.

Ihr Kind hatte sie verloren, jetzt ließ das Kind sie nicht gehen, als wäre es eben geboren, hing es an ihr, mit jeder Faser, ließ nicht von ihr, ließ sie nicht los, um nicht den letzten Halt zu verlieren, und ich wäre es gewesen, meine Aufgabe wäre es gewesen, meine Aufgabe, da zu sein und keinen Halt zu geben, da zu sein, begriff ich, aber fremd, fremd, als wäre ich schon ein Stück des Unbekannten, als wäre ich, wenn man so will, ein Stück vom Tod oder auf dem Weg dahin, halb da, halb dort, halb. Ihre Träume träumte ich oder erlebte ihre Tage im Traum, wie ihr Leben nicht trennte zwischen Tag und Schlaf, in beidem die gleiche Verzweiflung und ihr Kind, ihr Kind, das tote, das sie abschütteln musste, damit es tot sein konnte.

Ich weiß nicht, ob die Lebenden und die Toten zusammengehören, die Lebenden und die erst gestorben sind, ob es junge Tote gibt und alte, die erfahren sind, ob etwas nachlässt, ob man sich entfernt, ich weiß nicht, was ich glaube, es ist mir auch egal, darauf kommt es ja nicht an, meine

Träume waren kein Beweis, aber ich suchte auch keinen Beweis, und Zipora, die drängte, ich solle ihr erzählen, was mich bedrückte, wollte ich es nicht erzählen. Wer weiß, was einem zusteht, was nicht, ich wusste nicht, ob ich es erzählen durfte, und so schreibe ich all das hier auf, für sie, für mich, damit ich nicht das eine glauben, das andere verwerfen muss.

Mit Entscheidungen für das eine oder andere ist nichts gewonnen, nicht damit, dass man sich ein Bild gemacht, ein Urteil gefällt hat. Zipora vielleicht, die Kluge, würde, wenn ich ihr alles erzählte, nicht fragen: Glaubst du denn, dass es eine Seele gibt? Glaubst du, dass es ein Leben nach dem Tod gibt? Glaubst du, dass sich die Seele nach dem Tod erst vom Körper trennen muss?

Ich könnte nichts sagen, als dass es mir egal war, dass ich es nicht wusste, dass ich nicht einmal eine Meinung hatte, dass ich keine Möglichkeit hatte, anders zu handeln, als ich gehandelt hatte, die ersten drei Mal, dass ich das vierte Mal vielleicht versagt, mich einer Sache versagt hatte, die ich zwar nicht begriff, die aber doch meine Aufgabe gewesen wäre.

*

Zwei Wochen und drei Tage lang hatte ich die Albträume. Die Nächte waren furchtbar, tagsüber gelang es mir, zwei oder drei Stunden zu arbeiten, dann konnte ich nicht mehr.

Mir fielen die Augen zu, und es war, als hätte ich Atemnot; Zipora schickte mich zum Arzt. Der Arzt, ein Hüne mit den freundlichsten blauen Augen und einer tiefen und beruhigenden Stimme, untersuchte mich gründlich, er wollte mir ein Beruhigungsmittel verschreiben, ich verwahrte mich dagegen, stammelnd, ungeschickt, er hörte noch einmal mein Herz und meine Lunge ab, er war besorgt, schließlich sagte er, es werde wohl vorübergehen, auch ohne Medikamente, wenn aber nicht, wenn nicht in einigen Tage alles vorbei sei, müsste ich zu ihm kommen, denn dann sei ich in Gefahr.

Zipora musste fast alle Arbeit für mich tun, und auch zu Hause half ich nicht, weder beim Einkaufen noch beim Bettenmachen, ich kochte nicht und hängte die Wäsche nicht auf, ich lief durch die Zimmer, schwer atmend, erschöpft, setzte mich und stand wieder auf, legte mich hin und hielt es nicht aus.

Naim musste helfen, Naim half, ohne dass ich darum hätte bitten müssen, er sah mich, in sein Gesicht zeichneten sich Erstaunen und Mitleid, und dann machte er sich auf, als wäre nichts selbstverständlicher. Am Telefon hörte ich einmal, wie er zu Avi sagte: Ich bin jetzt die Hausfrau, in seiner Stimme klang Stolz. Einmal verwirrte er sich und kaufte doppelt ein, mit derselben Einkaufsliste war er losgezogen und wollte danach die Einkäufe in den schon vollen Kühlschrank räumen, und es war, als erzählte er eine Geschichte, in seinem Gesicht war eine ganze Geschichte zu lesen. Mein Herz klopfte so heftig vor Liebe, dass ich dachte, es müsste zerspringen. Schließlich schaute er zu mir, zuckte die Achseln, zog eine Grimasse und fing an zu lachen, indem er sich erschöpft zu mir setzte.

Wir tauchten nicht gemeinsam aus unseren Abgründen auf, ich war, wie er sagte, von einem Dibbuk besessen, er war – ich weiß nicht, was er war – krank, verwirrt, bekifft, süchtig,

unglücklich. Wie will man es wissen, wie soll man es nennen. Mich ließ der Dibbuk wieder frei, und ich allein ahnte und fürchtete, was das bedeutete, dass die Mutter in ihrer Erschöpfung das tote Kind weggestoßen hatte, den Jungen aufgegeben, mit der Bitterkeit einer alten Frau wie Hannah Grünzweig, Sichrona leBracha, ihr Andenken sei gesegnet, wie man im Hebräischen sagt. Traurigkeit war meine Befreiung, und doch fühlte ich mich erleichtert, sogar glücklich.
Eine Nacht schlief ich, traumlos, und schlief bis zum Abend.
Sie hatten mich nicht geweckt, Zipora war zur Baustelle gegangen, Naim hatte lange Stunden neben mir gesessen, sie hatten den Arzt gefragt, ob sie mich schlafen lassen sollten, er war gekommen, er hatte mich betrachtet, wie ich schlief, hatte Naim gesagt, er solle bei mir sitzen und sich keine Sorgen machen.
So tat Naim, er saß bei mir, einen Tag lang wich er kaum von meinem Bett, Zipora erzählte es mir später, sie war zwei Mal zwischendurch nach Hause gekommen, fand ihn neben mir, ruhig und selbstverständlich, weder ein Buch noch ein Handy in der Hand, sein Blick, sagte sie, sei heiter gewesen wie früher vielleicht, und war danach auch kaum etwas anders oder gar besser als zuvor, hatten wir doch alle Kraft gesammelt.
Abends wachte ich auf, beide waren zu Hause, Zipora brachte mir etwas zu essen ans Bett.
Ich stand auf und lauschte, Hupen hörte ich noch, die Sonne war wie matt von den Abgasen, die breiten Straßen waren verstopft, und in einer Straße sah ich sie stehen, aber nur undeutlich, eine noch junge Frau, die ihre Hände an ihre Brust

gedrückt hielt, und trotz des Gedränges wichen ihr die anderen aus, mit Scheu, als könnten sie sich anstecken mit einer Krankheit.
Skip!, rief Zipora.
Sie kam näher.

*

Das Telefon klingelte um sieben Uhr, ich wachte auf, Zipora schlief weiter tief, aus Naims Zimmer war kein Laut zu hören.
Es war nicht die Polizei, Avi war es nicht, es war ein Handwerker, ein Schreiner, der mir erregt mitteilte, in dem Haus, das wir in der Wartburgstraße in Schöneberg sanierten, habe er Schwamm gefunden, an einem Balken, der hinaus zum Balkon führe, offenkundig draußen feucht geworden sei und diese Feuchte und den nachfolgenden Schwamm an einige Balken im Haus weitergegeben habe, das jedenfalls war seine Befürchtung.
Schlimm war der Schwamm, schlimmer, dass wir ihn erst entdeckt hatten, nachdem die Fußböden erneuert waren, ein kleiner Fleck hatte den Schreiner misstrauisch gemacht, womöglich war ich schlampig gewesen oder unaufmerksam, und wenn es schlimm kam, würden uferlose Arbeiten notwendig werden, die Fußböden aufreißen, die Balken abtragen.
Der Schreiner klang, nachdem er mir alles berichtet hatte, niedergeschlagen, ich versprach, so rasch wie möglich zu kommen, und dann, als ich aufgelegt hatte, sah ich mich in der Wohnung um und beschloss zu gehen, ohne zu frühstücken, ohne auf Zipora oder Naim zu warten.
Es war ein schöner Herbstmorgen, kühl schon und mit leich-

ter Luft, ich nahm das Auto, und obwohl ich fröstelte, öffnete ich das Faltdach.

Bei einem Bäcker hielt ich und kaufte mir ein Hörnchen, einen Kaffee nahm ich mit ins Auto, am Savignyplatz setzte ich mich auf eine Bank in die Sonne. Ein paar Leute führten ihre Hunde aus, dabei eine alte Dame, sie erinnerte mich an Emilie Kolbe, der Hund war riesig, ein schwarzes, zotteliges Ding, das so behutsam neben ihr ging, als wollte es sie stützen. Sie schaute zu mir, da fiel mir die alte Frau in Jerusalem ein, die Naim etwas zugeflüstert hatte.

Plötzlich wünschte ich mir, auch Avi würde bei mir eine Zeitlang wohnen. Freiheit war nicht eine verrückte Fahrt wie die aus dem Negev nach Jerusalem, diese merkwürdige Nacht oder der Aufbruch nach Berlin, Freiheit war vielleicht, die Zeit in ihrem Zusammenhang zu begreifen, in ihrem inneren Zusammenhalt, der nicht Ablauf war, nicht das, was verging, sondern Gewissheit, Struktur, eine Art zu denken, eine Form, die nicht die Tage verzehrte, sondern eines zum anderen hinzufügte.

Wir trafen uns in Schöneberg vor dem Haus, ein paar kleine Kinder spielten schon zwischen den Büschen eines Spielplatzes, wir stiegen aufs Dach, der Schreiner wollte mir erst dort etwas zeigen. Der Dachboden, der ausgebaut werden sollte, war leer geräumt und sauber gefegt, er sah riesig aus, wie eine Kulisse, ein Ort, wo man einsam auftrat, um einen Monolog zu halten. Durch die Luke stiegen wir hinaus aufs Dach, das Handy des Schreiners klingelte, er antwortete gereizt, gab mir ein Zeichen und verschwand, ich blieb oben, saß allein. Über der Stadt saß ich, ich konnte bis zum Fernsehturm schauen. Über dem leeren Dachboden saß ich, ich spürte den Raum unter mir wie eine Bühne, die leer blieb, obwohl ich wartete, physisch, als müssten sie hier alle auftreten, meine Mutter, mein Vater, und Ruben, noch vor Shira, und dann Shira. Es war so hell, ich war beinahe unerträglich glücklich.

Avi würde irgendwann kommen, dachte ich. Avi, mein Avi würde kommen, und dann tauchte Shirley auf, sie ging bedachtsam, behutsam, sie schaute sich um, nach Avi, aber als sie mich und Zipora sah, strahlte sie auch. Denn Zipora war da. Sie war da, und ich fragte mich, ob sie je ein Kind haben würde, ob sie, falls nicht, bei mir bleiben würde. Staunend schaute ich sie an, mit der Angst, gleich neben ihr Shira zu sehen, es gab nie einen Ausgleich, wie sehr man kämpfen oder hadern mochte, das Leben behielt den Sieg, was auch immer wir Lebenden darüber dachten. Ruben war da, nur ein Schatten, und ebenso Hayet und Boas, es war – denn Hannah Grünzweig schien kräftig dagegen –, als gewännen mit jedem gelebten Jahr auch die Toten an Substanz. In einer Ecke warteten meine Eltern. Doch meine Mutter war auch bei mir auf dem Dach, sie sagte energisch zu mir: Gehen wir ins Museum! Und ich musste mich in letzter Sekunde festhalten, denn ich war, bei dem Versuch aufzustehen wie sie, beinahe von meinem schmalen Sitz auf dem abschüssigen Dach gerutscht.

Von den Pappeln auf dem nahen Spielplatz flogen Blätter auf, die Kinderstimmen entfernten sich. Ich musste lachen. Meine Mutter stand etwas entfernt, auf der Dachschräge, mit einem Regenschirm hielt sie sich am Dachfirst, wie Mary Poppins, dachte ich und wollte ihr winken. Der Schreiner war zurückgekommen, er schaute mich zweifelnd

an: Sagen Sie mal, Akrobatik wollen Sie jetzt aber nicht anfangen?
Nein, erwiderte ich. Aber es ist schön hier oben.
Werden die auch finden, die's kaufen, sagte er, müssen ja genug dafür zahlen. Kommen alle nach Berlin, das ist schon komisch.
Und Sie?, fragte ich.
Er grinste: Ich bin hier geboren, ich bleib mal hier.
Hinter ihm bewegte sich etwas, kein Schatten, kein Toter, kein Engel, eine Elster flog auf, eine Krähe folgte ihr.
Und der Schwamm?, fragte der Schreiner.
Gucken wir gleich, dritter Stock haben Sie gesagt, oder?
Er nickte. Na, ich geh' schon mal runter. Sie sind hier ja noch eine Weile. Er grinste vorsichtig. Wenn Se vorbeifliegen, is wohl was schiefjelaufen!

*

Manchmal vergaß ich, dass ich träumte. Oder ich war wach, aber zweifelte, ob ich wach war, ob die Dinge wirklich eins nach dem anderen zu mir kamen, willig, freundlich oder auch nur versehentlich, wer weiß. Ich bewegte mich wie in einem Traum, der ein Wunder an Koordination war oder anders perfekt vorbereitet, ich wachte leicht und ausgeschlafen auf, Zipora war schon aufgestanden, sie machte sich in der Küche zu schaffen, morgens saß sie nicht gerne still. Naim schlief noch, aber ich wusste, er würde ebenfalls bald aufstehen, fröhlich, wie er in der letzten Zeit fröhlich war, bevor er im Naturkundemuseum ins Tierstimmenarchiv gehen würde. Seine Krähe kam manchmal bis ins Berliner Zimmer, er hatte ihr neben den Durchgang zum Flur einen Stuhl gestellt, sie hüpfte auf die Lehne und beobachtete Zipora, die den Tisch deckte oder etwas brachte oder irgendetwas von da nach dort räumte, eine Tasse Kaffee in der Hand.

Ich fühlte mich, glattrasiert und mit frisch gewaschenen Haaren, ein bisschen wie ein junger Mann, der zu einer Prüfung geht. Meistens trug ich ein weißes Hemd und ein Jackett.

Eines Abends rief Avi an, er bat mich, das Telefon laut zu stellen, damit Naim und Zipora ihn ebenfalls hören konnten – Shirley war im fünften Monat schwanger.

Glücklich erklärte er, sie wollten nach Berlin ziehen. Dann fragte er Zipora, ob sie eine gute Großmutter sein wolle.

Doch Zipora lachte und sagte: Dann wird Skip fast gleichzeitig Großvater und noch einmal Vater!

Naim guckte zu ihr und zeigte auf einen weißen Umschlag, den er auf den Esstisch gelegt hatte und der an ihn und Avi adressiert war: Meinst du deswegen?

Zipora schüttelte den Kopf und zeigte auf ihren Bauch: Nein, deswegen!

Ich dachte an den Schreiner: Wenn Se vorbeifliegen, is wohl irgendwas schiefjelaufen! Draußen war es regnerisch, aber ich spürte wieder die Spätherbstsonne an jenem Morgen, und mir war, als würde ich vom Dach gleiten, ängstlich, ohne Angst, beides, wie in einem Traum, und Naim fing an zu lachen, er nahm das Telefon und rief seinem Bruder zu: Avi? Avi, hast du gehört? Zipora und Abba bekommen ein Kind!

Avi fragte etwas. Naim stellte das Telefon wieder laut. Dann sagte er: Ja, hätten wir uns sparen können!

Hat er den Brief schon aufgemacht?, hörte ich Avi.

Nein, liegt auf dem Tisch.
Was für ein Brief?, fragte ich. Was ist das?
Nimm ihn!, forderte Naim mich auf. Nimm nur! Ein Geschenk von uns!
Der Brief trug einen Stempel der Charité.
Ich schaute darauf, als müsste ich ihn nicht öffnen, um zu wissen, was darinstand.
Zipora kam neugierig näher. Noch eine Nachricht heute?
Sie nahm meine Hand. Ihre Augen leuchteten für mich, und ihre Stimme klang hell.
Du meinst, du bekommst ein Kind, wir bekommen ein Kind?, fragte ich. Wir beide?
Sie lachte mich nur an, ohne etwas zu sagen.
Naim begutachtete sie: Du siehst nicht schwanger aus.
Ich stellte mich direkt vor sie, um sie anzuschauen. Sie sah glücklich aus.
Okay, ich bleibe als Babysitter, ich meine, wenn Avi und Shirley auch nach Berlin ziehen. Naim gab mir einen winzigen Schubs.

*

Abends saß ich, nachdem wir gegessen hatten, endlich allein im Wohnzimmer, an dem kleinen Tischchen meiner Eltern, ich hatte mir einen Bleistift und Papier genommen, als wollte ich einen Brief schreiben, und ich dachte, wie selten ich Briefe geschrieben hatte, außer Mails an meine Söhne.
Früher, noch in der ersten Zeit in Israel, hatte ich häufiger geschrieben, an Freunde, an meine Tanten in England, dann an meine Eltern, oft war es vorgekommen, dass ich die Briefe geschrieben, sogar adressiert und frankiert hatte, bloß hatte ich

sie nicht eingeworfen, ich hatte sie mit mir herumgetragen, bis sie alt aussahen und irgendwann auch alt waren, dann hatte ich sie in meinen Schreibtisch gelegt, weder weggeworfen noch endlich zur Post getragen. In meinen Unterlagen, die ich in hübschen Schachteln aufbewahre, Dinge, die mir wichtig sind – Fotos, Briefe oder Postkarten, kleine Geschenke der Jungs und einige ihrer Bilder –, in diesen Schachteln, es gab drei, mussten auch solche Briefe sein, zugeklebt; die Adressaten, meine Eltern etwa, sind schon lange tot.
Es kommt mir vor, als hätten diese Briefe eine eigene Art von Leben, obwohl sie nie abgesendet wurden, obwohl sie auf nichts pochen, keinen Anspruch haben oder Geltungswillen. Aber sie sind noch da, Schriftstücke, vielleicht nicht einmal mehr lesbar oder doch nur noch mühsam, darauf kommt es nicht an. Ich hatte zuweilen meinen Eltern von einem dieser Briefe erzählt, meiner Mutter auch, was darinstand, in diesen Briefen, die ich nicht abgeschickt hatte; sie freute sich darüber und sagte, es gefalle ihr, dass irgendwo noch Briefe an sie gerichtet sein würden, wenn sie schon längst tot sei, Briefe, die ein eigenes Leben hätten, da sie ungeöffnet seien, eben so, als richteten sie sich an die Toten.
Sie sagte, man könne gut heiter sein, wenn man sich nicht um das sorge, was man versäumt habe, Versäumnisse gehörten zum Leben wie Schuhe, man müsse hineinschlüpfen, und man könne etwas dafür tun, dass sie passten. Ich fand das eine merkwürdige Auffassung, und ich glaubte damals, sie versuchte, sich über ihre ausbleibenden Erfolge als Malerin hinwegzutrösten, auch darüber, dass sie alles verlassen hatte, ihre Familie und ihre Freunde in England, ihr ganzes Leben, das sie abgestreift zu haben schien ohne Rest.

Nun dachte ich anders. Deshalb vielleicht war sie zumeist heiter gewesen und ohne Angst gestorben, vielleicht gehörten wirklich die Versäumnisse zu ihrem Leben, nicht als etwas Arges, sondern wie ein lichter Hintergrund, ein unleugbarer Teil des Lebens, zum Guten oder Schlechten, man musste kaum danach fragen, weil sich alles addierte, aufaddierte zu einer Summe. Es musste sich nicht zu einem Ganzen fügen. Es musste nicht stimmen, was man gedacht und getan und gesagt hatte. Eine Summe blieb ja immer offen für weitere Addition, und vielleicht noch über den Tod hinaus.

Ich hielt den weißen Umschlag in der Hand, es war das Ergebnis des Vaterschaftstests, den Avi und Naim hatten machen lassen, als Geschenk für mich. Naim hatte mir gesagt, sie selber hätten sich kein Ergebnis sagen lassen, und ich solle mit dem Umschlag machen, was ich wolle, er hatte gelacht, als wäre er seiner Sache sicher, aber eine winzige Unsicherheit war doch in seinem Blick zu erkennen gewesen, oder zumindest eine Frage.

Zipora hatte ich geküsst, bevor sie zu Bett gegangen war, ich hatte ihr berichtet, was Chava in Tel Aviv mir von Jeschajahu Leibowitz erzählte hatte, dass die ersten vier Wochen nach der Verschmelzung von Ei- und Samenzelle die aufregendste, ereignisreichste Zeit im Leben eines Menschen seien. Sie hatte gelacht und gesagt, dann werde sie das Ungeborene Leibowitz nennen oder Leibowitzia, falls es ein Mädchen werde.

Sie erwartete weder Jubel noch Zweifel von mir, vermutlich dachte sie, jeder werde auch weiterhin seinen Platz finden und ich glücklich sein.

Ich spürte plötzlich eine Welle von Angst.

Irgendwann würde ich wieder gerufen werden zu jemandem, der aus seinem Leben gerissen worden war, und auch wenn ich glücklich war, auch wenn ich daran glaubte, dass es nichts gab als dieses Leben, für eine Zeit, und dann vielleicht nur den Wunsch, ein guter Toter zu sein, einer, der den Lebenden noch Gesellschaft leistete und an den zu denken glücklich machte – auch wenn ich daran glaubte, würde ich denjenigen, der sich von seinem Körper, von allem, was er gewesen war, trennen musste, nicht trösten können. Trost gab es nicht, und kein Gedanke rettete jemanden, und keine Liebe. Wie würde ich die Sorge ertragen, wenn da noch ein Kind war, das ich liebte? Wie gehörten all diese Teile und Bruchstücke zueinander?

Plötzlich fiel mir ein, dass ich noch immer nicht das Grab von Täubchen Gimpel aufgesucht hatte, der Verwandten von Chava und Chajim, die auf dem Friedhof Weißensee lag. Ich dachte, dass ich mit Naim und Zipora einen Ausflug dorthin machen könne.

Und dann dachte ich, dass man vielleicht Steinchen auf die Gräber legte und ungeöffnete Briefe aufbewahrte, um sich zu vergewissern, dass man weiter und weiter etwas hinzufügte, dass das vielleicht überhaupt die Essenz war, etwas hinzuzufügen, zu einer Summe, die immer offenblieb.